GOD'S † KNIGHT

ORIGIN

가즈 나이트 4

ORIGIN

이경영 지음

네오픽션

차
례

용어 해설

등장인물

리오 스나이퍼
전편에서 다른 차원으로 날아간 리카를 찾기 위해 레프리컨트 왕국을 4년 동안 돌아다닌 가즈 나이트. 리카에 대한 실마리는 자신이 현재 있는 차원에 그녀가 보내졌다는 것뿐인데…….

지크 스나이퍼
전편의 일을 마치고 다시 자신의 세계로 돌아온 가즈 나이트. 그러나 다른 일을 위해 또다시 자신의 세계를 떠난다. 이후 무슨 일이 생길지 전혀 알지 못한 채.

루이체 스나이퍼
스나이퍼 가의 막내이자 유일한 여성. 사실은 주신계 천사로 백 살(인간의 나이로 열 살) 때 입양됐다. 지크에게 무술을 배운 적이 있다.

케톤 프라밍
레프리컨트 왕국의 전설적인 검사 하롯 프라밍의 손자이자 역사상 최연소 근위대장. 검술에 뛰어나며 불의를 보면 참지 못하는 성격이다.

티베 프라밍
케톤의 누나. 마왕 아슈테리카와의 대결에서 마지막 일격을 맞고 2035년 서울로 차원이동하게 된다. 마법을 사용할 줄 아는 능력 때문에 제너럴 블릭의 추적에 시달린다. 어느새 환경에 적응하여 현재 프랑스에서 기자를 하고 있다. 의외로 성격이 거칠다.

힐린 벨로크

티베와 함께 사는 판타지 소설가로 나이는 서른세 살. 2036년에 있는 사람이라 생각되지 않을 정도로 마법이나 악마 등에 대한 지식이 해박하나. 일에 집중하면 아무것도 못하고 빼거드는 성격.

라세츠 후작

레프리컨트 왕국의 후작. 지적 능력이나 정치력은 뛰어나지만 비열한 성격이다. 잘생긴 외모와 교활한 처세술로 출세를 위해서는 무슨 짓이든 하는 인물이다.

베르니카 페이셔트

케톤 이전의 근위대장. 왕국 최고의 검술사라 불리는 그레이 공작의 수제자이다. 어떤 이유로 인해 한쪽 눈에 상처를 입었는데 시력을 잃지 않았는데도 안대를 하고 다닌다. 노엘과는 소꿉친구다.

슈리메이어 반 스나이퍼

리오와 지크의 의형제 중 한 명. 동료들은 그의 긴 이름을 줄여 슈렌이라고 부른다. 푸른 장발, 남성적인 아름다움, 그리고 차분하면서도 침착한 면은 전 가즈 나이트(GK) 중에서 손꼽힌다. 다루는 무기는 염창(炎槍) 그룬가르드.

그레이 공작

레프리컨트 왕국의 공작. 선왕이 승하한 후 후계자로 남겨진 어린 여왕과 미네리아나 자매가 성장할 때까지 왕국을 대신 통치한 인물. 여왕 자매에게는 아버지와 같은 존재이며 왕국에서 가장 존경받는 인물이다. 케톤의 조부 하롯 프라밍과 함께 왕국 최고의 검술실력을 자랑한다.

레디 키드

사바신과 함께 가장 최근에 임명된 물의 가즈 나이트. 사바신이 가즈 나이트 중 최고의 물리력을 가졌다면, 레디는 최고의 마력을 가지고 있다. 그만큼 육탄전에서는 다른 가즈 나이트에 비해 떨어진다. 바이론을 선배라고 부르는 등 상당히 예의 바르고 상냥하다.

바이론 필브라이드

어둠의 가즈 나이트. 상상을 초월하는 지구력과 힘은 그의 광기와 더불어 공포 그 자체다. 휀 라디언트, 리오와 더불어 신계 최강이다.

와카루 박사

나찰, 수라를 제작한 과학자. 그의 천재성은 고대의 마법을 접목해 생체 병기를 만들어 낼 정도로 우수하나 광적인 잔인함은 악마조차 치를 떨 정도다. 제너럴 블릭과 손잡고 새롭고 강력한 병기를 꾸준히 만들어 내는 매드 사이언티스트.

마동왕

타운젠드 21세의 개칭한 이름.

바이칼 레비턴스

서룡족의 제왕 드래곤 로드(Dragon Load). 냉정한 판단력과 리오 이상의 막강한 힘을 보유하고 있지만 어린아이처럼 군것질을 좋아하고, 의외로 요리도 잘한다. 리오의 판단이 흐려질 때 예리한 조언으로 도움을 준다.

사바신 커텔

땅의 가즈 나이트. 전 가즈 나이트 중 물리적 힘이 가장 강한 반면 단순한 면도 있다.

네그

고위 악마 중에서도 서열 444위 안에 드는 악마 귀족. 악마답지 않게 신사적인 면모를 보이지만 도시 하나를 쉽게 날릴 수 있을 정도로 힘이 강하다. 가슴심이 너무 깊킨 것이 흠이다.

크라주

네그와 절친한 고위 악마. 능력은 네그와 맞먹는다. 악마답게 살육을 즐기는 잔인한 성격이지만 상황 판단력은 약간 떨어진다.

하리진

지크의 동료 BSP. 사이키커로서의 능력은 뛰어나지만 현재는 실업자 상태. 예전에 알고 지내던 리오를 맨 처음 구해 주기도 한다.

마크 레일로지

최대의 기업이자 최악의 기업이라 불리는 제너럴 블릭의 총수로 상당한 카리스마를 지닌 인물. 그의 목적은 현재 불명이다.

넥스 레일로지

마크 회장의 아들. 아버지를 존경하고, 경제에 대한 능력이 뛰어나지만 사생활이 좋지 못하다. 현재 티베를 쫓고 있다.

넬 에렉트

예비 BSP 대원. 머리가 좋고 붙임성 있는 성격으로, 지쳐 있는 리오 일행에게 활력소가 되는 존재. 누구도 존경하지 않는 지크를 존경하고 우상처럼 떠받드는 유일한 소녀.

세이아 드리스

프로빌리아 마을에 사는 소녀. 한때 눈이 멀었을 때 리오가 보살펴 준 적이 있어 서로 애틋한 감정을 가지고 있다. 동생 라이아와 함께 꿋꿋하게 살아가며, 긴 은발이 특징이다. 특기는 요리.

엠펠러

군사비밀 조직 EOM(Empire Of Messiah)의 총수로서 전 세계의 자원 정제시설을 파괴하고 자원들을 갈취한다. 원래는 제너럴 블릭의 고위 간부였다.

베셜 던스틸

티베의 선배 기자. EOM의 공격으로 부인과 대학생 딸을 한꺼번에 잃고 가까스로 살아남은 아들과 단둘이 살고 있다. 전직 카메라맨으로서 티베를 딸처럼 감싸 준다. 중년 특유의 온화함이 있다.

13장
왕국 검술대회

1

역사에 남지 않을 영웅

맨티스 퀸의 낫은 예리한 날을 번뜩이며 리오를 향해 돌진했다. 그러나 리오는 여전히 작은 소검 하나만을 든 채 가만히 서 있을 뿐이었다. 맨티스 퀸의 낫이 거대한 호선을 그리며 리오의 머리를 향해 급강하했다. 그 순간 리오는 재빨리 몸을 피하며 파라그레이드의 얇은 날로 거대한 맨티스 퀸의 낫을 살짝 받아 냈다.

스륵 철그렁.

쇠가 끌리는 소리와 함께 파라그레이드의 날이 밑으로 휘어졌다. 곧이어 파라그레이드 날의 탄성이 작용하자, 맨티스 퀸이 휘두른 낫의 궤적은 옆으로 빗겨 나가고 말았다.

파라그레이드의 잘 정제된 오리하르콘은 강인하고 탄력적이어서 무거운 무기와 부딪치더라도 튕겨 나가게 할 수 있었다.

리오는 바로 그 점을 이용했다.

"음!"

중심을 잃은 맨티스 퀸은 당황했다. 리오는 때를 놓칠세라 재빨리 파라그레이드에 기를 주입했다.

"이것으로 끝이다!"

기를 많이 소모한 탓인지 다른 때보다 파라그레이드의 날이 얇게 섰지만 리오는 그 상태로 회심의 일격을 날렸다. 그러나 리오의 공격보다 맨티스 퀸의 돌려차기가 먼저였다.

"감히 어디서 잔재주를!"

"큭!"

맨티스 퀸의 돌려차기가 머리를 향해 날아오자 리오는 어쩔 수 없이 공격을 막은 후 뒤로 물러섰다.

"젠장, 생각이 짧았군."

리오는 아쉬워하며 파라그레이드에 주입된 기를 되돌렸다. 한편 역전될 뻔한 상황을 벗어난 맨티스 퀸은 안도의 한숨을 내쉬었다.

"무서운 녀석! 좋아, 후일을 위해서라도 완전히 없애 주지! 놀이는 이것으로 끝이다!"

자세를 가다듬고 노려보는 맨티스 퀸의 눈빛에 싸늘한 살기가 번뜩였다. 그녀를 응시하던 리오는 이제 본격적인 싸움이 시작되리라는 느낌에 마른침을 삼켰다.

'어렵다. 지금까지 상대했던 적 중에서 가장 강해. 시간을 끌면 내가 당하겠는걸. 단시간에 끝내는 수밖에!'

리오는 날렵하게 몸을 날려 근처 지면에 박혀 있던 디바이너를 뽑아 들었다. 오른손에 디바이너, 왼손에 파라그레이드를 쥔 그는 의지를 보여 주듯 다시금 일갈을 터뜨렸다.

"자, 오너라!"

리오는 자신의 기를 최대한 끌어 올렸다. 그러자 리오를 중심으로 대기 중에 충격파가 생성되면서 근처 건물들이 무너지고 흙먼지가 돌풍처럼 일어났다.

"가, 강해!"

레이필은 밀려드는 흙먼지를 옷자락으로 막으며 소리쳤다. 루이체를 세외한 일행은 리오가 기를 일으킨 것만으로노 이 성노의 여파를 몰고 올 수 있다는 것에 크게 놀랐다. 이 모든 것을 알고 있던 루이체는 자욱한 흙먼지 사이로 리오를 보며 걱정스럽다는 표정을 지었다.

'여기서 저 정도의 힘을 방출하면 정체가 탄로 날 수도 있는데……! 하지만 약한 힘으로는 어림도 없는 상대니 어쩔 수 없지. 힘내, 오빠!'

리오의 기가 급격히 높아지자 맨티스 퀸은 다시 한 번 놀랐다. 하지만 그의 일행처럼 기에 밀려 뒷걸음질치지는 않고 곧장 리오에게 달려들었다.

"힘이 남아 있는 줄은 몰랐구나! 하지만 발악을 해 봤자 결과는 마찬가지다!"

"당연하지. 네 패배가 말이야!"

리오는 공격해 오는 맨티스 퀸을 향해 몸을 날리며 파라그레이드로 앞을 막고 등 뒤로는 디바이너를 돌려 잡은 채로 기회를 노렸다. 공격이 실패할 것을 각오하고 잡은 필살의 자세였다.

"하아아앗!"

낫이 공기를 가르며 미세한 마찰음을 내는 순간, 리오의 시신경을 포함한 모든 감각들이 일제히 고조되었다.

날아드는 낫을 파라그레이드로 받은 리오는 팔을 교묘히 비틀어 낫의 공격 방향을 바꾸었다. 낫은 다시금 리오의 몸을 스치지도 못하고 바닥을 내리찍었다. 그러나 바로 다음 순간 리오는 또다시 몸을 뒤로 젖혀야만 했다. 연이어 낫의 긴 자루를 이용해 맨티스 퀸이 급습했기 때문이다.

두 번의 공격을 모두 피한 리오는 파라그레이드로 맨티스 퀸의 복부를 공격했으나 맨티스 퀸 역시 재빨리 몸을 비켜 공격을 피했다. 가까스로 빗나간 리오의 파라그레이드를 보며 맨티스 퀸은 씩 미소 지은 후 곧바로 반격을 날렸다.

"끝이다, 인간!"

맨티스 퀸의 낫은 가속하여 리오의 머리를 향해 급강하했다.

퍽, 푹.

날이 살을 가르는 소리와 함께 황색 체액이 높이 솟구쳐 올랐다. 맨티스 퀸은 눈앞에 아른거리는 보라색 검을 보며 멍한 표정을 지었다.

"이, 이 녀석! 소검을 이용해 시선을 분산하다니!"

"후후, 곤충처럼 전방위 시각을 지녔다면 아마 내가 당했겠지."

리오는 지친 웃음을 지으며 디바이너에 묻은 맨티스 퀸의 체액을 떨어냈다.

리오의 이번 공격은 단순한 공격이 아니었다.

맨티스 퀸의 재공격을 알면서도 일부러 파라그레이드로 겨우 막은 듯이 빈틈을 보였다. 목숨을 건 완벽한 빈틈을 만들지 않고서는 두 번째 공격을 적중시킬 수 없음은 분명했다.

마지막 신음을 토하며 쓰러진 맨티스 퀸의 호흡과 맥박은 급격히 느려졌다. 그녀를 가만히 내려다보던 리오는 디바이너를 다시 잡으며 중얼거렸다.

"후, 상당히 강했다, 맨티스 퀸. 어쨌거나 네 말대로 후일을 위해 완전히 결말을 내는 것이 좋을 듯하군. 잘 가거라."

리오는 맨티스 퀸의 마지막 숨통을 끊기 위해 디바이너를 높이 치켜들었다. 맨티스 퀸의 얼굴은 잿빛으로 변하며 고통스럽게 일그러졌다.

"으윽!"

"잠깐 기다려라."

그 순간 낯선 남자의 목소리에 리오는 멈칫하고, 치켜든 그의 팔을 누군가 우악스럽게 잡았다.

"윽, 누구냐!"

리오는 뒤를 돌아보았다.

검은빛이 감도는 보라색 갑옷 위로 검은 머리카락을 늘어뜨린 훤칠한 얼굴의 남자가 서 있었다. 그는 리오가 반응하기도 전에 팔을 휘둘러 저만치 날려 버리고, 곧바로 쓰러져 있는 맨티스 퀸에게 회복 주문을 썼다.

"수고하셨습니다, 맨티스 퀸. 치료가 끝날 때까지 그대로 계십시오."

"크윽."

"너, 넌 누구냐!"

내동댕이쳐진 리오는 일어나 그 남자를 공격하려 했으나 그의 앞을 가로막는 또 다른 존재가 있었다. 바로 천공의 루카였다.

"루카!"

"여기까지다, 리오 스나이퍼. 지금 넌 나에게 저항할 힘조차 남아 있지 않다는 걸 네 자신이 더 잘 알고 있을 텐데? 반항하지 않는다면 우리도 맨티스 퀸을 모셔 가기만 할 것이다. 그러나 대항한다면 널 포함한 네 일행과 맨티스 크루저 암컷들을 모두 박살 내겠다. 이런 호의를 무시할 정도로 어리석진 않겠지, 크큭."

리오의 붉은 눈썹이 순간 꿈틀거렸다. 일행의 머리 위에도 신장으로 보이는 두 명의 남자가 떠 있었다. 최악의 상황임을 안 그는 결국 디바이너를 내려놓으며 뒤로 물러섰다.

"빌어먹을!"

루카가 리오를 막고 있는 동안, 맨티스 퀸의 상처가 거의 아물었다. 수수께끼의 남자는 의식이 멍한 맨티스 퀸을 어깨에 들쳐 업으며 루카와 공중에 떠 있는 신장들에게 말했다.

"루카, 마르카, 니마흐, 모두 먼저 귀환하라. 난 잠시 후 돌아가겠다."

"예!"

짧은 대답과 함께 신장들은 곧바로 사라졌다. 정체를 알 수 없는 남자는 리오 앞으로 천천히 다가가며 말했다.

"네가 리오 스나이퍼인가? 역시 강해 보이는군. 나보다 강한 존재인 맨티스 퀸을 이렇게 이기다니…… 물론 맨티스 퀸께서 방심한 것이겠지만 어쨌든 대단하군."

"칭찬하려고 나를 살려 둔 것 같진 않은데? 이유가 뭐지?"

리오가 인상을 찌푸리며 말하자, 남자는 피식 웃으며 대답했다.

"후훗, 겨우 서 있을 정도의 체력이면서 잘도 나불대는군. 내 이름은 차원의 워닐, 제1위의 신장이다. 앞으로 닥칠 일에 대비해 통성명은 해야 예의가 아니겠나. 훗, 그럼 또 보자, 리오 스나이퍼."

워닐이라고 자신을 소개한 자는 곧 괴상한 빛에 휩싸여 사라졌다.

"워닐……."

최고위 신장의 이름을 몇 번 되뇌인 리오는 이내 비틀대며 바닥에 쓰러지고 말았다.

"리오 님! 리오 님!"

"오빠!"

자신을 부르는 소리가 점차 희미하게 멀어지는 것을 느끼며 리오의 감각은 암흑 속으로 빠져들었다.

"음?"

눈꺼풀이 파르르 떨리디니 리오는 서서히 눈을 떴다. 의식이 점차 돌아오자 리오는 희미하게 가물거리는 기억을 되찾으려 정신을 집중했다. 천장을 비롯해 사방이 온통 하얀색으로 칠해져 있는 것으로 보아 자신이 누워 있는 곳은 치료원 내지는 사후 세계일 것이라고 생각했다.

살짝 고개를 들어 주위를 훑어본 리오는 루이체가 자신의 침대에 머리를 기대고 잠든 모습을 볼 수 있었다. 사후 세계는 아니구나 생각한 리오는 서서히 상체를 일으켰다.

"욱!"

하지만 온몸이 바스러지는 것처럼 욱씬거리는 근육통에 그는 이내 얼굴을 찌푸리고 말았다. 심한 통증으로 미루어 체력이 완전히 소모됐음은 물론, 기까지 고갈되었음을 느낄 수 있었다.

"욱, 이렇게까지 뻐근한 적은 정말 오랜만이군."

"음?"

리오 목소리에 루이체는 흠칫 놀라며 깨어났다. 리오가 빙긋 웃으며 손을 흔들자 졸린 듯 그녀는 다시 침대에 기대며 말했다.

"우웅, 깼어, 오빠? 잘됐네…… 하아아암."

평온한 동생의 모습에 리오는 머리를 긁적이며 이것저것 묻기 시작했다.

"여기가 어디지? 치료원 같은데……."

"맞아. 수도에서 가장 큰 치료원이야. 그레이 공작님과 레이필 현자님이 극구 오빠를 이곳으로 보내시더라고……."

"그래? 그럼 내가 며칠 동안 여기 누워 있었지?"

"……나흘? 그동안 내가 더 피곤했어, 오빠. 런희 씨랑 노엘인가 하는 여자 위로하느라 고생하고……. 어휴, 생각만 해도 끔찍해. 아 참, 맨티스 크루저 아줌마들과 애들은 그 도시에서 몰래 빠져나갔어. 그러니 걱정하지 말고 몸조리나 잘해."

"그래. 고맙다, 루이체. 아, 좀 더 쉬고 싶으니까 지크 외엔 내가 아직 누워 있다고 전해 줘. 귀찮아질 것 같으니까 말이야."

루이체는 침대에 머리를 비비듯 고개를 끄덕였다. 그녀 역시 무척 피곤한 모양이었다.

치료원에 머문 지 이틀, 리오의 몸은 예전과 같이 회복됐고, 곧 수많은 방문객을 받아야만 했다.

"거 참, 신기하단 말이야? 찔려서 실명된 눈이 어떻게 멀쩡해질 수 있지?"

리오의 눈이 완전히 회복됐다는 사실이 믿기지 않은 듯 린스는 연신 고개를 갸웃거리며 리오의 얼굴을 쳐다보았다. 퇴원할 준비를 끝낸 리오는 소리 없이 웃으며 의자에서 일어났다.

"불행 중 다행이죠. 하마터면 영영 붕대를 감고 다닐 뻔했으니……. 그런데 왕궁에는 별일 없습니까?"

린스는 코웃음을 치며 말했다.

"풋, 감히 떠돌이 기사 주제에 공주에게서 왕궁 일을 알려 하다니……. 하지만 뭐 별일은 없어. 검술대회 때문에 좀 시끄러워졌다 뿐이지. 참, 검술대회 출전할 거야?"

고민할 여지 없이 리오는 고개를 저었다.

"그럴 생각은 없습니다. 제가 나가면 공주님이 재미없어 하실 것 같으니까요. 게다가 나가서 쇼 하는 것도 적성에 안 맞고……. 그리고 그때 제가 이 성안에 있을지 없을지도 모르잖습니까. 자, 같이 나가시죠, 공주님."

"흥."

린스는 리오의 마지막 말을 듣고 시무룩한 표정을 지었다. 물론 리오는 그 표정을 보지 못했다.

치료원 정문을 나설 때까지 얼굴이 어두웠던 린스는 정문 앞에 사람들이 많이 모여 있자 얼굴에 억지웃음을 띠었다.

치료원 앞에서 련희, 노엘, 루이체, 케톤을 비롯한 많은 사람들이 리오를 기다리고 있었다.

"축하드립니다!"

"아, 하핫……."

환영 인파가 많은 것에 리오는 머리를 긁적이며 어색한 미소를 지었다. 맨 앞에 서 있던 케톤이 활짝 웃으며 소리쳤다.

"축하드립니다, 리오 님! 국가적 영웅…… 에 오르지는 못했지만 퇴원을 축하드립니다!"

케톤의 치하에 리오는 순간 당황했다.

크로플렌을 구한 것은 확실히 리오의 공이 컸다. 그 혼자 해냈다고 해도 과언은 아니었으나 레이필과 그레이 공작에게 부탁해서 공로자의 명단에서 자신의 이름을 빼달라고 했기에 레프리컨트 왕국의 역사에 그의 이름이 등장하는 일은 없게 되었다. 역사에 이름을 올리지 않는 것은 가즈 나이트의 철칙이었다.

리오는 레이필과 함께 공작의 저택으로 향했다. 초대된 것이 아

니라 숙소가 바뀐 것이었다. 리오와 같은 훌륭한 젊은이를 여관에
둔다는 것은 크나큰 실수라며 그레이 공작이 자신의 저택에 머물
도록 적극 추진했고, 루이체, 마티, 지크, 련희 모두 무기한으로 저
택에서 지낼 수 있게 됐다.

'상당히 시끄럽겠군…….'

리오의 예상은 틀리지 않았다. 레이펄이 뭐라고 떠들어 댔는지
저택에서도 그는 국가적 영웅 대우를 받았다.

루이체와 련희는 공작의 손자들과 놀아 주느라 정신이 없었고
마티는 방 안에 틀어박혀 거의 나오지 않았다. 지크하고만 대화를
조금 나눌 뿐이었다.

리오는 이 생활이 언제까지 지속될지 예상할 수 없었다. 확실한
것은 단 하나, 오래 지속되지는 않으리라는 것이었다.

다음 날 아침, 리오는 공작 저택의 거실에서 열심히 디바이너와
파라그레이드를 손질하고 있었다.

'빨리 수도 밖으로 나가 봐야 하는데……. 계속 이렇게 있는 건
좋지 않단 말이야.'

파라그레이드의 오리하르콘 날은 움직일 때마다 광선을 받아 번
쩍거렸다. 흡족해하며 리오는 계속해서 디바이너를 닦기 시작했
다. 칼에 묻은 맨티스 크루저의 체액은 잘 닦이지 않았다. 몇 번을
연거푸 힘들여 닦고 나니 겨우 디바이너의 보라색 표면이 말끔히
드러났다.

"또 칼 닦는 거야?"

남들보다 일찍 일어난 지크가 리오 옆에 앉으며 구시렁대자 리
오는 가볍게 웃으며 지크에게 물었다.

"왕궁에서 경호원 노릇 하는 건 어때?"

지크는 짜증난다는 듯 손사래를 치며 대답했다.

"더럽지, 뭐. 그나마 시녀들이 많아서 좀 위안이 되긴 하지만 그 베르니카가 쉬지 않고 잔소리를 해 대는 통에 짜증 난다니까. 근데 저번에 왜 의식을 잃었어? 네가 그런 적은 한 번도 없잖아."

리오는 디바이너를 늘어 예리한 날을 세심하게 들여다보고는 다시 닦으며 말을 이었다.

"음, 12신장 말고 맨티스 퀸이란 강자가 있었어. 그의 무기가 무엇인지는 몰라도 네 무명도처럼 주인 외의 생물에게는 엄청난 무게를 느끼게 하는 것이었지. 물론 그것이 없어도 그녀는 강적이긴 했지만. 어쩌면 나보다는 네가 훨씬 더 쉽게 그녀를 없앨 수 있었을지도 모르겠군."

"왜?"

"인간형 상대였으니까. 어쨌든 아직 살아 있으니 후에 12신장 녀석들과 한꺼번에 쳐들어온다면 너와 나 둘만으로는 좀 벅찰 것 같아. 하지만 바이론이 있으니 약간 안심이 되기는 해. 바이론은 강하니까."

지크는 동감하듯 목뼈를 좌우로 풀며 중얼거렸다.

"하긴 그래. 근데 네 애인이 있으면 금상첨화일 텐데. 킥킥."

"애인?"

리오의 눈이 휘둥그레졌다. 지크는 짓궂게 웃으며 놀렸다.

"바이칼 말이야. 녀석, 나타날 때가 됐는데 너무 늦는 거 아냐?"

리오는 실소를 터뜨리며 고개를 저었다.

"후훗, 글쎄다."

"손가락 두 개를 자른 걸로 끝내려 했는데, 다른 사람들까지 끌어들이다니 정말 인간이란 존재는 멍청하군."

주위의 허름한 주점들과는 달리 실내장식이 꽤 호사스러운 주점 한쪽에 앉아 붉은색 음료를 들이켜던 청년은 자신을 쏘아보는 우락부락한 남자를 향해 경멸하듯 싸늘히 말했다.

"흥! 나와 내 친구 다섯을 없앨 수 있다고 착각하는 거냐! 계집애 같이 생긴 녀석, 어서 나와! 끌어내기 전에!"

손에 붕대를 감은 남자가 흥분하며 고래고래 소리를 질렀다. 그럴 때마다 광이 나는 그의 대머리 위로 실핏줄이 도드라졌다.

청년은 대머리 남자의 엄포에도 아랑곳하지 않고 느긋하게 음료를 다 마신 후 블루블랙의 머리카락을 여유 있게 뒤로 넘기며 의자에서 일어섰다.

그다지 크지 않은 보통 키의 청년이 문 쪽으로 나서며 검지를 까딱거리자 붕대를 맨 남자와 그의 일행은 흉기를 뽑아 들며 청년을 따라 밖으로 나섰다.

거리에 나간 청년은 팔짱을 끼고 살기등등한 상대들이 다 나오기를 기다렸다. 그들이 나오자 청년은 먼저 자신에게 소리를 친 대머리 남자에게 다가갔다.

"자, 나왔는데 어쩔 거지?"

대머리 남자는 어이없다는 듯 피식 웃으며 또다시 고함쳤다.

"흥! 내게 사과하려 해도 이젠 늦었다! 이거나 먹어랏!"

남자는 청년의 얼굴에 침을 퉤 뱉었다. 순간 남자의 호흡이 멈췄다. 그가 뱉은 침이 청년의 눈앞 허공에서 멈춰 버린 것이다.

청년은 싸늘한 목소리로 말했다.

"인간 주제에 감히 내게 침을 뱉다니, 태어난 것을 후회하게 해주마."

청년의 눈이 순간 크게 떠지는가 싶더니, 피식 소리를 내며 침이 공중에서 증발해 버렸다. 놀란 남자는 뒷걸음질을 치며 도망갔다.

"커헛!"

그러나 얼마 못 가 그 남자의 목덜미가 청년의 손에 잡히고 말았다. 잠시 후 청년은 대머리 남자의 목에서 손을 떼며 중얼거렸다.

"멍청한 녀석!"

"캐, 캑?"

심한 기침과 함께 남자의 목에서 물컹거리는 덩어리와 범벅된 붉은 피가 쏟아졌다. 목을 타고 바닥으로 흐르는 핏줄기를 망연자실 바라보는 남자에게 청년은 잔인한 웃음을 흘리며 말했다.

"네 성대다. 음색이 별로 아름답지 못하더군. 그래서 불필요한 물건인 것 같아 좀 제거해 줬지. 감사해할 것까지는 없어."

"……!"

그 말에 기겁을 한 남자는 애써 소리를 내려 했으나 허사였다. 그 광경을 지켜본 일행은 혼비백산하며 사방으로 뿔뿔이 흩어졌다.

성대가 떨어져 나간 남자는 미친 듯이 울부짖기 시작했으나 아무런 소리도 낼 수 없었다.

청년은 단호하게 몸을 돌려 마을을 벗어났다.

"환각으로 끝낸 것을 감사히 여겨라. 쳇, 역시 인간이란 존재는 맘에 안 들어."

청년은 계속 길을 걸으며 중얼거렸다.

"리오 녀석, 리카란 꼬마애는 찾았나?"

청년은 하얀 얼굴 위로 흘러내린 머리카락을 쓸어 넘기며 하늘을 올려다보았다. 광활하게 펼쳐진 평야의 하늘에 붉은빛 노을이 천천히 번져 가는 광경은 황홀할 정도로 장관이었다.

청년은 짧게 탄성을 지르며 품속에 감추어 둔 둥근 막대 사탕을 꺼내 입에 물었다.

"그런데 바이칼 녀석은 지금 뭘 하고 있을까?"

디바이너 손질을 끝낸 리오가 마지막 점검을 하며 지크에게 물었다.

"어디서 술 마시다가 누구랑 시비가 붙어서 싸우고 있거나, 아니면 지금 여기로 오고 있는지도 모르지."

지크가 실실 웃으며 대답하자 리오도 피식 웃으며 대꾸했다.

"풋, 상상도 잘하는군. 아 참, 그러고 보니 너 리카 기억하니?"

지크는 소파에 기대며 고개를 끄덕였다. 고신전쟁 때 차원의 틈으로 날려져 리오를 4년간 고생시킨 장본인이자 비극의 소녀였다. 결코 잊을 수 없는 사건이기에 지크는 씁쓸한 미소를 지었다.

"당연하지. 내가 어떻게 그 애를 잊어. 내 차원의 시간으로는 그 일이 있은 지 한 달하고 보름이 약간 지났을 뿐이고, 이곳에 온 지도 보름밖에 안 됐으니까 합쳐 봤자 한두 달 됐나? 그러니 인상착의도 정확히 알고…… 으힉?"

눈을 감은 채 계속 중얼거리던 지크는 순간 눈을 번쩍 뜨며 몸을 일으켰다. 그 모습에 리오가 의아해하며 물었다.

"왜 그래?"

지크는 멍하니 앞만 바라보며 생각하다가 다시 드러누우며 별것 아니라는 듯 말했다.

"아, 갑자기 베르니카가 적어 준 일과가 생각나서 그랬어. 신경 쓰지 마."

"흠, 그래?"

리오는 고개를 끄덕이며 창문 너머 눈부시게 파란 하늘로 시선을 옮겼다.

해가 하늘 꼭대기에 걸린 정오 무렵, 지크는 인상을 잔뜩 쓴 채 왕궁으로 향했다. 경비병들은 지크가 베르니카에게 끌려오는 게 아닌, 혼자 오는 모습을 보자 눈을 동그랗게 뜨고 바라보았다.

"어, 지크가 자기 발로 여길 오다니, 웬일이야? 맨날 망아지처럼 끌려오더니."

경비병들의 농담 섞인 말에, 지크는 평소와는 달리 버럭 화를 내며 소리쳤다.

"시끄러, 자식들아! 구경났어!"

"아, 아닐세."

경비병들은 움찔하며 고개를 돌렸다.

왕궁으로 들어선 지크는 곧장 린스의 방으로 향했다. 문 앞에 선 그는 크게 심호흡을 하며 자신의 생각이 빗나가기를 바라면서도 또 한편으로는 예상이 맞아떨어졌을 때의 뒤처리를 잠시 생각했다.

'좋아, 떨지 마라, 지크!'

결심한 듯 그는 눈을 부릅뜨며 방문을 노크했다.

똑똑.

안에서 노크 소리에 반응한 사람은 노엘이었다. 노엘은 문을 살짝 열어 보고 뜻밖에 지크가 서 있자 안경을 고쳐 썼다. 한 번도 지크의 진지한 표정을 본 적 없는 노엘은 고개를 갸웃거리며 물었다.

"지, 지크 스나이퍼 씨? 무슨 일로 오셨죠?"

지크는 노엘 뒤로 방 안을 쓱 훑어본 뒤 짧게 물었다.

"공주님 계신가요?"

"예? 예, 계십니다만…… 아, 잠깐 기다리세요!"

지크는 우격으로 방 안에 들어섰다. 지크의 무례함에 노엘은 당황했지만 그의 분위기가 이상할 정도로 진지했기에 더 이상 아무말도 하지 않았다.

"왜 이리 시끄러워?"

마침 린스가 책을 들고 개인 서재에서 나오고 있었다. 지크는 짧게 숨을 몰아쉰 뒤 린스 앞으로 다가갔다. 린스는 갑자기 지크가자기 앞을 가로막자 움찔하면서도 태연한 척 투덜댔다.

"뭐야, 마른 꺽다리? 볼일 있어?"

아무 말 않고 가만히 린스를 바라보던 지크는 갑자기 노엘의 팔을 잡아끌며 말했다.

"잠깐 나 좀 봐요, 안경 선생."

"예?"

노엘이 지크에게 팔목이 붙들린 채 끌려 나가자 린스는 입을 삐죽이며 투덜댔다.

"데이트 신청인가? 이상한 녀석이네?"

복도로 나오자마자 지크는 노엘을 벽 쪽으로 끌고 가서는 다짜고짜 말했다.

"한 가지만 물읍시다, 안경 선생."

"무, 무슨 일이시죠, 스나이퍼 씨? 저에게 특별한 용건이라도……?"

노엘은 도대체 무슨 일일까 생각하며 어색한 미소를 지었다.

"린스 공주님, 이 나라 여왕의 양녀 맞죠?"

노엘은 의외의 질문에 약간 긴장한 듯 조그마한 목소리로 대답했다.

"네, 그렇긴 합니다만 그건 우리 왕국의 국민들은 거의 다 알고있는 사실이에요. 그것 때문에 이러시나요?"

"다 안다고요?"

"예."

과연 그랬구나 하고 생각한 지크는 침을 꿀꺽 삼키며 다급하게 물었다

"그럼 공주님은 언제 양녀가 되셨죠?"

노엘은 잠시 침묵하더니 곧 말을 이었다.

"음…… 그러니까 그레이 공작께서 데려오신 공주님이 여왕님을 알현한 것이 10년 전이었을걸요?"

예상에 빗나간 대답에 지크는 설마 하는 표정으로 되물었다.

"사, 사실이에요? 10년 전입니까? 4년 전이 아니고요?"

노엘은 깊은 한숨을 쉬며 말했다.

"그래요. 어릴 때 사진도 다 있지요. 첫 생일 초상화도 있고, 생부모와 함께 그린 초상화도 있어요. 공주님께 부탁하면 보실 수도 있을 겁니다만……."

"……예."

그 말을 들은 지크는 맥이 탁 풀리며 허탈한 표정을 지었다.

"저, 무슨 일 있으십니까?"

노엘은 의아한 눈으로 지크를 쳐다보며 물었다. 그러나 지크는 대답하지 않고 힘없이 벽에 기대서 있다가 주먹으로 벽을 치며 소리쳤다.

"이상해! 그럴 리 없어!"

지크가 휘두른 주먹으로 벽 깊숙이 구멍이 뚫리고 말았다. 그는 복도를 뛰어 어디론가 사라졌다.

커다란 소리에 놀란 린스는 밖으로 뛰어나와 노엘이 무사함을 확인하고는 이내 화를 펄펄 내기 시작했다.

"아니, 저 녀석이 사람 겁주는 거야, 뭐야? 왜 그러는 거야, 도대체!"

노엘은 펄쩍 뛰는 린스를 달래고는 함께 안으로 들어갔다. 문을 닫던 노엘은 지크가 사라진 어두운 복도 끝을 슬쩍 본 후 굳게 문을 닫았다.

"분명해. 무슨 음모가 있어! 헤어진 지 두 달이 채 안 되니 내 기억이 확실하단 말이야! 열여덟 살이 됐다 해도 여자라서 목소리는 거의 변하지 않았기 때문에 더욱 확실해! 게다가 그 버르장머리 없는 말투까지!"

공사장 판자를 깔고 앉아 머리를 쥐어뜯으며 고민하던 지크는 자리에서 벌떡 일어나 그레이 공작의 저택으로 돌아갔다. 그레이 공작과 레이필 현자는 여왕과 가까운 사이라 뭔가 알고 있을 것이라 생각되었기 때문이다.

다짜고짜 공작을 찾아가 노엘에게 한 것과 똑같은 질문을 던진 지크는 가만히 공작의 대답을 기다렸다. 공작은 피식 웃으며 대답했다.

"공주님이 10년 전에 양녀가 된 것은 이 수도 사람들이라면 거의 다 알고 있지. 허헛, 난 또 무슨 심각한 일인가 했군."

역시 같은 대답이 나오자 지크는 실망스러운 낯으로 다시 물었다.

"4년 전에 양녀가 되신 게 아니고요?"

공작은 고개를 끄덕였다.

"당연하지. 10년 전 린스 공주님의 친부모가 사고로 목숨을 잃었을 때 울고 있던 린스 공주를 성에 데리고 온 사람이 바로 나였네. 그 근처 주민들에게 물어보게나. 확실하지, 암."

가만히 바닥을 응시하던 지크는 힘없이 고개를 떨구며 말했다.

"죄송합니다. 괜히 방해해서……."

공작은 웃으며 손사래를 쳤다.

"아니, 괜찮네. 근데 무슨 일인가? 자네가 갑자기 진지한 얼굴로 질문하니 궁금해지는데그래?"

지크는 허탈한 모습으로 빙을 나시며 고개를 저었다.

"아닙니다. 그럼 쉬십시오."

지크의 뒷모습이 시야에서 사라지자 공작은 안도의 한숨을 쉬며 그동안 끊고 있었던 담배를 한 개비 꺼내 불을 붙였다.

"후……."

담배 연기를 길게 뿜으며 잠시 생각에 빠져 있던 그레이 공작은 한참 후에야 읽고 있던 책을 다시 펴 읽기 시작했다. 그런데 그런 그의 모습을 문틈으로 보며 고개를 갸웃거리는 사람이 있었다. 바로 지크였다.

지크는 가려다 말고 아무래도 꺼림칙한 기분이 들어 그레이 공작에게 린스의 어린 시절 사진을 보여 달라고 할 양으로 다시 돌아왔던 것이다. 그런데 심각한 모습으로 담배를 피우고 있는 그레이 공작을 보고 그는 고개를 갸우뚱할 수밖에 없었다. 그레이 공작은 담배를 끊으려고 무척 애를 썼고, 최근 한 달 동안 한 개비도 피지 않았다고 자랑까지 했었다.

발코니로 나온 지크는 아래를 내려다보며 인상을 찌푸렸다. 생각에 잠길 때 인상을 찡그리는 건 그만큼 그가 복잡한 생각을 싫어하기 때문이었다. 그레이 공작의 의심스러운 행동 때문에 린스 공주가 리카일 거라는 그의 추정은 미궁 속에 빠져 버렸다.

자신의 예상이 빗나갔거나 아니면 왕궁 사람들이 무엇인가를 숨기고 있는 것이라 생각한 지크는, 만약 그들이 무엇인가 숨기고 있다면 왜 이렇게 완벽한 각본으로 린스의 정체를 정당화하는지 이유를 알고 싶었다.

"내가 잘못 생각하는 건가? 이건 저절로 밝혀질 문제가 아닌데 잘못하면 모르고 넘어가서 리오 녀석이 계속 떠돌아다닐 수 있다고. 미치겠네."

"무슨 걱정 있으십니까?"

누군가 갑자기 말을 걸어 오자 지크는 흠칫 놀라며 뒤를 돌아보았다. 련희가 무표정한 시선으로 자신을 바라보자 지크는 머리를 긁적이다 헝클어 뜨리고는 대답했다.

"으…… 아니에요. 아가씨는 걱정하지 않으셔도 돼요. 그건 그렇고 리오 녀석은 어디 갔나요?"

다른 곳으로 시선을 돌리며 지크가 묻자, 련희는 조용히 대답했다.

"레이필 현자님과 외출하시는 것을 봤습니다. 왜 나가셨는지는 잘 모르겠습니다."

"마법 할머니와 나갔다고요? 알았어요. 볼일 보세요."

말을 마친 지크가 발코니에 다시 기대며 한숨을 쉬자, 련희는 이상하다는 눈으로 언뜻 보더니 발걸음을 옮겼다.

발코니에 서서 고민에 빠진 지 한 시간째, 이번엔 지나가던 마티가 지크에게 다가왔다. 지크가 자신이 온 것조차 모르자 그녀는 그의 다리를 툭 건드렸다.

"으앗!"

살짝 건드렸는데도 딴생각을 하고 있던 지크는 크게 휘청거렸다. 마티는 의아한 눈으로 지크를 쳐다보았다.

"무슨 생각을 하는 거야? 보통 땐 멀리서 오는 것도 냉큼 알아채더니 오늘은 정신이 딴 데 가 있네?"

지크는 떨떠름한 표정을 지으며 다시 발코니에 기댔다.

"상관하지 마. 오랜만에 머리 좀 굴리고 있으니까 말이야."

마티는 기가 차다는 듯 빈정거렸다.

"쳇, 돌로 가득 찬 뇌도 놀아가긴 하나 보군."

마티는 비아냥거리며 가 버렸고 지크는 다시금 생각에 잠겼다.

해거름이 다 될 때까지 지크는 여전히 발코니에 있었다. 공작의 가족들까지 와서 그를 걱정하는데도 지크는 무덤덤했다. 결국 저녁 식사 시간이 다 되어서야 지크는 자리를 떴다.

"추리소설 좀 읽어 보는 게 좋겠군. 빌어먹을, 안 풀리잖아!"

투덜거리며 방으로 향하던 지크는 자신이 서서히 루이체의 히스테리를 닮아 가는 게 아닌지 은근히 걱정되었다.

늦은 밤, 침대에 누운 리오는 이런저런 생각에 잠을 이루지 못하고 뒤척였다. 레이필이 낮에 말한 이야기 때문이었다.

그녀의 말로는 지금 리오가 있는 공간이 다른 차원과 가까워지고 있어서 이차원(異次元)의 마물들이 이곳저곳에 출몰하고 있다는 것이었다. 이차원의 마물들은 자신의 종족 이외에 모든 생명체를 증오하기 때문에 더욱 문제가 컸고, 또한 다른 차원과의 거리가 가까워진다는 말은 1천 년 전 여신들이 둘로 나눈 세계가 다시 하나가 된다는, 즉 여신들이 다시 세상에 강림한다는 것과 같은 말이었다. 하지만 리오와 일행은 아무것도 할 수 없었다. 왜 나눠졌던 차원이 다시 하나가 되는지 이유를 알 수 없었다.

'벨로크 왕국에서 왜 차원을 하나로 만들려 하는 거지? 차원이 떨어져 나간 이유도 모르는데? 설마 여신들이 불쌍해서 다시 하나

로 만들려는 건 아닐 테고…….'

똑똑.

계속 고민에 빠져 있던 리오는 노크 소리에 정신이 들었다. 빠르고 경쾌한 노크 소리가 지크임을 말해 주고 있었다.

"들어와, 지크."

"자식, 벌써 침대에서 뒹구냐……? 하긴 잘 때긴 하지."

뾰로통한 표정으로 들어오는 지크를 보고 리오는 피식 웃으며 침대에서 몸을 일으켰다. 의자에 깊숙이 몸을 묻은 지크는 다리를 꼰 채 심각한 표정으로 한참 있었다. 흘끔 지크를 본 리오는 무슨 일인지 궁금증이 일었다. 그때 지크가 먼저 입을 열었다.

"너, 린스 공주를 어떻게 생각하냐?"

"뭐? 후훗, 이젠 별걸 다 물어보는구나."

리오는 싱거운 녀석 다 보겠다는 표정으로 웃었다. 그러나 지크의 표정은 여전히 심각했다.

"목소리랑 얼굴…… 누구하고 비슷하다고 생각하지 않아?"

지크의 얘기가 거기에서 멈추자 리오는 가볍게 한숨을 쉬며 대답했다.

"지금에야 눈치채다니…… 너 소설 좀 많이 읽어야겠다."

그 말에 지크는 깜짝 놀라며 되물었다.

"그럼 넌 알고 있었단 말이야?"

지크의 목소리가 커지자 리오는 조용히 하라는 손짓을 하며 계속 말했다.

"당연하지. 4년 동안이나 찾아다녔는데 내가 왜 모르겠어. 만나자마자 알았지. 하지만 지금 우리가 파고들어 봤자 그 애는 자신이 과거에 누구였다는 걸 알지 못해. 누군가 그 애 머릿속의 과거를 다른 여자아이의 기억으로 대체해 버렸기 때문이야. 예전과 같은 건 버릇뿐이지. 말투나 성격 같은……. 하지만 이제 난 그 애에 대해서는 손 떼기로 했어."

고개를 숙인 지크는 형제의 다음 말을 짐작하고 있었으나 확인하듯 재차 물었다.

"왜지?"

"왜는 왜야. 과거를 잃어버린 리카가 열아홉 살이 되어 원래 살던 곳으로 돌아가 봤자 그 애는 외톨이가 될 뿐이야. 그쪽에서도 그녀가 사망한 걸로 믿고 있는데 말이야. 처음 내가 찾으러 간다고 했을 때부터 클루토 외의 사람들은 모두 가망이 없다고 생각했어. 그리고 사실 나도 그랬지. 보통 사람이 차원이동을 할 때는 몸이 남아나질 않거든. 하지만 운 좋게도 리카는 무사히 이곳에 떨어졌고, 더욱이 공주로 지내고 있어. 어떻게 보면 그 애를 비롯한 모두에겐 더 잘된 일인지 몰라. 물론 단 한 명을 제외하곤 말이야. 결국 난 그녀석과의 약속을 지키지 못한 배신자가 되고 마는 거지. 후훗."

리오의 말을 묵묵히 듣고 있던 지크는 이해하겠다는 듯 고개를 끄덕거렸다. 한참 가만히 생각에 잠겨 있던 지크가 문득 다시 입을 열었다.

"그런데 참 이상해. 노엘도 그렇고 그레이 공작도 그렇고 모두 린스 공주가 10년 전에 입양된 것처럼 거짓말을 했거든. 어린 시절 사진도 있다면서 말이야. 어째서 이 왕국 사람들은 다들 거짓말을 하면서까지 그 애의 정체에 대해 쉬쉬하는 걸까?"

"그랬군……. 나도 처음엔 린스 공주가 10년 전에 입양됐다고 해서 의아했지. 네 말을 들으니 뭔가 알 것 같군. 아마도 여왕은 4년 전에 마법으로 리카의 옛날 기억들을 지운 후 다른 사람의 기억을 집어 넣었을 거야. 그래야 진짜 부모가 찾아와도 안심할 수 있을 테니까. 그리고 그 사실을 아는 측근들도 모두 입을 맞추며 사진까지 준비해 놓고 철저하게 비밀을 지키고 있는 거겠지. 물론 다른 이유가 있을 수도 있고……"

지크는 멍한 표정으로 리오의 얘기를 듣고 있다가 혼잣말을 하듯 중얼거렸다.

"그래서 할아버지가 그렇게 심각하게 담배를 피웠나?"

"그레이 공작님이 담배를?"

리오가 깜짝 놀라서 되묻자 지크가 고개를 끄덕였다.

"응, 내가 린스 공주에 대해 묻고 나오는데 그러더라고. 그래서 나도 뭔가 이상하구나 했지."

리오는 고개를 끄덕이며 말했다.

"그래. 그레이 공작님도 마음이 편치 않겠지. 사람의 기억을 바꾸는 일이 윤리상 바람직한 일은 아니니까. 그건 살인만큼이나 나쁜 일일 수도 있어. 아무리 나쁜 의도가 아니더라도 말이야."

지크는 심란하다는 듯 머리를 긁적이며 다시 자리에서 일어났다. 리오는 지크를 흘끔 쳐다보며 물었다.

"가는 거야?"

지크는 문을 열고 뒤돌아보며 고개를 끄덕였다.

"그래, 간다……. 어쨌거나 넌 나쁜 놈이야. 착한 클루토 녀석과의 약속을 어기다니 말이야."

문이 닫히고 지크의 발소리가 귓가에서 멀어지자, 리오는 피식 웃으며 중얼거렸다.

"후훗, 나도 안다."

2

12신장 대 가즈 나이트의 대결

시간은 홀러 레프리컨트 왕국의 최대 행사인 검술대회 기간이 되었다.

참가 자격이 엄격하지 않아 참가자는 여느 대회보다 많았고 대회 기간도 13일이나 됐다.

린스를 경호하는 임무를 맡아 개막식에 참가한 리오는 따분한 개막 경기를 지켜보며 하품을 연발하고 있는 린스에게 말을 걸었다.

"재미없으신가 보죠?"

린스는 고개를 끄덕이며 대답했다.

"응, 네가 싸우는 것을 봐서 그런지 저런 건 눈에 차질 않아."

리오는 어이없다는 듯 피식 웃으며 경기 참가 전사들이 일대일로 싸우는 모습을 지켜보았다. 린스의 말대로 정말 형편없었다. 마치 약속이라도 한 듯 공격과 방어가 차례차례 이뤄지고 있었다.

계속 구경하던 리오도 결국 흥미를 잃고 참가자 명단을 뒤적거리기 시작했다. 참가자가 많아 두꺼운 명단을 훑어보던 리오는 순간 깜짝 놀라며 린스를 바라보았다.

"엇? 공주님, 그레이 공작님도 출전하시나요?"

린스는 생크림이 담뿍 든 호두 비스킷을 깨물며 대답했다.

"응, 상업 효과 때문이라나? 계속 넘기면 놀랄 일이 또 있을 거야."

리오는 고개를 갸웃거리며 명단을 계속 뒤졌다. 그가 두 번째로 놀란 것은 한 번도 만난 적은 없으나 이름은 익히 들어 봤던 케톤의 할아버지 하롯 프라밍의 이름이 적혀 있었던 것이고, 세 번째로 놀란 것은 자신과 지크, 바이론의 이름을 확인하고서였다.

"아, 아니, 공주님. 이건……?"

린스는 아연실색한 리오를 돌아보며 재미있다는 듯 빙긋 웃었다.

"히힛, 내가 적었지! 자자, 다음 경기가 네 차례니까 빨리 나가라고!"

리오는 뒤통수를 긁적이며 어이없는 웃음을 지었다. 그는 군말 없이 린스의 명령대로 경기장으로 내려가며 중얼거렸다.

"후, 빨리 도망갈 걸 일이 꼬이는 바람에……. 젠장, 어쩔 수 없지. 몸이나 풀어 보는 수밖에. 어차피 지크 녀석도 결승전에나 만날 것 같으니 우승은 케톤에게 양보해야지, 뭐."

리오는 아직 경기가 끝나지 않은 석재 경기장 근처에서 서서히 몸을 풀었다.

"으악! 할아버지! 저 사람 좀 보세요!"

지루한 표정으로 개막전을 보고 있던 케톤은 경기장 근처에서 몸을 풀고 있는 리오를 보고 옆에 앉은 자신의 할아버지 하롯 프라밍에게 소리쳤다.

마른 듯한 얼굴에 깔끔한 용모의 그레이 공작과는 달리 약간 거친 이미지를 가진 하롯은 손자의 머리를 쥐어박으며 말했다.

"이 녀석! 공개 석상에서 호들갑을 떨면 어떻게 하느냐! 저 젊은 이가 대체 누구길래 그렇게 놀라느냐?"

케톤은 머리를 문지르며 대답했다.

"저, 서빈에 께가 빔끔드린 리오 스나이퍼라는 프리 나이트예요. 이번 대회 우승은 아무래도 제가 못할 것 같아요."

하롯은 웃으며 당연하다는 듯 말했다.

"홋. 네가 우승할 거라고 생각했느냐?"

케톤은 깜짝 놀라며 물었다.

"예? 그럼 리오 님이 출전할 것을 알고 계셨단 말이에요?"

"뭐라!"

자존심이 상한 하롯은 손자의 머리를 다시 쥐어박고는 팔짱을 끼며 당당히 말했다.

"프리 나이트인지 파리 나이트인지는 몰라. 다만 이 레프리컨트 왕국 최고의 검술사 하롯 프라밍이 참가한 이상 내 손자라도 절대 우승 못해! 껄껄껄껄!"

하롯의 말을 멀리서 들은 그레이 공작은 깜짝 놀라며 소리쳤다.

"시끄럽다, 이 노망난 늙은이야! 감히 여기가 어디라고 행패를 부리느냐!"

"노, 노망난 늙은이? 저 치매 환자가 왜 여기까지 와서 망발을 하느냐! 결투다!"

"흥, 기저귀는 차고 나왔는지 모르겠구나, 하롯! 요즘 힘 조절이 어렵다는 소문이 들리던데, 실수라도 하면 무슨 망신일꼬?"

"뭐, 뭐라! 오늘로서 불쌍한 레이필은 미망인이 되는 거다! 각오해라!"

그레이 공작과 하롯. 판이하게 다른 성격과 모습을 지닌 두 사람은, 레프리컨트 역사상 최고의 검사들이었으며 실력을 가늠할 수 없는 맞수였다. 또 항상 티격태격해도 누구보다 친한 막역지우였다. 나중에 합류한 레이필과 함께, 세계 최강의 팀으로서 동방까지 명성을 날린 그들은 레프리컨트 왕국 국민들의 존경을 받았고, 나이가 들어서도 여전히 막강한 실력을 자랑했다.

귀빈석의 소동을 멀리서 지켜보던 베르니카는 어깨를 으쓱하며 중얼거렸다.

"후훗, 라이벌끼리 신경전이 치열하군."

베르니카는 이번 경기에 참가 신청을 하지 않았다.

사람을 살리는 검을 쓰겠다고 목표를 정했으니 단지 실력을 겨루기 위한 검술대회에 참가할 의미가 없었다.

부푼 기대와 흥분 속에서 대회 개막전이 서서히 끝나 가고 있었다.

드디어 예선, 자기 차례가 된 리오는 오랜만에 공식 석상에 나오는 것이 멋쩍은 듯 머리를 긁적이며 경기장에 올라섰다.

상대편은 이미 올라와 있었다. 철퇴 두 개를 거머쥔 가죽옷의 거한이었으나 리오의 눈엔 그리 신통치 않아 보였다. 거한은 머리에 두르고 있던 가죽끈을 우두둑 끊으며 위협적으로 소리쳤다.

"자, 오너라, 빨간 머리!"

대단한 박력이었다.

그러나 리오는 빙긋 웃으며 여유만만하게 말했다.

"음, 준비 운동을 제대로 하지 못했으니 좀 살살해 줘, 친구. 그럼 부탁해."

예선전은 선수 소개도 없이 바로 시작종이 울렸다. 리오는 황당한 표정을 지으며 린스가 앉아 있는 귀빈석을 쳐다보았다. 린스가 잘 싸워 보라는 듯 손을 흔들며 히죽 웃어 보이자 리오는 어이없는 표정을 지으며 고개를 저을 뿐이었다.

"어딜 보는 거냐!"

"넷!"

시작종이 울렸다는 걸 깜빡했지만 리오는 그의 앞으로 날아오는 철퇴를 가뿐하게 피했다. 거한은 다른 철퇴를 연속으로 휘둘렀으나 그 역시 리오는 쉽게 피했다. 몇 번의 공격이 허사로 끝나자 거한은 숨을 거칠게 몰아쉬며 소리쳤다.

"뭐냐? 왜 피하기만 하는 거냐!"

"오늘 경기 왜 이래!"

리오는 관중들의 야유가 들려오자 손목을 돌리며 근육을 풀었다.

"어쩔 수 없지. 별로 싸우고 싶지 않지만 나 역시 지기는 싫거든? 자, 오너라."

리오는 디바이너를 천천히 뽑아 들었다. 예리한 날이 눈부신 햇살을 받아 신비로운 광채를 드러냈다.

케톤과 린스는 관중석 한쪽에 앉아 턱을 괴며 무료하다는 듯 중얼거렸다.

"끝났네."

"쿠아아아앗!"

거한은 괴성과 함께 모닝스타 두 개를 동시에 휘두르며 리오를 향해 돌진하였다. 리오는 디바이너로 어깨를 두드리며 여유있게 공격할 때를 기다렸다.

"죽어랏!"

픽.

뼈와 금속이 충돌하는 소리가 경기장에 울려 퍼짐과 동시에 철퇴를 휘두르던 거한은 비명도 지르지 못하고 멀찌감치 장외로 나가떨어졌다.

디바이너의 넓은 면으로 거한을 순식간에 친 리오는 죽은 듯 쓰러진 거한을 보고 안됐다는 듯 고개를 저었다.

"많이 흥분한 것 같으니 좀 쉬게, 친구."

리오는 천천히 경기장에서 내려왔다.

한편 그 광경을 직접 목격한 하룻은 입을 벌린 채 아무 말도 하지 못했다.

"어, 어떻게 저 거한을 단번에 날려 버릴 수 있지? 괴물이잖아?"

옆에서 그 말을 들은 케톤은 빙긋 웃을 뿐이었다.

"우아! 역시 격다리야!"

경기를 끝낸 리오가 다가오자 린스는 박수를 치며 환영했다. 리오는 고개를 숙이며 감사를 표했다.

"홋, 별말씀을. 그런데 지크의 경기는 언제입니까? 그 녀석 모르고 있을 텐데요."

"내일일 거야, 아마. 나중에 만나면 전해 줘. 그 녀석도 강하다고 그레이 할아버지가 그러더군. 어머, 이 말은 하면 안 되는데……."

린스의 입에서 그레이의 이름이 나오자, 리오는 그제야 알겠다는 듯 고개를 끄덕였다.

"오호, 공작님도 이 음모에 가담하셨나 보군요. 어쩐지, 공주님 혼자서 명단에 저와 지크를 올리셨다는 건 좀 이상했습니다."

리오가 그렇게 말하자 린스는 불쾌하다는 듯 얼굴을 붉히며 소리쳤다.

"뭐? 날 무시하는 거야!"

리오는 어깨를 으쓱하며 대답했다.

"그럴 리가요. 우리 아름다운 공주님께서 저를 어떻게 생각하시는데 공주님 스스로 제 이름을 위험한 검술대회 명단에 올리셨겠습니까. 그레이 공작님께서 무슨 말씀을 하셨겠죠."

리오가 능청스럽게 대답하자 린스는 얼굴을 붉히며 시선을 다른 쪽으로 돌렸다.

'쳇, 하여튼 귀신이라니까.'

리오의 말은 거의 틀리지 않았다. 사실 리오와 지크를 참가자 명단에 올리도록 주도한 사람은 다름 아닌 그레이였다.

"리오 군을 명단에 넣으면 오랫동안 수도에 붙잡아 놓을 수 있을 것입니다. 잘만 하면 아예 눌러앉힐 수도 있고요. 잘 생각해 보십시오, 공주님."

처음에는 그녀도 반대했으나 결국, 공작의 유혹에 넘어가고 말았다.

첫날 경기가 끝나고 린스를 왕궁까지 경호한 후, 리오는 허탈한 표정으로 길을 걷고 있었다.

"아, 또 쓸데없는 경기에 참가하게 됐구나. 하지만 우승은 케톤에게 주면 되겠지. 그렇게 날 눌러앉히고 싶나?"

계속 길을 가던 리오는 여관 거리에서 첫날 경기에 패하고 귀향하는 부상자들의 행렬과 마주쳤다. 그중 리오에게 진 거한도 있어서 그의 마음이 무거웠다. 어두운 골목에 숨어서 무리가 지나가길 기다리던 리오는 쯧쯧 혀를 찼다.

"잘못하다간 저 녀석들과 또 대적하게 될지도 모르겠군. 돌아가야지."

다른 길로 돌아가던 리오는 한 여관 앞에 열두 명의 남자들이 서

성거리는 모습을 보았다. 그 순간 리오의 얼굴이 굳어졌고 기척을 느낀 열두 명은 일제히 리오를 돌아보았다.

"오호, 리오 스나이퍼 아니신가?"

바로 얼마 전 그레이 공작 저택에서 겨룬 적이 있는 신장 천공의 루카였다. 갑옷만 좀 낡았을 뿐 얼굴과 목소리는 똑같았다.

다른 일행도 분명 12신장일 것이라고 생각한 리오는 재빨리 디바이너를 뽑아 들었으나 상대는 아무런 반응이 없었다.

'저, 저 녀석들 무슨 꿍꿍이지?'

잠시 후, 열두 명 사이로 검은 머리카락의 남자가 서서히 걸어 나왔다. 12신장의 우두머리, 차원장 워닐이었다.

"그만둬라. 지금은 싸우고 싶은 마음이 없으니까. 그리고 지금 싸워 봤자 이 근방의 주민들만 피해를 볼 뿐이다. 우리는 다만 검술대회에 출전하려고 온 것이다."

리오는 믿기지 않는다는 얼굴로 디바이너를 거두며 소리쳤다.

"흥, 너희 따위가 출전하게 놔둘 것 같나!"

그러자 워닐은 씩 웃으며 말했다.

"참가 제한은 없는 걸로 아는데? 후후훗."

곧이어 라우소가 앞으로 나서며 조용히 입을 열었다. 리오에게 당한 상처는 깨끗이 회복된 듯했다.

"우리는 이 대회에서 당신과 정당한 대결을 하고 싶습니다. 너무 그렇게 긴장하실 필요는 없습니다. 다다음 경기가 저와 당신의 경기더군요. 물론 당신이나 제가 다음 경기에서 떨어질 염려는 없겠지요. 후후훗."

가만히 라우소의 말을 듣고 있던 리오는 곧 의미심장한 웃음을 띠며 말했다.

"좋아. 같이 즐겨 주지. 하지만 명심해라. 너희와의 경기만큼은 치열할 테니까!"

말을 마친 후 리오는 가던 길을 계속 갔다. 리오의 뒷모습을 바라보던 워닐은 얼굴에서 미소를 지우며 각 신장들에게 말했다.

"부활하신 마그엘 님께서 알려 주신 정보로는, 신세에서도 저 녀석과 일대일로 붙어 이길 수 있는 존재는 거의 없다고 한다. 루카, 너와의 싸움도 모든 힘을 사용했다고는 할 수 없다. 너와 맨티스 퀸의 힘의 차이가 어느 정도인지는 잘 알고 있지? 그 녀석은 체력이 다 떨어진 상태에서도 맨티스 퀸과 싸워 이긴 녀석이다. 나조차 저 녀석과 일대일로 싸우면 질 가능성이 높을 거다."

"……예."

자존심이 상한 루카였지만 워닐이 누구인지 잘 아는 이상 순순히 수긍하는 수밖에 없었다.

워닐은 12신장의 얼굴을 차례차례 쳐다보며 계속 말을 이었다.

"명심해라. 우리가 여기 온 목적은 여신님들의 힘을 되찾아 드리는 것이지 전투가 아니다. 이스마일 님과 요이르 님이라면 저런 녀석은 간단히 처리할 수 있을 거다. 가즈 나이트, 그 녀석들을 처리한 후 동방에 있는 최후의 기둥을 찾으면 세계는 다시 하나가 된다. 그러니 저 녀석이나 다른 강자와 대결할 신장들은 목숨을 최대한 보존하도록. 무슨 도발을 하더라도 참아라."

"옛!"

비장한 얼굴로 우렁차게 대답한 신장들은 자신들이 묵을 여관으로 차례차례 들어갔다.

"뭐라고! 신장 녀석들이 단체로 경기에 참가했다고! 게다가 수도에! 내 이 녀석들을 당장……!"

리오의 얘기를 듣고 흥분한 지크는 무명도를 빼어 들고 창문을 통해 밖으로 뛰쳐나가려 했다. 그 앞을 리오가 가로막았다.

"잠깐, 지크. 그 녀석들도 함부로 움직이진 못해. 우리가 자신들보다 강하다는 것을 잘 알고 있을 테니까 말이야."

"하지만 그 녀석들이 무슨 짓을 저지를지 어떻게 알아!"

리오는 지크가 분을 삭이도록 의자에 앉히고 말했다.

"지금은 우리에게 반대 세력일지 몰라도 어쨌든 신을 섬기던 녀석들이야. 치사한 짓은 안 할 게 확실해. 방법은 딱 하나야. 경기에서 그 녀석들과 대결해서 깨끗이 없애 버리는 거지."

팔짱을 끼고 묵묵히 듣고 있던 지크는 고개를 끄덕였다.

"좋아. 일대일 승부가 될 테니 난 열심히 널 응원해 주지."

"아, 내가 말을 안 했군. 너도 이 대회에 출전하게 되었어."

"뭐, 뭐라고!"

지크가 벌떡 일어나며 소리치자 리오는 지크의 입을 손으로 급히 틀어막으며 말했다.

"내가 그런 건 아니야. 그레이 공작님이 그러신 거지. 아무튼 결과적으로는 잘된 것 같아. 그렇지 않아, 지크?"

지크가 계속 황당한 표정을 짓고 있자 리오는 기분 전환이나 하라는 말을 남기고 지크의 방을 나섰다.

"아, 리오 님."

방을 나서자마자 련희와 마주치게 된 리오는 빙긋 웃으며 자신이 경기에 출전하게 되었다고 말했다. 련희는 깜짝 놀라며 리오에게 물었다.

"예? 하지만 리오 님의 맞수가 될 만한 사람은 없을 텐데요? 어떻게 된 일이죠?"

리오는 어깨를 으쓱하며 말했다.

"후훗, 글쎄요. 힘없는 제가 어쩝니까? 련희 양께선 응원이나 해 주십시오."

"오빠!"

그때 리오의 뒤통수 쪽에서 앙칼진 목소리가 들려왔다. 흠칫 놀란 리오는 뒤를 돌아보고 억지웃음을 지었다.

"아, 하하, 루이체도 같이 응원 오면 더 좋겠지."

루이체는 뾰로통한 얼굴로 리오를 쏘아보다가 고개를 획 돌리며 자기 방으로 들어가 버렸다. 리오는 안도의 한숨을 내쉬며 고개를 설레설레 저었다.

리오와 지크가 루이체의 눈치를 살피는 것이 이상했던 련희가 그에게 이유를 물었다. 리오는 웃음을 지으며 대답했다.

"저 애가 집을 자주 나가거든요. 이번에 나가면 벌써 네 번째랍니다. 그러니 기분을 맞춰 주는 수밖에요. 그럼 안녕히 주무십시오, 련희 양."

"예, 안녕히……."

련희는 참으로 이상한 가족이라고 생각하며 자신의 방으로 발걸음을 옮겼다.

다음 날 아침, 리오는 지크와 함께 경기장으로 향했다. 물론 그들의 대기실은 린스를 비롯한 왕족만이 쓸 수 있는 특석이었다. 먼저 와 있던 린스는 리오가 나타나자 웃으며 반겼으나 뒤따라 들어서는 지크를 보자 얼굴을 일그러뜨렸다. 그 모습을 본 지크는 씩 웃으며 말을 걸었다.

"어이, 동생! 오랜만이에요!"

"윽!"

린스는 순간 화가 치밀어 올랐으나 리오의 만류로 고개만 휙 돌려 지크를 무시해 버렸다.

경기장에선 현재 1회의 경기가 시작되었다. 지크는 5회 경기, 리오는 8회 경기여서 아직은 시간적 여유가 있었다.

1회의 경기는 '장외로 밀어내기'로 싱겁게 끝나 버려 관중들이 불만스러운 표정을 짓기도 했다. 이어 2회 경기가 시작됐다.

왼쪽 코너엔 멀쑥하게 생긴 젊은 검사가 올라왔다. 그러나 오른쪽 코너엔 아직 선수가 올라오지 않았다. 잠시 기다리던 심판이 규정상 기권으로 처리하려는 찰나 선수가 올라왔다.

선수를 본 지크는 자리에서 벌떡 일어서며 소리쳤다.

"바, 바이론?"

"음? 역시 있었군, 바보 녀석들……. 크크크크큭."

지크의 외침을 들었는지, 바이론은 특유의 미소를 지으며 그들을 돌아보았다. 그가 엄지를 아래로 내리꽂는 제스처를 취해 보이자 지크는 순간 화가 치밀어 돌로 만들어진 난간을 내리쳤다. 그러자 그 밑을 받치던 기둥 하나가 순식간에 부러지고 말았다.

"젠장!"

팔짱을 끼며 다시 앉은 지크는 이해가 안 된다는 듯 고개를 저으며 중얼거렸다.

"어떻게 저 녀석이……?"

그가 갑자기 화를 내는 이유를 모르는 린스는 눈만 껌박거릴 뿐이었다.

보통 사람 두 배의 신장과 터질 듯한 근육을 가진 바이론은 서 있는 것만으로 상대방에게 충분한 위압감을 주었다. 게다가 피부색도 드문 회색이어서 예사롭지 않은 기운을 뿜어냈다.

'으, 윽? 뭐야, 이 사람은?'

바이론의 상대는 움찔하며 뒷걸음질을 쳤다. 우승을 노리고 출전한 거 아니지만 그는 적어도 1회전 탈락만은 하고 싶지 않았다. 그러나 지금은 살아서 놀아날 수 있을지조차 불분명해지고 있었다.

곧 시작종이 장내에 힘차게 울려 퍼지자 바이론은 자신의 검 다크 팔시온을 빼어 들며 젊은 전사를 향해 물었다.

"살겠느냐, 아니면 죽겠느냐? 난 아무거나 좋아. 크크크큭."

"다, 닥쳐라! 이얏!"

전사는 오기가 생긴 듯 검을 치켜들고 돌진했다.

지크와 리오는 손으로 눈을 가리며 공주에게 말했다.

"끝나면 얘기해 주세요, 공주님."

힘껏 달리던 그 전사는 바이론에게 머리를 잡혀 공중으로 들렸다.

"헉!"

바이론은 광기 어린 웃음을 지으며 전사를 눈높이까지 올린 후 다시 입을 열었다.

"크크큭, 여기가 밖이었으면 뇌를 바로 곤죽으로 만들었을 텐데…… 내가 너무 착해진 것 같군? 크크크큭…… 한 번 더 기회를 주마. 살겠느냐, 아니면 죽겠느냐?"

바이론의 시선과 위압감, 그리고 공포감에 완전히 질린 그 전사는 식은땀을 비 오듯 흘리며 대답했다.

"사, 살겠어요! 제발 살려 주세요!"

바이론은 씩 웃으며 멀리서 지켜보고 있는 심판을 돌아보았다. 심판은 바이론의 눈짓을 알아채고 기권패를 알리는 종을 울렸다. 그러자 이유를 모르는 관중들이 야유를 퍼붓기 시작했다.

"자, 집에 가거라, 얼간이. 크하하하핫!"

바이론은 잡고 있던 전사를 내던지며 말했다. 전사는 십년감수했다는 듯 뒤도 돌아보지 않고 그대로 도망쳤다.

종료를 알리는 종소리를 들은 지크는 한숨을 쉬며 공주에게 물었다.

"그 얼간이 어떻게 됐죠? 허리가 부러졌나요, 아니면 머리가 곤죽이 됐나요?"

린스는 눈을 가리고 있던 리오와 지크의 손을 탁 치며 말했다.

"아무렇지도 않아. 내동댕이쳐졌을 뿐이라고! 겁은 많아 가지고, 쯧쯧."

리오와 지크는 동시에 눈을 커다랗게 뜨며 경기장을 살폈다. 혈흔도 없었다. 지크는 도저히 믿을 수 없다는 표정으로 말했다.

"기적이야! 정말 신의 가호를 받은 녀석이야."

리오도 얼떨떨한 표정으로 중얼거렸다.

"이, 이건 있을 수 없는 일인데……."

그들이 바이론의 행동을 이해하지 못해 고심하고 있을 무렵 다음 경기가 시작됐다.

루카라는 이름의 검사와 한 야만족 전사의 대결이었는데, 생각보다 박진감 넘치는 경기여서 관중들의 눈을 즐겁게 해 주었다.

"그놈들 중 한 명이다."

리오는 야릇한 미소를 띠며 지크를 향해 말했다. 지크 역시 고개를 끄덕였다.

"그런 것 같네. 만만한 대결처럼 보이지만 저 신장 녀석, 뚱보를 가지고 놀고 있어."

둘이 진지한 표정으로 알아들을 수 없는 말을 나누자 린스가 버럭 화를 냈다.

"이봐! 나만 빼고 무슨 얘기를 하는 거야!"

리오는 굳은 얼굴로 조용히 린스를 돌아보았다. 린스는 순간 침을 꿀꺽 삼키며 입을 다물었다.

"그래도 공주님이시니 기밀사항은 알고 계셔야겠죠. 지금 경기장에서 싸우고 있는 저 검사 말입니다. 윗옷 벗은 야만족 전사 말고 파란 머리의 검사요. 사실은 신장, 천공의 루카입니다."

"……!"

린스는 순간 경악했다. 리오는 린스가 소리치기 전에 다음 말을 이었다.

"게다가 저 녀석 한 명만 온 게 아닙니다. 열두 명 모두 왔죠. 하지만 저와 지크, 그리고 바이론까지 이 대회에 참가했으니 어찌 보면 이 왕국 사람들에겐 행운일지도 모릅니다. 공주님께선 너무 걱정마시고 관람만 하십시오."

"하긴 그렇지, 크크크크."

기분 나쁜 웃음소리가 뒤쪽에서 들려오자, 리오를 비롯한 셋은 모두 문 쪽으로 고개를 돌렸다. 그림자 속에서 누군가가 천천히 걸어 나왔다. 회색 피부의 남자 바이론이었다.

"여기까지 뭐하러 올라왔지?"

리오는 바이론을 쏘아보며 물었다. 그러자 바이론은 린스의 옆 의자에 걸터앉으며 대답했다.

"크크…… 별거 아니다. 나와 협상을 하지 않겠나, 리오?"

리오는 재미있다는 듯 미소를 띠며 바이론을 바라보았다.

"협상? 무슨 말이지?"

두 사람이 대화를 할 듯하자 린스는 자신의 옆에 앉은 바이론을 피해 도망치듯 멀찌감치 자리를 옮겼다. 지크는 먼 곳에 시선을 고정하고 두 사람의 대화를 들었다.

"이 경기에 너희 말고 재미있는 녀석들이 참가했더군. 12신장인가……? 크큭, 어차피 여왕과의 계약 기간도 많이 남았으니 특별히 서비스로 그 녀석들을 청소해 주려고 참가했다. 아마 여왕도 알고는 있을 거야. 공주 마마가 가서 떠벌릴 필요는 없어. 크하하하핫."

린스는 바이론의 웃음소리를 들을 때마다 온몸에 소름이 돋았다. 바이론은 계속 얘기했다.

"크큭, 녀석들을 없애는 건 네가 말한 대로 일대일의 상황이니 그리 어렵진 않다. 문제는 우리끼리 대결해야 할 경우지. 그것 때문에 협상하려고 온 것이다."

지크는 여전히 경기장에 시선을 둔 채 바이론에게 물었다.

"그래서 어떻게 하자고, 회색분자? 가위바위보로 승부를 내자는 건가?"

바이론은 씩 웃으며 대답했다.

"크큭, 비슷하다. 어차피 우리가 싸워 봤자 좋을 건 12신장 녀석들뿐이다. 그러니 가위바위보로 승부를 내는 것도 괜찮겠지. 크큭."

리오는 가만히 바이론을 바라보며 물었다.

"조건은 뭐지?"

바이론은 자신을 보고 있는 리오에게 얼굴을 들이밀며 나지막이 말했다.

"대회 기간 동안 우리가 서로 싸우지 않는다는 것뿐이지. 크크크큭."

리오는 솔직히 놀랐다. 철저히 계약에 의해 움직이는 바이론이 이런 파격적인 제안을 할 줄은 상상도 못했다. 가만히 생각하던 리오는 피식 웃으며 바이론에게 말했다.

"좋아, 어차피 우리도 네 힘이 필요했으니까. 하지만 나도 조건이 있다."

"크큭, 말해 봐라."

바이론은 미소를 띤 채 고개를 끄덕였다.

리오는 입가에 의미심장한 웃음을 띠며 말했다.

"여왕에게 받을 대가, 취소해라."

리오의 말에 바이론은 팔짱을 끼며 대답했다.

"풋! 상당히 어려운 조건이군. 글쎄, 난 계약을 철저히 지키는 사람이라…… 크크큭. 그리고 넌 보기보다 낯짝이 상당히 두꺼운 편이군. 크크큭."

"낯이 두꺼운 건 너도 마찬가지 아닌가? 너에겐 영혼을 사고팔 권한이 없어. 안 그런가?"

리오가 의표를 찌르는 말을 하자 바이론은 갑자기 호탕하게 웃어 대기 시작했다.

"크하하하핫! 무보수로 일해 주는 건 내 성격에 안 맞아서…… 크큭, 좋아. 네 조건을 승낙한다. 어차피 이것도 계약이니까. 크하하하핫."

바이론은 리오의 오른쪽 어깨를 툭 치며 고개를 끄덕였다. 넘쳐나는 힘 때문에 살짝 친 것도 아팠다. 물론 루이체가 등판을 때릴 때보다 약간 강한 정도였다.

지크와 리오는 바이론이 의외로 선뜻 승낙하자 어안이 벙벙한 표정으로 서로를 바라볼 뿐이었다.

"저, 지크 스나이퍼 씨 여기 계십니까?"

그때 얼굴에 주근깨가 듬성듬성 난 경기 진행자가 귀빈석으로 들어왔다. 지크는 턱을 괸 채 관계자를 바라보며 손을 들었다.

"전데요."

진행자는 숨을 몰아쉬며 말했다.

"어서 출전해 주십시오. 경기가 지연되고 있습니다."

"어? 왜 이제야 부르는 거야!"

그러고 보니 왜 다음 경기를 안 하나 생각하고 있던 지크는 깜짝 놀라며 잽싸게 보호담을 넘어 아래로 뛰어내렸다. 관계자는 깜짝 놀라며 소리쳤다.

"아, 아니 자살하실 필요까지는!"

관계자의 외침을 들은 바이론은 또다시 큰 소리로 웃어 댔다.

"크하하하핫! 자살이라고? 크하하하핫!"

지크는 여느 때처럼 가볍게 착지하여 경기장에 올라섰다. 관중들은 지크가 번개같이 등장하자 야유를 멈추고 그에게 시선을 집중했다.

그의 상대편은 지크가 20미터 정도의 귀빈석에서 뛰어내렸는데도 아무렇지 않자 당황했다.

경기가 시작되려는 찰나, 하이톤 목소리가 관중석에서 들려왔다.

"헤이! 지크 오빠!"

"오, 루이체!"

지크는 멀리서 손을 흔들고 있는 루이체를 보고 자신도 손을 흔들어 답하려 했다. 그러나 루이체는 야유 섞인 어조로 외쳤다.

"오빠가 왜 나온 거야! 어서 리오 오빠를 불러!"

다정하게 손을 흔들어 주려던 지크는 주먹을 불끈 쥐며 고래고래 소리쳤다.

"이 녀석! 집에 돌아가면 볼기를 쳐 줄 테다!"

곧 경기 시작을 알리는 종이 울렸다.

상대 선수가 먼저 기선 제압을 하기 위해 나무봉을 휘두르며 지크에게 달려들었다.

"타아아아아앗!"

"어서?"

지크는 왼팔로 봉을 간단히 막아 냈다. 사실 거기까지는 별로 신기한 기술이 아니었다. 봉을 휘두른 젊은이도 그리 강한 편은 아니었고, 막아 낸 것도 어려운 일이 아니었다. 본격적인 진기는 그다음부터였다.

지크는 오른손으로 봉 끝을 잡은 채 씩 웃으며 중얼거렸다.

"안녕."

그와 동시에 지크는 봉에 자신의 기를 넣었다. 지크의 기를 받은 나무봉은 풍선처럼 가운데가 부풀기 시작했다. 그러자 봉을 잡은 젊은이는 말할 것도 없고, 그 광경을 본 모든 사람들은 자신들의 눈을 의심했다. 물론 리오와 바이론, 루이체는 예외였다.

봉은 팽창을 거듭하다가 이윽고 엄청난 굉음을 내며 폭발해 버렸다. 봉을 잡고 있던 젊은이는 그 위력에 그만 장외로 날아가 버렸다.

"끄아아아아악!"

장외가 허용되지 않는 예선전에서 '장외'란 곧 패배를 의미했다. 지크는 부러진 봉을 멀리 던진 후 오른손을 세워 이마에 대며 중얼거렸다.

"아미타불 극락왕생…… 헤헷."

그렇게 지크의 5회 경기가 끝났고, 곧 6, 7회의 경기가 연속으로 이어졌다. 중요한 것은 그 두 경기 모두 신장들이 참가한다는 것이었다.

8회가 자신의 경기였기 때문에 장외에서 대기하고 있던 리오는 손목을 가볍게 풀면서 내려오는 신장, 야수의 켈거를 바라보았다. 켈거는 자신의 도끼로 리오를 위협하며 대기실로 돌아갔다.

"후, 못 먹는 감 찔러 보기라도 하겠다는 건가?"

리오는 피식 웃으며 경기장에 올라섰다. 곧이어 신장, 홍염의 프라가 으스스한 살기를 뿜으며 올라왔다.

"엇? 라우소가 두 번째 경기에서 내가 질 리 없다고 했는데 왜 너지?"

프라는 쓴웃음을 지으며 말했다.

"라우소 녀석은 나를 상당히 우습게 보고 있지. 물론 다른 신장들도 서로를 깔보긴 하지만 그 녀석은 더해. 말을 높이면서도 상대를 무시하는 게 독사 같단 말이야."

"아, 그건 나도 동감이야."

리오는 웃으며 멀리 있는 라우소를 바라봤다. 둘의 대화를 들었는지, 라우소의 얼굴빛은 그리 좋아 보이지 않았다.

"자, 말이 길어졌군! 시작하자, 리오 스나이퍼!"

프라는 리오보다 더 붉은 머리카락을 지니고 있었다. 물론 프라의 머리는 그리 긴 편이 아니어서 리오와 혼동되지는 않았다.

프라의 기가 높아지자 불꽃이 활활 타오르듯 그의 머리카락이 휘날리기 시작했다.

귀빈석에 다시 올라가 앉은 지크는 한쪽 눈썹을 추켜올리며 프라를 평했다.

"머리만 저러니까 꼭 양초 같군. 힛힛힛."

프라의 무기는 채찍이었다. 흔히 사용되는 방법과는 달리 기를 이용한 독특한 기술로 채찍을 몸의 일부분처럼 자유롭게 사용했다.

채찍을 꺼낸 프라는 자신의 기를 채찍에 불어넣었다. 채찍이 살아 움직이는 뱀처럼 자유자재로 원을 그리기도, 나선을 그리기도 하자 수많은 관중들은 어느 경기 때보다 숨을 죽였다. 리오는 이죽거리는 투로 감탄했다.

"내단한데? 물론 시기스감으로 말이야."

리오의 야유에 프라의 눈썹이 꿈틀거렸으나 더 이상의 공격은 하지 않았다.

시작종이 울리자마자 기다렸다는 듯 프라의 채찍이 용수철처럼 리오를 향해 튀어나왔다. 리오는 멀찌감치 몸을 날려 채찍의 공격을 피했다.

꽤 오래전부터 앉아서 구경을 하던 케톤은 리오의 행동이 이상하다는 듯 그레이 공작에게 물었다.

"아니, 리오 님이라면 저 정도 공격은 간단히 피해서 카운터를 날릴 수 있을 텐데 왜 저러는 거죠?"

"허헛, 그건 말일세……."

그레이 공작이 웃으며 말하려던 찰나, 그들의 뒤에 앉아 있던 하롯이 먼저 입을 열었다.

"기술의 특성을 잘 알고 있기 때문이야. 경험이 많은 젊은이 같구먼."

케톤은 깜짝 놀라며 조부를 돌아보았다.

"아, 아니 할아버지! 지금 도착하시면 어떻게 해요! 근데 기술의 특성이라뇨? 저는 잘…… 윽!"

"들어, 이놈아!"

하롯은 주먹으로 케톤의 머리를 살짝 쥐어박으며 계속 얘기했다. 한편 말을 가로채인 그레이 공작은 투덜거리며 경기장으로 시선을 돌렸다.

"채찍을 사용하는 젊은이는 채찍의 방향을 마음대로 바꿀 수 있다. 아까 채찍이 뱀처럼 움직이는 것 보지 못했느냐? 그런 걸 생각했을 때 근소한 차로 피하면 카운터를 날리려다가 오히려 카운터를 맞을 수 있지. 저 젊은이도 그걸 알고 있어. 그래서 저렇게 멀리 피해 다니는 것이야. 마치 상대의 허점을 노리고 어슬렁거리는 야수처럼 말이지. 어험, 그레이 공작님은 알고 계셨나?"

공작은 허심하게 웃으며 대답했다.

"헛, 노망난 늙은이의 말도 맞을 때가 있구먼."

"뭐라!"

곧이어 벌어진 소동을 뒤로한 채 케톤은 정신을 집중하고 프라의 채찍을 응시했다.

리오는 채찍 방향이 어디서 꺾일지 모르기 때문에 약간 긴장했다. 물론 방법이 전혀 없는 것은 아니었다.

"피하기만 할 건가!"

프라는 다시금 채찍을 휘둘렀고 리오도 이번엔 피하지 않고 왼팔로 막아 냈다. 신룡의 가죽으로 만들어진 토시를 두르고 있어서 팔을 다칠 염려는 없었다. 리오는 곧바로 채찍을 손으로 잡아 왼팔에 둘렀다. 채찍을 봉쇄당한 프라는 치를 떨며 소리쳤다.

"실수했군! 물리적인 힘으로 하자면 내가 12신장 중 두 번째다!"

12신장이라 밝힌 프라의 말은 모든 사람들이 거의 듣지 못했지만 바이론은 알아듣고 피식 웃으며 중얼거렸다.

"크큭, 리오 녀석의 물리적인 힘은 가즈 나이트 중 세 번째지."

"……?"

그 말을 들은 지크는 의아하다는 듯 바이론을 바라보았다. 바이론은 흘끔 지크를 보며 물었다.

"뭐 물어볼 말이라도 있나?"

"리오의 힘이 왜 세 번째지? 네가 저 녀석보다 힘이 세다는 건 알고 있지만, 더 강한 녀석이 있어?"

바이론은 여전히 무서워 보이는 웃음을 지은 채 대답했다.

"하긴, 넌 아직 어리니 힘의 순열에 대해 잘 모르겠군. 내가 가르쳐 주지. 바로 땅의……."

계속 말을 하려던 바이론은 지크의 옆에서 눈을 동그랗게 뜬 채 엿듣고 있는 린스를 발견하고는 피식 웃으며 정신감응을 사용했다.

「……땅의 가즈 나이트 사바신이다. 그 녀석의 물리적 힘은 가즈 나이트 중 최강이지. 가즈 나이트 중에서 물리적 힘이 여섯 번째인 너는 아마 한 방에 날아갈걸? 크크크큭…….」

순간 지크는 자존심이 상해 크게 소리쳤다.

"뭐라고! 웃기지 마! 저번에 싸웠을 때도 녀석이랑 비슷했다고!"

바이론은 가만히 지크를 바라보다가 팔걸이를 손바닥으로 내려치며 크게 웃었다.

"크하하하핫! 하긴, 아마 총체적인 전투력은 너와 사바신이 비슷할 거다. 속도는 아무래도 네가 나을 테니까. 하지만 그래 봤자 풋내기들이지. 크하하핫!"

"쳇."

무안을 당한 지크는 경기장 쪽으로 고개를 휙 돌렸다. 바이론도 웃음을 거두고 경기장을 내려다보았다.

중요 부분만 빼고 고성이 오가던 대화를 들은 린스는 얼굴을 찡그린 채 둘을 번갈아 바라보았다.

'이 녀석들 도대체 뭐라고 한 거지?'

경기장에서는 리오와 프라의 격투가 한창이었다. 프라는 자신의 채찍을 강하게 잡아당겼고 그 힘에 리오의 몸은 서서히 끌려가기 시작했다. 예상외로 프라의 힘이 강하자 리오는 감탄하며 말했다.

"어호, 대단한데 친구? 덕분에 다른 신장들의 힘도 뻔하다는 걸 알았다. 고마워."

"뭐?"

순간, 끌려오던 리오의 몸은 그 자리에 멈춰 섰다. 프라는 움찔하며 팔에 힘을 더 실어 보았으나 리오는 더 이상 끌려오지 않았다.

'이, 이 녀석? 갑자기 힘이 강해지다니?'

"가까이에서 보긴 싫지만, 자, 오너라."

리오는 곧바로 채찍이 묶인 왼팔을 굽혔다. 갑자기 가해진 힘에 프라의 몸은 튕겨지듯 앞으로 날았다. 프라가 중심을 잃자, 그 틈을 노린 리오는 즉시 디바이너를 빼어 들며 날아오는 프라를 향해 돌진했다.

"기도나 하시지!"

그 순간 구경하던 바이론의 입에서 조소가 터져 나왔다.

"푸훗, 멍청한 녀석…… 기회를 잃었군."

"윽?"

앞으로 뛰어가던 리오는 왼팔에 감긴 채찍에 힘이 들어가자 균형을 잃고 말았다. 프라가 기(氣)로도 채찍을 마음대로 조종할 수 있다는 것을 잊은 탓이었다. 결국 쓰러진 건 리오였고, 프라는 동작을 멈춘 후 자세를 바로잡으며 소리쳤다.

"통구이를 만들어 주지, 리오 스나이퍼!"

그 말이 떨어짐과 동시에 프라의 채찍에서 불길이 치솟았고, 채찍이 감긴 리오의 왼팔 토시에도 불이 번지고 말았다.

"이런!"

리오는 급히 왼팔에 기를 넣어 채찍을 끊고 프라와 거리를 두었다. 다행히 토시 덕분에 약간 그을리기만 했을 뿐 왼팔엔 별다른 상처가 나지 않았다.

"젯, 방심했군…… 녀석이 12신장이라는 짓을 깜빡 잊었어."

「빨리 끝내는 게 좋을 거다, 리오. 비록 우리가 가즈 나이트라 해도 체력의 한계는 있으니까 말이야. 크크큭…….」

갑자기 들려온 목소리에 리오는 깜짝 놀라지 않을 수 없었다. 바이론이 자신에게 정신감응을 보냈기 때문이다.

'이 녀석이 남 생각하는 건 또 처음 보는군. 훗, 4년 전엔 서로 앙숙처럼 지낸 적도 있는데 말이야. 좋아, 지금의 충고는 새겨듣지.'

리오는 씁쓸히 웃으며 파라그레이드를 뽑아 들었다.

프라는 어느새 원상태로 재생된 채찍을 사방으로 휘두르며 호언장담했다.

"아까는 운이 좋아 채찍을 끊었겠지만, 이번엔 아니다! 승부를 내 주마!"

리오도 자세를 가다듬으며 도발하듯 파라그레이드를 움직였다.

"바라던 바다. 덤벼라, 양초."

"뭐라고!"

흥분하여 씨근거리던 프라는 리오를 향해 거세게 채찍을 내리쳤다. 그동안 길게 호선을 그리며 공격해 오던 방법과는 달리 이번엔 예리한 창처럼 힘 있게 뻗어 오는 직선 공격이었다. 리오는 날렵하게 공격을 피하며 프라의 빈틈을 향해 돌진했다. 프라의 채찍 역시 물결치듯 연속적으로 뻗어 나와 리오의 발을 휘감으려 했다.

"아, 아니?"

프라의 초고속 공격에도 불구하고 리오는 그의 코앞까지 접근해 있었다. 프라는 리오가 채찍을 보지 않은 틈을 타 채찍을 다시 한 번 내리쳤다.

"나의 승리다, 리오 스나이퍼!"

그러나 프라의 공격을 간단히 피한 리오는 회심의 미소를 지었다. 그의 눈은 순간 푸른색으로 번뜩였다.

"그럴까?"

프라의 채찍은 허공을 찢는 듯한 날카로운 소리를 내며 뻗어 나가다가 갑자기 방향을 바꾸어 리오의 등을 향해 날카롭게 뻗어 왔다. 프라는 주먹을 쥐며 소리쳤다.

"끝이…… 컥!"

그러나 프라는 말을 다 끝내지 못했다. 눈 깜짝할 사이 리오가 프라의 가슴에 파라그레이드를 꽂고 디바이너로 그의 머리를 날려 버렸기 때문이다.

리오를 향해 빠른 속도로 뻗어 오던 채찍은 힘없이 바닥에 늘어졌고 프라의 머리는 경기장 바닥에 쿵 소리를 내며 떨어졌다. 머리가 잘린 프라의 몸은 녹색의 체액이 분수처럼 솟구치더니 점차 타다 남은 재처럼 바스라지며 먼지가 되어 흩날렸다.

"기에 의해 움직이는 채찍이라면 기를 끊으면 간단하겠지? 후훗, 멍청한 녀석."

멀리서 그 광경을 지켜보던 심판은 손을 들어 리오의 승리를 선언했다.

리오는 파라그레이드와 디바이너에 묻은 프라의 녹색 체액을 깨끗이 떨어낸 후 경기장을 내려왔다.

관중들은 이번 검술대회에서 처음 일어난 살극에 잠시 숨을 죽였

62

으나 다시 환성을 지르며 다음 경기를 기대했다.

한편 관중석에서 구경하던 다른 12신장들은 프라가 쉽게 쓰러지자 충격을 받았다.

"아, 아니, 프라가 저렇게 쉽게……!"

뇌격의 트라데는 믿을 수 없다는 표정을 지었고, 루키는 발생을 끼며 이해하지 못하겠다는 듯 중얼거렸다.

"예전에 나와 싸울 때보다 강한 것 같은데? 이게 도대체 어떻게 된 거지?"

눈을 감고 침묵하고 있던 워닐은 서서히 눈을 뜨며 입을 열었다.

"루카의 생각이 맞을 수도 있다. 마그엘 님이 말씀하시길, 가즈나이트들은 싸울 때마다 강해진다고 한다. 하지만 모르지. 프라가 제 힘을 발휘할 시간도 없이 목이 날아가 버렸으니 말이야. 다른 신장들은 프라처럼 되지 않게 주의하라. 내가 허락한다. 저 녀석과 싸울 땐 온 힘을 다하도록. 경기장이 날아가도 별말 안 하겠다."

"옛!"

선수들이 즐비한 대기실을 지나 귀빈석으로 올라가던 리오는 계단에서 누군가 손을 흔드는 것을 보았다.

"헤이! 리오 오빠!"

"아, 루이체. 언제 여기 왔니?"

루이체는 자신을 반겨 주는 리오의 팔에 어린아이처럼 매달리며 응석을 부렸다.

"아까 왔지! 지크 오빠 경기부터 봤어. 근데 저렇게까지 할 필요가 있었어? 불쌍하게……."

리오는 다시 계단을 올라가며 이유를 말해 주었다.

"12신장 중 한 명이야. 그 녀석들은 특별대우를 해 주고 있지."

"역시 그랬구나. 참! 왼팔 보여줘, 오빠."

리오는 매달린 루이체의 팔을 뿌리치며 말했다.

"왜, 왜 그래, 루이체. 난 안 다쳤어."

"아까 보니까 왼팔 토시에 불이 붙던데? 피부가 온전하진 않을 거 아니야!"

루이체는 리오의 망토를 억지로 들추고 뒤로 숨긴 리오의 왼팔을 끌어당겼다. 리오의 살갗은 검붉게 그을리고 달아올라 있었다.

"어머나! 역시…… 이게 뭐야, 오빠! 자기가 무슨 무쇠팔인 줄 아나 봐. 가만히 있어! 치료해 줄게."

리오는 머리를 긁적이며 말없이 루이체의 치유 마법을 받았다. 치유 마법은 루이체가 가장 자신 있어 하는 것이었다. 그을린 상처의 치료 정도는 긁힌 상처에 붕대를 감는 것보다 쉬웠다.

치료가 다 끝나자 리오는 자신의 왼팔을 약간 움직여 본 후 빙긋 웃으며 루이체의 머리를 쓰다듬었다.

"고맙다, 루이체. 같이 올라갈래?"

루이체는 고개를 저으며 사양했다.

"아니, 련희 씨랑 레이필 할머니도 온다고 해서 기다리고 있어. 미안해, 오빠."

"후훗, 미안하긴. 그럼 구경 잘 해라."

리오는 손을 흔들며 귀빈석으로 올라갔고, 루이체도 자신의 자리로 돌아갔다.

귀빈석으로 돌아온 리오는 모두에게 엄지손가락을 보이며 건재하다는 신호를 보냈다. 아무런 반응이 없는 바이론만 빼고 지크와 린스도 리오와 같은 제스처를 했다.

64

리오는 바이론 옆에 앉아 그의 떡 벌어진 어깨를 툭 치며 말했다.

"너 혼자 끝내면 내 자존심이 허락 안 하지. 후홋."

그 말에 바이론은 피식 웃으며 중얼거렸다.

"크크큭, 글쎄?"

지크는 두 사람의 기디낌 없는 행동을 보고 고개를 가웃거리며
생각했다.

'이상하게 친하네? 뭔가 불길해.'

그는 석연치 않은 표정으로 다시 경기장을 바라보았다. 다음 경
기의 출전자를 본 지크는 호들갑스럽게 리오에게 소리쳤다.

"어이, 리오! 그레이 공작님이시다!"

"음? 드디어 노익장을 과시하시는군. 근데 상대가…… 이런, 빌
어먹을!"

리오는 자신의 눈앞에 벌어진 일을 믿고 싶지 않았다. 아무것도
모르는 그레이 공작의 상대는 바로 최강의 신장이라 불리는 차원
장 워닐이었다.

"이건 안 돼! 아무리 그레이 공작님이라 해도 워닐에겐 상대가
안 돼!"

리오가 다급하게 경기장으로 내려가려 하자 그 앞을 바이론이
막아섰다.

"가만히 있어라."

흥분한 리오는 순간 디바이너에 손을 가져가며 소리쳤다.

"비켜! 지금이 어떤 상황인지 모르나!"

바이론 역시 다크 팔시온에 손을 가져가며 나지막이 말했다.

"크큭, 멍청이. 넌 아직도 뭘 모르고 있다."

"뭐?"

리오는 흠칫 놀라며 검에서 손을 뗐다. 바이론은 다시 자리에 앉으며 말했다.

"12신장의 경기를 보지 못했나? 그들은 경기 중에 결코 사람들을 죽이지 않았다. 경기 중에 상대를 최초로 죽인 건 바로 너야. 크크큭…… 생각보다 두뇌 회전이 느리구나, 리오. 그리고 저 공작은 인간 중에선 강한 편이다. 그것도 상당히 말이지. 쉽게 죽진 않을 거다."

리오는 다시 자리에 돌아가 앉으며 물었다.

"하지만 워닐이 공작을 죽일지 안 죽일지 어떻게 알아?"

바이론은 가만히 앞을 바라보다가 피식 웃으며 말했다.

"공작이 죽으면 내가 자살을 하마, 크하하하핫."

리오는 더 이상 아무 말 않고 시선을 경기장으로 옮겼다. 바이론이 목숨을 걸고 장담할 정도라면 그의 예상이 빗나가지 않을 것이라는 믿음 때문이었다.

그레이 공작이 경기장에 들어서자 관중들은 일제히 함성을 지르기 시작했다. 갈채 속에서 그레이는 정중히 답례 인사를 했고 음습한 기운을 자아내는 워닐도 서서히 경기장으로 입장했다. 자신을 바라보는 워닐의 예리한 눈빛을 본 공작은 정신을 가다듬으며 생각했다.

'음? 리오 군이나 지크 군처럼 강한 눈빛이군. 고전할 것 같아.'

그레이가 검을 뽑고 자세를 취하자, 관중석 한가운데서 외침 소리가 들려왔다. 바로 공작의 가족들이었다.

"여보! 힘내세요!"

"아버님! 믿습니다!"

"할아버지, 파이팅!"

온 가족의 응원에 힘입어 공작의 몸엔 젊었을 적 이상의 패기와 용기가 샘솟는 듯했다. 공작은 주먹을 불끈 쥐며 워닐을 바라보았다.

"자, 서로 잘해 보세!"

"   "

워닐의 눈빛은 달라진 것이 없었다. 그는 흑색의 두툼한 망토 사이에서 검을 뽑아 들었다. 일명 '루프소드'라 불리는, 차원계에선 꽤 이름 있는 검이었다. 그 검의 표면에 흐르는 기묘한 흑색 광택에 공작은 정신이 혼미해지는 것 같았다.

이윽고 시작을 알리는 종소리가 장내에 울려 퍼졌다. 그러나 공작과 워닐은 함부로 움직이지 않고 예의 주시만 하고 있었다. 공작은 워닐에게서 빈틈을 찾을 수 없었고, 그건 다른 마법이나 기를 사용하고 있지 않은 워닐도 마찬가지였다.

"다행이군. 워닐 녀석이 힘을 다하지 않고 있어."

리오가 말했다. 워닐이 힘으로 밀어붙인다면 제아무리 공작이라도 방어할 수 없을 것이다. 워닐을 비롯한 12신장은 무슨 이유에서인지 온 힘을 다하지 않고 있었다.

"좋아."

워닐은 공작을 향해 손가락을 까딱였다. 관중들은 놀랍다는 듯 함성을 질렀다. 지금까지 공작과 대적할 만한 검사는 동연배의 하롯 프라밍뿐이었기 때문이다.

"오호, 배포가 큰 젊은이군! 맘에 들었어!"

공작과 워닐의 검이 공중에서 불꽃을 튀기며 부딪쳤다. 관중들은 속속 터지는 검기(劍技)에 탄성을 지르며 감탄을 금치 못했다. 두 적수의 대결은 거의 호각을 이루었다. 적어도 보통 사람들의 눈에는 말이다.

그러나 리오를 비롯한 수준급의 전사들 눈엔 그렇게 보이지 않았다. 리오는 주먹을 불끈 쥐며 발끈했다.

"워닐, 도대체 무슨 속셈이냐!"

한참 칼을 휘두르던 공작은 워닐이 가쁜 숨을 몰아쉬기 시작하자 눈을 번뜩이며 검을 교차했다. 그 모습을 지켜본 워닐은 희미한 미소를 지었고 미소를 보지 못한 공작은 자신의 기를 몸 밖으로 내뿜기 시작했다. 비록 리오나 지크가 뿜어내는 것과는 비교도 안 되었지만 보통 사람으로서는 놀라운 기를 소유한 것이었다.

공작의 모습에 케톤은 벌떡 일어서며 소리쳤다.

"텔 브레인 어택!"

기가 실린 충격파를 상대에게 날리는 텔 브레인 어택은 그레이의 최고 기술이었다.

공작은 빠르게 자신의 검을 워닐 쪽으로 휘둘렀다. 그 순간 워닐의 몸은 보이지 않는 기에 밀려 경기장 밖으로 튕겨 나가고 말았다. 날아간 워닐의 몸은 관중석과 경기장 사이의 담에 부딪혔고 담은 폭음과 함께 무너져 내렸다.

경기에 빠져 숨을 죽이고 있던 관중석에서 일제히 함성과 박수갈채가 쏟아져 나왔다.

"우아! 역시 그레이 공작님이시다!"

"공작님 만세!"

그레이는 답례하듯 손을 흔들며 경기장에서 내려와 선수 대기실로 향했다. 그러나 대기실 안으로 들어온 그의 얼굴은 갑자기 웃음기가 싹 가시고 얼굴이 점점 굳어졌다.

"그 친구, 거의 충격을 받지 않았어. 아무래도 날 봐준 것 같은데……?"

그 무렵 경기 진행자들은 무너진 돌더미에서 워닐을 구하기 위해 서둘렀다. 그러나 아무리 잔해를 치워도 워닐의 모습은 보이지 않았다. 진행자들은 고개를 갸웃거리며 워닐이 다른 쪽으로 튕겨 나갔을 가능성을 조심스레 짚어 보았다.

워닐은 몇몇 12신장의 호위를 받으며 경기장을 나서고 있었다. 그는 미세하게 금이 간 자신의 갑옷을 살피며 중얼거렸다.

"그 노인, 상당히 강하긴 했다."

"예, 인간치고는 강했습니다. 워닐 님의 갑옷에 금이 갈 정도라니……."

워닐은 니마흐의 말에 고개를 끄덕였다.

"다른 신장들도 인간이라고 방심하지 마라. 강한 자들이 많이 있는 것 같으니까 말이야. 그럼 난 숙소로 돌아가겠다. 나오지 마라."

신장들은 걸음을 멈추고 워닐에게 길을 터준 다음 허리를 굽히며 인사를 했다.

"예! 편히 쉬십시오!"

이어 벌어진 케톤의 경기와 하롯의 경기는 예상대로 그들의 승리로 끝났다. 그날 하루의 일정을 마치자 리오는 린스를 왕궁까지 호위한 후 숙소로 돌아갔다. 하지만 꼬리에 꼬리를 무는 의문으로 편한 귀갓길은 아니었다.

"워닐 녀석, 왜 일부러 공작님에게 져 준 거지? 아무래도 이상해."

특히 경기가 종료된 후부터 이상하게 섬뜩한 예감이 소름 돋듯 전신을 휘감았다. 리오는 한숨을 쉬며 하늘을 올려다보았다. 서서히 노을이 번지는 하늘은 그의 불안함을 비웃듯 너무나 평온했다.

아무래도 불길한 마음에 왕궁을 중심으로 수도를 몇 바퀴 정찰한 리오는 별 소득 없이 그레이 저택으로 돌아왔다. 그러나 벌써 밤이 깊어 모두 잠이 들었는지 사방은 고요하기만 했다.

이 시간에 문을 두드리면 공작 식구들이 잠을 깰까 봐 리오는 그냥 노숙을 하기로 마음먹었다.

그는 망토를 몸에 칭칭 휘감고 현관 앞에 누워 밤하늘을 바라보았다. 구름이 잔뜩 끼어 별들도 보이지 않았다. 리오는 그대로 눈을 감고 잠을 청했다.

그러나 잠시 후 리오는 눈을 번쩍 뜨고 자리에서 재빠르게 일어났다. 현관문 쪽에서 간헐적으로 부스럭 소리가 들려온 것이었다.

'뭐지? 기를 제대로 읽을 수 없다. 잠을 잤다면 큰일 날 뻔했군. 이 정도로 자신의 기를 은폐할 수 있는 존재는 12신장밖에 없겠지. 역시 그들이 뭔가 꾸미고 있었군. 그것도 모르고 난 엉뚱한 곳만 헤매고 다녔으니……. 설마 그사이 벌써 일이 벌어진 건가? 큰일이군!'

리오의 눈은 보통의 인간과는 달리 적외선 시각 기능을 가지고 있긴 했지만 물체 투시 기능은 없었다. 창문을 통해 안을 보는 방법도 있긴 하지만 그것은 들킬 위험이 컸다. 아무리 칠흑 같은 밤일지라도 불이 완전히 꺼진 상태라면 창밖에서 움직이는 사물의 그림자를 창문 안쪽에서 감지할 수 있기 때문이다.

리오는 희미하게 느껴지는 상대방의 기에 최대한 집중하여 위치를 파악하기 시작했다. 어떻게 들어갔을까에 대한 고민은 할 필요 없었다. 현관문이 열려 있었기 때문이다.

'12신장 녀석, 대담하게 현관문으로 들어온 모양이군. 좋아, 누구를 암살하러 들어왔는지는 모르지만, 실수한 거다!'

이윽고 그가 있는 현관 쪽으로 다가오는 기척이 느껴졌다. 물론 그쪽에서 리오를 먼저 감지한 건 아니었다. 리오는 잠시 숨을 멈췄다.

쓱.

순간 리오는 깜짝 놀랐다. 분명 자신의 존재를 눈치채지 못했을 텐데 그 잠입자는 현관 쪽으로 걸어오고 있었다. 기만 감추고 있을 뿐, 현관 쪽으로 걸어오는 자는 완전히 무방비 상태에 가까웠다.

'벌써 일을 마친 건가? 좋아, 이렇게 된 이상……!'

리오는 현관 위에 박쥐처럼 거꾸로 매달린 채 잠입자가 나오기를 기다렸다. 그의 숨은 여전히 멈춰 있었다.

문이 삐걱 열렸다. 검은 그림자가 나타나자마자, 리오는 디바이너를 왼손으로 뽑아 들며 그를 덮쳤다.

리오가 몸을 옴짝달싹 못 하도록 압박한 것은 물론 입을 틀어막았기에 잠입자는 소리도 못 지르고 바닥에 무참히 깔렸다. 리오는 불청객의 머리카락을 거머쥔 채 디바이너로 위협하며 말했다.

"훗, 감히 어디라고……. 어디, 12신장 중 누구인지나 볼까?"

리오는 상대방의 얼굴을 잡고 턱을 자기 쪽으로 돌렸다. 그 순간 리오의 얼굴은 황당함으로 가득 찼다. 그는 상대를 짓누르고 있던 무릎을 떼며 다급하고 낮은 소리로 물었다.

"아니, 도대체 뭐 하는 겁니까, 련희 양?"

"휴, 리오 님이시군요."

련희는 자신을 습격한 괴한이 리오인 것을 확인하고 놀란 가슴을 진정시키며 천천히 대답했다.

"거실에서 리오 님을 기다리다가 초가 다 타는 바람에 밖에서 리오 님을 기다리려고……."

리오는 계속 황당한 표정으로 런희의 얼굴을 바라보다 피식 웃으며 고개를 저었다.

"후후, 그냥 주무시지 그러셨어요? 깜짝 놀랐잖습니까. 그런데 다친 곳은 없습니까?"

리오는 런희를 일으켜 주며 그녀의 옷에 묻은 먼지를 털어 주었다.

"괜찮습니다, 리오 님."

런희는 어색한 듯 손사래를 치며 몸을 뺐다.

"그런데 왜 기를 지우고 계셨죠?"

리오의 물음에 런희는 덤덤하게 대답했다.

"아, 특별한 이유는 없습니다……. 다만 때론 영혼의 상태로 있고 싶을 때가 있습니다. 물론 기를 지운다고 육체가 사라지는 건 아닙니다만 왠지 그런 느낌이 들죠……. 그냥 저의 놀이일 뿐이에요."

"예? 아, 예."

가끔은 그녀를 이해할 수 없는 리오였다.

아무튼 런희 덕분에 리오는 집 안에서 편히 쉴 수 있게 됐다.

대회 3일째.

오후에 리오와 바이론의 경기가 각각 있어서 리오와 바이론, 린스는 귀빈석에 앉아 있었다.

지크는 그날 경기가 없어 무료하다며 어디론가 사라지고 없었다.

린스는 피곤으로 인해 약간 충혈된 눈으로 두 시간째 계속 하품을 연발했다. 리오는 안됐다는 듯 가볍게 웃으며 물었다.

"어제 잠을 못 주무셨나요? 피곤해 보이시는데요."

"응, 이상한 꿈을 연속으로 꾸는 바람에."

린스는 결국 더 이상 버티지 못하고 긴 의자에 누워 버렸다. 잠시 후 리오가 진행 중인 경기에 눈을 돌렸을 때 그녀가 어제 꾼 꿈 얘기를 늘어놓았다.

"글쎄, 그 꿈에 리오가 나오지 뭐야? 지금하고 똑같은 모습으로 말이지. 하지만 난 그 꿈에서 나를 알고 있는 긴방진 꼬미 마법사랑 같이 있었고, 리오는 수도사 복장을 한 검은 머리카락의 여자랑 있었어. 그 빌어먹을 지크 녀석도 등장했다니까. 참 재미있는 꿈이었는데, 마지막이 조금 이상했어."

재잘거리는 린스의 얘기를 듣는 리오의 얼굴은 순간 딱딱하게 굳어졌다. 그는 표정을 감추려 애쓰며 린스에게 물었다.

"마지막이 어땠습니까?"

린스는 생각이 잘 안 난다는 듯 콧등에 주름을 잡으며 말했다.

"응, 성이 폭발하기 직전에 그 검은 머리카락의 여자가 목숨을 걸고 워프 마법을 쓴 덕분에 나를 포함한 많은 사람들이 모두 살았어. 곧이어 마지막 전투가 시작되었고, 결과는 리오가 이기는 걸로 끝났지. 하지만 이상한 펜던트가 나를 부르더니…… 몰라, 그다음은 기억이 안 나. 나 잘 테니까 너희가 출전할 때쯤 깨워 줘."

린스가 곧 곯아떨어지자 바이론은 정신감응을 이용해 리오에게 말했다.

「이 공주가 그 애였나?」

「그래, 오늘 들으니 확실하군. 하지만 시간이 너무 흘러 버렸어.」

"크크큭, 하긴 그렇지."

바이론은 그냥 웃으며 말한 후, 서서히 자리에서 일어섰다.

리오는 다음 경기를 위해 경기장 아래로 내려가는 바이론의 뒷모습을 바라보며 중얼거렸다.

"지크보다 더 알 수 없는 녀석이군. 속을 들여다볼 수 없어."

바이론은 천천히 경기장에 올라섰다. 공교롭게도 바이론의 이번 상대는 12신장, 물의 다이였다.

"오, 12신장…… 크크크큭."

바이론은 잘됐다는 듯 웃으며 자신의 혀로 다크 팔시온의 날을 핥았다. 광기 어린 바이론의 모습을 본 다이는 인상을 구기며 중얼거렸다.

"별로 깔끔하지 못한 녀석 같군."

시작종이 울리자마자, 바이론은 크게 웃으며 다이를 향해 돌진했다. 무턱대고 돌진하는 그의 모습에 다이는 피식 웃으며 자신의 손을 이리저리 움직였다.

"후, 뭐 대단한 녀석이라도 되는 줄 알았더니 미친 녀석이었군. 물귀신을 만들어 주지."

다이는 교차하던 손을 멈추고 바이론을 향해 힘 있게 뻗었다. 그러자 경기장 바닥에 구멍이 뚫리더니 물이 용솟음치기 시작했다. 그 물줄기는 눈 깜짝할 사이에 바이론의 몸을 휘감더니 물회오리를 일으키며 초고속으로 돌기 시작했다. 잠시 후 바이론은 거대한 물방울 속에 갇히고 말았다.

다이는 안됐다는 표정을 지으며 고개를 저었고, 관중들은 다이의 놀라운 기술에 입을 벌렸다.

마침 응원을 온 루이체는 다이의 가공할 만한 기술을 보고 흠칫 놀라며 옆에 앉은 련희와 노엘에게 다급하게 외쳤다.

"언니들, 12신장이에요!"

"예?"

그 말에 노엘은 닦던 안경을 떨어뜨릴 정도로 기겁을 했고, 련희 역시 화들짝 놀라며 물었다.

"아니, 그렇다면 지금 물방울에 갇힌 저분의 생명이 위험하지 않나요?"

그러나 루이체는 바이론이 어떤 사나이인지 잘 알고 있었다.

"그건 지켜봐야 할 것 같은데요? 호호홋."

루이체는 다시 경기장을 바라보았다. 아직 상황은 달라진 것이 없었다.

다른 곳을 보고 있던 다이는 바이론에게 시선을 돌리며 말했다.

"자, 물방울 안에 있더라도 내 말은 들릴 거다, 광인. 오, 물속에서도 강한 모양이지? 아직 몸부림치지 않고 가만히 있는 것을 보니 말이야. 널 죽이고 싶지만 우리 대장님이 가즈 나이트 이외의 적은 죽이지 말라고 해서⋯⋯."

순간 다이는 말끝을 흐렸다. 바이론이 물방울 속에 갇힌 채 자신을 비웃고 있었기 때문이다. 바이론은 여전히 미소를 띤 채 입을 움직였다. 다이는 듣지 못했지만 무슨 말인지는 알 수 있었다.

"너, 너도 가즈 나이트? 설마 네가 공국의 수만 대군을 혼자 처리했다는 바로 그 녀석!"

다이가 바이론의 말을 알아들은 순간, 바이론의 거대한 근육질 몸이 꿈틀거리면서 검은 투기가 밀려 나왔다. 바이론을 에워싼 물방울은 순식간에 기화되어 사라져 버렸다. 손쉽게 물방울 속에서 빠져나온 바이론은 조소 어린 눈으로 손등에 묻은 물을 혀로 핥았다.

"크크큭, 운 좋게도 몸에 좋은 광천(鑛泉)이군⋯⋯. 크하하하핫! 나는 그 대가로 죽음을 선사하겠다!"

바이론의 몸에서 아지랑이처럼 아른거리던 흑색 투기가 곧 폭발하듯 분출했다. 바이론은 광소하며 다이에게 달려들었다.

순간 당황한 다이는 몸을 피하려 했으나 바이론의 왼팔이 더 빨랐다. 왼팔로 다이의 머리를 둘러 자기 쪽으로 바짝 끌어당긴 바이론은 즉시 오른손으로 팔시온을 빼어 들고 다이의 복부를 수차례 가격했다.

"크크큭, 죽는 거다!"

"커헉!"

바이론의 다크 팔시온이 움직일 때마다 다이의 복부와 관통된 등에서 무색의 투명한 체액이 솟구쳤다.

살이 뚫리는 소리와 바이론의 잔인한 행동에 심판은 인상을 찌푸렸고 관중들 역시 거부감을 나타냈다. 련희도 넓은 옷소매로 얼굴을 가리고 참혹한 광경을 보지 않으려 했다.

"크하하하핫, 망가진 장난감은 재미없지!"

다이의 복부를 무참히 난자한 바이론은 상대를 경기장 바닥에 내던지며 웃음을 터뜨렸다.

"크크큭…… 아직 죽지 않았을 텐데? 배에 구멍이 뚫렸다고 죽으면 12신장이 아니지. 지난번 녀석처럼 머리를 날렸다면 모르지만…… 크하하하하핫!"

바이론의 광소가 경기장에 메아리치기도 전에 어느새 다이는 아무 일 없었다는 듯 자리에서 일어섰다. 그 모습에 관중들의 놀라움은 더욱 커졌다.

"저, 저 사람 좀 봐! 분명히 칼에 배가 뚫렸는데 멀쩡히 일어서잖아!"

"인간이 아니다! 괴물이다!"

가만히 서 있던 다이는 곧 피식 웃었고, 그의 복부 상처는 말끔히 재생되었다.

"아무래도 진짜 힘을 사용해야 할 것 같군."

다이의 몸은 어디선가 뿜어진 물기둥에 휩싸였고 물기둥이 사라지자 나타난 것은 본래 다이의 모습, 파란색 갑옷을 걸친 신장의 모습이었다.

"널 없애 주마, 쓰레기 같은 녀석!"

귄상석에 앉아 있던 12신장들은 다이의 행동을 보고 적잖이 불편했다. 사실 워닐이 최선을 다하라고 했던 것은 12신장의 정체를 드러내라는 의미가 아니었기 때문이다. 복면을 한 워닐은 노기에 찬 음성으로 중얼거렸다.

"저 어리석은! 프라와 똑같은 꼴이 되고 싶나……!"

워닐이 머리끝까지 화가 난 것을 느낀 12신장들은 숨을 죽인 채 조용히 경기를 바라봤다.

한편 다이는 자신의 힘을 최대한 방출했다. 그러자 곧 경기장 지하를 흐르고 있던 물줄기가 경기장 바닥을 뚫고 엄청난 힘으로 솟구치기 시작했다. 그 물은 차츰 형상을 갖추기 시작하더니, 곧 몸이 긴 수룡의 모습으로 변하여 다이의 몸을 휘감고 올라왔다. 다이는 그 수룡을 어루만지며 바이론에게 말했다.

"자, 아직 늦지 않았으니 살려 달라고 빌어 봐라!"

바이론은 그 말에 어이없다는 듯이 웃으며 위협적으로 말했다.

"크크크큭. 건방진 것! 아직 눈앞의 불행을 보지 못하는 모양이구나!"

"흥, 너의 착각일 뿐이겠지."

다이가 빠르게 손을 앞으로 뻗었다. 그러자 그의 몸을 휘감고 있던 수룡이 바이론을 향해 몸을 날렸다.

"가라! 저 녀석의 몸을 갈가리 찢어 놓아라!"

"쿠오오오!"

수룡은 괴성을 지르며 바이론을 향해 아가리를 벌렸다. 수룡인데도 이빨은 날카롭기 그지없었다.

하지만 바이론은 붕대를 단단히 감은 자신의 왼쪽 팔뚝을 수룡의 날카로운 입에 갖다 들이대며 놀려댔다.

"자, 물어 보거라, 귀여운 것. 크크크큭!"

수룡이 번뜩이는 이를 드러내며 바이론의 팔을 물어뜯자 그의 팔뚝의 살점이 찢겨 나가며 붉은 피가 흐르기 시작했다. 잠시 그대로 있던 바이론은 피식 웃으며 다크 팔시온으로 용의 머리를 순식간에 내리쳤다. 수룡은 일순간 물로 변하며 후두둑 바닥에 떨어지고 말았다.

그리 놀라운 광경은 아니라는 듯, 다이는 팔짱을 끼며 여유 있게 말했다.

"흠, 수룡은 물만 있으면 수십 마리도 만들 수 있다. 한 마리 없앴다고 좋아할 것 없다."

바이론은 그 말을 들은 척도 하지 않고 팔뚝에 흐르는 피를 떨어내며 미소 지었다.

"크큭, 좋은 기술을 배웠다. 일단 고맙다고 해 주지."

"뭐?"

다이의 의아해하는 눈을 보며, 바이론은 자신의 투기를 최대로 뿜어내기 시작했다.

"크하핫! 나오너라, 명계의 흑룡들이여! 머리에 물만 가득 찬 저 녀석을 죽이는 거다! 크하하핫!"

사방으로 뿜어지던 그의 투기는 점차 용의 형상으로 변해 갔다. 다이의 수룡과 다른 점이라면 여러 마리라는 것이었다. 다섯 마리의 검은 용들은 바이론의 오른 손가락 움직임에 따라 꿈틀거렸다.

바이론은 이윽고 다이를 향해 손을 뻗으며 외쳤다.

"죽어랏! 이것이 축소형 오대명룡포(伍大冥龍砲)다!"

관중석에서 그 모습을 지켜보던 리오는 순간 주먹을 불끈 쥐며 자리에서 일어났다.

"저것은 예전에 가이라스 왕국에서 사용했던 그 대(大)임혹 대(大)주술의 축소판인가!"

바이론의 몸 주위에서 꿈틀거리던 다섯 마리의 흑룡은 무서운 기세로 흑청색의 브레스를 뿜기 시작했다. 다이는 급히 몸을 피했지만 그 흑룡들은 바이론에 의해 조종되고 있었다. 그리고 바이론의 눈은 다이의 움직임을 놓칠 만큼 느리지 않았다.

"크하하하핫! 죽는 거다!"

다이는 방어 주문조차 쓸 수 없었다. 결국 그는 도움을 청하기 위해 워닐 등 다른 신장들이 앉아 있는 관중석 쪽을 바라보았다. 그러나 그에게 돌아온 것은 차가운 눈빛뿐이었다.

결국 다이는 큰 소리를 지르며 공중으로 날아올랐다.

"크오옷! 이 경기장과 함께 날려 버리겠다. 가즈 나이트 녀석!"

그러자 바이론은 쓴웃음을 지으며 중얼거렸다.

"크큭, 오대명룡포 축소판으론 부족하겠군. 크크큭."

그의 말대로 다이는 때를 만났다는 듯 양손을 펼치며 자신의 기를 최대로 끌어올리기 시작했다. 곧 그의 몸에서 파란빛이 넘쳐나자 다이는 그 빛을 양손에 모으며 소리쳤다.

"가즈 나이트와 함께 모두 죽여 주마! 익스트림 프레스!"

곧 다이의 손에 집중된 기는 살의가 실린 거대한 폭포수로 변해 경기장으로 떨어졌다.

관중들은 몸을 피하기 위해 아우성쳤다.

그러나 리오는 꿈쩍하지 않고 바이론을 바라보았다. 그 옆에서 린스는 경기장에서 무슨 일이 벌어지고 있는지도 모르는 채 세상 모르게 자고 있었다.

자신의 머리 위로 파란색 수분 압력파가 떨어지는데도 바이론의 미소는 변하지 않았다. 그는 오른손으로 공중을 향해 여유 있게 마법진을 전개했다. 다이의 익스트림 프레스를 역으로 받아치려는 생각이었다.

"크하하핫! 내가 죽이겠다고 예고한 녀석 중 죽지 않은 자는 없다! 강대한 어둠 앞에 반항하지 마라! 넌 그저 죽음의 공포를 느끼고 울부짖기만 하면 되는 거다!"

전개된 마법진에서 핑음과 함께 1급 마법 플레어의 진홍빛이 뿜어져 올랐다. 플레어와 정면 충돌한 익스트림 프레스는 수십만 도에 가까운 플레어의 열에 의해 힘없이 분해되어 사라졌다. 물론 뒤에 있던 다이도 함께였다.

"서, 설마! 으, 으아아아악!"

다이의 비명은 플레어의 폭발음에 가려 아무도 듣지 못했다. 잠시 후 하늘에 남은 것은 플레어의 열과 폭발로 거대한 구멍이 난 구름뿐이었다.

경기장 중앙에 홀로 남은 바이론은 관중들과 12신장, 그리고 리오의 시선을 받으며 혼자 광소를 터뜨리고 있었다.

"크크, 크크큭, 크하하하하핫!"

승리했다는 쾌감 때문일까, 아니면 허무감에서 오는 광기일까. 바이론의 기나긴 웃음은 다음 경기를 잠시 미뤄야 할 정도로 오래 계속됐다.

경기장은 아무 피해가 없었다. 그저 도망치다가 넘어져 다친 사람들이 몇 있을 뿐이었다. 경기 진행자들과 안내원에 의해 겨우 수습된 뒤 다음 경기가 시작되었다.

12신장들은 선수 대기실에서 조용히 긴급 회의를 했다. 중앙에 앉은 워닐은 그늘진 표정으로 침묵을 지켰고, 여신 이스마일의 신장 중 가장 우두머리인 별의 발러는 치를 떨며 분노를 터뜨렸다.

"젠장! 이스마일 님께서 깨어나시면 뭐라고 말씀드려야 하나! 수하의 신장이 벌써 둘이나 당했는데!"

분노하는 발러의 말을 자르듯 워닐은 단호하게 물었다.

"다음 경기자는 누구인가."

라우소가 앞으로 나서며 대답했다.

"저입니다. 리오 스나이퍼와 대결할 겁니다."

워닐은 자리에서 일어나 라우소의 어깨에 손을 얹으며 입을 열었다.

"지금 지는 것은 치욕이 아니다. 우리의 임무를 잊지 말아라, 라우소. 우리는 너의 요이르 님뿐만 아니라 다른 두 여신들을 위해 싸우고 있는 것이다. 우리의 일은 결승전이 열리는 날, 여왕이 직접 나오면 끝난다. 알겠나? 물론 최선을 다해 이기는 건 좋지만 허튼짓은 하지 말도록."

라우소는 워닐 앞에 무릎을 꿇고 머리를 조아리며 대답했다.

"명심하겠습니다, 워닐 님. 자중하겠습니다. 그리고 리오 스나이퍼의 목도 갖다 바치겠습니다."

워닐은 다시 자리에 앉으며 남은 열 명의 신장들을 쳐다보며 무겁게 입을 열었다.

"할 말이 있다. 중요한 것이다. 새벽의 여신, 이오스에 대한 정보다."

신장들은 곧 굳은 표정을 지었고, 워닐은 천천히 말을 이었다.

"이오스는 아무래도 오래전에 봉인이 풀린 듯하다. 가즈 나이트 이상의 방해자이니 완전히 각성하기 전에 찾아서 없애야 한다. 만에 하나 '그날' 이오스가 이 왕국 수도 안에 있다면 우리의 일은 실패하는 것이나 다름없다. 꼭 막아야 한다. 막지 못하면 가즈 나이트들에게 우리의 계획이 완전히 들통나고 다시금 어둠 속에 갇힐 것이다. 그럼 이상. 모두 열심히 하도록!"

"옛! 알겠습니다!"

신장들이 모두 나가자 선수 대기실에 홀로 남은 워닐은 이글이글 타오르는 눈빛으로 다급하게 중얼댔다.

"시간이 없다, 시간이!"

다음 선수인 리오는 장외에서 서서히 몸을 풀었다. 공교롭게도 장외 근처의 담에 루이체와 노엘, 련희가 앉아 있었다.

굳은 얼굴로 손목을 풀던 리오는 뒤에서 누군가 어깨를 건드리자 슬쩍 뒤를 돌아보았다. 루이체였다. 리오가 자신을 보자 루이체는 얼른 자기 자리로 돌아가 앉았고, 리오는 피식 웃으며 모두에게 말했다.

"응원, 열심히 해 주십시오."

노엘은 힘 있게 주먹을 쥐며 고개를 끄덕였다.

"걱정 말아요, 스나이퍼 씨! 하지만 절대 지면 안 돼요, 상대가 12신장이라도!"

루이체 역시 맞장구를 치며 말했다.

"당연하죠! 오빠, 귀여운 동생이 응원하니까 고마워서라도 꼭 이겨야 해!"

리오는 빙긋 미소를 지을 뿐이었다. 곧 련희가 나지막이 말했다.

"무사히 마치십시오, 리오 님."

그러자 리오는 어깨를 일부러 축 늘어뜨리며 말했다.

"그렇게 조용히 말씀하시니 힘이 안 나는데요? 조금만 크게 외쳐 주시면 어떨까요?"

리오의 곤란한 주문에 주저하던 련희는 이내 눈을 꼭 감고 소리쳤다.

"열심히 하세요, 리오 님!"

그녀가 외침과 동시에 앞 경기가 끝났음을 알리는 종이 울려 퍼졌다.

리오는 응원석을 향해 힘 있게 고개를 끄덕여 보인 후 경기장에 올라섰다. 곧바로 상대인 라우소도 경기장에 올라섰다. 라우소는 미소를 지은 채 리오에게 말했다.

"자, 또 만났군요, 리오 스나이퍼. 후훗, 결판을 낼까요?"

리오는 씩 웃으며 답했다.

"좋지. 네 녀석의 멋진 죽음으로 끝내는 거다."

라우소는 쓸쓸히 웃으며 고개를 저었다.

"후, 재미있는 농담이군요. 그럼 시작하겠습니다."

리오가 디바이너를 꺼내자, 라우소 역시 자신의 무기 라도발트를 꺼냈다. 둘 사이의 긴장감은 바이론과 다이의 경기보다 훨씬 더했다.

시작종이 울리자 둘은 몸을 풀 듯 검을 가볍게 부딪쳤다. 리오도, 라우소도 자신의 힘을 완전히 발휘하지 않는 듯했다.

"하앗!"

"큭!"

리오의 내려치기를 받아 낸 라우소는 허리가 약간 휘청거릴 정도의 충격을 받았다. 자신도 모르게 짧은 신음이 새어 나왔을 정도였다.

라우소는 곧바로 거리를 벌렸다. 리오의 힘이 점점 더 강해졌기 때문이다. 그러나 바닥에 착지한 순간 라우소는 아차 했다. 눈 깜짝할 사이에 리오는 몸을 날려 라우소의 뒤를 공격했다.

"이런!"

리오가 오른쪽 어깨로 등을 가격하자 라우소는 힘에 떠밀려 앞으로 고꾸라졌다. 리오는 넘어지는 라우소를 검으로 올려쳤다.

"크허억!"

강한 충격을 연속으로 받은 라우소의 입에선 결국 녹색 체액이 튀었다. 하늘 높이 솟구치는 라우소의 몸체와 허공에 흩뿌리는 녹색 체액을 본 관중들은 또다시 술렁였다.

리오는 또다시 타격을 날리기 위해 공중으로 솟구쳐 올랐다. 라우소의 몸을 두 동강 낼 심산이었다.

"끝이다!"

"그렇게는 안 됩니다!"

라우소는 필사적으로 몸을 피했다. 그가 몸을 굴리는 순간 디바이너의 일격이 그의 몸 일부분을 가로질렀다.

"큭!"

경기장 바닥엔 두 개의 물체가 툭 떨어졌다. 하나는 라우소의 몸이었고, 또 하나는 그의 왼팔이었다. 다시 경기장에 가볍게 착지한 리오는 떨어진 라우소의 팔을 들며 고개를 저었다.

"음, 좀더 빠르게 휘두를걸 그랬나? 후훗."

리오는 웃으며 라우소의 팔을 기로 소멸시켰다. 팔이 잘린 채 바닥에 쓰러져 있던 라우소는 쓴웃음을 지으며 천천히 일어섰다.

"이대로 끝나지는 않을 것입니다!"

라우소의 말에 리오는 고개를 끄덕이며 당연하다는 듯 말했다.

"말 안 해도 알아. 어차피 나도 네가 인간이 아니라는 것을 사람들에게 보여 주려고 그랬으니까 말이야. 이제 맘껏 본색을 드러내 보시지."

라우소는 리오가 한 달 전쯤 자신과 싸울 때보다 더 강해졌다는 것을 몸으로 느끼고 있었다.

'루카의 말이 사실인가……? 어떻게 한 달이라는 짧은 기간에 이렇게 강해질 수 있지?'

라우소가 반격할 생각을 하지 않고 자신을 노려보고 있자, 리오는 손가락으로 그를 도발하며 말했다.

"쯧쯧, 시간이 간다, 라우소. 다음 경기자들이 지루해하잖아."

"크으윽! 더 이상 지껄이면 용서하지 않겠습니다!"

자존심이 상할 대로 상한 라우소는 결국 눈에 핏발을 세우며 광분하기 시작했다. 리오는 기다렸다는 듯 씩 웃으며 자세를 취했다.

"크아아앗!"

라우소의 기합과 함께, 잘린 왼팔의 단면에서 녹색의 굵은 덩굴들이 땅을 뚫고 들어가기 시작했다. 그 덩굴들은 리오가 서 있던 지면을 뚫고 튀어나와 그의 몸을 단단히 옭아맸다.

라우소는 회심의 미소를 지으며 오른손에 잡은 라도발트를 리오 쪽으로 향하며 중얼거렸다.

"후훗, 이제 당신은 움직이지 못합니다. 저를 이렇게까지 광분하게 만든 대가로 당신의 생명을 끊어 드리지요. 제 검 라도발트는 음속을 뛰어넘는 속도로 당신을 가를 수 있습니다. 당신의 몸이 강철이 아닌 이상 이 일격에서 벗어날 수 없겠지요. 안 그런가요?"

덩굴에 몸이 꽁꽁 감긴 상태에서도 리오는 아직도 여유 있는 웃음을 짓고 있었다. 라우소는 그런 리오의 태도가 마음에 들지 않은 듯, 라도발트에 온 힘을 집중하며 소리쳤다.

"자, 지옥으로 가실 준비를 하십시오!"

리오가 덩굴손에 감겨 옴짝달싹 못 하는 상황에 이르자, 노엘과 련희는 손을 꽉 맞잡은 채 경기를 지켜보았다. 그러나 루이체는 상체를 조금 숙이고 조용히 있을 뿐이었다.

루이체를 바라보던 노엘은 걱정이 돼서 저러는구나, 하고 생각했지만, 잠시 후 루이체가 기지개를 켜며 몸을 일으키는 것을 보고 어이없어 했다.

"하아암."

"루, 루이체 양! 오빠가 저렇게 당하고 있는데 걱정도 안 되나요?"

그러나 루이체는 다시 한 번 하품을 하며 아무렇지 않게 말했다.

"하암, 덩굴에 감겨 있는 것처럼 보이지만 사실 그게 아니에요. 걱정 말아요."

"……?"

련희는 루이체의 뜬금없는 소리에 의아해하며 덩굴에 칭칭 감긴 리오를 눈여겨 살펴보았다.

관중석 한쪽에서 경기를 지켜보던 바이론은 경기장 상황을 보며 씩 미소를 지었다.

"크큭, 생각보다 머리가 잘 돌아가는군. 게다가 저 채소 녀석은 리오 녀석의 술책에 완전히 걸려들었고. 크하하핫!"

바이론의 광소에도, 린스는 여전히 깨지 않고 잠을 잤다.

"갑니다!"

라우소가 라도발트를 앞으로 내뻗는 순간, 리오는 틈을 놓치지 않고 몸을 감고 있는 덩굴을 잡아당겼다. 순간 라도발트를 던지던 라우소의 몸은 갑작스런 힘에 균형을 잃고 휘청거렸다.

"윽!"

음속으로 공기를 가르며 날아오던 라도발트는 결국 리오의 왼쪽 뺨만 살짝 스치고 관중석 쪽으로 방향을 바꾸었다.

"헛?"

라우소는 경악을 금치 못했다. 라도발트는 무서운 속도로 12신장들이 앉아 있는 곳으로 날아갔다. 예리한 칼끝은 정확히 워닐의 머리를 향하고 있었다.

"그만! 퍼져라!"

얼굴이 새파래진 라우소가 재빨리 주문을 외우자 라도발트는 순간 낙엽으로 변해 관객들 머리 위로 흩날렸다. 워닐은 이를 갈며 중얼거렸다.

"어리석은 녀석!"

워닐의 말을 눈치챈 라우소는 그만 당황하고 말았다. 그 바람에 자신의 머리를 향해 질주해 오는 보라색의 반원도 눈치채지 못했다.

"없애 버리겠다!"

덩굴을 끊고 공중으로 날아오른 리오는 허둥대는 라우소의 정수리를 디바이너로 내리쳤다. 그리고 곧이어 라우소의 몸은 반으로 갈리며 경기장 양쪽으로 처참하게 튕겨 나갔다.

"우욱!"

경기장 바닥에 흐르는 녹색의 체액을 바라보며 관객들은 몸을 떨었고, 비릿한 냄새에 구토를 느끼며 얼굴을 일그러뜨렸다.

"세상에!"

련희와 노엘은 인상을 구긴 채 리오를 바라보았다. 루이체 역시 너무하다 생각하면서도 어떻게 해야 할지 몰라 머리만 긁적였다.

가까이서 직접 목격한 심판은 비릿한 체액의 냄새에 토악질을 하며 리오의 승리를 선언했다. 그러나 리오는 밑으로 내려가지 않았다. 심판은 경기장에 계속 서 있는 리오에게 말했다.

"이, 이제 내려가시죠. 시체를 치워야 하니……."

리오는 그 말에 아랑곳 않고 디바이너에 묻은 체액을 바닥에 휙 뿌리며 고개를 저었다.

"아직 안 끝났소."

"예?"

리오의 말뜻을 이해하지 못하고 고개를 갸웃거리던 심판은 동강 난 라우소의 몸이 벌떡 일어서자 기겁을 하며 엉덩방아를 찧고 말았다.

"오, 세상에!"

라우소의 잘린 부위에서 수많은 덩굴들이 튀어나와 얽히더니 이내 하나로 봉합되었다. 심판은 경기 진행도 아랑곳 않고 기어가다시피 하며 줄행랑을 치고 말았다. 관중들 역시 연속으로 일어나는 괴이한 일에 모두 입을 다물지 못했다.

"두 동강을 냈는데도 죽지 않다니 꽤나 질긴 잡초였군. 뒤통수 맞은 기분인데?"

리오가 비아냥거리자 라우소 역시 웃으며 답했다.

"글쎄요……. 하지만 당신에게 당한 왼팔을 재생시키려면 꽤 걸릴 것 같군요. 완전히 소멸된 건 아무리 생명력이 강한 나무의 힘을 받은 저로서도 무리가 있겠지요? 좋습니다, 이제 방심은 없습니다. 당신 말대로 2등분이 됐으니까!"

라우소가 오른팔을 들어 올리자 바닥에 나뒹굴던 낙엽들이 모여들더니 검의 형상을 미루기 시작했다. 라도발트였다.

리오도 사실 라우소의 재생력이 이 정도로 좋을 줄은 몰랐다. 이제 기습 공격은 더 이상 통하지 않을 것이라 생각한 리오는 정신을 집중하며 자세를 가다듬었다.

"갑니다!"

라우소의 반격으로 경기는 다시 진행되었다. 물론 라우소의 몸이 재생되었을 때부터 전환점이었다.

경기가 없어 무료하던 차에 왕궁으로 향하던 지크는 한산한 거리를 거닐며 밀려오는 적막감과 나른함에 입이 찢어져라 하품을 해댔다. 마티가 동행하고 있었지만 워낙 말수가 없는 성격이라 지크의 지루함을 더할 뿐이었다.

"마티, 지금까지 네가 배운 기술이 몇 개나 되지?"

"배운 거?"

묵묵히 발걸음을 옮기던 마티는 무표정한 얼굴로 지크를 슥 올려다봤다.

"며칠 빼고는 거의 매일 배우다시피 했으니 많이 배웠겠지."

"말 한번 성의 없게 하네."

사실 지크는 틈만 나면 마티에게 많은 무술을 가르쳐 줬다. 그 때문에 마티는 예전보다 훨씬 강해졌지만 정작 본인은 얼마나 강해졌는지 가늠하지 못했다. 실전을 한 번도 해보지 못했기 때문이다.

그 후로 한참을 말없이 길을 걷던 지크와 마티의 눈에 훤칠한 키의 남자가 들어왔다. 멍하니 그 남자를 바라보던 지크는 순간 반가운 표정을 지으며 그를 향해 뛰어갔다.

"어이! 땅강아지!"

큰 키의 남자는 자신을 부르는 소리에 고개를 돌렸다. 뛰어오는 지크를 발견한 그 역시 활짝 웃으며 손을 들어 보였다.

"이야, 이거 감전된 얼간이 아니신가! 하하하핫!"

"녀석, 도대체 지금까지 어디서 뭘 하고 있었던 거야?"

지크 일행과 함께 수도에 도착하자마자 동료 도적이었던 레디를 찾아보겠다고 나간 사바신은 먼저 바이론을 찾아갔다. 사실 그는 이 세계에 바이론을 도우라는 임무를 받고 내려왔고, 바이론이 가즈 나이트들의 동향을 살펴 보고하라고 지시했기 때문이다.

왕궁에 잠입한 사바신은 바이론을 어렵지 않게 만날 수 있었다. 사바신이 리오와 지크, 그리고 흑색 오벨리스크에 대한 정보를 보고하자 바이론은 딱딱하게 굳은 표정으로 말했다.

"레디 녀석을 찾아와라. 아무래도 수도에서 결판이 날 듯하니 녀석이라도 있는 게 좋겠지. 별다른 정보는 없나?"

"그거 말고? 음…… 아, 차원이 좀 이상해. 따분해서 피엘 님이나 만나려고 했는데, 이상한 장벽에 가로막혀서 신계에는 못 가겠더라고. 하핫, 이상하지?"

아뿔싸, 사바신은 자신이 얼마나 중요한 정보를 말했는지 모르고 있었다.

사바신의 말에 바이론은 순간 눈썹을 꿈틀거렸으나 웬만해선 속을 내비치지 않는 그는 이내 표정을 수습하고 사바신과 함께 왕궁을 몰래 빠져나갔다. 그러고 나서 그들은 어딘가를 다녀와 무도회가 열린 밤에야 돌아왔다. 그사이 조커 나이트가 여왕의 방에 침입한 사건이 있었으나 다행히 지크 덕분에 그 일은 별탈 없이 마무리되었다. 그러나 그들이 무엇 때문에, 어디로 갔는지는 아무도 몰랐다.

사바신은 대충 얼버무리며 말을 돌렸다.

"하핫, 사정은 나중에 설명해 줄게. 근데 이 동네는 어때? 별일 없어?"

"별일 있기야 하겠어. 바이론과 리오가 떡 버티고 있는데…….
신이 쳐들어오지 않는 한 일이 생길 이유가 없지.

그렇게 말한 지크는 최근에 열리고 있는 왕국 검술대회 이야기를 비롯해 그 경기에 12신장이 참가한 것과 그동안의 경기 진행 상황에 대해 자세히 설명해 주었다.

「……그래서 우리는 정당한 경기에 한해서 놈들을 깨끗이 처리하기로 했지.」

마지막 한마디를 정신감응으로 덧붙인 지크는 마티 몰래 사바신에게 윙크를 해 보였다.

"후훗, 그랬군. 나도 참가하지 못한 것이 아쉬운데. 내 목도를 쓴지 하도 오래돼서 녹이 쓸 지경인데 말이야."

사바신도 의뭉스럽게 지크의 말을 받으며 자신의 목도를 툭툭 쳐 보였다.

그 묵도를 본 지크는 문득 전에 바이론이 자신과 사바신의 총체적 능력이 비슷할 거라고 했던 말이 떠올랐다.

지크는 사바신의 목도에 관심이 쏠렸다.

"그런데 땅강아지, 네가 들고 있는 목도 말이야. 보기엔 그냥 나무로 만들어진 것 같은데 어떤 거야?"

"웅, 이건 말이지……."

사바신이 가진 목도는 팔봉신 영룡(八封神 靈龍)이라 하여, 지크의 무명도처럼 명계에서 만들어진 무기였다. 2만 년 된 명계의 사과나무를 재료로 하여 오리하르콘 이상의 강도를 가졌고, 표면에 쓰여진 주술적 문양은 사바신의 굉장한 힘과 맞물려 퇴마(退魔) 효과를 증폭시켰다.

사바신의 설명을 들은 지크는 탄성을 지르며 감탄했다.

"이야, 대단한데?"

"하핫, 난 뭐 이런 거 가지고 있으면 안 되냐? 아, 약속 시간 됐으니 가 봐야겠다. 만나기로 한 녀석이 있거든. 나중에 보자."

"그래. 수고해."

급히 뛰어가는 사바신의 뒷모습이 꺾어진 갈림길에서 사라지자 지크는 다시 발걸음을 옮겼다.

옆에서 둘의 대화를 듣던 마티가 지크의 팔을 툭 치며 캐물었다.

"너희, 도대체 뭐지? 아까 나누던 말, 도대체 뭐야?"

순간 지크는 아차 하며 자신의 입을 막았다. 하지만 이미 엎질러진 물이었기에 그는 마티의 이마에 자신의 이마를 대며 겁을 주었다.

"무시무시한 악당."

그러자 마티는 황당한 표정으로 얼굴을 찡그리며 말했다.

"정신병자라고 하면 안 될까?"

"……."

지크는 아무런 대꾸도 하지 않고 앞만 보았다.

그 시각 경기장에선 아직도 리오와 라우소의 싸움이 계속되고 있었다. 그리고 라우소가 인간이 아니라는 것을 전해 들은 왕국의 병사들과 마법사들은 이미 장외에서 겹겹이 대기하고 있었다.

그 사실을 보고받은 린스는 덤덤한 반응을 보이며 말했다.

"괴물? 그래서 어쩌라고."

"네?"

두려움으로 몸을 떨던 경비대장은 린스의 대답에 할 말을 잃고 말았다.

"괜찮아. 설마 저 꺽다리가 질라고. 하지만 불안하면 경비 몇 명 ~~이 호위하도록 해.~~"

린스는 걱정 말라는 듯 그의 어깨를 툭툭 치며 경기장에서 대치하고 있는 선수들에게 시선을 옮겼다.

리오는 검을 쥔 손아귀에 힘을 주며 관중들과 병사들에게 가급적 피해가 가지 않도록 조심스럽게 검술을 펼쳤다. 리오의 의도를 알아차린 라우소는 공격을 미친 듯이 퍼붓기 시작했다.

"뭐 걱정되는 것이라도 있습니까!"

"그럴 리가!"

리오는 라우소의 베기를 검으로 튕겨 낸 후 그가 잠시 주춤거리는 틈을 이용해 일격을 날렸다.

라우소는 미처 피하기도 전에 당했지만 무시무시한 재생 능력을 지녔기에 상처는 금방 아물었다.

'빌어먹을!'

이렇게 계속 반복되면 자신만 불리하다는 것을 안 리오는 왼손에 강한 기를 모아 라우소의 복부에 일격을 가했다.

"크윽!"

그 일격에 라우소는 장외 밖으로 튕겨져 날아갔다. 그 틈을 놓치지 않고 리오는 하늘 높이 디바이너를 던져 올렸다.

관중석에서 리오의 경기를 지켜보던 루이체는 주먹을 탕 내리치며 외쳤다.

"역시! 마법검 바이올릿!"

맨티스 퀸과 대결할 때 쓴 적이 있는 바로 그 기술이었다. 공중에 떠 있는 디바이너를 향해 주문진의 빛을 쏘이자 디바이너의 표면에 음각되어 있던 진홍색의 고대문자가 서서히 빛을 발하기 시작했다. 그 광경을 지켜보던 노엘은 깜짝 놀라며 중얼거렸다.

"저건, 설마 저주의 주문? 왜 스나이퍼 씨가 저주의 주문을 검에?"

"라우소의 재생 능력을 소멸시키기 위해서 아닐까요?"

련희가 자신 없는 목소리로 중얼거렸으나 어느 누구도 그녀의 말을 부인하지 않았다.

되살아나는 라우소를 물리치려면 고급 주문이나 대마법검 기술을 사용해야 하는데 그러면 그 여파가 수많은 관객들과 장외에 있는 병사들까지 미칠 수 있어 위험했다. 이런 상황에서 리오가 라우소의 재생 능력을 제거하고 공격할 수 있는 최선의 방법은 바로 저주뿐이었다. 리오는 바이올릿이 서려 어두운 기를 뿜어내는 디바이너를 경기장으로 올라오고 있는 라우소를 향해 뻗으며 외쳤다.

"승부다, 괴물 잡초."

바이론은 연신 재미있다는 표정으로 특유의 미소를 지었다.

"크훗, 무속성인 저 녀석과 나만이 할 수 있는 저주의 주문. 좋은 선택이다, 리오. 크크크큭."

'무속성? 도대체 무슨 소리를 하는 거지?'

바이론의 중얼거림을 얼핏 들은 린스는 무슨 소린가 하며 리오의 검을 바라보았다.

한편 라우소는 리오의 검이 뿜어내는 살기를 느끼고 웃으며 리오에게 말했다.

"후, 좋습니다. 저도 승부를 걸지요. 대신 주위의 인간들이 다쳐도 책임지지 않습니다!"

그 말과 함께, 라우소는 자신의 왼쪽 가슴에 손을 박아 넣었다.

"응?"

리오는 깜짝 놀라며 급히 방어 자세를 취했다. 놀란 것은 리오뿐만이 아니었다. 모든 관중들과 병사들, 12신장들마저 라우소의 행동에 흠칫했다.

워닐은 눈을 천천히 감으며 무거운 목소리로 중얼거렸다.

"한계 제어장치를 빼려는 것인가. 죽으려고 작정을 했군."

가슴 밖으로 꺼낸 라우소의 손엔 작은 기계 장치가 쥐어 있었다. 그것을 손으로 으적으적 으깨 버린 라우소는 광폭하게 웃어 댔다. 리오는 굳은 표정으로 라우소를 지켜보았다.

"하하핫! 난 리오, 당신의 목을 꼭 가져야겠습니다!"

당돌한 말과 함께 라우소의 몸이 눈부신 빛으로 변하더니 파장이 점점 커지기 시작했다. 엄청나게 증폭되던 빛덩이는 곧 형체를 드러냈다.

리오는 흠칫 놀라며 중얼거렸다.

"뭐야, 저건?"

라우소의 몸은 어느덧 거대하게 바뀌어 있었다. 마치 녹색 갑옷을 걸친 육중한 강철 골렘과도 같았다. 라도발트 역시 그의 몸집만큼이나 거대해졌고, 리오에게 잘렸던 팔도 완전히 재생되었다. 기골이 장대해진 라우소는 손가락을 리오에게 뻗으며 외쳤다.

"하하핫! 이것이 12신장의 참모습! 인간의 허약한 모습과는 비교할 수 없는 최강의 육체! 이제 당신에겐 죽음뿐입니다!"

라우소는 발을 크게 굴렀다. 그 진동으로 경기장과 그 일대까지 흔들렸다. 넘어지려는 몸을 가까스로 추스려 중심을 잡은 리오는 인상을 풀고 어깨를 으쓱하며 빈정댔다.

"뭐, 모습만 달라졌지 본질은 똑같군. 가오하라, 하아아앗!"

리오는 기합을 넣으며 자신보다 몇 배는 더 큰 라우소를 향해 몸을 날렸다. 라우소는 반격하고자 라도발트를 휘두르려 했다.

"갑니다! 으윽?"

라우소의 발이 바닥에서 떨어지지 않더니 하체에서 상체 쪽으로 서서히 굳어져 갔다.

"이, 이게, 어떻게 된……?"

라우소의 몸부림을 본 워닐은 천천히 자리에서 일어서며 주위에 있는 신장들에게 말했다.

"볼 것 없다. 자신의 상태도 모르고 제어장치를 뜯어내다니, 어리석은……!"

무슨 영문인지 라우소가 꿈쩍하지 않자, 이때다 싶은 리오는 디바이너를 양손으로 힘껏 잡으며 외쳤다.

"간다! 각오해라!"

리오가 라우소의 정수리에 진홍색 검광을 뿌리자, 그의 몸은 다시금 반으로 쩍 갈라졌고, 재생 능력이 완전히 소멸된 탓에 절단 부위가 검게 타들어 가기 시작했다.

"요, 요이르 님! 아아악!"

라우소의 몸은 비명 소리와 함께 차츰 줄어들기 시작했고, 검게 타 버린 두 개의 잿더미만 그 자리에 남았다.

리오는 디바이너에 걸린 주문을 풀고 경기장을 내려왔다.

"좋아! 역시 리오 오빠는 다르다니까!"

루이체는 펄쩍펄쩍 뛰며 기뻐했고, 련희와 노엘은 안도의 한숨을 쉬며 긴장을 풀었다.

"역시 믿을 만하다니까."

린스 역시 빙긋 웃으며 고개를 끄덕였다. 하지만 바이론은 불만스러운 표정으로 나지막이 중얼거렸다.

"……운 하나는 확실히 좋은 녀석이군."

숨 막히던 결전은 그렇게 끝이 났다.

다음 날은 경기가 없다는 것을 확인한 리오는 파김치가 된 몸을 이끌고 루이체, 런희와 함께 집으로 향했다.

그때 린스가 마차를 타고 경기장을 빠져나왔다. 그녀는 곤죽이 되어 있는 리오의 모습에 아랑곳하지 않고 창밖으로 고개를 내밀며 소리쳤다.

"내일도 꼭 나와야 해!"

"고, 공주님, 그건 안 됩니다!"

노엘의 만류는 덜컹대는 마차 바퀴 소리와 말발굽 소리에 묻혀 버렸다. 자욱한 먼지를 일으키며 멀어져 가는 마차를 바라보던 리오는 허탈한 미소를 지었다.

3

기권 그리고 음모

대회 날짜는 계속 지나갔다. 리오의 네 번째 경기 상대는 보통의 전사였다. 지크의 세 번째 상대와 바이론의 세 번째, 네 번째 상대는 무슨 이유에서인지 기권을 하고 말았다.

시간은 흘러 16강 진출자를 결정짓는 날.

32강에 올라간 전사들 중에는 당연히 리오, 지크, 바이론도 포함되어 있었다. 케톤과 그의 조부 하롯, 그리고 그레이 공작 역시 그 안에 들었다. 그리고 죽거나 기권한 신장을 제외한 여덟 명의 신장들도 역시 끼었다.

이른 아침, 케톤은 몸도 풀고 상대 전사가 누구인지 알아볼 겸 경기장에 맨 먼저 도착했다.

"누굴까? 할아버지와 그레이 공작님은 아닐 텐데……. 혹시 바이론 님이나 지크 님 내지는 리오 님이 걸리는 게 아닐까?"

대회 관계자들이 도착하자 케톤은 그들이 있는 대회 본부석으로 갔다. 문을 열고 케톤이 들어서자 대회 진행자들은 그를 열렬히 환영해 주었다. 케톤은 멋쩍은 듯 머리를 긁적이며 대진표가 걸려 있는 벽을 향해 몸을 돌렸다.

"상대가 궁금해서 그러신가요?"

"아, 네. 자꾸 신노 비니 긴장되네요."

진행자와 이런저런 얘기를 나누며 대진표를 바라보던 케톤은 오늘 제1차 경기로 자신과 싸울 상대의 이름을 보는 순간 깜짝 놀랐다.

"앗!"

케톤이 멍하니 대진표 앞에 서 있자 옆에 있던 관계자가 그에게 물었다.

"왜 그러십니까? 무슨 문제라도……?"

"아, 아무것도 아닙니다. 실례했습니다."

케톤은 힘없이 어깨를 축 늘어뜨리며 인사하고 본부석을 나섰다.

그런 그의 행동에 의아함을 느낀 진행자는 대진표를 보며 케톤과 싸울 상대가 누군지 짚어 내려갔다. 이름을 확인한 관계자는 고개를 갸웃거리며 이상하다는 듯 중얼거렸다.

"음? 이름도 알려지지 않은 상대인데? 검은 작년처럼 평범한 철검이 아닌 레드노드고…… 도대체 왜 풀이 죽은 걸까?"

"누군데 그러나?"

아까부터 옆에서 두 사람의 대화를 듣고 있던 대회 진행자가 다가오며 물었다. 그는 케톤의 상대를 확인하고, 새로 부임한 동료의 어깨를 툭 치며 말했다.

"이보게, 근위대장이 오늘 상대할 사람은 인간이 아니야."

"뭐라고?"

그 말을 들은 관계자는 눈을 휘둥그레 뜰 뿐이었다.

이윽고 케톤의 경기를 시작으로 16강 경기가 진행되었다.

경기장에 먼저 올라간 케톤은 여느 때와 달리 엄숙한 표정으로 레드노드를 경기장 바닥에 내려놓은 채 마음을 정리하기 시작했다. 상대 선수는 아직 올라오지 않았다. 케톤은 눈을 감으며 속으로 중얼거렸다.

'그래, 나도 어차피 그와 한번 대결해 보고 싶었어. 그동안 그와의 격차가 크다고 생각해 연습은 물론 대전조차 꺼렸지. 그래, 최강의 상대다. 나에게는 좋은 기회일 거야. 마음을 굳게 가져라, 케톤 프라밍!'

케톤은 서서히 눈을 떴다. 그사이 그의 상대는 경기장 위로 올라와 가볍게 목을 풀었다.

케톤과 눈을 마주친 그는 씩 웃으며 검을 뽑아 들었다. 케톤 역시 레드노드를 똑바로 들었다. 그는 큰 소리로 상대방에게 외쳤다.

"잘 부탁드립니다, 리오 스나이퍼!"

리오는 고개를 끄덕이며 말했다.

"좋아. 정신 상태는 만점이다, 케톤. 기대하지."

그들이 경기를 치르기 전에, 리오와 케톤을 알고 있는 사람들은 한결같이 고개를 저으며 웅성거렸다.

"케톤이 약한 게 아니고, 리오가 너무 강한 것이다."

"어차피 그가 출전하면서부터 우승은 결정된 것이었다. 케톤에겐 미안한 말이지만."

"그와 대결해서 목숨만이라도 보존한다면 케톤은 그레이 공작을 충분히 능가할 실력이 된다는 것이다. 아니, 대륙 최강이겠지."

하지만 리오를 아는 바 없고 케톤만 알고 있는 사람들은 케톤의 승리를 의심하지 않았다.

사실 케톤은 리오가 자신의 상대 선수임을 알았을 때 경기 도중 받을 육체적 고통―물론 그를 아는 리오가 심하게 대하지는 않겠지만―보다 진다는 사실 자체가 두려웠다.

그래서 계속 어깨를 늘어뜨리고 있던 그는 경기에 임하면시부디 마음을 다잡고 경기에 최선을 다하려 했다.

그렇게 마음을 다스릴 수 있었던 데는 그의 할아버지의 공이 컸다. 케톤은 경기 출전 바로 전 할아버지가 했던 말을 떠올렸다.

'진다는 것이 두렵다고? 허허, 못난 녀석. 역시 넌 아직 멀었구나. 케톤, 이 할애비는 지금까지 수없이 많은 적과 상대하면서 승리감에 도취되던 때도 있었고 패배의 고배를 마신 적도 있었다. 그때마다 난 패배의 원인을 곱씹으며 생각하곤 했다. 물론 결론은 딱 하나였지. 상대가 나보다 강하다는 것이었다. 그때마다 난 더욱더 열심히 수련을 했다. 케톤, 전사의 강함은 그냥 주어지는 것이 아니란다. 패배감에 가슴 쓰라려 보기도 하고 극한 상황에 처해 보기도 해야 그만큼 강해지는 것이야. 이런, 말이 길어졌군. 그 리오란 젊은이가 너보다 얼마나 강한지는 몰라도 물러서지 말고 최선을 다하거라. 난 너를 믿는다, 케톤.'

할아버지의 말을 가슴 깊이 되새기며 케톤은 호흡을 가다듬고 레드노드를 꽉 쥐었다. 조금이라도 방심한다면 리오의 공격을 막아 낼 수 없을 것이다. 그는 마음속으로 외쳤다.

'관중들, 리오 님, 할아버지, 하늘, 그리고 내 자신이 나를 지켜보고 있다! 최선을 다하자!'

"갑니다! 하아아앗!"

리오는 진지한 얼굴로 케톤의 레드노드를 디바이너로 맞받아쳤다. 둘은 검을 맞댄 채 몇 분간 힘겨루기를 했다.

케톤은 리오가 칼을 받아친 순간 상체가 휘청거림을 느꼈다. 힘의 차이겠지 하고 생각한 케톤은 정신을 집중하고 리오의 디바이너를 밀어내려 애썼다. 양손으로 검을 잡고 있는데도 케톤의 등에 땀이 흘러내렸다. 그와 달리 한 손으로 검을 쥐고 있는 리오는 여유만만한 표정으로 케톤을 밀어내고 있었다.

'이, 이 정도였나? 대단할 거라고는 생각했지만 이 정도일 줄은……!'

리오의 검이 마치 땅바닥에 박힌 거대한 암석처럼 꿈쩍도 하지 않자 케톤은 이대로는 안되겠다 생각하며 뒤로 물러섰다.

"핫!"

케톤은 검을 빠르게 휘두르며 리오를 공격했다. 레드노드의 붉은 잔광이 경기장을 현란하게 밝혔다. 앞으로 전진하며 수십 차례 공격을 퍼붓는 이 방법은 지금까지 그레이 공작을 제외하곤 어느 누구도 피하지 못했다.

하지만 리오는 식은 죽 먹듯 가볍게 받아 냈다.

"막무가내로 휘두르지 마라, 케톤. 검을 단순히 무기로만 생각하니까 헛공격이 되는 거야. 검은 단순한 무기가 아니라 정신이다. 검과 정신이 혼연일체가 되어야만이 진정한…… 이, 이런!"

리오의 충고를 들었는지, 케톤은 곧 아주 정확하고 절도 있는 검술 동작을 연속으로 펼치며 공격해 들어왔다. 그제야 리오도 뒷걸음질을 치기 시작했다.

"아주 좋아! 하지만!"

경기장 끝으로 몰린 걸 느낀 리오는 날렵하게 빠른 수평 베기를 케톤에게 날렸다. 케톤은 옆구리에 강한 타격을 받으며 경기장 반대편으로 나가떨어지고 말았다.

"크앗!"

장외로 떨어진 케톤에게 심판은 손가락 하나를 높이 들어 보였다. 장외 한 번이라는 것이었다.

16강 경기부터는 3회의 장외가 허용된다. 물론 10초 이내에 다시 경기장 안으로 들어서야 한다는 규칙도 있었다.

급히 경기장으로 올라온 케톤은 자신이 입고 있던 판금 갑옷 옆구리에 금이 갔다는 사실을 알 수 있었다. 리오의 방금 전 동작은 베기였지만 효과로 볼 때 때렸다는 표현이 적절했다.

'검의 몸으로 날 치셨군. 하긴 베었다면 난 이미 두 조각이 나 있겠지. 어쨌거나 연속 동작을 하는 틈을 노리다니, 역시 대단하다!'

갈비뼈가 부서지지 않은 것을 확인한 케톤은 다시 자세를 취했다. 케톤이 다시 준비가 되자 리오 역시 자세를 잡았다.

"간다!"

이번엔 리오가 먼저 공격을 가했다. 케톤은 가만히 기다렸다가 막아 보려 했으나 생각을 바꿔 몸을 움직이기 시작했다. 지금까지의 경험으로 보아 리오가 검을 휘두를 때 나오는 파괴력은 아무리 땅속에 깊이 발을 박고 막는다 해도 속수무책일 게 뻔했기 때문이다. 케톤은 고정된 자세로 공격을 받아 낸답시고 다시 장외로 날려지는 것보다 차라리 움직이면서 공격의 횟수를 줄이는 것이 훨씬 나을 거라고 생각했다.

케톤은 리오를 견제하며 몸을 움직였고, 그런 케톤을 보고 리오는 씩 웃으며 말했다.

"좋아. 좋은 방법이다, 케톤! 그럼 이것을 받아 봐라!"

"윽?"

리오의 말이 끝나기도 전에 케톤은 순간 자신의 눈을 의심하지 않을 수 없었다. 리오의 모습이 갑자기 커졌다. 엄밀히 말하자면 리오가 케톤에게 순간적으로 접근한 것이었다. 케톤은 미동조차 할 수 없었다. 공격을 받는다 해도 어쩔 수 없는 상황이었다. 그러나 리오는 공격할 생각은 하지 않고 케톤의 오른쪽 어깨를 자신의 왼손으로 짚은 채 몸을 가볍게 띄웠다.

"……!"

케톤은 자신의 어깨에 실린 리오의 몸무게를 느끼지 못한 듯 불안정한 자세로 가만히 서 있었다. 순간적으로 케톤의 등 뒤로 돌아간 리오는 왼쪽 어깨로 케톤의 등을 강하게 밀어 쳤다.

"헙!"

"크아앗!"

그 충격으로 인해 쿵 하는 큰 소리가 장내에 울려 퍼지며 케톤은 경기장 구석 쪽으로 날려 갔다. 리오가 라우소에게 사용한 기술을 케톤에게도 선보인 것이었다.

날려간 케톤을 앞질러 낙하 지점에 위치를 잡은 리오는 날아오는 케톤의 몸을 검날 옆면으로 쳐올렸다. 케톤은 공중으로 붕 솟구쳐 올랐다.

"아이고 불쌍해."

"의사를 불러야 할지도……."

린스는 손으로 두 눈을 가리며 안타까워했다. 관중석의 그레이 공작과 하롯의 가족들, 노엘, 런희 역시 명약관화한 결과에 이미 포기한 듯 고개를 절레절레 저었다.

"마무리다!"

케톤을 따라 공중으로 떠오른 리오는 단칼에 그를 바닥에 내리쳤다.

케톤은 경기장 바닥에 곤두박질쳐 몇 번 튕겨 나간 후 약간 떨어진 곳에 쓰러졌다. 그 충격이 어느 정도였는지는 함몰된 경기장 바닥과 케톤이 입고 있던 갑옷의 대부분이 조각 난 채 바닥에 흐트러진 광경으로 짐작할 수 있었다.

처참한 광경에 입을 굳게 다물고 있던 하롯은 고개를 숙이며 중얼거렸다.

"잘 싸웠다, 케톤…….. 네가 두려워했던 이유를 이제야 알 것 같다. 괜히 내가 널 부추긴 듯싶구나."

케톤이 쓰러진 것을 확인한 주심이 카운트를 세기 시작했지만 리오가 손으로 제지했다.

리오는 디바이너를 땅에 살짝 박고 케톤이 일어나기를 기다렸다. 그러나 케톤은 한참이 지나도 좀처럼 일어나지 못했다.

"으, 저 녀석 너무 심하잖아. 살살 좀 하지."

린스는 케톤이 쓰러진 채 일어서지 못하고 있자 투덜대며 말했다. 그러자 바이론이 웃으며 말했다.

"크크크, 상당히 봐준 거다, 공주. 아무리 칼등으로 친다 해도 리오 녀석이 본격적으로 경기에 임했다면 저 얼간이의 몸은 남아나지 않았을걸. 살점이 뜯겨 나가고 뼈마디가 으스러져 고깃덩어리가 됐겠지. 크크크큭."

'비유를 해도 꼭…….'

린스는 눈을 흘기며 불만스러운 표정을 지었으나 바이론은 아랑곳 않고 말을 이었다.

"그리고 방금 한 공격은 쓰러진 저 얼간이를 납작한 육포로 만들어 놓고도 남을 만큼의 위력이 있지. 크큭, 저 정도로 힘 조절하는 것도 힘드니 살살 하라는 무리한 요구는 하지 말도록. 크크크큭."

바이론의 사실적인 묘사가 곁들여진 설명을 들은 린스는 인상을 찡그리며 마음속으로 투덜거릴 뿐이었다.

린스는 비록 버릇이 없긴 해도 인정사정없는 바이론에게 함부로 대꾸를 했다가는 된통 당할 것임을 짐작하고 있었다.

"으, 으으윽!"

어느덧 정신을 차린 케톤은 천천히 일어났다. 사실 그는 리오에게 등이 떠밀려 날아갈 때부터 정신을 잃어 아무것도 기억할 수 없었다. 생각나지 않는 게 오히려 다행이었다.

"계속할 텐가, 케톤?"

리오의 목소리에 케톤의 정신이 번쩍 들었다. 그는 애써 몸을 일으키며 말했다.

"예, 저에게는 최고의 기회입니다. 이렇게 싸워 보는 것도 도움이 될 테니까요. 자, 계속합니다, 리오 님!"

"좋아!"

리오는 다시금 케톤을 향해 돌진했다. 케톤은 역습을 날리기 위해 날렵하게 검을 들었지만 순간 눈앞의 놀라운 광경에 검을 어떻게 움직여야 할지 알 수 없었다.

달려오던 리오의 몸이 케톤의 눈앞에서 여러 개로 희미하게 분산됐다.

일대일 대결에서 승패는 상대방의 움직임을 누가 미리 예측하느냐에 달려 있다. 아무리 가공할 위력의 기술이라 해도 상대방에게 미리 간파당하면 아무 쓸모 없게 된다. 리오의 지금 동작은 어깨나 머리, 또는 팔다리를 가식적으로 움직여 상대방의 시선을 교란하는 기술이었다.

동체 시력(움직이는 물체를 보는 눈의 능력)이 보통 사람보다 약간 나은 수준인 케톤의 눈에는 리오의 잔상밖에 보이지 않았다.

'리오 님에게 쓰러진 적들의 기분을 알 것 같군. 젠장!'

케톤은 어떻게든 피하기 위해 몸을 옆으로 움직였다. 순간 섬뜩한 삼속이 그의 목에 닿았다.

"윽!"

어느새 리오가 케톤 옆으로 다가와 그의 디바이너로 케톤의 볼을 톡톡 건드리며 웃고 있었다.

"후훗, 한 번 죽은 거야, 케톤."

케톤은 인정할 수 없다는 듯 레드노드를 잽싸게 휘둘렀다. 리오는 레드노드를 가볍게 막으며 말했다.

"그래도 아슈탈이나 테크보다는 훨씬 낫군. 기술이나 힘에서 둘에게 각각 밀릴지 몰라도, 넌 둘보다 기본이 확실해."

그 말에 케톤은 씁쓸한 웃음을 지었다. 이런 상황에서 칭찬받는 자신의 모습이 너무나 우스웠다.

"……리오 님, 우리 왕국을 배신하지 않으실 거죠?"

"응? 무슨 소리지?"

"부탁이니 제발 저희를 적으로 돌리진 말아 주십시오. 전 당신 같은 분과 또 한 번 싸우기 싫습니다."

리오는 케톤과 거리를 두고 검을 내렸다. 케톤은 또 무슨 신기(神技)가 나올까 했지만 리오는 단호하게 말했다.

"난 레프리컨트 왕국을 위해 싸울 정도의 의리와 충정은 없어. 소속도 없고, 국적도 없는 프리 나이트이기 때문이지."

케톤은 기가 막혔다. 이 무슨 청천벽력 같은 말인가. 12신장만으로도 버거운데 리오마저 등을 돌린다면 하늘이 무너지는 것을 보고만 있으라는 소리와 같았다.

하지만 리오의 얘기는 끝난 게 아니었다.

"내가 지금까지 왕국에 있었던 것은 레프리컨트 왕국에 충성을 바치기 위해서가 아니라 사람들 때문이야. 린스 공주님과 케톤, 노엘 선생님, 그레이 공작님 등 난 그 사람들을 위해 지금까지 싸웠고, 또 여기 있는 거다. 내가 레프리컨트 왕국을 위해 싸웠다는 오해는 하지 말아 줘. 넌 이곳에서 태어났고 녹을 받고 일하는 관리이기 때문에 왕국을 위해 싸우는 게 당연하겠지만 난 아냐."

"……"

케톤은 묵묵히 검을 내렸다.

강함이란 무엇일까. 진정으로 강한 사람은 어떤 사람일까. 케톤은 패배해 보기도 하고 극한 상황에 빠져 보기도 해야 강해진다는 할아버지의 말이 귀에 맴돌았다. 육체적으로 강한 사람보다 정신적으로 강한 사람이 진정한 강자가 아닐까.

'리오 님과 같은 사람이라면 한 나라의 장군을 맡아도 모자란다. 하지만 리오 님은 그런 명예에는 눈곱만큼의 미련도 두지 않는다. 의리를 위해 싸우고, 대가로서 바라는 것은 오직 그들의 믿음뿐…… 완전한 나의 패배다.'

케톤은 고개를 저으며 자신의 패배를 인정하기 위해 오른손을 힘겹게 들었다.

선수 대기실에서 워닐은 12신장들에게 앞으로의 계획을 간략하게 설명한 뒤 오늘 벌어질 경기에 대해 당부했다.

"……만약 같은 신장들끼리 대결하게 될 경우 대충 싸우다가 서열이 낮은 신장이 기권하도록. 만약 진짜 경기를 한다면 각오해라.

그런데 오늘 가즈 나이트들과 상대할 신장은 누구지?"

워닐이 신장들에게 질문을 던진 찰나 정보 수집차 밖에 나가 있던 신장 니마흐가 급히 들어오며 말했다.

"워닐 님, 예상치 못한 일이 일어났습니다."

워닐은 얼굴을 찌뿌리며 니마흐를 바라보았다.

"예상치 못한 일? 무슨 일이기에 호들갑인가."

니마흐는 숨을 몰아쉬며 말했다.

"리오 스나이퍼가 기권했습니다."

"기권입니다, 심판."

케톤은 순간 자신의 귀를 의심했다. 자신을 압도하고 있던 리오가 갑자기 기권을 선언한 것이다. 놀란 표정으로 리오의 얼굴을 빤히 쳐다보고 있는 케톤과 달리, 리오는 환한 미소를 짓고 있었다. 심판도 리오의 행동에 어리둥절했으나 경기 규칙상 어쩔 도리가 없었다. 심판은 잠시 주춤하다가 케톤의 손을 들어 승리를 알렸다. 관중석에서 심한 동요가 일었다.

리오는 비틀거리는 케톤에게 다가가 그를 부축했다. 리오보다 키가 훨씬 작은 케톤은 리오의 어깨에 걸쳐진 오른팔이 아팠으나 지금은 그런 것을 따질 상황이 아니었다.

"왜, 왜 기권 선언을……?"

"응? 별것 아냐. 좀 바빠질 것 같아서."

케톤은 더더욱 이해할 수 없었다. 아무리 바빠도 그렇지 왕국 최고 검술가가 될 수 있는 기회를 그렇게 쉽게 저버리다니 이상했다. 더군다나 프리 나이트인 그가 그렇게 바쁜 일이 뭐가 있단 말인가. 그는 다시 캐물으려고 입술을 달싹거렸으나 이내 입을 다

물었다.

'아니야. 깊은 생각이 있으시겠지. 나중에 물어보자.'

한편 관중석에서는 늦잠을 자느라 경기장에 늦게 도착한 지크가 리오의 패배 소식을 접하고 펄쩍 뛰었다.

"뭐? 리오가 졌어? 아니 도대체 어떤 녀석이기에 패했단 말이야! 상대가 누구야, 루이체?"

루이체는 피식 웃으며 대답했다.

"케톤 씨에게 패했어."

인상을 잔뜩 찡그린 채 주먹을 불끈 쥐고 있던 지크는 눈을 커다랗게 뜨며 의심스러운 눈빛으로 루이체에게 다시 물었다.

"케톤? 근위대장, 케톤 프라밍? 그 샌님?"

"응."

가만히 루이체를 바라보던 지크는 곧 피식 웃었다. 루이체 역시 빙긋 웃어 보였다. 순간 그는 갑자기 루이체의 목에 팔을 둘러 조르기 시작했다.

"이 녀석! 감히 오빠를 농락하는 거니? 어서 불지 못해!"

"아, 아야얏! 진짜라니까! 이거 놔, 이 바보 너구리야!"

"진짜라고? 너 어릴 때처럼 나한테 볼기 맞고 싶냐! 리오 녀석이 독약을 먹지 않은 이상 희멀건 샌님에게 졌다는 게 말이나 되는 소리냐고!"

"저……."

그때 누군가 등 뒤에서 조심스럽게 부르는 소리가 들렸다. 지크는 루이체의 목을 계속 조르며 고개를 돌렸다.

"뭐야! 어, 케톤?"

케톤은 멋쩍은 얼굴로 고개를 끄덕이며 정중히 인사했다. 놀란 지크는 루이체를 풀어 주며 재촉하듯 말했다.

"너, 진짜 리오를 이긴 거야?"

케톤은 머리를 긁적이며 고개를 저었다. 지크는 그러면 그렇지 하며 목을 쓰다듬고 있는 루이체를 쏘아보았다.

"이기긴 이겼지만 제 실력은 아니었습니다. 리오 님께서 기권을 하셨거든요."

지크는 다시 케톤을 돌아보며 이해가 안 된다는 듯 펄펄 뛰기 시작했다.

"기권? 무슨 마른하늘에 벼락 치는 소리야! 가만 안 두겠어!"

지크는 곧바로 리오가 있는 귀빈석으로 득달같이 뛰어갔다.

루이체는 벌게진 목을 매만지며 케톤에게 물었다.

"근데 다음 경기는 어떻게 할 거예요, 케톤 님?"

케톤은 어떻게 대답해야 할지 몰라 망설였다. 그가 망설이는 데는 또래로 보이는 루이체의 귀여운 얼굴도 한몫했다.

"예? 여, 열심히 해야죠."

그러자 루이체는 팔짱을 끼고 빈정거리는 투로 말했다.

"열심히요? 헤헷, 아마 다음 상대는 바이론 님일 텐데요?"

"……!"

순식간에 케톤의 얼굴에서 핏기가 사라졌다. 루이체는 그런 케톤의 표정을 못 본 척하며 슬슬 겁주었다.

"리오 오빠야 케톤 님과 친해서 그 정도로 끝났지만, 바이론 님은 결코 그럴 분이 아닌데 어떡하죠. 참고로, 바이론 님은 리오 오빠보다 더하면 더했지 덜하진 않을걸요. 기대해도 좋을 거예요."

결국 케톤은 파래진 얼굴이 점차 흙빛으로 변하더니 비틀거리며 뒷걸음질을 쳤다.

루이체는 줄행랑을 치는 케톤을 보며 씩 웃었다.

"히힛, 리오 오빠를 이긴 벌이에요."

지크는 린스와 함께 귀빈석에 앉아 있는 리오에게 다가가 다짜고짜 소리쳤다.

"이 자식! 너 기권했다며!"

울화통이 터질 것 같은 얼굴의 지크를 보며 리오는 가볍게 고개를 끄덕였다.

"들었어? 그건 그렇고 일찍 좀 일어나. 예전 버릇 또 나오는 거야?"

경기를 보고 있던 린스는 인상을 찡그리며 중얼거렸다.

"회색 인간에다가 돌머리까지 다시 가세하는군."

그 말을 들었는지 못 들었는지, 지크는 리오에게 따져 물었다.

"아니, 네가 아무리 저 샌님하고 친분이 있다고는 하지만 12신장들이 날뛰는 이 마당에 네가 출전하지 않으면 어떡해? 무슨 이유라도 있는 거야?"

리오는 고개를 끄덕이며 말했다.

"당연하지. 4연승 정도는 시켜 줘야 할 거 아냐."

"뭐?"

지크의 얼굴에 황당한 표정이 스쳤다. 그러나 리오의 얘기는 아직 끝난 것이 아니었다.

"음, 뭐라고 할까? 굳이 내가 경기에 꼭 낄 필요는 없어서 그랬다고 할까? 내가 만약 케톤을 이겼다 해도 다음 경기는 바이론과 싸워야 해. 12신장을 만날 수 없어. 12신장들은 나와 같은 그룹에 몰려 있어서 너와 바이론이 상대하게끔 되어 있지. 너와 바이론은 첫 경기부터 12신장들과 싸워야 해. 우리는 12신장들과 싸우기 위해 경기에 참가한 거야. 우승이 목표가 아니지. 솔직히 너와 바이론도 그렇잖아. 안 그래?"

듣고 있던 바이론은 말없이 크크큭 하고 웃을 뿐이었다. 지크는 팔짱을 끼며 한숨을 쉬었다. 리오는 말을 이었다.

"그리고 너도 알다시피 12신장 중 가장 강하다는 워닐이 초반에 기권을 했어. 그 녀석 따로 무슨 일을 꾸미고 있는 것이 분명해. 나라도 자유로워야 그 녀석을 막지. 그리고 공주님을 지키는 사람은 너와 바이론만으로 충분하다고 생각해. 뭐, 어차피 공주님은 표적에서 제외된 듯하니 문제는 없지만."

"……그래."

리오의 설명을 들은 지크는 그제야 이해한 듯 고개를 끄덕였다. 리오는 자리에서 일어나 지크의 어깨를 툭 친 후 린스에게 인사했다.

"그럼 나가 보겠습니다. 이 녀석도 왔으니 불안해하지 마십시오. 전 이만……."

리오가 간다는 말에 린스의 얼굴은 순간 화난 사람처럼 일그러졌다. 그녀의 표정을 보며 리오는 안타까운 얼굴로 말했다.

"이해해 주십시오. 그리고 아직은 떠나지 않을 테니 걱정 마십시오, 공주님."

린스는 할 수 없다는 얼굴로 고개를 끄덕였다.

"알았어. 그럼 수고해."

리오는 짧게 대답하고 곧바로 귀빈석을 나갔다.

지크는 린스 바로 옆자리에 털썩 주저앉으며 씁쓸한 표정을 지었다. 린스 역시 어두운 얼굴이었다.

지크는 투덜대며 린스에게 말했다.

"표정 풀어요. 변비 환자도 아니고, 쯧."

"흥, 너야말로."

만나기만 하면 앙숙이 되는 둘 사이로 차가운 기운이 감돌았다.

"크큭, 둘이 잘 노는군. 예전처럼 말이야. 크크크큭."

린스와 지크가 으르렁대며 싸우는 모습을 보던 바이론이 불쑥 말하자, 지크는 눈을 동그랗게 뜨며 기겁을 했다. 혹시나 린스가 과거의 일을 기억해 내는 건 아닌가 해서였다. 그러나 다행히 린스는 예전과 같은 반응을 나타냈다.

"농담하지 마! 내가 이런 돌머리를 언제 만났다고 그래!"

지크가 안도의 한숨을 쉬자 바이론은 예의 음침한 웃음을 지으며 자리에서 일어났다. 린스는 깜짝 놀라며 바이론을 올려다보았다.

"뭐, 뭐야! 그런 말을 했다고 화낼 건 없잖아…… 요."

그러나 바이론은 유유히 계단으로 향하며 웃음을 터뜨렸다.

"크크큭, 이젠 출전하는 것도 방해하는 건가? 크하하핫!"

그의 웃음소리가 잦아들자 린스는 한숨을 길게 쉬며 탄식하듯 말했다.

"휴, 저 끔찍한 웃음소리는 꿈속에서도 들린다니까……. 너라도 있으니 약간 안심이야."

그 말을 들은 지크는 의외라는 표정을 지으며 어깨를 으쓱했다.

"오호, 그러시다면 황공하기 그지없군요. 앞으로는 제가 공주님을 지켜 드리죠."

"그러니까 다시 불안해지는 이유는 뭐지."

경기장에 올라선 바이론은 숨을 크게 들이마셨다. 그럴 때마다 꿈틀거리는 그의 상체 근육은 먹이를 옭아맨 거대한 뱀의 형상과도 같아, 보는 것만으로도 상대를 압도하기에 충분했다.

이윽고 바이론의 상대도 올라왔다. 바이론은 상대에게서 뿜어지는 심상치 않은 기운을 느끼며 그가 12신장 중 하나라는 것을 단번에 알아차렸다. 경기 규칙상 둘은 경기장 중앙에 마주 섰다. 키는 바이론이 컸으나 덩치는 상대방도 바이론 못지않았다.

바이론 앞에 선 12신장, 철의 무스카는 신장들 중 가장 힘이 세다는 것을 과시하기라도 하듯 기대한 근육을 꿀신거리며 근 몸집을 자랑했다. 그러나 바이론은 눈썹 하나 꿈쩍하지 않고 상대방을 향해 조소를 퍼부었다.

"크큭, 이번 차례는 너냐? 너희 중 하나는 내가 두려워서 기권하던데 넌 자신 있나 보군. 아니면 갑자기 죽고 싶어졌나? 크크크큭."

무스카는 씩 웃으며 말했다.

"다른 녀석과 나를 비교하다니 상당히 머리가 나쁜 녀석이구나, 하하하핫!"

싸움을 시작하기 위해 양측으로 물러서던 무스카에게 바이론이 마지막으로 말했다.

"크큭, 그럼 네 머리가 얼마나 좋은지 한번 봐 주마. 달걀을 깨듯이 박살내서…… 크크큭."

무스카는 그냥 웃어 넘겼지만 속으론 화가 났다. 어째서 저런 광인에게 12신장이 당했는지 이해가 가지 않았다.

경기 시작을 알리는 종이 울리자 둘은 곧장 경기장 중앙에서 격돌했다. 바이론의 다크 팔시온과 무스카의 도끼는 거침없이 격돌했으나 시간이 갈수록 점점 무스카의 도끼가 뒤로 밀렸다. 무스카가 힘에서 밀리는 것은 아니었다. 검과 도끼의 반응 속도 차이였다.

"크하하하핫! 죽어랏!"

바이론은 광소를 터뜨리며 무스카가 방심한 틈을 타 검으로 쳐서 바닥에 쓰러뜨렸다. 그리고 재빨리 그의 몸 위에 올라타 다크 팔시온을 거꾸로 잡고 무지막지하게 내려찍기 시작했다. 살점이 튀는 소리와 함께 무스카의 체액 사방으로 튀었다.

관중들은 그 잔인한 장면에 눈을 돌리지 않을 수 없었다. 심판이 중지하려 했으나 바이론은 아랑곳없이 무스카를 계속 찍어 댔다.

"크크크큭, 죽어라! 죽어라! 죽어! 네가 무력함을 느꼈을 땐 이미 저승에 간 후일 거다! 크하하하하핫!"

미친 듯이 무스카의 몸을 찍어 대던 바이론은 이윽고 벌떡 일어나더니 발로 무스카의 몸을 사정없이 걷어차 버렸다. 날아가는 무스카의 몸에서 회색 체액이 사방으로 흩어졌다.

경기장 구석에 쓰러져 움직이지 않는 무스카를 본 심판은 숨이 끊겼겠지 생각하면서도 어쩔 수 없이 카운트를 세기 시작했다.

그때 바이론이 장외로 내려와 카운트를 세는 심판의 멱살을 잡고 그를 번쩍 들어 올리며 말했다.

"이건 데스 매치(Death Match)다! 몸이 곤죽이 될 때까지 하는 거다! 한 번만 더 카운트를 나불대면 네 척추를 마디마디 꺾어 놓겠다!"

"예, 예!"

원래 경기 도중 심판을 협박한 선수는 퇴장시키는 게 당연했지만 겁에 질린 심판은 오들오들 떨며 고개만 끄덕일 뿐이었다.

바이론이 섬뜩한 미소를 지으며 심판을 내려놓자 심판은 곧 도망치듯 본부석으로 사라져 버렸다.

다시 경기장 위로 올라선 바이론은 쓰러진 무스카를 향해 소리쳤다.

"이곳이 극장인 줄 아느냐? 네가 12신장이란 것은 다 아니까 어서 일어나라! 난 빨리 네 머리통을 부수고 싶단 말이다! 크하하하핫!"

귀빈석에서 그 광경을 지켜보던 린스는 갑자기 오한을 느끼듯 벌벌 떨기 시작했다. 지크 역시 인상을 잔뜩 찌푸린 채 보고 있었다.

지크는 린스를 슬쩍 바라보며 물었다.

"안경 선생을 불러 드릴까요?"

린스는 겁에 질린 표정으로 다급히 대답했다.

"빠, 빨리 불러 와! 나 지금 울 것 같단 말이야!"

한편 바이론의 말에 자극을 받았는지 무스카는 천천히 몸을 일으켰다. 다크 팔시온에 의해 상할 대로 상한 무스카의 육체는 그사이 거의 회복되어 있었다.

"크으윽! 네놈은 실로 광인이구나!"

그 말을 들은 바이론은 자신의 가슴을 왼손으로 팍팍 치며 다시금 광소를 터뜨렸다.

"내가? 광인이라고? 미친 녀석이라고? 크하하하핫! 착각하고 있구나. 난 인간의 본성을 꾸미지 않고 조금 드러낸 것뿐이야! 잔말 말고 진짜 모습을 드러내라! 내 인내심을 시험하지 말고!"

무스카는 곧 온몸에서 빛을 발산하며 중얼거렸다.

"소원이라면!"

시야가 고통스러울 정도로 눈부신 회색 빛이 사방으로 퍼졌다. 관중들은 그 빛에 눈이 부신 듯 손으로 자신들의 눈을 가렸다.

곧 그 빛은 사그라들었고 무스카가 있던 자리에 두꺼운 갑옷을 걸친 남자가 서 있었다. 물론 무스카였다. 바이론은 다크 팔시온을 혀로 핥으며 만족한 듯 고개를 끄덕였다.

"크크큭, 좋아. 아직 흘릴 피는 충분하겠지? 크하하하하핫!"

바이론은 광소를 터뜨리며 무스카에게 달려들었다. 무스카는 오른손을 앞으로 뻗으며 중얼거렸다.

"어리석은 녀석."

핑.

순간 공기를 뚫는 요란한 소리가 경기장에 울렸다. 달려오던 바이론의 몸은 붉은 피를 뿌리며 뒤로 나자빠졌다.

관중들은 순식간에 일어난 일이라 황당하다는 표정만 짓고 있었다. 지크가 데려온 노엘과 린스도 깜짝 놀란 표정을 지었다.

"뭐, 뭐야? 저 인간 왜 쓰러졌지?"

"글쎄요, 공주님!"

그녀들이 이유를 몰라 고개를 갸웃거리자 옆에 팔짱을 끼고 서 있던 지크가 한마디 거들었다.

"기탄(氣彈)이에요. 하지만 바이론 정도의 녀석이 그걸 못 피하진 않을 텐데? 어지간한 내 공격도 막아 내는 녀석이 설마?"

곧 바닥에 쓰러졌던 바이론은 건재하다는 듯 재빨리 일어서며 조그맣게 상처가 난 가슴에 왼손을 가져갔다. 피는 곧 멈췄지만 혈흔은 아직 남아 있었다.

"크크큭······."

바이론은 자신의 왼손에 묻은 피를 핥으며 다시금 광소를 터뜨렸다. 그 광경을 지켜본 무스카는 투구 속에 감춰진 얼굴 위로 혐오감을 드러냈다.

"상당히 기분 나쁜 녀석이군."

피를 다 핥은 바이론은 피식 웃으며 중얼거렸다.

"큭, 가끔씩 이렇게 당하는 것도 좋겠지. 피 맛도 보고 말이야. 크하하하하핫!"

입가에 피를 묻히고 웃고 있는 그 모습을 보고 지크도 질렸다는 투로 말했다.

"그러면 그렇지. 하여튼 이상한 녀석이라니까."

"크크크큭…… 그 대가로, 넌 죽는 거다!"

바이론은 다시 다크 팔시온을 불끈 잡고 무스카를 향해 광폭하게 질주했다. 무스카는 이번에도 기탄을 날렸으나 두 번 당할 바이론이 아니었다.

첫 번째 기탄을 바이론이 가볍게 피하자 무스카는 즉시 기탄을 한꺼번에 뿌렸다. 그러나 바이론은 잘 피해 냈고 그 바람에 기탄들은 반대편 장벽에 충돌해 관중들을 두려움에 떨게 했다.

"크크크큭…… 사신과 키스해 보겠나!"

어느새 무스카에게 가까이 접근한 바이론은 낮게 중얼거리며 다크 팔시온을 맹렬히 휘둘렀다.

타앙.

바이론이 휘두른 다크 팔시온의 일격이 무스카의 갑옷에 정확히 적중했다. 그러나 적중했을 뿐 검은 갑옷 표면을 뚫고 들어가지 못했다. 단단한 투구로 몸을 감싼 무스카는 조소하며 말했다.

"홍, 그런 일격으로는 내 갑옷에 흠집조차 내지 못한다. 이제 내 차례인가!"

무스카는 재빨리 자신의 도끼로 바이론의 복부를 가격하려 했다. 그러나 바이론은 몸을 움직여 재빨리 그 일격을 피했다.

뒤로 물러선 바이론은 인상을 잔뜩 쓴 채 무스카를 노려보았다. 무스카는 어깨를 으쓱하며 바이론을 도발했다.

"내가 입은 대지의 갑옷은 어떠한 공격도 막아 낸다. 순수한 오리하르콘을 정련해 만든 대지의 갑옷은 다이아몬드로 제작된 갑옷보다 백 배 더 단단하다! 홈, 이젠 더 이상 광기를 부릴 수 없나 보지? 자, 어디서든지, 무슨 기술을 동원해서든지 날 공격해 봐라. 하하하하핫!"

"⋯⋯."

바이론의 얼굴은 노기로 인해 파르르 떨렸다.

노엘 덕분에 겨우 진정한 린스는 예전히 인상을 쓴 채 지크에게 물었다.

"이봐, 저 인간 또 왜 그래? 사정없이 공격할 땐 언제고 지금은 멍하니 서 있기만 하니 말이야."

옆에서 린스의 간식용 비스킷을 집어먹으며 관람하던 지크는 입 안의 것을 목구멍으로 겨우 넘긴 후 대답했다.

"아마 무스카 뒤에 있는 관람객들 때문에 그럴걸요? 솔직히 저 녀석 힘으로 저 정도의 갑옷을 부수는 건 간단하다고요. 상대방이 공중에 떠 있을 때는 힘을 발휘했지만 지상에 안착했을 때는 조심스러울 수밖에 없죠. 관람객들은 물론 경기장 주위의 건물들도 온전하지 못할 테니까요. 또 그랬다간 리오 녀석이 가만히 있지 않겠죠. 간단해요."

이번엔 노엘이 이해가 안 된다는 얼굴로 지크에게 물었다.

"그렇다면 지금 바이론 님이 관중들을 걱정하느라⋯⋯?"

지크는 어깨를 으쓱하며 그 부분은 자신도 이해가 안 간다는 듯 대답했다.

"글쎄요. 원래 물불 안 가리고 덤비는 녀석인데 말이에요. 오늘 뭐 잘못 먹었나?"

계속 서 있기만 하던 바이론은 곧 피식 코웃음을 쳤다. 그러다가 점점 강도를 높여 크게 광소하기 시작했다.

"큭, 크크크큭, 크하하하핫! 내가 이렇게 멍청한 생각을 했다니. 크하하하하핫!"

무스카는 또 무슨 일인가 하여 인상을 구기고 바이론을 바라보았다. 바이론은 다크 팔시온으로 자신의 가슴을 살짝 그었고 대각선으로 그어진 부위에서는 잠시 피가 흘러나오다 멈췄다. 바이론은 피 냄새를 맡듯 숨을 크게 들이마시며 이내 상쾌한 표정을 지었다.

"음, 역시 좋아. 난 이 냄새를 맡으며 싸워야 힘이 나지. 크큭……잠시 동안 내 뒤에서 날 지켜보고 있는 인간들 때문에 긴장이 나갔던 것 같다. 크크크큭, 이제 약속을 지켜 주마!"

바이론은 소리치며 다크 팔시온을 불끈 쥐었다.

그 모습을 본 지크는 인상을 찡그리며 노엘과 린스에게 말했다.

"제가 눈 감으라고 하면 눈 감아요. 알았죠?"

바이론의 온몸에서 검은색 투기가 맹렬히 뿜어 나왔다. 잠시 후 상태가 만족된 듯, 바이론은 다시금 무스카에게 돌진했고, 무스카는 도끼를 들고 자세를 잡으며 바이론의 공격을 받을 준비를 했다.

"자, 오너라! 으응?"

바이론에게 시선을 집중하고 있던 무스카는 달려오던 바이론의 모습이 갑자기 검게 변하며 사라지자 자리에 멈춰 섰다. 바이론의 모습과 함께 기척도 사라져 버렸다.

"크하핫!"

순간 그림자를 드리우며 무스카의 뒤에 나타난 바이론은 웃음을 띠며 다크 팔시온으로 무스카의 옆구리를 가격했다.

"크헉!"

무스카는 순간 움찔하며 몸을 휘청거렸다. 바이론은 킥킥 웃으며 중얼거렸다.

"크크큭, 아픈가? 아프겠지. 근데 이게 웬일인가…… 네 잘난 갑옷은 아직 멀쩡한데? 크하하하핫! 널 고깃덩이로 만들어 주마!"

바이론은 무스카의 온몸에 가격하기 시작했다. 무슨 이유에서인지 무스카는 저항도 하지 못한 채 이리저리 굴렀다. 대지의 갑옷에도 서서히 균열이 일어났다.

린스가 또다시 물어보려 입을 살짝 벌리자, 이번엔 지크가 알아서 대답해 주었다.

"왜 저러냐고요? 아무리 갑옷이 단단해도 그 안에 있는 사람이 충격을 받지 않는다는 보장은 없어요. 충격은 소리처럼 물체를 타고 전달되거든요. 갑옷에도 균열이 갈 정도면 저 12신장의 몸은 이미 상할 대로 상했을걸요?"

지크의 말을 증명이라도 하듯 곧이어 무스카의 갑옷 사이사이에서 회색 체액이 새어 나왔다.

계속 얻어맞고 있는 무스카의 모습에 워닐은 정신감응으로 소리쳤다.

「주문으로 빠져나와라, 무스카! 사는 게 우선이다!」

그러나 무스카는 그 말을 들을 상황이 아니었다. 기가 실린 다크 팔시온으로 무스카를 난타하던 바이론은 이윽고 사악한 미소를 띠며 무스카의 투구를 양손으로 잡았다.

"크크크큭! 자, 이제 네 머리가 얼마나 좋은지 확인해 볼까? 하하하하핫! 이제 죽는 거다!"

콰앙.

바이론이 양손에 모여 있던 기를 투구의 안쪽으로 뿜어내자, 투구 사이사이에서 체액이 과일 터지듯 뿜어 나왔다. 머리를 잃은 무스카의 몸은 곧 스르르 쓰러져 버렸다.

투구에서 피와 단백질이 섞인 오렌지색의 액체가 주르륵 흘러나왔다. 그것들이 무엇인지 아는 사람들은 구역질을 하기 시작했다. 린스 역시 몸을 숙이고 울렁거리는 속을 달랬다. 지크는 머리를 감싸며 중얼거렸다.

"으, 눈 감으라는 말이 늦었네."

이때쯤이면 저 사람이 광소를 터뜨리겠지 하고 생각하던 부심—베이논이 램빈에 휴챔랑은 칠 주심 대신 부심이 경기를 진행하고 있었다—은 바이론을 슬쩍 올려다보며 그의 웃음을 기다렸다.

그러나 그의 예상과는 달리 바이론은 노기 띤 얼굴로 피로 얼룩진 투구를 내던지며 경기장을 빠져나가 버렸다.

부심은 의아해하면서 바이론의 승리를 선언했다. 곧 의료진들이 몰려나와 경기장 주변을 세척하고 시체를 운구했다.

바이론은 굳은 표정으로 귀빈석의 문을 열었다. 린스는 그 모습을 보자마자 소리치기 시작했다.

"이봐! 들어오려면 씻고 와! 으, 피 냄새, 저질!"

바이론은 곧 킥킥 웃으며 다시 밖으로 나갔다. 가만히 경기장을 바라보던 지크는 혀를 차며 중얼거렸다.

"쳇, 12신장 녀석들, 이젠 살려고 발악을 하네?"

노엘은 그 말을 듣고 약간 놀란 듯 물었다.

"예? 분명 그 12신장은 머리가…… 아, 어쨌든 죽지 않았습니까?"

"허 참, 관찰력 한번 좋으십니다. 아까 피 못 봤어요? 붉은색 피가 튀었잖아요. 근데 처음엔 그놈의 피가 회색이었어요. 아마 순식간에 관객 중 한 사람과 바꿔치기한 것이 분명해요."

노엘은 놀란 얼굴로 중얼거렸다.

"아, 아니, 어떻게 저런 상황에서 그런 일이……?"

지크는 손목을 풀며 경기를 위해 밑으로 내려가면서 말했다.

"12신장이니까 쉽겠죠, 뭐. 그럼 여기 좀 부탁드려요. 전 경기하러 나가 볼게요. 헤이, 공주님!"

"쳇, 뭐야, 또?"

지크가 자신을 부르자 린스는 인상을 쓰며 지크를 바라보았다. 그는 장난기 어린 표정으로 키스하는 시늉을 해 보이며 말했다.

"헤헷, 돌아오면 이뻐해 줄게요."

지크는 그렇게 말하고 나서 도망치듯 경기장으로 내려갔다. 얼굴이 납빛으로 변해 버린 린스는 멍하니 지크가 나간 문 쪽을 바라보다 이윽고 발을 동동 구르며 격분하기 시작했다.

"으아아악! 저 녀석이 나에게…… 난 죽을 거야!"

지크는 피식 웃으며 경기장으로 뛰어 올라갔다. 상대편은 그의 가벼운 움직임을 예의 주시하며 천천히 경기장으로 올라왔다. 폴짝폴짝 뛰며 몸을 풀던 지크는 상대편이 올라오자 씩 웃으며 물었다.

"헤이, 넌 또 누구냐? 분위기를 봐선 신장 같은데?"

상대방은 코웃음을 친 후 대답했다.

"흥, 천공의 루카다. 상당히 까부는 가즈 나이트군."

지크는 어깨를 으쓱하며 목을 상하좌우로 돌려 풀었다.

"흐흥, 글쎄? 어쨌든 붙어 볼까, 형씨?"

경기 시작종이 울리자마자 루카의 몸 주위에 회오리가 일기 시작하더니 진짜 모습을 갖추었다. 지크는 머리를 긁적으며 루카에게 물었다.

"어이, 왜 벌써부터 모습을 바꾸고 난리야? 재미없게."

루카는 공중에 약간 뜬 상태로 대답했다.

"흠, 어차피 변할 거면 빨리 변하는 게 너나 내 성격에 맞는 것 같은데, 안 그런가?"

지크는 피식 웃으며 고개를 끄덕였다.

"헤헷, 맘에 들었어. 그렇담 속공으로 없애 주지!"

지크는 호언장담을 하며 스파크를 일으키기 시작했다.

"으윽, 큰일이다!"

관중석에 앉아 있던 루이체는 얼굴을 찡그리며 중얼거렸다. 옆에 있던 레이필이 루이체를 흘끔 바라보며 이유를 물었다.

"아니 왜 그래요, 루이체? 지크 군도 리오 군만큼 강하다고 들었는데?"

"아, 리오 오빠는 비상주문을 이용해서 날 수 있잖아요. 근데 저 너구리는 그런 걸 하나도 모른단 말이에요. 보아하니 저 상대는 공중에 떠서 싸울 것 같은데 만약 내려오지 않고 원거리 공격만 한다면 지크 오빠는 반격 한 번 못 해 보고 끝날지도 몰라요. 정말 큰일이네……. 마법도 할 줄 모르는데."

듣고 보니 상당히 심각한 문제였다. 레이필은 안쓰러운 얼굴로 지크를 바라보았다. 그러나 그들의 걱정과는 달리 지크는 온몸에 스파크를 두른 채 씩 웃고 있었다.

"헤헷, 좋아! 이제 내려와서 한번 붙어 보자!"

그러나 그 말에 루카는 어깨를 으쓱하며 코웃음을 쳤다. 지크는 인상을 구기며 루카에게 소리쳤다.

"이 녀석! 감히 이 몸의 말씀을 웃어넘기다니! 하여튼 내려와야 제대로 붙어 볼 거 아니야!"

루카는 고개를 끄덕이며 말했다.

"네 말대로 넌 내가 내려와야 제대로 싸울 수 있겠지. 그러나 그건 너에게만 속한 일이다. 난 상관없어. 하하하핫! 넌 그대로 내 공격을 이리저리 피하다가 마지막엔 죽어 주면 끝이다!"

"으, 이 녀석!"

지크는 이를 부드득 갈며 주먹을 불끈 쥐었다. 그러나 다음 행동을 취할 사이도 없이 루카의 무차별 폭격이 시작됐다.

"하하하핫! 도망치는 꼴이 매우 보기 좋구나!"

지크는 날아오는 무형의 공격들을 춤추듯 모두 피했다. 물론 거기까지는 그에게 매우 수월한 일이었다. 다만 반격이 문제였다.

"흥, 꼴좋다. 감히 일국의 공주인 나에게 그런 망발을 하고 살아남기를 바라다니!"

린스의 말을 옆에서 듣고 있던 노엘은 고개를 설레설레 저을 뿐이었다.

"지크 녀석, 연기가 매우 늘었군. 애송이에 불과했던 녀석이……크크크큭."

린스는 어느새 자신과 노엘의 옆에 서서 사악한 미소를 띠고 있는 바이론을 보고 움찔했다. 바이론은 린스를 흘끔 바라보며 중얼거렸다.

"크큭, 내가 무서운가, 공주? 하긴 공포심은 인간의 본능이지. 크하하핫!"

린스는 정말 울고 싶었다. 바이론은 계속 중얼댔다.

"지크 녀석, 역시 성격대로 속전속결을 택하긴 했지만 이번 공격이 성공해야 그 녀석 뜻대로 되지. 크크크큭, 과연 결과는 어떨까?"

말을 마치고 의자에 걸터앉는 바이론의 모습을 보던 노엘은 순간 의아한 생각이 들었다.

'저 남자…… 리오 씨나 지크 씨의 다음 행동을 꿰뚫고 있어. 게다가 조언하는 느낌마저……. 하지만 도대체 왜 저런 광인 같은 모습을 하고서……?'

"나에 대해 상당히 궁금하다는 얼굴을 하고 있군. 노엘이라고 했던가? 크크큭."

노엘은 생각을 들킨 듯해 순간 움찔했지만 바이론은 더 이상 아무 말도 하지 않았다. 간담이 서늘해진 노엘은 다시 경기에 집중했다.

계속해서 지상에 있는 지크에게 공격을 퍼붓던 루카는 누군가의 정신감응을 감지했다. 워닐이었다.

「압력파를 계속 발사하는 건 무리가 있다. 그리고 공격을 멈추면 넌 죽는다, 루카.」

「예, 예엣? 그게 무슨 말씀이신지……?」

「잔말 마라. 공격을 서서히 늦추면서 움직일 준비를 해라. 그리고 공격을 멈춘 즉시 네 스피드를 최고로 올려 옆으로 몸을 피해라. 그렇게 해야 살 수 있다. 그리고 저항하지 말고 후퇴해라. 난 너마저 잃기 싫다.」

루카는 도저히 이해할 수 없었다. 그는 지금 어느 면에서나 지크를 압도하고 있다고 생각했기 때문이다. 게다가 공중에 높이 떠 있으니 지크가 반격할 수도 없는 상황이었다.

그러나 다른 신장도 아닌 워닐의 지시이기에 반항할 순 없었다. 결국 루카는 쓴맛을 다시며 공격을 멈추고 몸을 옆으로 틀었다.

"넌 죽은 목숨이야!"

"큭?"

루카는 순간 자신의 왼쪽에 불쑥 모습을 드러낸 지크와 공중으로 튕겨 나간 자신의 왼팔을 번갈아 보며 경악했다.

"어라? 이런 망할 자식! 눈치채다니!"

지크는 자신의 반격이 팔 하나를 날리는 것으로 그치고 말자 분노를 터뜨리며 다시 루카를 베려 했다. 그러나 루카는 워닐의 지시대로 잘려 나간 자신의 팔을 회수해 어딘가로 급히 날아가 버리고 말았다.

공격 기회를 놓친 지크는 지상에 착지해 사라진 루카를 찾으려 했으나 이미 때는 늦었다.

"빌어먹을! 젠장!"

심판은 지크의 승리를 선언했으나 지크는 아쉬움을 달래지 못한 채, 마치 패배자와 같은 표정으로 경기장을 터벅터벅 내려갔다.

노엘과 린스는 귀빈석으로 들어서는 지크를 놀라운 눈으로 바라보았다. 솔직히 그녀들은 그 정도의 높이까지 지크가 도약할 수 있으리라고 생각지 못했기 때문이다.

"지크 씨도 정말 대단하군요! 도약 능력이 설마 그 정도일 줄 몰랐습니다!"

노엘은 감탄사를 연발했다. 반면 그 옆에서 바이론은 킥킥 웃으며 중얼댔다.

"큭, 운이 굉장히 좋은 12신장 녀석이군. 큭큭큭."

다음 경기 중에서 주목할 만한 경기는 그레이 공작과 하롯의 경기뿐이었고 나머지는 뻔한 경기였다. 숨가쁘게 벌어진 그날의 경기 일정도 그렇게 막을 내렸다.

기권을 하여 많은 이들을 놀라게 한 리오는 린스의 문제로 성에 가 있었다.

시녀의 안내를 받으며 여왕이 있는 알현실로 들어서는 리오의 얼굴은 평소 그답지 않게 딱딱하게 굳어 있었다. 그는 들어서자마자 의자에 앉아 있는 여왕에게 정중히 예를 갖추었다.

"리오 스나이퍼, 레프리컨트 여왕님을 감히 뵙고자 합니다."

지루한 사무 처리를 하던 여왕은 반가운 얼굴로 리오를 맞아 주었다.

"잘 왔습니다, 리오 스나이퍼. 무슨 일이죠?"

리오는 마음을 가다듬으려는 듯 숨을 가볍게 한 번 내쉰 뒤 여왕에게 조심스럽게 물었다.

"린스 공주님의 일입니다. 큰 죄가 될지 모르지만 말씀해 주실 수 있으십니까?"

여왕은 상체를 약간 앞쪽으로 내밀며 대답했다.

"흠, 무슨 질문이기에?"

"4년 전 린스 공주님께 무슨 마법을 사용하셨습니까?"

"……!"

그 말이 리오의 입에서 튀어나오자, 여왕의 얼굴은 순간 납빛으로 변했다. 당황한 그녀는 식은땀을 흘리며 머뭇거렸다.

"그게 무슨……?"

허둥대는 여왕의 모습을 지켜본 리오의 얼굴에 어두운 그늘이 드리웠다. 그는 다시 말했다.

"믿으실지 모르겠지만, 저는 4년 전부터 최근까지 행방불명된 한 소녀를 찾아 이곳저곳을 방랑하고 있었습니다. 그 소녀는 기이한 방식으로 행방불명됐죠. 공간의 틈을 통해 어디론가 날아가 버린 것입니다. 저는 4년 만에 그 아이를 찾았죠. 그 아이의 이름은 '리카'라고 합니다."

여왕은 무슨 변명이라도 둘러대고 싶었다. 그러나 그럴 수 없었다. 리오의 말은 모두 사실이었기 때문이다.

리오는 침을 꿀꺽 삼키며 계속했다.

"말씀드리겠지만, 전 리카를 다시 데려가거나 하지 않겠습니다. 맹세하지요. 지금 그 아이의 고향에서도 그 아이의 존재를 잊었을 것이고, 살아 있다고 믿는 사람 역시 없을 겁니다. 물론 단 한 사람은 제외지만 말이죠. 그 사람에겐 미안하지만 전 리카가 다시 그곳으로 돌아가는 것보다 여기서 지내는 것이 더 좋다고 판단합니다. 그러니 이것만은 대답해 주십시오. 리카의, 그 아이의 기억을 어떻게 지우셨습니까?"

여왕은 손으로 이마를 짚고 곤란한 눈빛으로 리오에게 물었다.

"……꼭 들어야 하시겠습니까?"

리오는 고개를 끄덕였다. 여왕은 잠시 생각하다가 눈을 감으며 대답했다.

"동방에서 전해지는 어혼호법(御魂呼法)을 응용한 레이필의 마법이었습니다. 그 마법은 죽은 진짜 린스의 기억을 리카란 아이의 기억 위에 덮어씌우는 것이지요. 그 마법을 쓰게 되면 태어났을 때부터 그 마법을 사용하기 직전까지의 기억이 모두 사라집니다. 가끔씩 꿈에서 예전 기억이 떠오를 때가 있지만 말이죠.…… 자, 대답했으니 이제……."

말을 마치고 눈을 뜬 여왕은 자신의 앞에 서 있는 리오의 얼굴을 보고 말끝을 흐렸다. 리오의 눈은 슬픔으로 가득 차 있었다.

리오는 힘없이 웃으며 고개를 끄덕였다.

"……단 하나뿐인 왕위 계승자였겠죠. 진짜 린스 공주 말입니다. 물론 입양된 아이였겠지만 여왕 폐하의 그 아이를 향한 정은 각별하셨을 겁니다. 그러나 리카는 저를 포함한 많은 사람들의 단 하나뿐인 친구였고, 또 한 아버지의 소중한 딸이었습니다. 입양된 아이가 아니고 같은 피가 흐르는 친자식이었지요……. 그렇지만!"

리오는 순간 눈을 부릅뜨고 여왕을 향해 소리쳤다. 그러나 그의 목소리엔 여전히 슬픔이 섞여 있어 거의 울부짖음에 가까웠다.

"그렇지만 당신이 여왕이 아니라 신이라 할지라도 한 인간의 고귀한 영혼을 함부로 할 자격은 없는 것입니다! 그러고도 이 왕국의 여왕 자격이 있다 생각하십니까! 예, 엄청난 죄란 것을 아시기 때문에 이 일과 관련된 이들의 입을 모두 막았겠죠! 미네리아나 님께서 잠시 수도를 떠나신 이유도 그 죄책감 때문이었고 말입니다!"

"……."

여왕은 말이 없었다. 그저 고개를 떨구고 있을 뿐이었다. 리오는 천장을 올려다보고 잠시 흥분을 가라앉힌 후 다시 말했다.

"어쨌든 감사합니다. 리카가 이곳저곳을 떠돌다가 이름 없이 죽어간 것보다는 살아 있는 지금 상황이 조금이라도 더 나을 테니까요. 제가 여쭌 이유는 여왕님께 직접 확인하고 싶어서였습니다."

여왕은 떨리는 목소리로 말했다.

"저, 저, 리오 경……."

"사실이 알려지는 것은 걱정하지 마십시오. 전 사흘 후 검술대회가 끝나면 수도를 떠날 것입니다. 만약 감시자나 자객을 붙이신다면 그들의 가족에게 관을 하나씩 미리 보내 주셔야 할 겁니다. 전 지금 최대한 참고 있으니까요. 그럼 전 가 보겠습니다. 리카에겐, 아니 린스 공주님께는 예전처럼 대해 주십시오. 제가 사실을 알고 있다는 것 외엔 변한 건 없으니까요."

리오는 미련 없이 몸을 돌려 알현실을 나갔다. 홀로 남겨진 여왕은 둔중하게 닫히는 알현실의 문에 시선을 두며 눈물을 흘렸다.

"미안하다, 클루토."

그레이 공작의 저택에 돌아온 리오는 자신의 방 베란다에 기대 하늘을 바라보며 씁쓸히 중얼거렸다.

"리오 님 계십니까?"

리오의 방문이 열려 있기에 실례를 무릅쓰고 방 안에 들어온 런희는 베란다에 기대어 있는 리오를 보고 그 자리에 멈춰 섰다. 자신이 지금까지 본 중 가장 그늘진 모습이었다.

서서히 지는 태양의 붉은 기운이 방 안을 가득 채우고 있어서 그럴까. 황혼을 받은 리오의 모습은 더없이 쓸쓸해 보였다.

"런희 양이십니까?"

리오는 기척을 느끼고 힘없이 물었다. 런희는 리오가 쳐다보지 않고 있는데도 고개를 끄덕였다. 리오는 고개를 돌려 그녀를 바라보았다.

"저, 무슨 고민이라도……?"

런희의 근심스러운 질문에 리오는 그저 쓸쓸한 미소만 지을 뿐이었다.

"미안합니다."

런희는 그 말이 무슨 뜻을 담고 있는지 알고 있었다. 그녀는 눈을 살며시 내리깔며 말했다.

"저야말로 죄송합니다, 리오 님. 무슨 일이 있으셨는지 모르겠습니다만, 제가 위로해 드린다고 해결될 일은 아닌 듯하군요. 이만 나가 보겠습니다."

런희는 방을 나서며 문을 살며시 닫았다. 그녀가 나가자 리오는 다시 어두워져 가는 저녁 하늘을 돌아보며 깊은 한숨을 쉬었다.

"리오 군? 리오 군, 일어나요, 어서."

리오는 희미하게 자신을 부르는 소리를 듣고 가까스로 눈을 떴다. 공작의 맏며느리가 리오를 직접 깨우고 있었다. 리오는 화들짝 놀라며 벽에 걸린 시계를 바라보았다. 시간은 새벽 2시가 아닌 오후 2시를 가리키고 있었다.

"엇, 이런?"

어제저녁 10시에 잠이 든 후 열여섯 시간 동안 계속 잠을 잤다는 뜻이었다. 그것도 공작의 맏며느리가 방 안에 들어와 있는 것도 모를 정도로 깊이. 리오는 헝클어진 머리를 풀며 공작의 맏며느리에게 사과했다.

"죄송합니다. 이렇게까지 늦잠을 자다니."

"아니에요. 저도 리오 군이 이렇게까지 늦잠을 잘 줄은 상상도 못했는데요? 호홋. 어서 내려와요, 점심은 먹어야죠."

그녀가 나가자 리오는 머리를 흔들며 정신을 가다듬었다. 혼미해져 있던 정신이 좀 들자 그는 창문을 바라보며 중얼거렸다.

"오늘이 8강 경기인가?"

그 시각, 8강 경기가 진행되고 있었다.

리오의 기권으로 8강에 올라간 케톤은 오늘의 마지막 경기인 바이론과의 대결을 앞두고 긴장에 휩싸여 있었다.

그레이와 하롯 역시 각각 승리를 거두고 8강에 진출해 있었고, 지금은 세 번째 경기인 무명의 검사들 경기가 벌어지고 있었다.

지크는 어제처럼 린스 옆에 앉아 지겨운 표정으로 경기를 지켜보았고, 바이론은 구석에서 묵묵히 다크 팔시온을 닦는 데 몰두했다. 오늘은 귀빈석에 많은 사람들이 앉아 있었다. 노엘은 물론이고 런희, 그레이 공작, 하롯, 레이필 현자, 루이체, 마티 등, 그래서 린스의 얼굴도 어제보다는 밝은 편이었다.

예전부터 바이론을 유심히 지켜보았던 그레이 공작은 호기심에 말을 걸어 보았다.

"저, 바이론이라고 했나, 오늘은 몸이 어떤가? 어제 부상을 당했다는 말을 들었는데."

공작의 따뜻한 말에, 바이론의 반응은 차갑기만 했다.

"무슨 상관이지, 노인장? 크크크크큭."

예전과 다를 바 없는 반응에 공작은 어색한 미소를 지을 뿐이었다.

할 말이 별로 없어 심심해하던 린스는 옆에 앉아 있는 지크를 팔꿈치로 툭 건들며 물었다.

"어이, 파란색 머리카락의 언니는 어디 있어?"

지크는 별 생각 없이 턱을 괸 채 대답했다.

"아, 그 애요? 신계로 올라갔잖…… 응?"

지크는 순간 깜짝 놀라며 린스를 바라보았다. 린스는 지크의 대답이 무슨 소린지 알 수가 없어 인상을 쓰고 있었다.

"너랑 같이 있던 파란 머리카락 언니 말이야, 이름이 사이……뭐였던 여자! 이상한 얘기를 하네?"

지크는 당황하며 대답을 얼버무렸다.

"무, 무슨 말씀이세요! 공주님과는 수도에서 처음 만났잖아요!"

"응? 그랬나? 이상하네?"

린스는 고개를 갸웃거리며 다시 경기에 시선을 돌렸다. 지크는 따가운 마티의 눈초리를 피하느라 진땀을 뺐다.

그러나 그 대화를 들은 그레이와 레이필, 노엘의 얼굴은 순간 어두워졌다. 바이론은 다크 팔시온을 집어넣으며 킥킥거렸다.

"크큭, 왜 그러시나, 세 분? 뭐 찔리는 거라도 있나 보지? 크크큭."

"뭐라고!"

그레이는 그 말에 갑자기 벌떡 일어서며 바이론을 노려보았지만 바이론은 사악한 미소를 띤 채 계속 얘기했다.

"크큭. 노인장 부인을 미망인으로 만들고 싶은가 보지. 크하하핫."

그 말에 가만히 서 있던 공작은 말없이 돌아앉았다.

바이론은 계속 키득키득 웃었다.

사실 이 정도 상황되면 지크가 먼저 화를 참지 못해 나섰겠지만 그도 바이론의 밑에 숨겨진 뜻을 알 수 있었기에 가만히 있었다.

'공작과 안경 선생, 마법 할멈이 이 애의 기억과 무슨 관련이 있는 게 틀림없군. 아, 맞아. 그러고 보니 내가 지난번에 질문했을 때 같은 대답을 한 사람도 저 셋이었어. 음…… 하지만 나중에 알아보는 게 좋겠지. 지금은 그럴 상황이 아냐.'

계속 이상한 분위기가 흐르는 귀빈석을 환기시킨 것은 경기 진행자였다. 노크를 하고 들어온 그는 인사를 한 후 지크를 보며 말했다.

"지크 님? 다음 경기를 준비해 주십시오. 미리미리 좀 나와 주십시오. 실례했습니다."

경기 진행자가 문을 닫고 나가자, 지크는 투덜대며 자리에서 일어섰다.

"쳇, 혼자 말 다 하고 가네. 그럼 다녀올게요."

막 나가려던 지크에게, 바이론이 짧게 한마디 했다.

"지크, 어제처럼 실수하지 마라. 크크크크큭."

지크는 피식 웃으며 고개를 끄덕였다.

"흥, 걱정 마, 회색분자, 오늘은 깨끗이 없애 버릴 테니까. 헤헷!"

지크가 문을 닫고 쏜살같이 내려가자, 루이체는 걱정스러운 표정을 지으며 속으로 중얼거렸다.

'바이론 님을 닮아가네? 큰일이야.'

장외에서 몸을 풀던 지크는 반대편 장외에 무언가 빠른 물체가 나타난 것을 보고 살펴보았다. 반대편 장외엔 황색 옷을 입은 한 사나이가 도끼를 들고 몸을 이리저리 빠르게 움직이고 있었다.

'서커스인가?'

지크는 코웃음을 치며 계속 몸을 풀었다.

경기장으로 올라간 지크는 마치 야수와도 같이 생긴 사나이가 도끼를 든 채 몸을 빠르게 움직이는 것을 보았다. 지크는 머리를 긁적이며 그에게 넌지시 물었다.

"네 주인은 어디 갔니?"

순간 그 사나이는 벌떡 일어서며 노호성을 질렀다.

"이 버릇없는 녀석! 네가 감히 나 야수의 켈거를 희롱하는 거냐!"

약간 어리벙벙한 표정을 지은 지크는 어깨를 으쓱하며 사과했다.

"음음, 미안해. 네가 그렇게 화낼 줄은 몰랐어. 네 주인에게 대신 사과할게. 이제 됐지?"

"이, 이 녀석!"

12신장 중에서도 성질이 가장 난폭하기로 유명한 켈거는 지크의 말장난에 넘어가지 않을 수 없었다. 켈거는 종이 울리기도 전에 지크에게 도끼를 휘둘렀고 지크는 쉽게 그 도끼를 피한 후 심판에게 윙크를 하며 말했다.

"종 쳐요, 아저씨, 헤헷."

곧바로 종이 울렸고, 지크는 다시 한 번 켈거의 도끼를 가볍게 피한 즉시 그의 뒤로 돌아가 팔꿈치로 그의 후두부를 강타했다.

공격을 받은 켈거는 앞으로 쭉 날아가 버렸고 지크는 회심의 미소를 지었다. 그 순간 날아가던 켈거의 몸이 둥글게 말리더니 별로 충격을 받지 않은 듯 가볍게 경기장에 착지했다. 지크는 자신의 팔꿈치를 매만지며 고개를 끄덕였다.

"오호, 재미있는걸? 충격을 피하기 위해 몸을 앞으로 날리다니, 애완동물이 이 정도니 네 주인은 더 대단한 사람이겠구나?"

"이, 이 녀석이 계속! 네 입을 틀어막아 주마!"

켈거의 눈에서 불똥이 튀었다. 지크는 손가락을 까딱이며 켈거를 너욱 흥분시켰다.

"헤헷, 오너라, 말하는 동물. 네가 왜 애완동물인지 알게 해 주지."

"흠."

켈거와 지크의 대결을 지켜보던 워닐은 한숨을 쉬며 주위의 신장들에게 중얼거렸다.

"아무래도 계획을 변경해야 할 것 같다. 저 녀석들의 힘을 너무 과소평가했어."

워닐의 말에 주위에 있던 신장들은 깜짝 놀라며 웅성거렸다. 워닐은 그들을 제압하며 계속 말했다.

"여왕이 성 어딘가에 그 물건을 놓았을 것이 분명하다. 하지만 오늘이나 내일 성을 기습한다면 저 녀석들과의 전면전을 피할 수 없을 거야. 게다가 지금은 녀석들에게 당한 신장들까지 있어 수적으로 불리한 상황이다. 아무리 나라고 해도 지금은 저 녀석들과 대적하진 못해. 결승전 날을 기다리거나 그녀에게 모든 것을 맡기는 수밖엔 없다."

그 말에 두건을 쓰고 있던 발러가 움찔하며 말했다.

"워닐 님, 이 일은 우리가 모시고 있는 여신들의 일입니다. 즉 우리의 일이지요. 아무리 그녀가 우리와는 동료라고는 하지만 엄밀히 말하면 별개의 존재입니다. 이 일은 우리가 처리해야 한다고 생각합니다."

그러자 워닐은 발러를 흘끔 본 후 말했다.

"내 생각도 그렇지만 어쩔 수 없다. 하지만 기다리자. 마지막에 웃는 자는 우리일 테니까."

"이, 이 생쥐 같은 놈······!"

켈거는 약간 지친 표정으로 지크를 노려보았다. 지크는 피식 웃으며 고개를 흔들었다.

"헤헷, 공격이 안 통하니 화가 나나? 내가 이러는 건 좀 이유가 있지. 이해해 줘."

10여 분 동안 접근전을 하며 지크는 켈거의 공격을 피하기만 했다. 그가 그렇게 켈리의 체력을 빼는 이유는 루카와의 대결 때 같은 상황이 벌어지는 걸 방지하기 위해서였다. 루카가 한쪽 팔이 잘리는 치명상에도 불구하고 전장에서 탈출하는 것을 보았기 때문에, 이번에는 켈거의 체력을 완전히 소모시켜 도망치지 못하도록 하여 완벽하게 없애려는 것이었다.

그러나 지크가 미처 생각지 못한 것이 있었다.

말을 하는 짧은 농안 켈거의 혈색은 대결 전처럼 돌아왔고, 호흡도 고르게 변했다. 이렇게 빨리 체력이 회복되리라고는 상상하지 못했던 지크는 결국 계획을 수정해 결정타를 날리기 위해 켈거에게 돌진했다.

"자, 목을 내밀어라! 웅?"

바람 소리와 함께 켈커가 사라지자 지크는 순간 아차 하며 공중으로 몸을 날렸다. 분명 측면이나 후방에서 공격할 것이 뻔했기 때문이다.

그와 동시에 켈거의 기합이 들려왔다.

"너야말로 목을 내밀어라!"

찌익.

헝겊이 찢겨 나가는 소리와 함께 지크는 미간을 찡그렸다.

'젠장!'

왼쪽 다리로 경기장 바닥에 착지한 지크는 굽힌 오른쪽 발목 부위를 손으로 더듬은 후 그 손을 바라봤다. 피가 꽤 많이 묻어 나왔다.

'아킬레스건이 나갔군. 치명타인데?'

물론 가즈 나이트라는 그의 직업상 영원히 다리를 못 쓰거나 할 염려는 없었다. 그러나 현재 상황에 아킬레스건을 쓰지 못하게 된 건 매우 불리했다. 특히 지크처럼 운동량이 많은 전법을 쓰는 전사에게는 더욱 심각한 부상이었다.

그것을 아는 듯, 켈거는 회심의 미소를 띠며 자신의 도끼날에 묻은 피를 바라보고 말했다.

"후후, 나도 오늘은 운이 꽤 좋군. 자, 이번엔 내가 널 놀려 줄 차례인가? 천천히 가지고 놀다 죽여 주지!"

지크는 말을 걸어서 아킬레스건이 회복될 때까지 시간을 벌어 보려 했으나 야수의 켈거가 쉽게 넘어갈 것 같지 않았다.

"좋아. 묘기 대행진 시간인가?"

지크는 왼쪽 다리만으로 몸을 일으키며 가볍게 웃었다. 그러자 켈거는 다시 인상을 찡그리며 소리쳤다.

"흥! 지금 상황에서 날 자극해 봤자 소용없다는 것을 잘 알 텐데! 좋아, 목숨만은 살려 주지! 대신 네 목청과 귀, 그리고 눈을 뽑겠다!"

그의 험악한 말에 지크는 어깨를 으쓱하며 맞받아쳤다. 빈정대며 대꾸하지 않고는 못 배기는 것이 지크의 성격이었다.

"헤헤헷, 주인이 주는 엿이나 먹어라."

"크윽! 죽여 버리겠다!"

순간 켈거의 눈에 불꽃이 튀었다. 그는 노호를 지르며 지크에게 달려들었고, 지크는 왼쪽 다리를 이용해 켈거가 있는 전방으로 길게 뛰어나갔다.

귀빈석에서 그 경기를 지켜보던 그레이 공작은 벌떡 일어나며 자신도 모르게 소리쳤다.

"안 돼! 너무 무모해!"

다른 사람과 마찬가지로 루이체도 지크의 행동이 무모하다고 생각했다.

그러나 단 한 사람, 바이론만은 키득거리며 나지막이 중얼거렸다.

"큭큭, 가라!"

켈거는 지크가 무방비 상태로 자신의 시야에 들어오자, 크게 웃으며 도끼를 있는 힘껏 휘둘렀다.

"하하하하핫! 두 쪽을 내 주마!"

그러나 다음 순간, 켈거는 자신의 시야가 황색으로 가려진 것과 동시에 휙 하는 초고속 바람 소리를 들었다.

곧 관중석에서 함성이 들려왔다. 귀빈석도 마찬가지였다.

"저, 저것은!"

하롯은 지금 자신의 눈앞에서 일어난 일을 믿을 수 없었다. 켈거의 공격과 동시에 사라진 지크의 몸이 켈거의 뒤로 길게 늘어진 그림자에서 튀어 올랐기 때문이다. 백스텝이었다.

사라져 가는 무명도의 푸르스름한 잔광과 함께, 지크는 어느새 무명도를 거둔 후 양팔을 이용해 지면에 착지해 있었다.

"헤헷, 먹혀들었군."

지크는 등이 깊이 베여 쓰러지는 켈거의 모습을 보며 씩 웃었다.

켈거의 몸은 서서히 재로 변했다.

심판의 승리 선언과 함께 케톤의 부축을 받아 귀빈석으로 올라
산 지크는 루이체의 회복 주문을 받았다.

루이체는 지크를 흘끔 보며 물었다.

"아킬레스건이 끊어졌는데 어떻게 백스텝을 했어? 재주도 좋네?"

그녀의 질문에 주위에 있던 사람들도 모두 궁금하다는 듯 그의
대답을 기다렸다. 지크는 피식 웃으며 대답했다.

"헷, 이 천하의 지크 오라버니가 다리만 쓸 줄 알았냐? 저 원숭이
가 공격하기 직전에 양팔로 백스텝 자세에 들어갔지. 다리로 하는
정상적인 백스텝보다는 효율이 떨어지겠지만 저 녀석이 매우 흥
분한 상태였기 때문에 팔로 하는 것도 먹혀들었어. 아, 됐다, 동생."

지크는 다시 오른발로 바닥을 짚고 일어섰다. 상처는 다 치료된
듯했다.

귀빈석에 있는 사람들은 속으로 혀를 내둘렀다. 도저히 말이 안
되는 일이 그들의 눈앞에 연속으로 펼쳐지고 있었다. 하지만 이젠
그들도 적응이 된 듯, 더 이상의 질문은 던지지 않았다.

"멋졌다. 물론 너로선. 크크크큭."

바이론의 조소와 같은 말을 들은 지크는 이번엔 화내지 않고 고
개를 끄덕였다.

"헤헷, 그건 그렇지. 다음 차례는 너냐, 빈혈 인간?"

바이론은 예의 사악해 보이는 웃음을 띠며 경기장 쪽을 보라는
듯 턱짓을 했다.

"저기 심판의 신호가 안 보이냐?"

심판이 왼쪽 코너 장외에서 녹색의 큰 깃발을 흔들어 대고 있었

다. 그것은 그쪽 경기자의 기권을 의미했다.

"크큭, 난 기권이다. 12신장 녀석들 모두 도망쳐 버렸다. 더 이상 나설 필요 없겠지."

"엉? 뭐야, 재미없게?"

지크는 투덜대며 자기 자리에 털썩 주저앉았다.

그들이 그런 대화를 나누고 있을 때 케톤은 선수 대기실에서 지옥에서 빠져나오기라도 한 듯 안도의 한숨을 연거푸 쉬고 있었다.

바로 다음 경기는 그와 바이론의 대결이었는데 바이론이 기권을 한 것이었다.

그날 경기를 모두 끝낸 지크는 느긋이 의자에 길게 누워 잠을 청하려 했다.

띠띳.

"……?"

지크는 순간 이상하다는 듯 자신의 재킷 주머니에 들어 있던 특수 시계를 바라보았다. 방금 전 소리는 그 시계에서 울린 전자음이 틀림없었다.

'이상하다. 고장 났나? 네트워크 연결 가능이라니, 이게 무슨 소리지?'

지크는 시계를 바라보며 고개를 갸웃거렸다. 다른 차원에 와 있는 자신의 시계가 BSP 중앙 컴퓨터 네트워크 망에 연결될 이유가 없었다.

'하긴 그렇게 격렬히 움직였는데 시계가 맛이 안 갈 리가 없지. 차원이 서로 밀접하게 연결되지 않는 한 네트워크 연결이 될 이유는 없으니까. 잠이나 자자.'

지크의 그런 무사태평과 달리 12신장들과 함께 경기장을 나서던 워닐은 차가운 미소를 지으며 나지막이 중얼거렸다.

"가까워지고 있다…… 후후홋……."

그 시각, 리오는 무장을 하지 않은 편안한 차림으로 그레이 공작 저택 정원을 한가로이 거닐고 있었다. 그는 루카와의 대결 이후 겨우 복구된 꽃밭을 바라보며 나지막이 중얼거렸다.

"왠지 불안하군."

별 생각 없이 중얼거린 리오는 한숨을 쉬며 집 안으로 들어가려 했다. 그때 뒤에서 누군가의 인기척이 느껴졌다.

리오는 슬쩍 뒤를 돌아봤다. 한쪽 눈에 안대를 한 훤칠한 키의 여성이 밖에서 기웃거리고 있었다.

"아, 베르니카 님?"

리오가 먼저 자신을 알아보고 손을 흔들자, 베르니카는 머쓱한 표정을 지으며 열려 있는 정문을 통해 마당으로 들어왔다.

"혼자 뭐 하세요, 리오 씨. 경기장엔 구경 안 가시나요?"

리오는 어깨를 으쓱하며 대답했다.

"글쎄요. 제가 없어도 충분히 잘할 거라고 생각해서요. 베르니카 님은 어쩐 일로 공작님 댁까지 오셨습니까?"

베르니카는 엄지손가락으로 코끝을 매만지며 대답했다.

"아, 레이필 현자님께서 식사 초대를 하셔서요. 인사도 드릴 겸 해서 왔습니다."

"그러시군요."

그 이후 리오와 베르니카는 할 말을 찾지 못해 잠시 침묵했다. 어색함을 느낀 베르니카는 머리만 긁적일 뿐이었다. 리오는 빙긋 웃으며 현관을 가리켰다.

"그럼 먼저 들어가 보십시오. 전 나중에 들어가겠습니다."

"예, 그럼."

베르니카는 고개를 숙여 보인 후 뒤도 돌아보지 않고 안으로 들어갔다. 리오는 참 딱딱한 성격이구나, 하고 생각하며 살짝 미소를 지었다.

몇 시간 후, 경기가 다 끝나고 많은 사람들이 공작의 저택으로 몰려왔다. 물론 케톤과 하롯은 자신의 집으로 일찍 돌아갔고, 바이론 역시 왕궁으로 돌아가고 없었다.

지크가 들어오자 리오는 그에게 경기 결과를 물었다.

"어떻게 됐어?"

지크는 입을 비죽거리며 만족스럽지 못한 표정으로 대답했다.

"어떻긴. 똑같지, 뭐. 난 이겨서 한 명 또 잡았고, 바이론은 케톤이 상대여서 기권해 버렸어. 나머지는 네가 예상하는 정도지."

리오는 고개를 끄덕였다.

노엘과 린스도 오늘은 공작의 저택에 왔다. 공작이 저녁 식사를 대접하기로 한 것이었다.

린스는 딱 하루 동안 못 본 리오를 보고 매우 반가워했다. 그러나 노엘은 약간 어두운 표정을 짓고 있었다. 그것은 공작의 부인인 레이필도 마찬가지였다.

그들은 리오를 흘끔 본 후 한숨을 쉬며 안으로 들어갔다. 리오는 뭔가 이상한 분위기를 느끼지 않을 수 없었다.

왁자지껄한 식사가 끝날 때쯤, 레이필과 노엘은 리오와 지크에게 잠깐 보자는 말을 남겼다.

리오는 고개를 갸웃거리며 지크에게 넌지시 물었다.

"너, 말실수한 거 있어?"

"아, 아니, 별로. 저 두 사람이 왜 저러는 거지?"

지크도 이상하다는 듯 고개를 갸웃거릴 뿐이었다.

리오는 식사를 마친 뒤 지크와 함께 두 사람이 기다리고 있는 서재로 향했다.

"리오입니다. 들어가도 되겠습니까?"

"아, 들어와요, 리오 군."

서재에서 기다리던 레이필은 낡은 책 하나를 들고 있었다. 의자에 앉은 노엘은 약간 불안한 얼굴로 리오와 지크를 바라보았다.

리오는 서재에서 풍기는 고서 냄새를 느끼며 레이필에게 물었다.

"저와 지크에게 물어보실 것이라도 있으십니까?"

"예, 잠시만 기다려 주겠어요, 리오 군?"

레이필은 그렇게 말하며 들고 있던 책을 뒤적거리기 시작했다. 잠시 후 레이필이 책의 뒤쪽 부분을 펼치며 입을 열었다.

"이 책에는 한 마법사가 드래곤의 성에 실수로 공간이동을 하여 겪은 이야기가 쓰여 있습니다. 용제와의 대화도 일기 형식으로 기록되어 있지요."

'설마?'

레이필이 거기까지 말했을 때, 리오는 레이필과 노엘이 자신과 지크를 부른 이유를 언뜻 알 것 같았다.

리오는 묵묵히 듣기로 했다. 지크도 마찬가지였다.

"이 책의 맨 끝부분엔 '가즈 나이트'라 불리는 신의 전사들에 관한 이야기가 나옵니다. 단 몇 줄뿐이라 저도 그렇게 신경 쓰지 않았는데…… 리오 군과 지크 군을 만난 후로 그 부분이 자꾸만 떠올랐지요. 반신반의하며 노엘과 약간 상의를 했는데…… 오늘 확신이 섰습니다. 지크 군과 린스 공주님의 대화를 들은 후였지요."

그 말에, 리오는 지크를 흘끔 바라봤다.

「너, 도대체 무슨 말을 한 거지?」

「아, 아냐. 난 아무 말도 안 했는데…….」

지크는 머리를 긁적이며 그 대화가 무엇이었는지 기억하려고 머리를 짜냈다. 하지만 기억이 난 것은 레이필이 말한 후였다.

"린스 공주님께서 파란 머리카락의 여자에 대한 질문을 우연히 지크 군에게 던지셨습니다. 그러자 지크 군이 '그 애는 신계로 올라갔다'라고 했지요. 어떻게 그런 대답이 불쑥 나왔는지 이유를 설명해 주시겠습니까?"

리오는 그 말에 고개를 숙이며 한숨을 쉬고 말았다.

「멍청한 녀석…….」

「으으윽!」

지크는 등에 식은땀이 줄줄 흐르는 것을 느꼈다. 그리고 결국 어떻게든 둘러대기 위해 억지로 웃으며 말하려 했다.

그때 리오가 지크의 가슴에 살짝 손을 얹으며 고개를 저었다.

"됐어, 지크. 괜히 거짓말할 필요는 없을 것 같다. 어차피 잘된 거지. 레이필 님, 당신이 예상하시는 그대로입니다. 저는 프리 나이트가 아닙니다. 지크 역시 그냥 건달은 아니지요."

지크는 리오의 옆구리를 손가락으로 쿡 찌르며 중얼거렸다.

"이봐, 이왕 할 거 근사하게 말해 주면 안 돼?"

리오는 개의치 않고 계속 말했다.

"저는 가즈 나이트입니다. 사실 주신의 명과는 상관없지만 누군가를 찾기 위해 4년 전 이 세계에 왔습니다. 그러다 이 세계에 일어나고 있는 일이 심상치 않기에 여러분을 도와드리고 있는 것입니다. 지크 역시 지원을 지시받고 이 세계에 온 가즈 나이트입니다. 이 정도면 됐습니까?"

레이필은 도저히 믿을 수 없다는 표정을 지었다. 노엘 역시 그랬다. 두 사람 다 말이 없자 리오는 굳은 표정으로 입을 열었다.

"그렇다면 이번엔 제가 한 가지 물어봐도 될까요?"

"네?"

레이필은 리오가 너무나도 진지하게 묻자 그냥 고개를 끄덕였다. 리오는 계속 말했다.

"린스 공주님께서 우연히 지크에게 질문을 던지셨다 했는데 왜 그 질문이 나왔는지 이유를 물어도 될까요?"

"……!"

노엘과 레이필의 얼굴은 일순간 창백하게 변했다. 지크 역시 뭔가 해결의 실마리를 찾은 사람처럼 눈을 반짝이며 팔짱을 꼈다.

"맞아요. 할머니가 린스 공주의 질문이 우연히 나온 거라고 했는데, 그 질문이 사실이 아니라면 우리가 가즈 나이트라는 것 역시 사실이 아니라고요. 근데 할머니하고 안경 선생은 그 질문이 진실인지 파악도 하지 않고 우리를 무조건 가즈 나이트라고 확정 지으셨죠. 뭔가 알고 있어서 그런 거 아니에요?"

노엘과 레이필은 벼랑에 몰린 듯한 모습이었다. 그들이 어찌할 바를 몰라 하며 말문을 열지 못하자 리오는 한숨을 쉬며 조용히 말했다.

"저는 4년 전부터 이 세계에서 한 아이를 찾고 있었습니다. 리카라는 이름의 아이인데, 사고로 다른 차원에서 날려진 비운의 소녀지요. 당시의 나이는 열다섯 살, 지금은 린스 공주님과 같은 나이일 것입니다."

그 순간 노엘은 창백한 얼굴로 변명하듯 리오에게 소리쳤다.

"아닙니다! 린스 공주님은 어릴 때 왕가에 입양된 단 하나뿐인……!"

그러자 리오는 떨고 있는 노엘에게 다가가 어깨를 손으로 잡으며 말했다.

"제게 또 거짓말을 하실 생각이십니까?"

리오의 얼굴은 화가 났다기보다 슬픔으로 일그러졌다. 결국 노엘은 고개를 떨궜고, 리오는 눈을 감으며 입을 열었다.

"영혼은 고귀한 것입니다. 그리고 그 영혼이 가지고 있는 기억은 그 자신이나 그를 알고 있는 모든 사람들에게 귀중한 것입니다. 아무리 억만금을 준다 해도, 그 이상의 무엇을 준다 해도 부모님과의, 친구들과의, 사랑하는 사람과의 추억은 바꿀 수도, 만들 수도 없는 것입니다. 저는 이미 여왕님께 모든 이야기를 다 들었습니다. 더 이상 저에게 거짓을 말씀하시는 것은 슬픔을 더욱 크게 만들 뿐입니다."

지크가 덧붙였다.

"아무리 왕자나 공주가 세상에서 좋은 위치라 하지만, 어떤 부모의 자식이라는 것, 그리고 누군가의 친구라는 것도 소중하답니다. 누군가가 마력으로 그 소중한 것을 억누른다면 반발력 또한 강하겠죠. 아마 린스, 아니 리카가 저나 리오에게 가끔 4년 전의 일을 불쑥불쑥 꺼내는 것은 그 애의 기억이 현재와 반발하기 때문일 거예요."

"휴."

레이필은 한숨을 쉬며 들고 있던 책을 탁자에 내려놓았다. 노엘은 리오의 가슴에 기대어 흐느꼈다.

리오는 그녀의 등을 토닥거리며 또다시 말했다.

"하지만 이미 벌어진 일입니다. 이제 다시 그 애의 기억을 되돌린다면 그것은 더 잔인한 일이 되고 맙니다. 4년 동안, 이미 리카는 린스 공주님으로 바뀌셨습니다. 그리고 그 짧은 시간 동안 나름대로의 추억이 생겼습니다. 그 추억을 또다시 깰 정도로 저는 잔인하고 싶지 않습니다. 예전의 리카에게, 그리고 아직도 그 애를 기다리고 있을 누군가에게는 미안하지만 저는 이 상태를 유지하는 것이 최선이라고 판단했습니다."

"스, 스나이퍼 씨……."

노엘은 눈물로 충혈된 눈으로 리오를 올려다보았다. 리오는 살며시 웃으며 말했다.

"지금의 리카는, 아니 린스 공주님은 한 번도 슬픔에 빠진 일이 없습니다. 노엘 선생님을 비롯한 모두가 공주님을 따뜻하게 대해 주셨기 때문이죠. 만약 4년 만에 처음 만났을 때 그 애가 울고 있었다면 어떻게 됐을지 모르지만, 그 애는 쫓기고 있는 상황에서도 아주 명랑하고 쾌활했습니다. 후훗, 아직도 잊을 수가 없군요."

'이봐! 도와주려면 일찍 도와줘야 할 거 아냐! 얼마나 무서웠는지 알아!'

갑자기 옛일이 생각난 리오는 피식 웃으며 중얼거렸다.

"생각해 보니 그렇군요. 일찍 도와줬어야 했는데 4년이나 걸리고 말았습니다. 여러분의 잘못보다 제 잘못이 더 크군요. 후훗."

리오의 마지막 쓸쓸한 웃음은 이미 나이가 들 대로 든 레이필의 눈물까지 자아내고 말았다.

14장
벨로크 왕국의 재공격

1

마녀 타르자의 펜던트

"지금까지 매우 잘해 왔군요, 워닐. 만족합니다."

"하지만 상당수의 신장들이 그들에게 당했습니다. 할 말이 없습니다."

"그 일은 나중에 얘기합시다. 그건 그렇고 이오스는 찾았나요?"

"역시 찾지 못했습니다."

"흠…… 다른 일은 넘어갈 수 있지만 이오스 일은 넘어갈 수 없다는 것을 워닐도 잘 알고 있을 거라고 생각합니다. 나와 나의 동료들이 손을 쓸 상황까지는 가게 하지 마세요. 알았죠? 그녀가 또다시 새벽의 군단을 만든다면 고생하는 건 신장들뿐입니다. 그 점을 명심하세요."

"알겠습니다, 마그엘 님."

"그리고 즉시 계획을 변경하세요. 이것은 명령입니다. 가즈 나이트들이, 특히 그 리오라는 가즈 나이트가 그 '물건'에 대해 아직 모르고 있을 때 그것을 탈취해야 합니다. 남은 신장들과 당신의 직속 부하인 조커 나이트로 단숨에 공격하세요."

"하지만 그렇게 되면 가즈 나이트들과의 전면전을 피할 수 없게 됩니다. 그럴 경우 그들을 막을 방법이 우리에겐 없습니다."

"홋, 당신, 잊은 것 없나요?"

"예?"

"그녀라면 당신들이 그 물건을 빼앗을 동안 충분히 가즈 나이트들을 막을 수 있을 것입니다. 내가 미리 말해 놨으니 오늘 즉시 실행하세요. 그 물건만 손에 넣으면 뒤처리는 나와 이스마일, 요이르가 할 것입니다. 설마 가즈 나이트라도 신을 능가하진 못하겠지요. 그것도 세 명을요. 호호호홋."

"알겠습니다. 분부대로 하겠습니다, 마그엘 님."

4강전이 열리는 날 아침.

여왕은 약간 시름에 잠긴 얼굴로 신관에게 이번 대회 우승자에게 수여할 보물을 꺼내 오라고 명했다. 그 보물은 다름 아닌 펜던트였다. 전체적으로 은색을 띠었으나 빛을 받으면 붉은 반사광이 요사스럽게 빛나는 물건이었다.

그 펜던트에 실린 마력은 레이필과 로드 덕조차 감당하지 못할 정도였다. 로드 덕은 그것이 고대로부터 전해 내려오는 부적의 일종이라고 최종 감정을 내렸다.

사실 그런 보물을 쉽게 내줄 사람은 없을 것이다. 하지만 여왕은 그 펜던트를 빨리 다른 누군가에게 넘겨주어 4년 전 저질렀던 자신의 과오를 씻고 싶을 뿐이었다.

'린스, 너와 함께 떨어졌던 이 펜던트…… 이제 내일이면 없어지

겠구나. 누가 가질지는 몰라도…….'

여왕은 그 펜던트를 다시 상자 속에 넣은 후 신관에게 건네주었다.

"자, 내일까지 잘 보관하도록 하세요."

"예, 명심하겠습니다."

신관은 다시 알현실을 나와 왕실 보물고로 향했다.

"이봐, 신관."

신관은 자신을 부르는 소리에 뒤를 돌아보았다. 금발을 뒤로 빗어 넘긴 매력적인 미남 라세츠가 거만한 미소를 지으며 서 있었다.

"아, 후작님이시군요. 인사 올립……."

"그깟 인사 따위는 그만둬. 그보다 자네 손에 든 게 이번 검술대회 상품이 맞지? 그걸 어디다 보관하는 거지?"

"아, 예. 상품인 건 맞습니다만 보관 장소는 말씀드리기가 좀 곤란합니다. 여왕 폐하의 분부가 있었기 때문에……."

"뭐라고? 신관 주제에 건방지게……."

라세츠는 신관의 멱살을 잡으며 소리쳤다. 신관은 어쩔 수 없이 몇 번이고 사죄한 뒤 대답했다.

"죄, 죄송합니다! 이 물건은 당연히 왕실 보물고에 보관됩니다. 내일 검술대회 승자에게 주어지기 전까지 말이죠."

만족할 만한 대답을 들은 라세츠는 거칠게 신관의 멱살을 풀어주었다.

"후, 좋아. 사라져라."

"가, 감사합니다."

신관은 흐트러진 옷을 매만지며 복도 쪽으로 황급히 사라졌다. 라세츠는 알현실 앞에 있는 병사들을 흘끔 본 후 반대편 복도로 걸어가며 중얼거렸다.

"이제 오늘 밤이면 레프리컨트 왕국의 왕이 되는군. 하하하핫."

사탕 판매상 요르단. 그는 조금 전부터 자신을 쏘아보는 블루블랙 머리카락의 미청년에게 시선을 돌렸다. 예쁘장한 얼굴의 청년은 얼굴과는 어울리지 않는 사나운 눈으로 자신을 쳐다보고 있었다. 그는 무슨 일일까 하며 뒤를 바라보았지만 담벼락이 떡 버티고 있을 뿐이었다. 요르단은 더더욱 긴장했다.

이윽고 청년이 다가왔다. 요르단은 침을 꿀꺽 삼키며 물었다.

"무, 무슨 일이십니까?"

청년은 주위를 한번 돌아본 후, 동전 몇 닢을 내밀며 용건을 밝혔다.

"사탕."

"……"

"다른 건 필요 없어. 막대사탕이다."

"……"

요르단은 무언가에 홀린 사람처럼 묵묵히 사탕들을 내밀었다.

청년 바이칼은 사탕을 받아 품에 넣은 즉시 그곳을 빠져나갔다.

"괜히 겁먹었잖아."

떠나는 그를 바라보던 요르단은 받은 돈을 집어넣으며 입을 헤벌렸다. 그가 준 돈은 사탕 가격의 10배가 넘는 돈이었던 것이다.

"하긴 오늘 같은 날도 하루쯤 있어야 살맛 나지."

사탕을 입에 문 바이칼은 자신의 블루블랙 머리카락을 살며시 쓸어 넘기며 중얼거렸다.

"상당히 소란스러운 도시군. 하여튼 인간들이란……"

그는 계속 사탕을 쪽쪽 빨며 왕궁 주변을 어슬렁거렸다. 이곳저곳을 기웃거리는 것이 누군가를 찾는가 싶기도 했지만, 특별히 누구에게 길을 묻거나 하지도 않고 아무 곳이나 돌아다녔다.

결국 그는 돌아다니기 지쳤는지 다 먹은 사탕의 막대를 버리며 투덜거렸다.

"이 세계에선 제대로 쉴 수 없겠어. 드래고니스로 다시 돌아가야겠군."

바이칼은 사람이 없는 으슥한 골목으로 들어갔다. 주위를 다시 한 번 확인한 그는 작은 마법진을 전개해 차원문을 열었다. 그의 앞에는 곧 영롱한 빛을 내는 문이 나타났다.

"리오가 여기 있다고 장로가 그랬는데…… 사기당했군."

바이칼이 미련 없이 차원문 안으로 들어가자 차원문은 곧바로 닫혔고, 바이칼의 모습과 함께 차원문도 사라지는 듯했다.

지지직.

"흡!"

거의 사라져 가던 차원문은 무언가에 의해 강제적으로 열리듯 갑자기 활짝 열렸다. 그 안에 있던 바이칼은 짧은 신음 소리와 함께 밖으로 튕겨지고 말았다.

공중에서 몸을 회전해 겨우 중심을 잡고 착지하긴 했으나 바이칼의 얼굴에는 당황한 표정이 역력했다.

"차원이 봉쇄되다니!"

바이칼은 다시 한길로 뛰쳐나갔다. 그리고 조금 전보다 훨씬 다급한 얼굴로 누군가를 찾기 시작했다.

"이 정도의 일이라면 그 녀석이 어딘가 있겠지!"

별 소득 없이 한 시간쯤 더 헤매고 다닌 후에 바이칼은 마음을 바꿨다.

"제기랄! 도대체 어디에 처박힌 거야……. 차원문이 가로막혀 부하들을 부를 수도 없고…… 설마 그 녀석이 거기에? 그래, 밑져야 본전이니 한번 가보자."

그렇게 중얼거리고 그가 찾아간 곳은 왕국 검술대회 경기장 쪽이었다. 그동안 그는 리오가 검술대회에 참가할 리 없다고 생각해 그쪽만은 빼놓고 찾아다녔던 것이다.

아니나 다를까 그는 그곳 경기장 입구에서 여자들에게 둘러싸여 걷고 있는 자신의 오랜 친구를 발견했다.

"저 바람둥이 녀석!"

바이칼은 배신감과 기쁨이 교차하는 기분으로 그에게 뛰어갔다.

"리오!"

경기장을 향해 길을 재촉하던 리오는 뒤에서 누군가 자신의 이름을 부르자 약간 인상을 쓰며 뒤를 돌아보았다. 다른 일행도 모두 고개를 돌려 소리 난 쪽을 쳐다보았다. 순간 루이체는 기겁을 하며 소리쳤다.

"앗! 바이칼 님이다!"

리오 역시 놀라기는 마찬가지였다. 굳은 표정으로 자신을 향해 날렵하게 뛰어오는 바이칼을 본 리오는 이해가 가지 않는 듯 머리를 긁적이며 손을 흔들어 주었다.

"바, 바이칼! 네가 어떻게 여기에……?"

"닥쳐!"

바이칼은 리오를 잡고 어디론가 끌고 가는 것으로 인사를 대신했다.

먹이를 채 가는 독수리처럼 리오를 납치해 사라진 바이칼의 모습에 련희와 노엘은 어이없는 표정을 지었다. 그들은 눈을 동그랗게 뜬 채 아직까지 얼떨떨해 있는 루이체를 흔들며 캐묻기 시작했다.

"루이체 양, 도대체 저분은 누구죠?"

루이체는 고개를 갸웃거리며 확실치 않은 말투로 대답했다.

"리오 오빠를 따라다니는 남자인데요, 도대체 누는 일일까요?"

"리, 리오 님을 따라다니는 남자요?"

이상한 상상을 해 버린 련희와 노엘의 얼굴에서 핏기가 사라지고 말았다.

"이봐, 이봐! 진정하고 얘기 좀 해! 사탕 떨어졌으면 사 줄 테니좀 멈춰 봐!"

거의 끌려가다시피 하던 리오가 소리치자, 바이칼은 그제야 걸음을 멈추고 리오를 바라보았다.

"너 이 차원에 왜 왔지?"

리오는 고개를 갸웃거리며 바이칼에게 되물었다.

"뭐? 그게 무슨 소리야?"

리오가 아무 것도 모르고 있음을 알아챈 바이칼은 불만스러운 표정으로 말했다.

"멍청한 놈. 여자들에게 둘러싸여 노느라 정신이 나간 모양이군. 지금 너와 내가 있는 이 차원에 무슨 일이 벌어지고 있는지 모른단 말이야? 차원이 봉쇄됐다고! 내가 드래고니스로 돌아갈 수 없단 말이다!"

바이칼의 충격적인 말을 들은 리오는 믿기지 않는다는 표정으로 되물었다.

"뭐? 그럴 리가!"

바이칼은 팔짱을 끼며 여느 때처럼 차가운 표정으로 말했다.

"못 믿겠으면 여기서 차원문을 열고 나가 봐. 손해 볼 건 없잖아."

잠시 생각하던 리오는 인적이 뜸한 곳으로 자리를 옮긴 후 마법
진으로 차원문을 열었다. 막 들어가려던 리오는 마른침을 꿀꺽 삼
키며 숨을 가다듬었다.

바이칼은 입에 사탕을 물며 차갑게 말했다.

"각오해라."

"부탁이니 사탕 좀 빼고 말해."

농담조로 말은 했지만 리오는 긴장했다. 만약 진짜로 차원이 봉
쇄된 것이라면 지금까지 겪었던 일 중 가장 심각한 문제였다.

지크는 일찌감치 와서 경기가 시작되기를 기다렸다.

조금 후, 린스 혼자 귀빈석으로 들어오자 지크는 의아한 표정으
로 물었다.

"어라? 안경 선생은 어디다 두고 혼자 오세요?"

린스는 지크를 한 번 째려본 후 의자에 거칠게 앉으며 투덜대듯
답했다.

"몰라. 오늘은 좀 늦게 나간다고 하기에 나 혼자 그냥 와 버렸어.
갑자기 왜 그러는지…… 어젯밤부터 좀 이상해. 울었는지 눈이 퉁
퉁 부어 있더라고."

"음…… 남자한테 차였나 보죠, 뭐."

지크는 어깨를 으쓱하며 여유 있게 둘러댔다. 린스는 잠깐 지크
를 노려보다 상대하기 싫다는 듯 고개를 돌려 버렸다.

잠시 후 가만히 앉아 있던 지크가 갑자기 몸을 일으켜 린스 곁으
로 다가왔다. 린스가 흘끔 올려다보자 그는 만면에 음흉한 미소를

지으며 계속 접근해 왔다.

"헤헤헷…… 공주님?"

"으, 응? 왜 그래?"

이상한 분위기를 느낀 린스는 자리에서 일어섰다. 지크는 순간 린스의 머리를 꽉 끼인은 채 귀빈석 밖으로 몸을 날렸다.

"꺄악! 갑자기 왜 이러는 거야, 치한!"

"시끄러!"

린스와 함께 공중에 떠 있는 상태에서 지크는 손으로 린스의 머리를 단단히 감쌌다.

곧 그들이 있던 귀빈석에 푸른색의 거대한 빛줄기가 떨어졌고, 귀빈석은 폭음을 내며 산산조각이 나고 말았다.

"꺄아아아앗!"

린스의 긴 비명과 함께 지면에 착지한 지크는 귀빈석 바로 위 상공을 올려다보았다. 거기엔 자신에게 팔을 잃었던 신장, 천공의 루카가 푸른 기류에 둘러싸인 채 떠 있었다.

"후후훗, 용케도 피했구나. 자, 이제 애들 싸움은 끝이다! 죽기 아니면 살기 둘 중 하나다!"

곧 그의 옆에서 회색의 빛이 일더니 또 다른 신장이 나타났다. 바위의 몰킨이었다.

"오늘은 끝장을 내 주마. 지난번의 설욕전이다!"

곧바로 두 명의 신장이 더 나타났다. 혜성의 마르카와 뇌격의 트라데였다.

"너희에게 목숨을 잃은 다른 신장들의 복수를 해 주마! 간다!"

네 명의 신장은 린스를 안고 있는 지크에게 원거리 집중 공격을 퍼부었다. 지크는 린스를 보호하느라 아무 반격도 하지 못한 채 피해 다니기만 할 뿐이었다.

"젠장, 비겁한 놈들!"

지크는 거칠게 내뱉으며 계속 몸을 움직였다. 그러나 아무리 지크라 해도 사람을 보호하면서 넷의 공격을 다 피하는 건 무리였다.

쾅.

"크앗!"

등판에 공격을 받은 지크의 움직임은 순간 멈칫하고 말았다. 기회를 잡은 네 신장은 집중적으로 지크의 등판에 공격을 퍼부었다.

수십 차례의 공격을 등으로 받아 낸 지크는 결국 다리에 힘이 풀린 듯 바닥에 주저앉고 말았다.

"크윽!"

"끝이다, 가즈 나이트!"

네 명의 신장은 회심의 미소를 지으며 각기 기를 모아 일격에 두 사람을 날려 버릴 준비를 했다.

"젠장, 눈 감아요, 공주. 충격이 좀 크더라도 참고요."

린스는 지크가 고통을 참으며 자신을 안고 있는 팔에 힘을 주자, 거의 울다시피 하며 지크에게 소리쳤다.

"나를 내려놓고 피해! 난 괜찮아!"

그러자 지크는 쓴웃음을 지으며 중얼거렸다.

"흥, 감상적인 소설을 많이 읽은 것 같군요, 공주. 헛소리하지 말고 눈이나 감아!"

린스는 곧바로 눈을 감았다. 그러나 지크의 말 때문에 눈을 감은 것은 아니었다. 지크의 등 뒤로 날아오는 네 개의 거대한 광채 때문이었다.

'리오!'

린스는 언제나 지니고 있던 리오의 은십자가를 손에 꼭 쥐며 그의 이름을 마음속으로 부르짖었다.

바이론은 거리에서 자신을 둘러싼 보라색 옷의 어릿광대들을 보며 평소를 흘렸다.

"크크크, 나랑 놀자는 것인가? 좋아, 어차피 힘을 다 쓰지 못하는 싸움만 해서 지겹던 참이었는데 잘됐군. 크크크크, 죽어랏!"

바이론은 곧바로 정면에 있는 어릿광대에게 다크 팔시온의 일격을 날렸다. 광대는 저항도 하지 못한 채 두 동강이 나며 쓰러졌다. 그러자 또 다른 어릿광대가 빛과 함께 나타났고, 나머지 광대들은 바이론을 향해 공격하기 시작했다.

"음?"

바이론은 미친 듯이 다크 팔시온을 휘두르기 시작했다. 이번엔 모든 어릿광대들을 토막 내 땅에 흩트려 놓았다. 그러나 광대들은 다시 나타났고 바이론은 점차 흥분하기 시작했다.

"후후훗, 즐겁나, 가즈 나이트?"

갑자기 들려온 목소리에 바이론은 움찔하며 자신을 내려다보고 있는 한 존재를 쳐다보았다. 신장, 무(無)의 니마흐였다.

"계속 싸우는 게 좋을 거다. 내 필살(必殺) 주술인 '정지한 시간의 아이들' 속에서 말이야. 후후후훗."

그러자 바이론은 낮게 광소를 터뜨리며 중얼거렸다.

"크크크큭. 이게 시간계 마법 중 가장 악명 높다는 그것이냐? 크크크큭. 좋아, 좋아. 크하하하핫!"

바이론은 더더욱 광소를 높였다. 그를 지켜보던 니마흐 역시 미소를 띠며 중얼거렸다.

"원래 광인이라 이번엔 정상으로 돌아갈 수 있겠군. 열이면 아홉이 미치는 마법이니까. 후후훗."

치직.

"크앗!"

차원문 안에 들어갔던 리오는 강렬한 스파크와 함께 밖으로 튕겨 나왔다. 이번이 벌써 세 번째였다. 리오는 믿지 못하겠다는 듯 중얼거렸다.

"어, 어째서 이런 일이⋯⋯?"

곁에서 지켜보던 바이칼은 다 먹은 사탕의 막대를 바닥에 던지며 그것 보라는 듯 말했다.

"너도 상상하지 못했던 일 같군. 뭐 짚이는 것 없나?"

리오는 심각한 표정으로 일어서며 말했다.

"모르겠어, 전혀 짚이는 것이 없어. 아, 아냐. 한가지 있어."

바이칼은 리오를 흘끔 바라보았다. 리오는 계속 말을 이었다.

"두 개의 차원이 가까워지면 이렇게 될 수 있어. 그냥 거리가 가까워진 것이 아니고 시간과 공간적으로 접근한다면 말이야."

바이칼은 미간을 찡그리며 말했다.

"그렇다면 두 차원이 합쳐진다는 뜻인가?"

리오는 바이칼과 함께 다시 거리로 나서며 말했다.

"그럴 거야. 아무래도 일이 생각보다 빨리 진행되는 것 같군."

리오와 바이칼이 다시 모습을 보이자 두 사람을 애타게 찾던 루이체는 하얗게 질린 얼굴로 그들에게 뛰어오며 소리쳤다.

"오빠! 큰일 났어, 큰일!"

리오는 깜짝 놀라며 그 자리에 멈춰 섰다. 루이체는 계속 뛰어오며 손가락으로 남쪽 성문을 가리키며 외쳤다.

"저길 봐! 워프 마법이야!"

리오는 루이체가 가리킨 쪽을 바라보았다. 성문 쪽에 거대한 마법진이 생성되어 있었다.

그 안쪽에서 깡친피물의 내부내와 내선에 산내한 시어 있는 생체 로봇 나찰, 붉은색을 띤 또 다른 생체 로봇 수라가 기괴한 소리를 내며 몰려나왔다.

"이, 이럴 수가. 왜 갑자기 침공을?"

거대 마법진은 남쪽에만 생성된 것이 아니었다. 북쪽에도 생성되어 그곳에서는 이미 살육이 자행되고 있었다. 엄청난 스피드를 가진 나찰과 네 개의 팔을 무지막지하게 휘둘러 대는 수라의 잔악한 공격에 수도 사람들은 손 한번 써 보지 못하고 무기력하게 당할 뿐이었다.

한편 왕궁 안은 이미 정문에서부터 정원까지 워닐의 차원 마법으로 인해 폐허가 되어 있었고, 그를 막으려던 병사들은 워닐의 직속 부하인 조커 나이트에 의해 모조리 목이 날아간 상태였다.

"워닐 님, 순조롭군요."

"모른다. 아직은……."

워닐은 천천히 알현실 쪽으로 걸어갔다. 시녀들이 막으려 하자 조커 나이트는 인정사정없이 그녀들의 머리마저 날려 버렸다.

문이 열리자 궁중 마법사들과 신관들이 마법 사격을 개시했으나 그들의 마력으로는 워닐의 털끝조차 건드릴 수 없었다.

워닐은 왼손으로 배리어를 만들어 그 마법들을 막아 내며 조커 나이트에게 지시했다.

"라세츠가 말했던 미네리아나 왕녀의 방으로 가라. 무슨 뜻인지는 몰라도 거기서 널 기다리겠다 하더군."

"알겠습니다."

조커 나이트는 예의 바르게 허리를 굽혀 인사를 올린 뒤 옆으로 몸을 돌려 스르르 사라졌다.

워닐은 곧 배리어를 걷은 후 자신의 기를 뿜어냈다. 신관들과 마법사들은 순간 침묵 주문에 걸린 것처럼 입만 뻥긋뻥긋할 뿐이었다. 워닐은 씩 웃은 후 옥좌에 앉아 파르르 떨고 있는 여왕을 바라보며 말했다.

"벨로크 왕국에 협조를 하고 있는 신장, 워닐이라 합니다. 벨로크 왕국의 재공격을 여왕님께 알려 드립니다."

콰아앙.

지크는 자신의 뒤쪽에서 폭음이 들려오자 뒤를 돌아보았다. 지크에게 안겨 눈을 꼭 감고 있던 린스도 눈을 뜨고 주위를 살폈다.

"뭐, 뭐지?"

푸른 장발의 사나이가 화염에 휩싸인 창으로 신장들의 공격을 막아 준 것 같았다. 린스의 목소리에 사나이는 뒤를 흘끔 바라보며 조용히 물었다.

"괜찮나, 지크?"

지크는 반가운 얼굴로 그 사나이의 등을 툭 치며 씩 웃었다.

"쳇, 왜 안 오나 했더니 극적으로 나타나려고 그랬구먼? 헤헷."

린스는 홀연히 나타난 그 남자를 놀란 표정으로 바라보며 지크에게 물었다.

"누, 누구지?"

지크는 우악스럽게 사나이의 몸을 린스 앞으로 돌려세운 후 말했다.

"슈렌 스나이퍼. 제 형제예요."

"처음 뵙겠습니다."

슈렌은 고개를 숙여 인사한 뒤 다시 신장들 쪽으로 몸을 돌리며 말했다.

"왕궁이 위험하다. 저들은 내가 맡을 테니 넌 어서 그쪽으로 가 봐."

"뭐? 일이 벌써 시작된 거야?"

슈렌은 고개를 끄덕였다.

"더 이상 말할 시간이 없다."

"알았어. 그럼 뒤를 부탁한다! 가요, 공주님!"

지크는 다시 린스를 안은 채 경기장 밖으로 뛰어나갔다.

슈렌은 곧 길게 숨을 들이쉬었다. 그의 몸은 화염에 휩싸여 천천히 공중으로 떠올랐다.

신장들 중 몰킨이 슈렌에게 큰 소리로 물었다.

"너도 가즈 나이트인가!"

슈렌은 자신의 창 그룬가르드를 몇 번 돌린 후 고개를 끄덕이며 대답했다.

"불의 가즈 나이트, 슈리메이어 반 스나이퍼다."

루카는 피식 웃으며 슈렌을 비웃었다.

"흥, 아무리 네가 가즈 나이트라고 해도 신장 네 명을 당해 낼 수 있을까? 예쁘장한 얼굴을 보아하니 이해가 안 가는데? 하하핫."

그러자 실눈처럼 가느다란 슈렌의 눈이 번쩍 떠졌다. 슈렌이 그런 표정을 지으면 지크조차 눈치를 보곤 했다. 그의 낮은 음성이 묵직하게 울려 퍼졌다.

"그 답은 몸으로 느끼도록."

바이론은 자신의 발밑에 쓰러진 니마흐를 바라보며 고개를 저었다.

"크크크큭. 감히 나를 혼자서 막겠다고? 광대를 이용한 정신 마법으로? 크하하하핫! 가소롭군, 가소로워!"

바이론의 광소 속에서 니마흐는 힘겹게 중얼거렸다.

"분하다. 막을 수 있을 거라고 생각했는데……!"

바이론은 니마흐의 머리를 점점 강도 높게 짓눌렀다.

"크하하하핫! 착각 속에서 사는 네 머릿속엔 뭐가 들었는지 궁금하구나! 크하하하핫! 죽어라, 죽어!"

바이론의 다리에 일순간 힘이 실렸다. 니마흐는 외마디 비명도 지르지 못하고 투명한 피가 섞인 뇌수를 쏟아내며 몸을 부르르 떨었다. 바이론은 자신의 입가에 튄 니마흐의 뇌수를 혀로 핥은 뒤 거칠게 뱉어 내며 중얼거렸다.

"크큭, 역시 맛이 없군. 크하하하핫!"

바이론은 재빨리 어디론가 사라졌다. 머리가 으깨진 니마흐의 시체는 점차 재로 변해 바람에 날렸다.

리오는 남쪽 성문에서 몰려오는 기계 군단을 막고 있었다. 바이칼도 어쩔 수 없이 드래곤 슬레이어를 뽑아 들고 싸웠다.

"이 고귀한 몸을 움직이게 만든 대가는 꼭 치르게 할 거다!"

바이칼의 외침에, 리오는 씩 웃으며 받아넘겼다.

"후훗, 지크에게 초콜릿 아이스크림 잔뜩 사 주라고 부탁할 테니화 풀어."

"흥, 내가 그런 말에 동요될 줄 알아?"

"뭐?"

그러자 리오는 의외라는 얼굴로 친구를 쳐다보았다. 바이칼은 진지한 얼굴로 그의 시선을 응시하며 말했다.

"딸기 맛 아이스크림도 포함이다. 명심해라."

"푸홋."

리오는 실수를 머금었다, 하지만 대화도 잠시, 둘은 다가오는 적에게 시선을 돌려야 했다.

보통의 강철괴물들은 그다지 어렵지 않았지만 수라와 나찰은 상당한 골칫거리였다. 장갑이 두꺼워 저급의 마법으로는 충격조차 입힐 수 없을뿐더러 기동성이 뛰어나 리오나 바이칼의 공격 외의 것은 모조리 피했다.

"젠장, 저번에도 싸워 보긴 했지만 저 검은색 로봇은 더 강해진 것 같은데?"

리오는 바이칼과 등을 맞댄 채 말했다. 그러나 바이칼은 전혀 상관없는 말을 내뱉었다.

"왜 너만 만나면 내가 이런 곤란에 빠지는 거지?"

리오는 쓸쓸히 웃으며 고개를 저었다. 그리고 나서 팔꿈치로 바이칼을 툭툭 치며 말했다.

"자자, 불평은 그만하고, 저 고철 덩어리들을 우그러뜨려 주자. 실력 발휘를 해 보자고, 친구. 이렇게 너랑 싸우는 것도 오랜만인데."

"오랜만이니 네 목숨이 붙어 있는 거다. 온다!"

짧은 외침과 함께 곧바로 둘은 자신들을 공격해 오는 기계들에게 반격을 가하기 시작했다.

북쪽 성문 쪽 한 지역은 이미 파괴된 상태였다. 피난민들의 걸음보다 나찰이 움직이는 속도가 더 빨랐고, 군인들의 무기보다 수라의 공격이 더 강했다.

피난민들을 더욱 전율케 한 것은 두 생체 로봇의 에너지 회복 방법이었다. 다른 강철괴물들과는 달리 나찰과 수라는 사람들의 몸을 섭취함으로써 에너지를 보충했다. 문제는 그들의 활동량만큼 에너지 고갈 속도도 엄청났기 때문에 살아남은 피난민이 거의 없을 정도였다. 그 생체 로봇들은 굶주린 야수처럼 사람들을 덮쳐 주린 배를 채우기에 급급했다.

구역과 구역을 막는 성문은 필사적으로 달려온 피난민들이 안으로 들어서자 서둘러 닫혔다. 하지만 나찰과 수라들은 괴성을 지르며 닫힌 문을 향해 날카로운 팔과 다리를 휘둘러 대기 시작했다.

"쿠오오오!"

그 무지막지한 힘에 잠시 후 성문은 모래성처럼 힘없이 부서졌다. 문 가까이 있던 피난민들은 경악을 하며 급히 도망치려 했지만 전열의 피난민들에게 가로막혀 바둥거릴 뿐이었다. 그들을 바라보는 나찰과 수라의 붉은 눈에는 기계의 차디찬 살기가 흘렀다.

"쿠오오오오!"

다시 밀고 나가려던 나찰과 수라의 무리는 순간 멈칫하고 말았다. 한 사나이가 길 한가운데 떡 버티고 서 있었다.

뻗침 머리에 붉은 머리띠를 두르고 검은색 코트로 몸을 감싼 거한은 거대한 목도를 쥔 채 외쳤다.

"자자, 오너라! 가즈 나이트, 사바신 님이 너희를 처단해 주마!"

소개와 동시에, 그는 자신의 무기 팔봉신 영룡의 끝으로 땅을 강하게 내리찍었다. 그러자 그 근처의 지표면이 지진이 난 것처럼 흔들리더니, 충격의 여파에 의해 성벽마저 금이 가고 말았다.

도망치던 사람들은 공중으로 날아오르는 나찰과 수라를 보고 두려움에 떨었다.

어느새 여유 있게 담배까지 문 사바신은 연기를 길게 내뿜으며 소리쳤다.

"자, 공개 처형 시간이다! 물론 내 역할은 집행인이지! 으하하핫!"

사바신의 음성에서 향새 기운이 끓어올랐다. 그의 검은 눈동자도 황금빛을 띠었다. 하지만 로봇인 나찰과 수라는 그런 모습에 공포감을 느끼지 못하는 듯, 무작정 사바신에게 달려들었다. 사바신은 팔봉신 영룡을 거세게 휘두르며 반격을 개시했다.

목도의 일격은 사실 느리다고 할 수 있었다. 그러나 거기엔 사바신 특유의 파괴염력과 가즈 나이트 중 최강이라는 사바신의 물리력이 실려 있었다.

"아라챠!"

"쿠억!"

목도의 타격을 받은 나찰은 방어한 보람도 없이 산산조각이 나며 세포질을 뿜어냈다. 그 세포질은 목도에 실린 염력 때문에 부글부글 끓어오르더니 이내 사라져 버렸다. 사바신은 야생마처럼 거침없이 거리를 달리며 나찰과 수라를 부수기 시작했다.

"오너라, 오너라, 오너랏!"

사바신은 크게 소리치며 돌격해 오는 나찰 중 한 대를 맨손으로 잡았다. 장갑판이 사바신의 손에 붙들린 나찰은 이내 팔봉신 영룡의 두들김을 받아야 했다.

사방을 골고루 두들겨 나찰이 거대한 공처럼 뭉쳐지자 사바신은 다른 기계병기들이 있는 쪽으로 그 나찰공을 거칠게 내던졌다.

"스트레스 해소엔 공놀이가 최고지! 꺼져 버려!"

공처럼 내던져진 나찰은 동료들을 깔아뭉개고 수십 미터를 밀려나갔다. 뭉개진 나찰들은 다시 한 번 사바신의 몽둥이 세례를 받고 납작해졌다.

"으하하핫! 자, 더 덤벼 봐! 대지가 너희를 없애라며 울부짖고 있다! 그 소리가 들리지 않나! 응?"

그러나 아쉽게도 나찰과 수라들은 방향을 바꿔 도망치기 시작했다. 당황한 사바신은 그들의 뒤를 쫓으며 노성을 질렀다.

"이 비겁한 자식들아! 돌아와! 감히 사나이의 말을 무시하다니!"

"가자, 달리는 거다!"

린스를 앞에 태우고 지크는 왕궁을 향해 말을 달리기 시작했다. 지크는 가는 동안 기운도 회복하고 린스를 안고 가는 힘도 덜기 위해 길가에 매인 말에 무작정 올라탔다.

말갈기를 꼭 붙들고 엎드려 있던 린스가 조금 후에 그에게 물었다.

"엄마는, 미네리아나 이모는 무사하겠지?"

말고삐를 잡은 채 달리는 데 열중하던 지크는 여느 때와는 달리 진지한 목소리로 소리치듯 대답했다.

"무사하지 않다면 무사하게 만들 겁니다! 그러니 아무 걱정 말아요! 리오만큼은 못 될지 몰라도 공주님 한 분 지킬 정도는 되니 믿어 보십쇼!"

지크에겐 보이지 않았지만 그 순간 린스는 약간 놀란 표정을 지었다. 단순하고 머리 나쁜 건달로만 알았던 지크에게 이렇게 진지한 면이 있는 줄은 몰랐기 때문이다.

잠시 후 그들 앞으로 레프리컨트 왕궁이 그 모습을 드러냈다.

나찰과 수라, 그리고 강철괴물 군단의 숫자는 점점 늘어만 갔다. 쉴 새 없이 싸우면서도 리오는 하나의 의문이 머릿속을 맴돌았다.

왜 레프리컨트 왕국의 정규군은 참가하지 않는 것일까?

"노엘 선생! 왜 정규군들이 참가하지 않는 겁니까?"

노엘은 파이어 볼 마법을 한 번 쏜 후 대답했다.

"아직은 무리예요! 벡로크 왕국의 침공을 당한 지 석 달도 안 됐으니까요! 그리고 적들은 왕궁까지 다른 방향에서 침입했을기도 몰라요! 지금처럼 워프 게이트를 통한 습격이라면 막을 도리가 없을 겁니다!"

"이런!"

리오는 움찔하며 왕궁 쪽으로 눈을 돌렸다. 왕궁이 걱정되긴 했지만 여기도 자신이 빠진다면 바이칼 혼자 무리일 것 같았다. 게다가 바이칼은 리오가 없으면 자신과 상관없는 일이라며 그냥 가 버릴 수도 있어서 리오는 이러지도 저러지도 못하는 상황이었다.

"가 보세요, 리오!"

"음?"

리오는 그 목소리와 함께 앞으로 뻗어 나가는 수많은 물줄기를 보고 놀라지 않을 수 없었다. 그 물줄기들은 엄청난 압력으로 나찰, 수라를 가리지 않고 모든 것을 관통하며 적들을 잠시 주춤거리게 만들었다.

"죄송합니다. 늦었습니다!"

순간 리오의 옆에 녹색 머리카락의 청년이 물보라를 일으키며 나타났다. 리오는 그를 보고 움찔하며 소리쳤다.

"당신은 물의 가즈 나이트!"

녹색 스포츠형 머리에 간편한 차림을 한 그 미청년은 고개를 끄덕이며 자신을 소개했다.

"예, 물의 힘을 가진 레디 키드라고 합니다. 여기는 제가 맡을 테니 당신은 어서 왕궁으로 가 보십시오. 그곳에는 훨씬 더 심각한 일이 벌어지고 있습니다!"

"심각한 일?"

"당신이나 바이론 선배가 아니면 막을 수 없습니다! 어서 가십시오!"

그 말을 들은 리오는 곧 고개를 끄덕이며 다른 사람들을 돌아본 뒤 당부했다.

"모두 부탁합니다!"

리오는 즉시 몸을 공중으로 솟구친 후 왕궁을 향해 날아갔다.

바이칼은 적들을 물리치며 레디에게 다가가서 그에게 물었다.

"이봐, 왜 차원이 봉쇄되었는지 알고 있나? 난 그것 때문에 여기서 싸우고 있다. 말 안 해 주면 그냥 가 버릴 거야."

레디는 손을 모은 채 지면 밑으로 흐르는 지하수를 최대한 조종하며 대답했다.

"예상보다 일이 빠르게 진행되고 있습니다! 두 개로 나눠졌던 차원이 접근해 거의 합쳐지기 직전입니다! 지금, 누군가 두 차원의 결합을 막지 못하면 큰일이 일어나고 맙니다! 아, 그런데 당신은 누구시기에 차원이 막힌 것을 알고 계시죠?"

바이칼은 인상을 찡그리며 대답했다.

"너보다 아름답고 위대한 사람."

"······."

지크는 부서진 성문을 지나 말을 몰고 성안으로 돌진했다. 지크는 한 사람이라도 더 있다면 하는 생각을 하며 정원 쪽 건물에 있는 미네리아나의 방으로 말을 몰았다.

"저기야. 세 번째 창문부터 이모의 방이야!"

"좋아요! 잠깐 기다리십쇼!"

위치를 확인한 지크는 고삐를 린스에게 넘겨준 즉시 말의 등을 밟고 창문을 향해 몸을 날렸다,

"아, 잠깐! 난 승마를 배운 지 오래됐단 말이야!"

엉겁결에 고삐를 받아 쥔 린스는 악 소리를 지르며 말의 속도를 늦추고 방향을 바꾸려 했다. 하지만 말은 린스의 의도와는 달리 반대 방향으로 달려 나갔다.

"악, 어디로 가는 거야? 이 바보 같은 말아!"

쿠웅.

순간 린스가 말을 몰려던 방향 쪽으로 왕궁 석탑 중 하나가 무너져 내렸다.

"히익."

린스는 안도의 한숨을 쉬며 말을 쓰다듬은 뒤 지크가 몸을 날린 창문 쪽을 바라보았다.

"으랏!"

창문을 뚫고 방 안에 들어간 지크는 몸의 중심을 잡으며 주위를 둘러보았다. 순간 그의 눈동자에서 곧바로 불똥이 튀었다.

"미네리아나 님!"

"지, 지크 님! 도와주세요!"

침대 위에서 라세츠가 미네리아나의 옷을 반쯤 벗긴 채 그녀를 강제로 범하려 하고 있었다. 베르니카는 기습을 당했는지 문 쪽에 쓰러져 움직이지 못하고 있었다.

"네, 네 녀석이 어떻게!"

라세츠는 침대에서 몸을 일으키며 소리쳤다. 그러나 지크에게는

더 이상 라세츠의 얼굴과 목소리가 보이지도, 들리지도 않았다.

"닥쳐, 개자식아!"

퍽.

라세츠의 턱으로 지크의 강렬한 펀치가 날아들었다. 얼마나 강렬한 일격이었던지 라세츠는 벽을 뚫고 옆방에 처박히고 말았다.

"지, 지크 님! 지크 님!"

미네리아나는 담요로 몸을 가리며 지크에게 안겼다. 지크는 충격 상태인 미네리아나를 안고 다독거리며 물었다.

"괜찮아요, 미네리아나 님? 다치신 곳은 없고요?"

"지크 님! 어, 어떻게 이럴 수가. 라세츠 님이 저를……!"

미네리아나가 라세츠를 진심으로 신임하고 있었다는 사실을 지크는 부정하고 싶었지만 알고는 있었다. 그녀에겐 이 일이 충격일 수밖에 없을 것이다. 지크는 한숨을 쉬며 미네리아나에게 말했다.

"어서 간편한 복장을 입으세요. 밖에서 린스 공주님이 기다리고 계시니까요. 어서요, 시간이 없어요!"

"아, 알았습니다."

지크는 지금의 일보다 더 급한 일이 있다고 말할 수 없었다. 그랬다가는 허탈감으로 충격을 받을 수 있기 때문이었다.

그녀가 급히 옷을 꺼내 입는 동안 지크는 그녀 쪽을 최대한 보지 않으려 애쓰며 베르니카에게 다가갔다. 그녀는 다행히 기절한 것뿐이었다. 지크는 아주 약한 전기 충격을 베르니카에게 가했고, 순간 움찔한 그녀는 서서히 눈을 떴다.

"음, 아, 미네리아나 마마!"

그녀는 정신을 차리자마자 일어서서 미네리아나를 찾았다.

"여, 여기예요, 베르니카. 저는 무사해요."

어느새 옷을 갈아입은 미네리아나의 모습을 본 베르니카는 긴 안도의 숨을 내쉬었다.

"아, 베르니카는 괜찮나요?"

미네리아나가 힘없이 묻자, 정신을 차린 베르니카는 지크의 옷 가다을 거칠게 감싸며 소리쳤다.

"이 자식! 미네리아나 님께 무슨 짓을 했나!"

불쾌감을 느낀 지크는 그녀를 가볍게 밀치며 말했다.

"이봐 안대 언니, 지금 농담할 기분 아냐. 어서 미네리아나 님 모시고 밖으로 나가기나 해."

"닥쳐! 어디서 발뺌을…… 윽!"

순간 베르니카의 뺨에 충격이 가해졌다. 결국 화를 참지 못한 지크가 그녀의 멱살을 잡으며 소리쳤다.

"너야말로 닥쳐, 베르니카 페이셔트! 내가 이런 상황에서까지 광대 노릇을 할 줄 알았나! 나중에 내 형상에 못을 박든 저주를 퍼붓든 맘대로 해! 하지만 지금은 미네리아나 님을 모시고 밖으로 나가! 그렇지 않으면 미네리아나 님을 보호할 수 없어!"

"……"

지크는 그녀를 풀어 주고 미네리아나에게 다가가며 말했다.

"나를 계속 멍청이 취급하고 싶으면 현재 상황 판단이나 똑바로 해. 음? 이런 제길!"

지크는 재빨리 베르니카와 미네리아나를 안으며 바닥으로 몸을 날렸다. 순간 붉은색 광선이 침대 위쪽을 할퀴고 지나갔다.

방 안에는 곧바로 불이 붙었고 엎어졌던 지크는 미네리아나와 베르니카를 일으키며 광선이 날아온 곳을 쳐다보았다.

거기엔 턱이 옆으로 돌아가고 살가죽이 늘어날 대로 늘어난, 흉

측한 몰골의 라세츠가 서 있었다. 라세츠는 눈으로 웃으며 자신의 턱을 손으로 비틀었고, 그의 턱은 곧 정상으로 돌아왔다.

지크는 놀란 눈으로 그에게 물었다.

"어라? 네 녀석, 인간이 아니었나?"

라세츠는 웃으며 고개를 저었다.

"후후훗, 아니다. 인간은 인간이지. 다만 몸이 개량됐을 뿐이다. 벨로크 왕국에 정보를 넘겨주는 대가로 난 영원히 늙지도 죽지도 않은 몸을 받았다. 그게 바로 이 몸이지. 어떤가, 완벽하지 않나? 하하하핫! 게다가 힘도 강해졌다! 이렇게 말이야!"

라세츠의 눈에서 붉은빛이 돌기 시작했다. 그것이 무엇을 의미하는지 알고 있는 지크는 두 여자를 각각 양쪽에 껴안은 채 밖으로 몸을 날렸다.

"젠장!"

그와 동시에 방은 폭발하며 산산조각이 났다. 지크는 그 충격의 여파로 린스가 있는 곳에서 더 멀리 떨어진 곳에 착지했다.

지크는 놀란 표정을 지으며 속으로 생각했다.

'고폭(高爆) 레이저 광선! 어떻게 이 세계에 저린 최침단 인공위성 전용 병기가 존재할 수 있는 거지?'

지크는 일단 두 여자를 린스가 있는 곳으로 데리고 가서, 베르니카에게 고삐를 건네주며 말했다.

"자, 경기장 쪽으로 말을 몰고 가! 그곳에 가면 푸른 장발을 한 녀석이 있을 거야. 만약 없다면 리오 녀석을 찾아가든가 다른 사람들을 찾아가든가 해! 어떻게든 안전한 곳으로 피신해!"

"그, 그래."

베르니카는 지크가 보통 때와는 달리 진지하게 나오자 멍한 표정을 지었다. 지크는 한심하다는 듯 베르니카의 눈앞에서 손바닥을 딱 치며 그녀의 정신을 집중시켰다.

"이봐! 뭘 멍하니 서 있어! 어서 가란 말이야!"

"아, 알았어. 그럼 조심해!"

베르니카는 즉시 황녀와 공주를 말에 태웠다. 네 사람을 태운 말은 긴 울음소리와 함께 성 밖으로 내달렸다. 미네리아나는 혼자 남은 지크를 돌아보며 소리쳤다.

"지크 님, 꼭 무사하셔야 해요!"

자욱한 먼지를 일으키며 사라져 가는 그들을 보던 지크는 곧바로 몸에서 스파크를 뿜어내며 불타고 있는 방 안으로 다시 들어갔다.

"다시 돌아올 것이라고 생각했다, 얼간이."

라세츠는 불타고 있는 의자에 아무렇지도 않은 듯 다리를 꼬고 앉아 있었다. 지크는 피식 웃으며 고개를 끄덕였다.

"헤헷, 난 약속을 지키기 위해 돌아온 것뿐이다. 네가 좋아서 들어온 건 아니니 오해는 마라."

"약속?"

라세츠는 자리에서 일어서며 지크에게 물었다. 그와 동시에 그가 오른손을 펴자 손바닥에서 길이 1미터가량의 광선검이 나타났다.

지크는 손의 관절을 가볍게 풀며 대답했다.

"저번에 말했지? 목을 잘 닦아 두라고 말이야. 네 목을 벨 날이 오늘이다! 자, 덤벼 봐!"

라세츠는 가볍게 조소하며 중얼거렸다.

"훗, 재미있는 농담이군."

슈렌은 그룬가르드를 몇 번 돌린 후 동작을 멈추고 자신의 앞에 널브러져 있는 네 명의 신장에게 나지막이 물었다.

"아직 저항할 힘이 남아 있나?"

루카는 도저히 믿을 수 없다는 듯 꿈틀거리며 슈렌을 쳐다보았다.

"이, 이것이 가즈 나이트의 진짜 힘인가?"

슈렌은 묵묵히 고개를 저었다.

"맛보기일 뿐이다."

루카는 분한 듯 이를 갈며 바닥에 얼굴을 묻었다.

그제야 슈렌의 부릅뜬 눈이 평상시처럼 실눈으로 돌아왔다. 그는 곧 공중으로 치솟아 주위를 둘러보다가 북쪽을 향해 날아갔다.

슈렌은 북쪽 성문 근처가 엄청나게 파괴된 것을 보고 눈살을 찌푸렸다. 하지만 이상한 점이 있었다. 불에 타서 폐허가 된 게 아니라 마치 지진에 의해 폐허가 된 듯했기 때문이다.

"음?"

슈렌은 지상에 누군가 서 있는 것을 보고 하강했다. 슈렌이 자신을 향해 내려오는 것을 느꼈는지 그 사나이는 어깨에 걸친 거대한 목도를 똑바로 들며 전투 자세를 취했다.

"이건 또 어디서 온…… 어라? 슈렌?"

슈렌은 특유의 침착한 목소리로 말했다.

"마침 여기 있었군. 바이론과 레디는?"

사바신은 머리를 긁적이며 대답했다.

"둘 다 바쁠 거야. 그런데 어떻게 올 수 있었어? 지금은 차원이 모두 봉쇄되어서 어느 누구도 출입하지 못할 텐데?"

"이곳에 온 지는 오래됐다. 다만, 차원 간의 불균형 현상으로 예상치 못한 곳에 떨어졌지. 자, 왕궁으로 가자."

슈렌은 가볍게 공중으로 떠올라 멀리 보이는 왕궁을 향해 날았다. 하지만 날 줄 모르는 사바신은 이를 갈며 왕궁을 향해 뛰었다.

성을 향해 전속력으로 날아가던 리오는 순간 느껴진 살기 때문에 그 자리에 멈췄다. 그 살기가 낯설지는 않았으나 그렇다고 해서 많이 느껴 보았던 것도 아니었다.

리오는 조용히 주위를 둘러보았다. 그의 왼쪽에서 체구에 비해 거대한 낫을 들고 상공으로 떠오르는 존재가 있었다. 리오는 그제야 그 살기가 누구에게서 뿜어져 나오는지 알 수 있었다.

"맨티스 퀸! 빨리도 회복됐군. 꽤 치명상을 입었을 텐데 말이야."

맨티스 퀸은 리오와 적당한 거리를 둔 채 고개를 끄덕였다.

"그래. 확실히 네 공격은 치명타였다. 완전 무방비 상태로 맞았기에 더욱 그랬지. 하지만 어떤 할아범이 신기한 기술로 고쳐 주더군. 마법보다 더 빨리 말이야. 그 덕분에 난 너와 다시 싸울 수 있게 됐다. 이번엔 저번처럼 방심하지 않을 테니 각오해라, 리오 스나이퍼!"

"후, 피곤하게 됐군."

리오는 씩 웃으며 디바이너와 파라그레이드를 동시에 뽑아 들었다. 이번엔 소검 형태의 파라그레이드가 아닌, 기를 주입하여 대검 형태로 바꾼 상태였다.

그의 모습은 정면 대결을 뜻하고 있었다.

"나도 저번처럼 무기 때문에 밀리지는 않을 것이다. 느낌이 새로울걸?"

"흥, 지저분한 입은 여전히 살아 있구나!"

쨍.

낫과 두 개의 검이 허공을 가르며 충돌하는 순간, 공중엔 엄청난 충격파와 함께 스파크가 일었다.

2

새벽의 여신 이오스

하이엘프 트리네는 어깨에 심한 부상을 입은 채 거리를 뛰고 있었다. 그녀는 최대한 빨리 뛰려고 노력했으나 상처 부위에서 피가 너무 많이 흘러 의식이 점점 흐려지고 있었다.

콰앙.

"아앗!"

트리네의 머리 위를 스쳐 지나간 광탄은 그녀 앞에서 얼마 되지 않는 곳에 떨어져 폭발했다. 트리네는 결국 바닥에 쓰러져 움직이지 못했다. 그녀의 위에 검은 그림자가 서서히 드리웠다. 12신장, 별의 발러였다.

"잘도 도망치셨군요. 새벽의 여신, 이오스여. 보통 인간들의 눈은 피할 수 있어도 12신장의 눈은 피할 수 없습니다. 자, 순순히 저에게 목숨을 바치시지요."

트리네는 가물거리는 의식을 가까스로 붙잡으며 소리쳤다.

"그럴 수는 없어요! 지금 당신들이 무슨 짓을 하려는지 알기나 합니까? 다시 두 세계가 이어진다면 이 세계, 아니 모든 차원 전체가 암흑으로 바뀝니다! 빛과 어둠은 균형을 이루어야 해요. 당신들은 그것을 모르고 있습니다!"

발리는 가민히 트리네를 바라보다가 고개를 서서히 저으며 말했다.

"저를 설득하시려 해도 소용없습니다. 저는 다른 신의 명령은 듣지 않습니다. 오직 이스마일 님의 명령을 듣고 따를 뿐입니다. 당신만 없어진다면 일은 완벽하게 끝나게 됩니다. 자!"

발러는 자신의 양손에 에너지를 모으기 시작했다. 트리네, 아니 이오스의 육체를 완전히 날려 버릴 심산이었다.

"크크크큭. 과연, 보통 인물은 아니었군. 크크큭."

"큭?"

음산한 웃음소리에 발러는 순간 앞을 바라보았다. 그곳엔 검은 투기를 뿜어내는 한 사나이가 서 있었다.

발러는 도저히 잊을 수 없었다. 그 사나이의 미친 듯한 웃음소리와 신장들을 처참히 쓰러뜨린 원시적인 몸짓을.

"가, 가즈 나이트……! 어떻게 여기에!"

바이론은 섬뜩한 미소를 띠며 서서히 발러에게 다가갔다.

"크크큭, 나에게 내려진 명령을 수행하는 것뿐이다. 너와 마찬가지. 크크크크큭."

바이론은 쓰러진 이오스에게 손을 내밀었다. 이오스가 그 큰 손을 잡자 바이론은 그녀를 자신의 등 뒤로 돌려세우고 주머니에서 약을 하나 꺼내 주었다.

"먹으시오. 당신이 죽으면 내가 혼나니까. 크크큭……."

이오스는 비틀거리며 바이론이 준 약을 의심치 않고 복용했다. 곧 그녀는 잠들듯이 쓰러졌고, 바이론은 광소하며 그녀를 어깨에 매고 뒤로 돌아 걸음을 옮겼다.

"이 녀석! 어딜 가느냐!"

발러는 그렇게 외치며 모아 두었던 광탄을 바이론에게 날렸다. 순간 바이론은 왼손을 뒤로 돌려 그 광탄을 가볍게 잡아냈다.

곧 그의 흑색 투기가 그 광탄을 갉아먹듯 흡수해 버렸다.

바이론은 뒤를 돌아보며 서늘한 어조로 말했다.

"나랑 붙어 보자 이건가? 크크크크큭. 이 근처 주민들은 벌써 대피했기 때문에 싸우면 너에게 매우 불리해. 난 거슬릴 것이 없거든. 크크큭. 어서 대답해라! 날 기어코 막을 거냐, 아니면 살아서 돌아갈 것이냐! 난 아무거나 좋아! 크하하핫!"

바이론의 그 웃음소리는 발러에겐 상당히 자극적이었다.

그러나 발러는 알고 있었다. 자신이 지금 도전해 봤자 단 일격에 당하고 만다는 것을. 결국 발러는 여신 이스마일에게 사죄하는 말을 하며 소리 없이 어디론가 사라졌다.

그가 사라지자, 바이론은 길게 광소하며 발걸음을 옮겼다. 어깨에 이오스를 들쳐 멘 채.

남쪽 성문 근처의 상황은 거의 끝나 갔다. 수라와 나찰 몇 대만이 간헐적으로 공격할 뿐이었다.

바이칼은 이마의 땀을 닦은 후 자신의 옆에서 싸우고 있는 레디에게 물었다.

"넌 어디서 갑자기 튀어나온 거지? 리오 녀석의 지원은 슈렌이나 얼간이 지크가 하는 줄 알고 있는데?"

레디는 고개를 저으며 대답했다.

"아, 아닙니다. 원래, 이 차원의 일은 리오 님 소관이 아닙니다. 원래 바이론 선배와 저, 사바신, 셋의 담당이었죠. 저희는 몇 년 전 이곳에 왔습니다. 그런데 어쩌다 리오 님께서 도착하셨고, 바람의 가즈 나이트께서도 무의재 않나 함께 시원을 오셨나더군요."

바이칼은 팔짱을 끼며 빈정대듯 물었다.

"그럼 리오 녀석은 엉겁결에 이 일에 휘말렸다 이 말인가?"

레디는 고개를 끄덕였다.

"예, 그분께는 죄송한 말씀이지만 그렇습니다."

바이칼은 한숨을 쉬었다. 정말 운도 없는 녀석이지, 하고 속으로 중얼거리는 듯했다.

"그럼 한 차원에 가즈 나이트가 다섯 명이나 된단 말이야?"

"예."

레디는 어쩌다 보니 그렇게 됐다는 듯 어깨를 으쓱했다.

"……이건 몇 년 전 고신과 싸울 때보다 훨씬 많군."

바이칼은 머리를 매만지며 전방을 향해 자신의 기를 길게 뿜었다. 그러자 공중에 떠오르던 나찰 한 대가 그 기를 맞고 산산조각이 나면서 흩어졌다. 레디는 그 모습을 보고 빙긋 웃으며 말했다.

"정말 대단하시군요. 위대하신 용제님의 힘이 이 정도일 줄은 정말 몰랐습니다."

"흥, 건방진 녀석."

의도한 바는 아니었을지라도 한 번에 수십 대를 깨부순 레디가 그런 말을 한 건 바이칼을 무시한 것이나 다름없었다. 바이칼은 이를 갈며 속으로 투덜거렸다. 레디의 반응이 영 맘에 들지 않은 탓이었다.

'가즈 나이트만 아니었으면 날려 버렸을 텐데. 젠장!'

불타고 있는 미네리아나 왕녀의 방 한쪽에선 지크와 라세츠의 대결이 계속되고 있었다. 모든 벽과 가구들은 라세츠의 손바닥에서 나온 광선검에 의해 파괴되어 버렸다. 라세츠의 검을 막을 수 있는 장애물은 아무것도 없었다. 라세츠는 인간을 뛰어넘는 스피드와 힘으로 지크를 거침없이 공격했다.

"하하하핫! 난 무적이다! 날 이길 인간은 없어!"

"닥쳐!"

순간 지크는 빠른 돌려차기로 라세츠의 복부를 가격했다. 라세츠는 날아가 벽에 부딪히고 바닥에 떨어졌다.

지크는 아직까지 무명도를 꺼내지 않은 상태였다. 이번만큼은 절대 무명도를 쓰지 않고 상대를 처리하고 싶었다.

"흥, 제법이군, 얼간이!"

라세츠는 다시 일어서며 지크에게 공격했다. 그는 충격을 전혀 느끼지 못하는 듯했다. 라세츠의 눈에 붉은 광점이 생성됐다. 고폭 레이저가 충전되는 현상이었다.

순간 지크의 눈이 푸른색으로 번뜩였다. 그는 빠른 속도로 라세츠의 가슴 쪽으로 파고들었다.

"곤죽을 만들어 주마. 하아앗!"

기합과 함께 초당 수십 발에 가까운 무서운 속도로 뻗어 나가는 지크의 주먹이 라세츠의 가슴을 강타했다.

라세츠의 인공 골격이 아무리 강하다 해도 지크의 무쇠 같은 주먹이 연타를 날리는 데 버틸 수는 없었다. 라세츠의 몸은 곧 더 이상 버티지 못하고 휘어지기 시작했다.

"꺼져랏!"

지크의 마지막 일격에 라세츠는 몇 개의 벽을 뚫고 나가 처박히고 말았다. 골격이 모두 으스러진 라세츠는 일어서지도, 공격하지두 못했다. 지크는 천천히 그에게 다가갔다.

"우우우……."

턱뼈도 박살 난 상태여서 라세츠는 말도 하지 못했다. 이상한 신음 소리만 낼 뿐이었다. 지크는 그의 오른팔을 들고 힘의 강도를 높이기 시작했다. 지크의 몸에 흐르는 전기의 영향인지 라세츠의 손바닥 위로 다시금 광선검이 솟아올랐다. 지크는 썩 웃으며 중얼거렸다.

"꼭 내 칼을 쓰라는 법은 없지, 안 그런가?"

"우우우……!"

지크는 신음하는 그의 머리를 단칼에 잘랐다. 잠시 스파크를 튀기던 라세츠의 목과 광선검은 전깃불처럼 꺼져 버렸다.

"쳇, 쓰레기만도 못한 녀석."

지크는 축 늘어진 그의 팔을 놓고 다른 장소로 가기 위해 몸을 돌렸다.

짝짝짝.

순간 어디선가 들려온 박수 소리에 지크는 움찔하며 고개를 돌렸다. 가면을 쓰고 서 있는 남자, 예전에 만난 적이 있는 조커 나이트였다.

"후, 멋지군그래. 왜 그 인간이 우리한테 안 오고 애꿎은 성에 불을 지르나 했더니 이유가 있었군. 어쨌든 대단했어. 내가 제힘을 되찾아도 널 이길 수는 없을 것 같아. 후후후, 인간들 사이에선 나도 공포의 존재였는데 말이야. 물론 1천 년 전 일이지만."

지크는 팔짱을 끼며 조커 나이트에게 말했다.

"근데 용건이 뭐지? 불타는 궁전에서 나랑 농담이나 하자는 건 아닐 테고…… 어서 이유를 말해 보실까? 대답 여하에 따라 너에 대한 조치가 달라진다."

조커 나이트는 웃으며 대답했다.

"후훗, 별 이유는 없다. 아직 너에 대한 지시를 워닐 님께 받지 못했거든. 아, 생각났다. 시간 끌기라고나 할까? 후후후훗."

"뭐?"

지크는 조커 나이트의 목적을 알 수 없었다.

맨티스 퀸은 내심 놀랐다. 몇 주 전까지만 해도 자신의 공격을 정면으로 받으면 뒤로 넘어지곤 했던 리오가, 지금은 거의 밀리지 않고 공격을 막아 내고 있었기 때문이다. 하지만 맨티스 퀸의 공격은 여전히 리오가 고전할 정도로 강력했다.

"흡!"

날아오는 낫을 피하려 리오는 재빨리 몸을 뒤로 젖혔다. 역시 간발의 차이로 공격을 피하긴 했지만 이번에는 그의 붉은 머리카락 몇 가닥이 잘려 흩날렸다.

리오는 자세를 가다듬은 후 왼손에 든 파라그레이드로 반격을 날렸다. 그러나 맨티스 퀸은 창과 같이 긴 낫의 자루로 그 공격을 가볍게 막아 냈다.

그때 리오는 이상한 느낌을 받았다. 맨티스 퀸의 공격이 다시 날아왔을 때 리오는 슬쩍 그 공격을 피한 후 디바이너로 또 한 번 반격을 가했다. 잠시 정지된 듯하다가 맨티스 퀸의 공격이 또 날아왔다. 다시금 그 공격을 피한 리오는 맨티스 퀸과 적당히 거리를 두었다. 그러자 맨티스 퀸은 서서히 리오에게 다가왔다.

리오는 인상을 구기며 맨티스 퀸에게 물었다.

"무슨 짓이지?"

맨티스 퀸은 살짝 웃으며 어깨를 으쓱거렸다.

"무슨 소리냐? 난 지금 너와 대결을 하고 있지 않나? 호홋, 네가 두려워진 것인가, 리오 스나이퍼? 아니면 힘이 다 빠진 건가? 어서 덤벼 보거라. 난 아직 멀었으니까. 호호호홋!"

리오는 맨티스 퀸 뒤쪽으로 시선을 옮겼다. 그녀와 리오가 떠 있는 상공은 왕궁에서 약간 떨어진 지점이었다.

얼굴을 찡그린 채 가만히 있던 리오는 순간 씩 웃으며 대각선 아래에 위치한 왕궁을 향해 곧바로 날아가기 시작했다. 그러자 맨티스 퀸은 당황하며 리오에게 마법탄을 쏘기 시작했다.

"이, 이 녀석 어딜 도망가느냐! 멈춰라!"

리오는 마법탄을 이리저리 피하며 맨티스 퀸에게 소리쳤다.

"나를 상대로 시간 끌기가 통할 것 같나! 왕궁에서 무슨 일이 일어나고 있는지는 몰라도 너희 뜻대로는 안 된다!"

공중에선 맨티스 퀸이 리오보다 빠르진 못했다. 리오는 아무 걸림돌 없이 왕궁 안으로 진입했다. 리오는 곧바로 여왕이 있는 알현실로 달려갔다.

"젠장, 도대체 무슨 꿍꿍이지?"

알현실로 통하는 복도에는 죽은 왕궁 사람들의 시체가 가득했다. 모두 여왕을 지키다 죽은 사람들이리라. 리오는 이를 갈며 알현실 문을 거칠게 열어젖혔다.

"여왕님! 무사하십니까!"

문을 열자마자 그의 눈에 들어온 것은 무릎을 꿇고 앉아 있는 워닐과 여왕 대신 옥좌에 앉아 있는 큰 키의 여자였다. 그 옆에는 두 명의 여자가 서 있었고, 여왕은 그들 앞에 쓰러진 채로 있었다.

"이런!"

리오는 눈을 크게 뜨며 여왕에게 달려가 그녀의 얼굴을 살폈다. 다행히 의식을 잃었을 뿐 아무 이상은 없었다. 리오는 그녀를 안고 일어서서 워닐과 낯선 여자들을 바라보며 물었다.

"너희는 누구지?"

그의 질문에, 옥좌 왼쪽에 서 있는 여자가 크게 웃으며 소리쳤다.

"너희? 호호호홋. 간도 크구나, 가즈 나이트. 내 신장들을 셋이나 없앴으면서 말이야. 하지만 괜찮아. 네가 내 수하로 들어오면 용서해 줄 수도 있어. 넌 대접받을 만하니까 말이야. 후후홋……."

리오는 얼굴을 구기며 그녀의 말을 되풀이했다.

"내 신장들이라고? 도대체 무슨……?"

리오의 중얼거림과는 상관없이, 옥좌 오른쪽에 서 있는 여자가 왼쪽에 서 있는 여자의 어깨를 살짝 치며 말했다.

"이봐, 저 가즈 나이트는 내 부하로 만들 거야. 새치기하지 마, 요이르."

"……!"

그 순간, 리오는 하늘이 노래지는 것 같았다. 멍해 있는 리오 앞에 어느새 워닐이 다가왔다.

"수고했다, 리오 스나이퍼. 하지만 승리는 내 것이다. 후후홋."

한편 지크와 대치하고 있던 조커 나이트는 순간 눈을 반짝이더니 킥킥 웃으며 소리쳤다.

"됐어 내 임무는 끝이다. 아 참, 가기 전에 한 가지 충고해 주지.

이건 순전히 네 녀석이 맘에 들어서 베푸는 친절이다. 어서 여길 빠져나가는 게 좋아. 후후후훗!"

그 말을 끝으로 조커 나이트는 사라져 버렸다. 지크는 이상하다는 눈으로 주위를 둘러보았다.

"조용한데? 공기도 흐르지 않고…… 모든 것이 멈춘 듯 ?"

지크는 눈을 이리저리 굴리며 기억을 더듬어 봤다. 분명 이런 분위기를 예전에 느껴 본 것 같았다.

"이런, 빌어먹을!"

지크는 소리치며 창밖으로 몸을 날렸다.

그레이와 레이필, 케톤은 주민들을 최대한 성 밖으로 대피시키고 있었다. 레이필의 직감을 믿고 그레이 공작이 경기마저 포기한 채 한 일이었다.

주민들의 맨 후열에 있던 레이필은 이상한 느낌을 받고 뒤를 돌아보았다. 수도 중앙의 왕궁에서 괴이한 황금색 빛이 솟아오르고 있었다. 그것을 본 레이필은 기겁을 하며 그녀의 남편을 불렀다.

"공작님! 왕궁을 보세요, 어서!"

그녀의 외침에 왕궁 쪽으로 고개를 돌린 사람은 그레이만이 아니었다. 케톤과 그녀의 목소리를 들은 모든 주민들이 일제히 왕궁을 바라보았다.

레이필은 신음하듯 중얼거렸다.

"1급 주문, 퓨리!"

황금색의 빛은 점점 커지더니, 눈부실 정도의 거대한 빛으로 바뀌어 왕궁뿐만 아니라 근처의 지면을 집어삼켰다. 그리고 잠시 후 엄청난 폭음과 함께 대지가 진동했다.

폭발 시 생긴 흙먼지와 폭풍은 빛의 범위 내에 들어 있지 않은 건물들을 부수기 시작했다.

그레이 공작은 눈앞에 벌어지는 현실이 단지 꿈이길 간절히 바랐으며, 케톤은 절규하듯 수도를 향해 외쳤다.

"공주님! 여왕님!"

가까스로 퓨리의 범위 밖으로 피신한 지크는 도저히 이해할 수 없다는 표정으로 폭발이 시작된 곳을 바라보았다. 그 안의 상황은 한마디로 완전한 무(無)였다. 남아 있는 게 아무것도 없었다.

땅속에 박힌 거대한 바위마저 흐물거리며 녹아 버렸을 정도였다. 물론 왕궁의 자취도 눈을 씻고 봐도 찾을 수 없었다. 지크는 두 주먹을 움켜쥐며 분노에 몸을 떨었다.

"빌어먹을! 제기랄!"

땅을 거칠게 내리치며 분노를 토한 지크는 한차례 거친 폭풍이 휩쓸고 간 폐허의 거리를 달리며 린스와 미네리아나, 베르니카를 찾기 시작했다.

련희, 노엘, 루이체는 바이칼과 레디가 친 결계에 보호받아 폭풍으로부터 무사할 수 있었다. 그러나 근처에 있던 주민들은 그렇지 않았다. 그레이 공작 일행이 미처 피신시키지 못한 남부의 주민들은 엄청난 피해를 입고 말았다.

그러나 다행이라고 할 수 있는 것은 워프 게이트에서 쏟아져 나오던 벨로크 공국의 나찰과 수라들이 더 이상 나타나지 않는다는 점이었다.

"아, 이런 큰일이야!"

레디는 급히 결계를 걷고 부상을 입은 주민들을 치료했다. 루이체 역시 그를 거들었다.

노엘과 런희는 전투로 인해 정신력이 많이 소모되었기에 바닥에 앉아 휴식을 취했다. 바이칼은 심각한 얼굴로 퓨리가 발동한 방향을 바라보았다. 노엘은 슬쩍 그를 바라보며 물었다.

"여보세요, 왜 그러시죠?"

바이칼은 아무 대답도 하지 않다가 노엘이 다시 고개를 돌리자 차가운 어투로 말했다.

"모두 여기 가만히 있어라. 레디, 너도 마찬가지다. 아무리 네가 가즈 나이트라 해도 어림없어. 나도, 리오라고 해도……!"

"자, 잠깐만 기다려요, 바이칼 님!"

그 순간 루이체가 뛰어들며 바이칼의 입을 손으로 막았다. 그녀는 인상을 쓴 채 소곤거렸다.

"그렇게 되면 오빠가 가즈 나이트라는 것이 들통나잖아요! 어쩌려고 그래요!"

바이칼은 루이체를 떼어 놓으며 말했다.

"뭐라고 하든 지금 상황이 변하는 건 아니다. 모두 여기서 가만히 있어. 내가 간다."

"기, 기다리십시오, 바이칼 님!"

레디의 만류에도 불구하고, 바이칼은 퓨리가 발동한 지점을 향해 날아갔다. 런희는 불안한 얼굴로 퓨리가 발동한 지점을 돌아보았다. 그녀는 이윽고 노엘을 향해 중얼거렸다.

"이상합니다. 빛이 난 쪽에서 무서운 기운이, 사악한 기운은 아니지만 무서운 기운이 느껴집니다."

"예?"

노엘은 침을 꿀꺽 삼키며 왕궁 쪽으로 시선을 돌렸다. 건물과 흙

먼지로 인해 일어난 스모그로 선명하진 않았지만 왕궁의 모습이
보이지 않는 것은 확실했다.

3

부활한 세 여신

리오는 공중에 뜬 상태로 바로 아래의 지면을 바라보았다. 그곳엔 왕궁의 파편 덩어리 몇 개와 세 명의 여자, 그리고 워닐만이 남아 있었다. 오른쪽 하늘엔 맨티스 퀸이 떠 있었다.

"요이르 님, 마그엘 님, 이스마일 님."

맨티스 퀸은 지상에 착지하여 세 여자에게 정중히 예를 올린 후 워닐의 옆에 섰다. 곧이어 남서쪽에서 네 개의 빛이 비틀거리며 날아왔다. 슈렌에 의해 쓰러졌던 신장들이었다. 그들 역시 세 여자에게 정중히 예를 올렸다.

"여신이시여, 세상에 다시 강림하신 걸 하례드리옵니다."

동남쪽에서도 하나의 빛이 날아왔다. 신장, 별의 발러였다. 그 역시 세 여자에게 정중하게 예를 올렸다.

지상에 내려온 리오는 쓸쓸한 표정으로 중얼거렸다.

"분노의 여신 이스마일, 고대의 여신 요이르, 망자의 여신 마그엘…… 저들이 바로 세 여신들!"

리오는 한숨을 쉬며 자신이 안고 있는 레프리컨트 여왕을 내려 다보았다. 지금은 솔직히 방해가 되는 존재였지만 매정하게 모른 척할 수는 없었다. 곧 그의 뒤로 두 개의 기가 접근해 왔다. 다행히 슈렌과 사바신이었다.

"쳇, 결국 막지 못했군."

사바신은 리오의 옆에 서며 이를 갈았다. 슈렌은 리오를 바라보 며 물었다.

"저들이 그 여신들인가."

리오는 고개를 끄덕이며 슈렌에게 여왕을 넘겨주었다. 슈렌은 혹시나 하는 마음에 인상을 쓰며 리오에게 물었다.

"설마 무모한 짓은 안 하겠지."

사바신은 무슨 말인가 하여 리오와 슈켄을 흘끔 바라보았다. 리 오는 쓴웃음을 지으며 말했다.

"뒤를 부탁한다, 슈렌."

"……."

슈렌은 묵묵히 고개를 끄덕였다. 그러자 사바신은 크게 놀라며 리오를 향해 소리쳤다.

"이, 이봐, 빨간 머리! 주신께 네가 최강급 가즈 나이트 세 명 중 하나라는 말을 들어서 네가 얼마나 강한지는 알아. 하지만 저들은 신이야. 게다가 지금은 차원이 막혀 있어 그 할아범이 안전주문을 풀어 주지 못한다고! 넌 그냥 깨진단 말이야!"

"알아."

짧게 대답한 리오는 곧장 여신들을 향해 달려갔다. 슈렌은 한숨 을 지으며 사바신에게 말했다.

"가자, 사바신."

순간 사바신의 눈에서 불꽃이 튀었다.

"넌 또 뭐야! 저 녀석과 형제라면서 형제가 죽게 내버려 두겠다는 말이야! 아무리 우리가 불멸의 존재라고는 하지만 말리지도 않다니 이건 너무 심하잖아!"

"닥쳐."

슈렌은 얼굴을 찡그리며 사바신을 바라보았다. 사바신은 움찔하며 입을 다물었다. 슈렌은 표정을 풀며 조용히 말했다.

"리오가 저 여신들을 막지 않는다면 우리뿐만 아니라 여기 있는 모든 사람이 개죽음을 당할지도 몰라. 그렇게 되면 이 세계를 구할 방도는 없다. 저 여신들의 목적은 세계의 파괴나 정복은 아니지만 저들의 뜻대로 되면 얼마 전 일어났던 고신전쟁보다 더 심각한 일이 벌어지고 만다. 지금의 저들은 정식 신이다. 부르크레서보다 힘은 약하지만 더 두려운 존재라고 할 수 있어. 리오의 생각이 무모할진 모르지만 옳아. 누구라도 막긴 해야 해. 어쨌든 지금은 길게 얘기할 상황이 아니다. 지금 우리가 할 일은 동료들과 이곳 주민들을 피신시키는 것이다."

원체 말이 없는 슈렌이 어쩌다 길게 말하면 그만큼 심각한 말이라는 것을 알고 있는 사바신은 대꾸 한 번 하지 않고 경청하며 고개를 끄덕였다. 둘은 곧 사람들이 모여 있는 남쪽으로 향했다.

"젠장, 도대체 어디에 깔려 있는 거야!"

공주 일행을 찾아다니던 지크는 문득 가옥의 파편을 헤치며 몸을 일으키는 말을 볼 수 있었다. 말의 배 밑에는 자신이 탈출시켰던 세 여자가 무사히 살아 있었다.

"아야, 이건 너무 심하잖아."

린스가 먼저 머리를 감싸 쥐며 말 밑에서 빠져나왔고, 곧 미네리아나와 베르니카도 빠져나왔다. 지크는 안도의 한숨을 내쉬며 그들에게 달려갔다.

"헤이! 무사했군요!"

"아, 지크 님!"

미네리아나는 환한 표정을 지으며 그를 반겼다. 그러나 베르니카는 덤덤한 표정을 지을 뿐이었다.

린스가 인상을 쓰며 지크에게 투덜댔다.

"젠장, 말을 고를 거면 좀 깨끗한 말을 골랐어야지! 살려 줘서 고맙긴 하지만 지저분한 말 냄새가 옷에 배었잖아!"

지크는 피식 웃으며 어깨를 으쓱했다.

"쳇, 어쨌든 빨리 동료들이 있는 곳으로 가자고요. 이런 상황이라면 다 모여 있을 게 뻔하니까요."

광활한 전장엔 리오 혼자뿐이었다.

리오가 나가오자, 여신들의 힘으로 재충전한 신장들은 의외라는 표정을 지었다. 솔직히 그들은 리오가 후퇴할 줄 알았다. 그러나 리오는 알 수 없는 미소를 지은 채 그들 앞에 서 있었다.

천공의 루카가 리오에게 물었다.

"어째서 넌 도망치지 않나? 다른 동료들은 다 가지 않았나? 넌 목숨이 아깝지 않은 것이냐?"

리오는 씩 웃으며 대답했다.

"다른 사람보다 많이 죽어 봐서 죽음에 대한 두려움 따윈 없다."

그러자 멀쩡한 옥좌에 앉아 있는 마그엘이 신장들에게 말했다.

"가즈 나이트들에게 죽음 따위는 그들의 시간상 3개월간 수면에 들어가는 것에 불과하다고 들었습니다. 그런 쓸데없는 질문은 안 하는 게 좋아요. 그건 그렇고 가즈 나이트들은 주신께서 안전주문을 폭이 주시지 않으면 힘을 모두 발휘하지 못한다고 들었습니다. 그런데도 당신은 왜 우리 앞에 다시 신 기죠? 쓸데없는 영웅심 때문에? 후훗, 이유를 듣고 싶군요."

리오는 천천히 디바이너와 파라그레이드를 꺼내 양손에 쥐고 대답했다.

"이유는 없습니다, 마그엘 신. 단지 그것도 이유가 된다면……."

그 순간 리오의 이마 위로 두 개의 회색 무늬가 떠올랐다. 이윽고 그 무늬는 양쪽에 하나씩 더 생겨났다.

이마에 네 개의 회색 무늬가 생성되자 리오의 몸에서 곧 엄청난 양의 푸른색 기가 뿜어져 나왔다. 신장들은 그 힘에 놀란 듯 입을 다물지 못했다. 세 여신들도 놀란 얼굴이었다. 리오는 마지막으로 단호하게 말을 마쳤다.

"……당신 말처럼 쓸데없는 영웅심으로 여기 섰습니다. 내 동료들을 위해."

지크는 말보다 더 빨리 달려 공작의 저택으로 향했다. 그러나 도착한 순간 지크는 그 자리에 멍하니 서고 말았다. 저택이 있던 장소는 퓨리의 범위 안쪽이었다. 거기에는 아무것도 없었다. 그냥 완만한 지면만 펼쳐져 있을 뿐이었다.

"제기랄! 검둥이 녀석도, 아주머니들도, 할아버지도, 애들도 다 사라져 버린 거야? 빌어먹을 녀석들!"

지크는 두 주먹을 불끈 쥐며 울분을 토했다. 자신이 알고 있는 사람들의 희생은 정말 견디기 힘들었다.

부스럭.

분노에 떨고 있는 지크의 등 뒤에서 인기척이 났다. 평소 같으면 쾌활하고 능청스럽게 굴었을 그였지만 지금은 분노로 신경질적이 되어 있어서 지크는 분풀이할 상대라도 만난 듯 공격 태세를 취했다.

"어떤 자식이냐!"

"아얏!"

지크는 뒤에서 다가오던 정체불명의 존재를 기습적으로 엎어뜨리고 무명도로 머리를 날릴 태세를 취했다. 하지만 지크는 동작을 멈추었다.

"어라?"

엎어져 있는 자가 피식 웃으며 중얼거렸다.

"훗, 역시 틈이 없네. 역시 넌 내 두 번째 스승이 될 가치가 있어."

지크는 얼른 마티의 몸을 일으켜 세우고 물었다.

"다른 사람들은? 다른 사람들은 모두 어디 갔지?"

마티는 북쪽을 가리키며 말했다.

"저쪽으로 피신했어. 근처에 있던 사람들도 모두 공작님이 피신시키셨지. 아마 이곳이 폭발하기 몇 시간 전이었을걸?"

지크는 길게 안도의 한숨을 내쉬며 마티의 머리를 쓰다듬었다.

"후, 진짜 십년감수했네. 근데 넌 왜 여기 있어? 뭐 잊어버린 거라도 있어?"

마티는 조용히 지크를 바라보다가 고개를 끄덕였다.

"음, 하지만 찾았으니 됐어."

지크는 머리를 긁적이다가 그냥 그런가 보다 하며 마티의 어깨를 두드렸다.

"자, 여기서 꾸물댈 시간이 없어! 난 저기 왕궁이 있었던 장소로 가 볼 테니 넌 남쪽 성문 근처로 가. 거기로 가다가 아는 사람들이 있으면 그 사람들과 같이 기다리고 있어. 자자, 어서 가!"

"괘, 괜찮겠어?"

마티가 걱정스럽게 묻자 지크는 즉시 그녀의 터번을 푹 내리며 힘차게 말했다.

"너한테 가르쳐 줄 게 아직 많아! 나중에 다시 보자!"

마티는 고개를 끄덕이며 남쪽을 향해 달려갔다. 지크는 반대 방향으로 전력 질주하기 시작했다. 지크와 꽤 멀리 떨어진 마티는 입을 삐죽거리며 짧게 중얼거렸다.

"바보."

리오는 두 검을 자신의 양쪽 방향으로 휘둘렀다. 그러자 리오를 중심으로 거대한 경계선이 생겨났다. 리오는 검을 땅에 박은 후 앞을 향해 소리쳤다.

"이 선을 넘는 자는 너희 중 누구를 막론하고 없앤다! 설령 신이라 할지라도!"

"후훗, 멋지군요."

마그엘은 감탄한 듯 입을 동그랗게 모으며 박수를 쳤다. 워닐은 그녀를 묵묵히 바라보았다.

마그엘은 천천히 입을 열었다.

"설령 신이라 해도? 대단한 자신감이군요, 리오 스나이퍼. 그러나 당신이 스스로 제2의 안전주문까지 풀 수 있을 만큼 강하다 해도 우리를 절대 이길 수는 없습니다."

리오는 얼굴을 찡그리며 물었다.

"시간도 많은데 설명이나 해 보시겠습니까? 마그엘 신이시여."

마그엘은 웃으며 대답했다.

"후훗, 당신이 만약 휀 라디언트라는 빛의 가즈 나이트였다면 몰라도, 당신이 리오 스나이퍼라는 무속성의 가즈 나이트라면 승리는 절대적으로 우리의 것이에요. 이변이 일어나 당신이 나보다 강해진다고 해도 말이죠."

리오는 움찔하며 마그엘에게 소리쳤다.

"헛소리하지 마시오! 나도 어차피 당신들을 이기려고 이곳에 있는 게 아니오! 당신들을 막으려 할 뿐이야! 싸우려면 어서 싸웁시다. 마그엘 신! 신경전만 펴지 말고!"

리오의 흥분한 목소리를 들은 마그엘은 피식 웃으며 옥좌에서 일어나 서성거리기 시작했다.

"후훗, 과연 가즈 나이트들에 대한 소문이 틀리지 않나 보군요. 전투 시에는 몸이 달아올라 생각 없이 모든 것을 힘으로 해결하려 한다는 것 말이죠. 홋홋홋. 만약에 내가 당신에게 죽음을 당한다 해도 내 옆엔 아직 신이 두 명이나 더 있지요. 세 명의 신을 모두 상대할 만큼 당신이 강할까요? 그것도 보통의 여신이 아닌 투신급의 여신들인데? 이 세상에 다시 나타났을 때부터, 아니 주신께서 우리를 죽이지 않고 벌만 내렸을 때부터 운명은 시작된 것이에요. 거역하지 말고 이 세계에서 동료들과 떠나세요. 그렇게 되면 당신들도 목숨을 부지할 수 있고, 우리도 좋은 것 아닌가요? 호호홋."

그 말을 듣고 가만히 마그엘을 바라보던 리오는 팔짱을 끼며 크게 웃기 시작했다.

"후하하하핫! 타협을 하실 생각이십니까? 후훗, 두렵긴 두려운 모양이군요, 마그엘 신. 어쨌든 당신들의 궁극적인 목적이 무엇인지는 모르지만 내가 당신들을 막을 때까지 물러설 생각은 추호도 없습니다. 내 동료들 누구라도 나와 같은 상황에 처했다면 나와 같은 선택을 했겠지요. 자, 더 이상 할 말은 없소. 맘대로 하시오."

마그엘은 어쩔 수 없다는 듯 고개를 저으며 옥좌에 다시 앉았다. 그러자 신장 루카가 마그엘에게 호소했다.

"마그엘 신이시여! 저에게 힘을 주시면 제가 당장 저 녀석을 없애 버리겠습니다! 부탁드립니다, 신이시여!"

"멍청한 짓 하지 말아요, 루카. 저 리오란 남자의 지금 힘은 이스마일과 동등, 아니 그 이상이에요. 물론 공격력만 비교하면 말이죠. 신도 상대하기 어려운데 하물며 당신이 성공할 수 있을 것 같나요? 어림없는 소리! 죽기 싫으면 가만히 있어요."

"예."

루카는 움찔하며 고개를 떨구었다. 그러다 리오의 뒤에서 또 다른 힘의 존재를 느낀 그는 시선을 리오의 뒤쪽으로 돌렸다. 블루블랙 머리카락 미청년이 뚱한 표정으로 뒤에 서 있었다.

"바이칼!"

"멍청이, 뭘 하는 건가?"

바이칼은 리오의 등판을 툭 치며 물었다. 리오는 피식 웃으며 앞을 보라는 몸짓을 했다.

"저기 계시는 세 여자분과 좀 불화가 있어서…… 근데 넌 왜 왔지?"

바이칼은 자신의 머리카락을 손으로 살짝 긁적이며 대답했다.

"이 몸과 친구라고 감히 떠벌리고 다니는 어떤 얼간이를 말리려고."

"후훗, 고맙군그래."

둘의 모습을 가만히 보고 있던 이스마일은 불꽃으로 된 머리카락을 쓸어 올리며 마그엘에게 말했다.

"마그엘, 나와 요이르가 실제로 증명을 하는 것이 저 가즈 나이트의 머리를 식혀 버리는 데 좋겠다고 생각하는데…… 어때?"

마그엘은 곧장 고개를 끄덕였다.

"좋은 생각이야. 하지만 저 녀석을 죽이지는 말아. 여기서 죽이면 3개월 후 또다시 귀찮아지니까. 나와 워닐이 마무리할 거리는 남겨 둬."

"좋아."

요이르와 이스마일은 천천히 앞으로 나섰다. 한편 신장들은 모두 물러서서 가만히 있었다.

리오는 바이칼을 툭 치며 말했다.

"온다, 넌 피해!"

바이칼은 아무 반응도 보이지 많고 조용히 뒤로 몇 걸음 물러섰다. 리오는 곧바로 자신의 기를 증폭시켰다.

"하아아아앗!"

곧 대지가 진동하며 리오의 몸에서 푸른색 기가 터져 나왔다. 그 부근 지면은 쩍쩍 소리를 내며 갈라졌고 공중에 떠 있던 구름들도 기의 압력을 이기지 못해 사방으로 흩어졌다. 다시금 두 개의 검을 잡은 리오는 크게 소리를 지르며 두 여신을 향해 몸을 날렸다.

"없애 버리겠다, 지하드!"

"……!"

리오의 외침에 여신들은 놀라지 않을 수 없었다. 그녀들뿐만이 아니었다. 그 기술의 이름을 들은 다른 이들도 경악을 금치 못했다. 바이칼의 눈 역시 크게 떠졌다.

'처음부터 저 기술을……?'

리오의 온몸에서 녹색의 빛이 흐르기 시작했다. 이것이 바로 빛의 가즈 나이트 휀 라디언트의 최종 기술 레퀴엠과 맞먹는다는 초기술 지하드의 모습이었다.

"   "

이스마일과 요이르는 공중에 몸을 띄웠다. 피하려는 것은 아니었다. 다른 동료들에게 피해를 주지 않으려는 것이었다. 리오는 즉시 그녀들의 뒤를 쫓아가며 먼저 이스마일을 향해 지하드를 날렸다.

"하아앗!"

이스마일의 몸은 녹색의 빛을 띤 수천 개의 검광에 사로잡혔다. 그녀의 몸은 잔인할 정도로 처참해지기 시작했다. 살점이 뜯겨 나가고 피가 튀는 참혹한 광경에 이스마일 수하의 신장인 별의 발러와 뇌력의 트라데는 눈을 질끈 감았다.

기술이 끝난 후, 리오의 두 검은 연기와 함께 소리를 내며 타기 시작했다. 그도 그럴 것이 지하드가 그 위력을 발휘할 때 검에 실리는 압력은 상상을 초월하는 것이었다. 보통의 철검은 지하드가 사용되기도 전에 타버리고 만다.

리오의 몸에서도 김이 모락모락 피어올랐다. 물론 그의 몸이 타는 것은 아니었다. 몸에서 나는 열 때문에 땀이 증발되어 나오는 것이었다.

리오는 뒤를 돌아 이스마일을 흘끔 쳐다보았다. 이스마일의 처참한 몸은 아직도 공중에 둥둥 떠 있었다.

"성공한 건가!"

리오는 헐떡이는 숨을 가다듬으며 다시 요이르에게 지하드를 사용할 준비를 했다. 그러나 너무 이른 생각이었다.

"멋지군, 리오 스나이퍼. 분명 네가 휀 라디언트였다면 나를 이

자리에서 죽였을 것이다. 홋홋홋홋홋."

"아니?"

리오는 깜짝 놀라며 이스마일을 다시 바라보았다. 부상이 심해 재생되지 않을 것 같았던 그녀의 몸이 빠른 속도로 재생되고 있었고 공기 중에 떠 있던 혈액들도 다시 몸 속의 혈관으로 들어갔다. 심지어 갈갈이 찢긴 옷조차 원 상태로 돌아갔다.

마치 시간을 뒤로 돌려놓은 것 같았다. 리오는 믿지 못하겠다는 표정으로 중얼거렸다.

"어째서? 부르크레서도 없앴는데 분명히……?"

"오호, 부르크레서? 추억이 깃든 이름이긴 하지만 넌 아직도 이해하지 못하고 있다."

순간 요이르가 리오의 앞에 다가왔다. 그녀는 리오의 정신이 흐트러진 순간 그를 땅에 내리꽂았다.

"크윽!"

리오는 멍한 상태로 바닥에 쓰러졌다. 바이칼은 순간 움찔하며 리오에게 다가가려 했으나 리오는 곧장 다시 일어섰다. 육체적 충격보다는 정신적 충격이 더 큰 듯했다.

"아니, 어째서 죽지 않는 거지?"

"후훗, 하하하핫!"

이스마일과 요이르는 곧 크게 웃기 시작했다. 얼마 후 이스마일이 그 이유를 설명해 주었다.

"빛의 가즈 나이트인 휀 라디언트는 주신에게 받은 특권이라는 것을 갖고 있다. 너도 잘 알겠지? 그 특권이라는 것이 우리에겐 좀 두려운 것이다. 바로 신의 생명을 소멸할 수 있는 권한이지."

"뭐?"

슈렌은 사바신을 비롯해 레디, 루이체, 런희, 노엘 모두를 모아 놓고 리오가 왜 여신들과 싸워 봤자 승산이 없는지 설명했다. 묵묵히 얘기를 들은 사바신은 부한 듯 이를 갈며 중얼거렸다.

"어, 어째서 그런 권리를 휀에게만……!"

"크큭, 비슷한 권리는 나에게도 있다."

갑자기 들려온 목소리에 일행은 일제히 고개를 돌렸다. 그곳에는 금발의 여자와 함께 바이론이 섬뜩한 미소를 짓고 서 있었다.

"바이론 선배, 당신에게도 특권이라는 것이 있습니까?"

레디가 묻자 슈렌이 대신 대답했다.

"휀이 신의 생명을 소멸해도 별 탈이 없는 것처럼 바이론은 생물을 맘대로 죽여도 구속받지 않는 자유를 갖고 있지. 그것이 어둠의 가즈 나이트로서의 특권이다. 그건 그렇고 바이론, 이분이 설마……?"

슈렌이 놀란 표정으로 묻자, 바이론 곁에 조용히 서 있던 여성이 앞으로 나서며 자신을 소개했다.

"저는 새벽의 여신 이오스라 합니다. 여러분께 폐를 끼쳐 정말 죄송합니다. 특히, 리오 님의 가족이신 루이체 양에게."

루이체는 깜짝 놀라며 이오스에게 물었다.

"아니, 트리네 언니가 새벽의 여신……. 그런데 그, 그게 무슨 말씀이세요?"

이오스는 그늘진 얼굴로 대답했다.

"리오 님은 전혀 승산 없는 싸움을 하고 계십니다. 여기 계시는 분들을 위해서죠. 부끄럽지만 저 역시 그 세 여신들을 막진 못합니다. 여러분은 이 차원에서 리오 님을 다시 뵐 수 없을 것입니다. 그리고 리오 님을 찾으러 다른 차원으로 갈 수도 없지요. 그들의 의도가 내 예상과 맞다면 말입니다."

루이체의 얼굴은 단숨에 사색이 되었다. 그녀는 믿을 수 없다는 표정으로 소리쳤다.

"그, 그럴 리 없어요. 절대 그럴 리 없어요! 오빠는 꼭 살아 돌아올 거예요! 그 여신들을 거뜬히 물리치고 꼭 돌아올 거란 말이에요! 그런 말씀……."

루이체의 뒤에 선 바이론은 손으로 그녀의 목을 살짝 쳐서 기절시켰다. 그는 레디에게 그녀를 맡기며 말했다.

"크큭, 시끄럽군. 어쨌거나 잠시 후면 이제 리오 녀석을 볼 수 없을 것이다. 우리도 다른 차원으로 가지 못해. 그리고 지금 상태로 저 녀석들을 없앤답시고 나선다면 그거야말로 미친 짓이다. 지금 우리가 할 일은 단 하나, 모두 후퇴하는 것이다."

슈렌은 눈을 움찔하며 바이론에게 물었다.

"하지만 지크와 바이칼이 아직 돌아오지 않았는데?"

노엘도 가세했다.

"그렇습니다! 공주님도, 미네리아나 마마도, 베르니카도, 마티 씨도 아직 돌아오지 않았습니다! 그들을 버리고 어떻게 갈 수 있습니까!"

바이론은 계속해서 말했다.

"바이칼과 지크는 몰라도 다른 네 명은 기다려 줄 수 있다. 이오스 님의 느낌이 맞다면 그들은 이쪽으로 오고 있다. 지크 녀석은 멍청하게도 리오가 있는 곳으로 가고 있지. 간단히 말하겠다. 여기 있는 사람으로도 충분히 할 수 있는 일이다."

일행은 진지한 바이론의 말에 귀를 기울였다.

"나눠진 두 세계는 아직 합쳐지지 않았다. 여신들의 육체가 자연스럽게 풀린 것이 아니라, 어떤 강대한 마력에 의해 강제적으로 풀린 것이기 때문이다. 이 세계를 완전히 합치려면 동방에 있는 신벌이 기둥들이 떠올라야 한다. 우리의 할 일은 그것이 하나도 떠오르지 않게 하는 것이다. 그런 후에 웬 녀석이 올 때까지 기다리는 수밖에 없다. 어처구니없다고 생각하겠지만 그게 최선의 방법이다."

슈렌은 눈을 감으며 고개를 끄덕였다.

"바이론의 말이 맞다. 그런데 여신들의 육체를 다시 불러들일 정도로 강한 마력이 깃는 물건이 이 왕국에 있나?"

바이론은 고개를 끄덕였다.

"그렇다. 내가 이 왕국에 처음 온 이유가 바로 그 물건 때문이었다. 하지만 무엇인지는 나도 알지 못했다. 지금도 모른다. 하지만 아는 사람은 있다."

바이론은 싸늘한 눈초리로 노엘을 쳐다보았다. 바이론과 눈길이 마주치자 노엘은 움찔하며 기억을 더듬었다. 순간, 한 가지 생각나는 게 있는 듯 중얼거렸다.

"설마, 그 펜던트……?"

피투성이가 되어 쓰러진 리오의 머리맡엔 두 개의 긴 조각이 놓여 있었다. 부러진 디바이너였다. 그의 손에 파라그레이드가 쥐어져 있긴 했지만 기가 다 소모된 상태여서 그냥 날이 없는 소검의 형태였다.

그 옆에 또 한 사람이 쓰러져 있었다. 얼굴을 땅에 박고 있는 바이칼이었다.

이윽고 신장들이 쓰러져 있는 두 사람에게 다가갔다. 그들은 리오와 바이칼을 각각 들쳐 메고 워닐 앞으로 데려갔다.

두 신장에 의해 양쪽 팔이 들린 채로 있던 리오는 힘겹게 고개를 들며 워닐을 바라봤다.

"운이 좋구나, 워닐!"

"흠. 노력으로 우리의 순수한 목적이 달성된 것뿐이다. 우리를 너무 악당으로 몰지 마라. 아, 너에게 보여 줄 것이 있다."

워닐은 손에 들고 있던 물건을 리오의 코앞으로 내밀었다. 그 순간 리오의 눈이 커다랗게 떠졌다.

"그, 그것은……!"

"이 물건 속에 있는 영혼이 너를 없앨 수 있다는 말을 했더니 원 없이 힘을 내주더군. 너에게 상당히 원한이 맺혀 있는 듯하던데 이 물건에 대해 알고 있나?"

워닐의 손에 놓인 물건. 리오가 도저히 잊을 수 없는 물건이었다. 리카를 다른 차원으로 날려 버린 물건이며 결국, 이번 일의 원인이 된 물건, 바로 마녀 타르자의 유품인 펜던트였다.

쇠진한 기운에도 불구하고 리오는 킥킥거리며 비웃었다.

"후후후훗. 끈질기군. 아직까지 내게 복수를 하려 했단 말이지? 결국 내가 진 건가……."

리오는 그 말을 끝으로 희미한 의식의 끈을 놓아 버렸다. 워닐은 그 펜던트를 손으로 으깬 후 바닥에 던져 버렸다. 그러자 그 조각은 이상한 소리를 내며 타들어 갔다.

"리오 스나이퍼, 나의 승리다! 오호호호홋!"

펜던트에서 뿜어져 나온 붉은 연기는 한 여성의 광기 어린 형상을 이룬 후 이내 사그라졌다. 워닐은 펜던트의 잔해를 발로 짓이기며 중얼댔다.

"원한이 많이 쌓였군. 나조차 두려움을 느낄 정도로! 자, 둘을 이쪽으로 끌고 와라."

"예."

신강들은 리오와 바이칼을 워닐이 가리킨 지점에 끌어다 놓았다.

워닐은 마그엘을 바라보았다. 마그엘은 눈을 감으며 무언가를 중얼거리기 시작했다. 이윽고 그녀는 눈을 뜨고 고개를 끄덕였다.

"하세요. 차원은 열렸습니다."

그와 동시에 워닐은 양손으로 중형의 마법진을 전개했다. 그러자 리오와 바이칼이 있던 지면은 검게 변하며 그들을 빨아들였다. 그것은 지정된 물체를 다른 차원으로 날려 버리는 초(超)차원 마법, '디존'이었다.

"어떤 차원이 될는지 모르지만 우리와는 상관없는 차원일 것이다. 잘 가거라, 가즈 나이트, 리오 스나이퍼."

리오와 바이칼의 모습은 이제 거의 보이지 않게 됐다. 리오는 빨려 들어가면서도 파라그레이드를 절대 놓지 않았다. 그건 바이칼도 마찬가지였다.

"이 자식들, 멈춰라!"

순간 주먹만 한 돌덩이가 워닐의 후두부를 강타했다.

"윽!"

마법을 쓰느라 정신을 딴 데에 집중하고 있던 워닐은 생각보다 큰 충격을 입었다. 그로 인하여 마법진이 약간 흐트러졌지만 바이칼과 리오는 결국 여신들의 의도대로 다른 차원으로 날려 보내졌다.

워닐은 입가에서 피를 흘리며 자신에게 돌을 던진 사람을 쳐다봤다.

"젠장, 너무 늦었군!"

지크는 이를 갈며 주먹을 불끈 쥐고 세 여신들을 슬쩍 바라보았다. 그녀들은 지크에게 공격할 준비를 하는 듯했다.

잠시 고민하던 지크는 주먹을 풀며 소리쳤다.

"후퇴다! 어쨌든 큰일은 막았으니까! 두고 보자, 이 녀석들!"

지크는 초인적인 스피드로 도망쳤다. 루카와 트라데가 이를 갈며 지크를 뒤쫓으려 했으나 마그엘이 그들을 제지했다.

"됐습니다. 뒤쫓을 필요는 없어요. 어쨌든 성공했으니까요. 괜찮으십니까, 워닐?"

워닐은 머리를 쓰다듬으며 고개를 끄덕였다.

"예, 한 가지 마음에 걸리는 것이 있긴 하지만 괜찮을 겁니다. 염려 마십시오."

마그엘은 고개를 끄덕이며 워닐에게 지시를 내렸다.

"마동왕이라는 그 인간 협력자에게 전하세요. 이 왕국을 가지든 말든 맘대로 하라고. 호호홋…… 자, 이제 우리도 좀 쉬어 볼까요? 동방 대륙만 손에 넣으면 우리의 계획은 완벽해지니까요. 호호홋."

"예! 알겠습니다."

모든 신장들은 마그엘과 이스마일, 요이르 앞에 무릎을 꿇고 머리를 조아렸다.

그 직후, 레프리컨트 왕국 수도엔 다른 지역에서 솟아난 오벨리스크와 비교가 안 될 정도로 거대한 오벨리스크가 솟아올랐다. 하지만 수도로 돌아오는 사람은 아무도 없었다.

그날 이후 강철괴물들도 사라졌지만 사람들이 안심하기엔 너무 일렀다. 지금까지 나타난 적이 없는 기형의 괴물들이 아탄티스 대륙을 뒤덮기 시작했다.

피난민을 이끌고 어딘가로 향하던 레이필은 마차 안에서 손자들과 함께 책을 읽고 있었다. 부족한 것도 많고 기형 괴물들의 습격도 자주 받긴 했지만 그렇다고 불안에 떨 수만은 없는 노릇이었다.

레이필 곁에서 괴도시를 읽던 큰손녀 피로니가 할머니의 옷을 당기며 물었다.

"할머니, 할머니. 여기 써 있는 아틀란티스 대륙이 뭐예요?"

아직은 기운을 잃지 않는 손녀의 질문에 레이필은 간단히 대답해 주었다.

"응? 으응, 그것 말이니? 우리 아탄티스 대륙의 옛 이름이란다. 먼 옛날 용족들이 이 땅에 수없이 묻혀 있던 오리하르콘을 소량만 남기고 쓸어 간 후 이름이 바뀌었다고 전해지지."

"용족요? 용족이 왜 오리하르콘을 모두 쓸어 갔을까요?"

피로니는 계속 질문을 해댔고 레이필은 그런 손녀가 마냥 귀엽다는 듯 자상하게 설명해 주었다.

"응, 새로운 용족의 성전을 짓는다며 다 가져가 버렸단다. 그랬다고 전해질 뿐이니 이 할머니도 정확한 것은 모르겠구나."

4

하늘에서 떨어진 사나이

"아, 왜 이리 일이 늦게 끝난 거여. 벌써 10시가 다 됐네. 어라? 비도 올 것 같네그려."

액세서리 노점상 김 씨는 담배를 입에 문 채 투덜대며 자전거에 올라탔다. 10시 이후엔 모든 노점상을 단속하기 때문에 그는 서둘러 집으로 돌아가야만 했다.

그는 연기를 길게 내뿜으며 자전거에 부착된 구형 라디오를 켰다. 전기 보급량이 턱없이 줄어든 요즘, 라디오라는 물건은 TV 다음으로 쓸모 있는 매체였다. 덕분에 몇 개월 전까지만 해도 TV에서만 활동하던 연예인들이 대거 라디오 프로로 몰리는 현상이 일어났다.

6개월 전 세계는 전력 공급의 90퍼센트 이상을 차지하는 원자력 발전이 '괴이한 현상'으로 중단되자, 2021년 UN협약에 의해 사용 금지된 화력발전을 다시 가동하기에 이르렀다.

'괴이한 현상'이란, 사용 중이거나 땅속에 매장되어 있던 우라늄이 모조리 납으로 변해 버린 사건을 말한다.

그 때문에 전력을 과다하게 잡아먹는 공중 광고판이나 뉴스 벌룬 등이 사용 금기되었다.

처음 2개월 동안 사람들은 상당히 불편해했지만 점차 익숙해져서 일부에선 20세기 후반의 생활로 완전히 돌아가자는 주장도 심심찮게 제기되었다. 자전거와 마차가 유행하게 된 지금, 사람들은 의외로 한가로운 생활을 즐기고 있었다.

UK(United Korea) 또는 대한민국이라 불리는 나라의 김 씨도 그중 한 사람이었다.

"휴, 애들 먹거리라도 사 가야 할까? 오늘은 꽤 팔았는데…… 음?"

즐거운 고민에 빠진 김 씨의 귀에 갑자기 심한 소음이 들려왔다. 다름 아닌 라디오에서 들리는 소리였다.

"아, 아니, 이게 왜 이래? 방금 전까지도 멀쩡하던 게?"

김 씨는 인상을 찡그린 채 라디오를 툭툭 쳤다. 그는 라디오에 정신을 집중하느라 자신의 머리 위에서 벌어지는 초자연적인 현상을 눈치채지 못했다.

하늘을 뒤덮은 시커먼 먹구름에 어느새 구멍이 뚫려 있었다. 그 틈에서 전기 실험에서나 볼 수 있는 엄청난 스파크가 일었다. 그 현상이 멈춘 것은 거기서 뭔가 떨어진 직후였다.

펑.

"오메!"

라디오를 두드려 보던 김 씨는 무엇인가 가로수에 심하게 부딪히자 혼비백산하며 귀중한 라디오를 떨어뜨리고 말았다.

"아, 아니 저게 뭐야? 사람 아냐?"

아름드리 은행나무를 반쯤 부수고 땅에 떨어진 사람은 전신에 큰 부상을 입고 있었다. 게다가 그는 유원지의 히어로 쇼에서나 볼 수 있는 이상한 복장을 하고 있었다.

　"비, 비행기에서 떨어졌남? 아, 아냐. 비행기에서 떨어진 사람치고는 몸이 멀쩡한데? 살아 있을까?"

　김 씨는 혹시나 하는 심정으로 그 남자에게 다가갔다.

　남자는 굉장한 체구를 가지고 있었다. 180센티미터는 넘어 보이는 키에 단단한 근육질이 왜소하고 깡마른 김 씨에게 위압감을 주었다.

　"으, 으윽!"

　그때 그 남자가 힘겹게 몸을 일으켰다.

　"으악!"

　김씨는 기겁을 하며 뒷걸음질을 쳤다. 김 씨의 비명을 들은 것일까. 남자는 헝클어진 앞머리 사이로 보이는 김 씨를 응시했다. 김 씨는 겁에 질릴 대로 질린 상태였다.

　그는 눈가에 묻은 피를 닦으며 입을 열었다.

　"여기가…… 어딥니까?"

　"사, 사람 살려!"

　김 씨는 대답 대신 뒤도 돌아보지 않고 줄행랑을 쳤다. 결국 남자는 힘이 빠진 듯 아스팔트 바닥에 그대로 쓰러져 버렸다.

　"여기가 어디지……? 어느 차원이지? 바이칼은……?"

　남자는 힘없이 속으로 중얼거렸다. 그때 의외의 장소에서 그 답이 들려왔다.

　"안녕하십니까? 여러분의 10시를 담당한 귀염둥이, 송홍철 인사드립니다. 오늘 대한민국의 하늘은 너무나도 흐리군요. 정말 누구

말대로 금방이라도 울음을 터뜨릴 것만 같은 하늘입니다. 그런 울적한 기분을 달랠 겸, 신나는 고전음악 한 곡으로 여러분의 10시, 시작하겠습니다. 첫 곡은 엘비스 프레슬리의……."

라디오에서 작게 들려오는 소리에 남자의 눈이 크게 떠졌다. 그는 다행이라는 듯 웃으며 잠시 후 고개를 아스팔트 위로 떨궜다.

그의 회색 망토 위로 작은 물방울이 간헐적으로 떨어지기 시작했다. 남자는 점차 굵어지는 비를 맞으며 의식이 희미해져 갔다.

이제 태어날 새로운 신화, 거대 조직에 홀로 맞서 싸울 '드래군'의 이야기가 이제부터 시작된다는 것을 아는 사람은 아무도 없었다.

15장
21세기로의 차원이동

1

텔레포트된 두 사람

서기 2036년 10월. 서울 근교의 한 연구소.

힘줄이 도드라진 거인의 팔뚝 같은 핸드 크레인이 요란한 기계음을 내며 움직였다. 'BSP 전용 기기 연구소'라 쓰여진 현판은 종이처럼 가볍게 들리는가 싶더니 이내 지면에 내려졌다. 크레인을 조종하는 기사는 뭐라고 투덜거리며 우악스레 기계를 움직여 현판을 간단히 조각내고 트럭에 실었다.

건물 밖에서 웅웅거리는 기계음이 산발적으로 들리는 가운데 안에 있던 텔레포트 시스템의 연구팀들은 각자 맡은 기자재를 정리하느라 분주하게 움직였다. 그들의 얼굴에는 하나같이 어두운 그늘이 드리워 있었다. 다음 날 정오를 기해 실업자가 되기 때문이었다.

"후."

창밖으로 트럭에 실린 조각난 현판을 내려다보며 연구소의 소장은 깊은 한숨을 내쉬었다. 그 한숨에는 씁쓸함과 안도감이 뒤엉켜

221

있었다. 다행히 연구소 건물은 빼앗기지 않을 수 있었다. 그가 연구소 건물을 사들인 탓에 연구소장이란 직위는 그가 포기하거나, 물려주거나, 사망하기 전까지 계속 따라다닐 듯했다.

직원 중 과연 몇 명이나 남을지 의문이었지만, 스물여덟 명의 직원 중 두 명만이 다른 직장을 구해 보겠다는 의사를 정확히 밝혔을 뿐이기에 아직 절망하기는 일렀다.

엉망으로 뒤엉킨 기분 탓에 소장은 평소 끊으려고 애쓰던 담배한 개비를 입에 물며 인상을 찌푸렸다. 금연 의지가 꺾여 버린 걸까, 아니면 내려지는 간판에 아쉬움이 남아서일까. 그는 자신의 자전거를 향해 발걸음을 옮기며 쓸쓸히 중얼거렸다.

"……오늘은 술로 잊어야겠군."

다음 날부터 그는 남은 스물여섯 명의 직원과 함께 텔레포트 시스템 연구를 재개했다. 쓸 만한 기자재들을 모두 압류당해 싼 기자재만으로 하는 실험은 예전보다 훨씬 힘들었다. 그러나 서로 용기를 북돋우며 실험에 전념했다.

그렇게 며칠이 지난 어느 날, 소장은 직원 두 명과 함께 밤샘 작업을 하게 되었다. 몇 달 동안 꿈쩍도 하지 않던 텔레포트 시스템이 그날 아침 1분 동안 이상한 움직임을 보였기 때문이다. 하지만 열여덟 시간이 지나도록 그 움직임은 다시 나타나지 않았고, 결국 기다리다 지친 직원 두 명은 실험용 코트와 소파에 몸을 의지해 곯아떨어졌다.

하지만 뭔가 있을 거라는 예감을 믿고 있던 소장은 잠들지 않고 담배 한 개비를 꺼내 피웠다. 그는 하얗게 센 머리카락을 쓸어 넘기며 낭패스러운 표정으로 중얼거렸다.

"아침엔 고장이 났던 모양이구먼. 빌어먹을!"

두 시간 후, 소장 역시 수마처럼 덮쳐 오는 잠에 깊이 빠져들었다.

기기판 위에 엎드려 잠을 자던 소장은 중간에 움찔하며 깨어나 텔레포트 존을 바라보았지만 여전히 아무 변화도 없었다.

"음, 잠이었니……. 에선에 티베가 이 세세도 띤이겠을 덴 이 기계가 효과가 있구나 생각했는데, 역시 아직은 부족한 모양이군."

소장은 다시금 담배를 물며 키보드를 두드렸다.

"그러고 보니 티베는 프랑스에서 잘 있을까? '제너럴 블릭'의 얼간이들에게 또 잡히지는 않았는지……. 가끔 TV에 나오는 걸 보면 아직 무사한 것 같긴 하지만 역시 걱정되는군."

그때였다.

치직.

"응?"

어디선가 들려온 스파크 소리에 소장은 움찔하며 주위를 둘러보았다.

"누전인가? 아니면……!"

소장은 황급히 텔레포트 패드로 시선을 옮겼다. 순간 그는 눈을 크게 뜨며, 자고 있는 두 직원에게 달려가 소리쳤다.

"이보게! 이보게들! 징조가 나타났네. 징조가 나타났어!"

단잠을 망친 직원 중 한 명이 인상을 잔뜩 찡그린 채 졸린 눈을 비비며 투덜댔다.

"하으음, 돌려보내세요, 그냥. 징조가 누군지는 몰라도 우린 피곤…… 음? 뭐라고 하셨죠?"

소장은 텔레포트 패드를 가리키며 소리쳤다. 거의 환희에 가까운 외침이었다.

"저길 봐. 저길! 스파크가 일어나고 있어. 그것도 점점 크게! 무언가 우리 쪽으로 오고 있는 것이 확실해. 우린 성공했……."

파지직.

소장이 말을 끝내기도 전에 텔레포트 패드에서 폭발적인 반응이 일어나기 시작했다. 소장은 입을 벌린 채 할 말을 잃었고, 두 직원역시 눈을 동그랗게 뜬 채 그 광경을 지켜보았다.

펑.

순간 굉음과 함께 텔레포트 패드의 제어기가 폭발했고, 자욱한 연기가 이내 연구실 안을 가득 메웠다.

"이런, 불을 꺼야 해!"

직원들은 황급히 소화기를 동원해 제어기에 붙은 불을 껐다. 소장은 재빨리 창문을 열어 환기를 시키며 텔레포트 패드를 안타까운 얼굴로 바라보았다.

"아니, 이젠 아예 부서지는군. 근데 연기 때문에 안이 잘 안 보이는데. 음? 저, 저럴 수가!"

소장은 순간 자신의 눈을 의심했다. 피투성이가 된 남자가 텔레포트 패드 위에 쓰러져 있었다. 그는 즉시 전원을 내리고 안으로 들어가 직원들과 함께 그 남자를 끌어냈다. 블루블랙의 머리카락을 지닌 180센티미터가량의 예쁘장한 청년이었다.

"소장님, 이 사람 중상을 입은 것 같은데요?"

"알았으니 어서 구급약을 가져와! 전화도!"

무슨 이유에서인지 그 청년은 엄청난 상처를 입고 있었다. 소장은 구급약으로 긴급 지혈을 하고 친구가 경영하는 병원에 급히 연락을 취했다.

구급차가 오기를 기다리던 소장은 두 직원과 함께 또다시 담배를 피우며 중얼거렸다.

"어째서 티베가 이 세계로 올 때와 똑같은 일이……?"

"……다음 소식입니다. 서울시 K구에 사는 김영태 씨가 어젯밤 하늘에서 떨어진 사람을 봤다며 경찰서에서 난동을 부렸다는 소식입니다. 원자력 발전소에서 근무했던 김씨는 현재 K구에서 액세서리 노점상을 하며……."

격앙된 뉴스 진행자의 목소리가 울려 퍼지는 병원의 응급실. 구석 침대에는 붉은 머리카락의 남자가 누워 있었고, 그 곁엔 황색 재킷을 입은 여성이 서 있었다. 남자의 온몸은 하얀 붕대로 동여매있었고, 얼굴엔 혈흔이 선명했다.

하지만 그의 옆을 스쳐 지나가는 간호사들은 저마다 고개를 갸웃거렸다. 인간의 몸이 그렇게 빨리 재생되는 것을 본 적이 없었던 것이다. 보호자라 자청하는 황색 재킷의 여성이 남자를 전직 BSP라고 우긴 탓에 의사는 별 의심을 하지는 않았다. 그러나 그의 생체 회복 능력은 확실히 의학적 지식으로 설명할 수 없을 정도로 초인적이었다.

"욱!"

그때 남자가 의식을 회복하고 간신히 눈을 떴다. 밤새 그를 간호한 탓에 꾸벅꾸벅 졸고 있던 황색 재킷의 여성은 활짝 웃으며 그의 눈앞으로 얼굴을 들이댔다.

"야호! 리오 씨, 이제 정신이 들어요?"

"리진? 하리진 양?"

예전에 한 번 만난 적 있는 BSP 요원 하리진. 그녀의 집 근처에 떨어진 것은 리오에게 행운이라 할 수 있었다. 리진이 조금이라도 늦게 나타났다면 리오는 아마 급히 달려온 경찰들에게 넘겨졌을 것이다.

사실 리진은 오늘 독일로 출발할 예정이었으나 리오의 급박한 상황 때문에 일정을 연기했다. 하지만 그녀의 표정은 밝기만 했다.

리진에게 자초지종을 들은 리오는 욱신거리는 자신의 팔을 내려다보았다. 예리한 링거 주삿바늘이 그의 팔 근육에 위태롭게 꽂혀 있었다. 그는 주삿바늘을 빼내며 리진에게 물었다.

"근처에, 저 말고 다른 사람이 떨어져 있지 않았습니까? 블루블랙 머리카락에 예쁘장하게 생긴 남자인데요."

예쁘장하게 생긴 남자라는 말에 리진은 순간 이상한 상상을 했지만 흔쾌히 대답했다.

"없었어요. 만약 있었다면 이 병원에 왔겠죠. 이 병원은 BSP를 비롯해 특별한 사람들이 다 모이는 곳이니까요. 한번 알아볼 테니 그분 성함이나 가르쳐 주세요."

리오는 걱정스러운 얼굴로 친구의 이름을 또박또박 말했다.

"예, 바이칼 레비턴스라 합니다만……."

그때 예상치 못한 일이 응급실 반대편에서 벌어졌다. 환자복으로 자신의 몸을 단단히 감싼 블루블랙 머리카락의 미청년이 난동을 부리기 시작했다.

"인간 주제에 감히 이 고귀한 몸에 손을 대다니! 용서하지 않겠다!"

"응?"

리오와 리진은 깜짝 놀라며 그쪽으로 고개를 돌렸다. 겁탈당하기 직전의 여성처럼 옷으로 앞가슴을 단단히 여민 청년을 유심히 보던 리진은 어색한 미소를 지으며 리오에게 말했다.

"저, 저분 말이에요. 리오 씨가 말한 친구분과 인상착의가 거의 일치하는 것 같은데요?"

리오는 안심한 듯, 편히 침대에 누우며 고개를 끄덕였다.

"예, 저도 그렇게 생각되는군요. 후훗."

"휴."

바이칼과 한 병실을 사용하게 된 리오는 천장을 바라보며 한숨을 쉬었다. 그들이 이 세계에 온 지도 벌써 나흘이 지났다.

그는 잠시 자신이 행운아라고 생각했다. 다른 차원으로 날려진다는 것이 운 좋게도 이번 일과 연관된 이곳으로 날려졌으니.

"한숨 따위로 내 용서를 받을 수 있다고 생각하나?"

"음?"

리오는 자신을 향해 투덜거리는 옆 환자를 바라봤다. 바이칼이 불만스러운 표정으로 자신을 바라보고 있었다. 리오는 슬쩍 웃으며 말했다.

"미안하게 됐다. 너까지 이렇게 만들어서 말이야."

바이칼은 리진이 독일로 떠나기 전에 한아름 사다 준 쿠키들을 침대보 위에 쏟아 놓으며 중얼거렸다.

"알면 됐다. 그건 그렇고 이제 어떻게 할 생각이지? 다시 그곳으로 돌아가지 못할 것 아닌가."

리오는 눈을 지그시 감으며 말했다.

"영원히 돌아가지 못하는 것은 아니야. 그 차원에 남아 있는 지크 일행이 일을 잘 해결하거나 기적적으로 세 여신을 모두 없앤다면 우리는 다시 어디든지 갈 수 있어. 혹은 여신들의 목적이 성공해서 다시 차원이 합쳐진다면 우리는 전에 있던 세계로는 돌아갈 수 있겠지. 그때는 세계라기보다는 하나의 대륙이라고 하는 것이

옳겠지만 말이야."

잠시 뒤 누군가 병실 문을 열고 들어왔다. 바이칼을 병원으로 보내 준 연구소 소장이었다. 나흘 동안 얼굴을 익힌 터라 어색한 사이는 아니었다.

"아, 소장님."

"아, 일어날 것 없네. 몸은 어떤가?"

리오는 상체를 일으킨 후 팔을 움직여 불끈거리는 근육질을 내보이면서 씩 웃었다.

"바로 나갈 수도 있습니다. 근데 오늘은 무슨 일로 오셨습니까?"

소장은 의자에 앉아 약간 굳은 표정으로 말했다.

"자네들에게 물어볼 것도 있고, 할 말도 있고 해서 왔네. 사실 이 세계에 날려 온 존재는 자네들이 처음이 아니라네."

"예?"

그것은 리오에게 매우 중요한 정보였다. 하지만 바이칼은 별 관심 없는 듯 쿠키를 집어 먹으며 창밖으로 시선을 돌렸다.

소장은 얘기를 계속했다.

"자네들보다 먼저 날려 온 사람은 여자였는데, 이 세계에서는 사용하는 사람이 거의 없는 마법이라는 것을 쓰는 여자였지. 전(前) 차원에서는 레프리컨트 왕국이란 곳에 있었다고 하던데……. 자네들도 그곳에서 날려 온 것인가?"

리오는 옆 침대에 누워 있는 친구를 흘끔 바라봤다. 리오의 시선을 느낀 바이칼이 외면하듯 반대편으로 돌아눕자 리오는 피식 웃으며 대답했다.

"그렇긴 합니다만, 상황이 조금 다르지요. 그런데 저희보다 먼저 날려 온 여자라뇨? 도대체……?"

팔짱을 낀 소장은 지난 일을 회상하듯 시선을 먼 곳에 두고 얘기하기 시작했다.

"음, 그러니까 1년 전 어느 날이었지. 자네들이 날려 왔을 때처럼 나는 한창 텔레포트 시스템에 대해 연구를 하고 있었어. 그런데 자네들이 나타났을 때와 똑같은 현상이 나타나면서 미무신이는 아니었지만 경상을 입은 젊은 여성이 자네들이 나타났던 장소에 떨어졌지. 그리고 똑같이 이 병원으로 실려 왔고. 그런데 그때도 그랬지만 참 이상하군. 다른 세계에서 날려 왔는데 언어 소통에 문제가 없다니 말이야."

통역 마법에 대해 소장이 알 턱이 없었다. 리오는 그저 웃을 뿐이었다.

"후훗, 안 통하는 것보다야 낫죠. 그럼 그 여자분은 지금 어디 계십니까?"

"다행히 그녀를 보살펴 줄 만한 좋은 분이 프랑스에 계셨지. 그분을 따라 프랑스에 가서 지금은 TV 기자를 하고 있다네. 이름을 알아 두게나. 그녀의 이름은 티베 프라밍이라고 하지."

리오는 자신들보다 먼저 떨어졌다는 여자의 이름을 듣고 이내 고개를 끄덕이며 알 수 없는 미소를 지었다. 리오를 바라보던 소장이 문득 그에게 물었다.

"아, 자네 혹시 지크 스나이퍼란 청년 알고 있나?"

리오는 하마터면 네 그렇습니다, 하고 말할 뻔했으나 가까스로 말문을 닫았다.

지크를 안다고 하면 자신의 정체를 설명할 길이 없기 때문에 모른다고 할 수밖에 없었다.

"음, 저하고 성은 같지만 전혀 모르는 사람이군요. 어떤 사람이죠?"

리오가 모른 척 시치미를 떼고 묻자 소장은 얼굴을 약간 찡그리며 대답했다.

"BSP 한국지부 대원이라네. 벌써 한 달이 넘게 BSP에 출근하지 않다가 며칠 전 BSP가 해체되자 영영 소식이 끊기고 말았지. 좀 괴팍하긴 하지만 꽤 실력 있는 젊은이였는데……."

리오는 깜짝 놀라며 소장에게 물었다.

"한 달이라고 하셨습니까?"

소장은 어두운 얼굴로 고개를 끄덕였다.

이후 리오와 소장 사이에는 여러 얘기가 오고 갔다.

지금 세계의 정세와 이 세계의 주요 에너지 자원 중 하나인 우라늄이 납으로 변했다는 것 등등.

장시간 대화를 하고 소장이 나가자 리오는 곰곰이 생각했다.

'우라늄이 전부 납으로 변했다는 것은 차원 간 자장이 강력하다는 증거……. 게다가 지크가 떠난 시간이 한 달 전이라면 그쪽 세계와 이쪽 세계의 시간차가 거의 없다는 소리인데, 도대체 어떻게 된 일이지?'

"……일이 심각한가?"

리오는 바이칼을 돌아봤다. 바이칼은 머리 밑에 깍지를 끼고 누워 천장을 바라보고 있었다. 리오는 천천히 고개를 끄덕이며 말했다.

"음, 아무래도 이곳에서도 힘을 써야 할 것 같아."

그 말을 들은 바이칼이 신경질적으로 머리 위까지 이불을 덮어쓰자 리오는 피식 웃으며 생각에 골몰했다.

2

시작되는 드래군의 신화

다음 날 그들은 의사와 소장의 만류에도 불구하고 병원에서 퇴원했다. 닷새 동안 병원 신세를 졌으니 그 정도로 충분하다는 말만 남기고 총총 사라지는 그들 모습에 원장은 고개를 저을 뿐이었다.

소장에게 감사를 표한 리오와 바이칼은 옛 기억을 더듬으며 지크의 집으로 발걸음을 옮겼다. 물론 그들의 차림새는 마법을 써서 이곳 사람들이 입는 것처럼 변형한 후였다. 덕분에 불순분자로 오인받아 추적당하는 일은 없었다.

정오가 되어서야 지크의 집을 찾은 그들은 현관의 초인종을 눌렀다. 대체로 밝은 리오의 표정과는 달리 바이칼의 얼굴은 어느 때보다 훨씬 어두웠다. 리오는 친구의 머리를 손으로 쓰다듬으며 빙긋 웃었다.

"조금만 참아, 바이칼. 설마 지크 어머니께서 점심을 안 주시겠어."

"응……."

끼니를 꼭꼭 챙기는 바이칼은 지금의 공복감이 무척 고통스러운 듯했다.

"지, 지크니?"

안쪽에서 지크의 양모(養母)인 레니의 반가운 목소리가 들려왔다. 그들은 한 걸음 물러서서 그녀가 나오기를 기다렸다. 이윽고 문이 벌컥 열리자 그들은 멋쩍은 표정으로 뒤통수를 긁으며 인사를 했다. 초인종을 누른 사람이 지크가 아니자 반가움에 들떴던 레니의 눈빛에 실망스러운 빛이 잠시 스쳤다. 레니는 한숨을 나직하게 쉬고 그들을 반갑게 맞아 주었다.

"미안해요. 지크인 줄 알고……. 어서 와요, 리오. 그쪽은 친구분이신가요?"

리오는 레니의 얼굴에 드리운 그늘을 보고 씁쓸하게 고개를 끄덕였다.

"예, 바이칼이라고 합니다. 이곳을 떠나기 전에 찾아뵈어야 할 것 같아서요. 들어가도 되겠습니까?"

"어서 들어와요. 아, 아직 점심 안 드셨죠?"

점심이란 말에 바이칼의 어깨가 꿈틀거렸다. 리오는 입가에 미소를 띠며 친구의 어깨를 토닥거렸다.

집 안에 들어선 리오는 거실 소파에 앉아 레니가 내온 차를 마시며 지크에 대한 얘기를 꺼냈다. 사실 리오는 이런 얘기를 해도 될지 망설였지만 레니가 생모 이상으로 지크를 아껴 주기에 신념을 가지고 그녀에게 모든 것을 털어놓았다.

지크의 진짜 정체와 그가 지금 어디에 있으며, 왜 오지 않는지까지…….

그러나 리오의 우려와 달리 그녀의 반응은 의외로 덤덤했다. 레

232

니는 어림짐작으로 예견하고 있었던 것이다. 그보다 레니는 지크가 살아 있다는 말에 안도의 한숨을 쉬며 밝은 표정을 지었다.

"다행이군요. 그 애가 어디에 있건, 살아 있기만 하면 전 족해요. 후훗, 나이 서른네 살에 완전히 노인네처럼 얘기하는군요. 아, 내 정신 좀 봐. 잠시 기다려 주세요. 오랜만에 손님에게 식사를 대접하려니 자신이 없는데요? 호홋."

"예, 부탁드립니다."

리오는 대답과 함께 곧바로 바이칼의 옆구리를 팔꿈치로 쿡 찔렀다. 두 사람의 대화가 길어진 것에 불만스러운 표정을 짓고 있던 바이칼은 억지로 입을 열며 말했다.

"부탁드립니다."

리오가 자리에서 일어나 거실을 둘러보다가 리모컨으로 TV를 켰다. 이 세계에서는 사각의 검은 유리판—벽걸이식 고화질 TV—에서 모든 정보와 사건이 나온다는 것을 리오는 경험으로 알고 있었다. 때마침 TV에서는 만화 영상물이 나오고 있었다. 허기 때문에 잔뜩 인상을 쓰고 있던 바이칼은 눈을 동그랗게 뜨며 신기하다는 듯 그것을 바라봤다.

"흠, 이 세계의 인간들은 저런 것도 만들 줄 아는군. 드래고니스에 있는 쿼크 비전보다는 못하지만 괜찮은데?"

리오는 바이칼의 표정을 보며 피식 웃었다.

그때 화면이 치직거리며 만화가 중단되더니 뉴스 앵커의 다급한 목소리가 들렸다.

리오의 얼굴이 굳어지면서 미간이 좁혀졌다. 두 사람은 심각한 표정으로 응시했다.

"긴급 속보입니다! 울산 지역의 제8정유기지가 EOM(Empire Of

Messiah)에 의해 습격을 당하고 있습니다! 자세한 내용은……."

또다시 화면이 치직거리더니 앵커의 목소리가 사라지고 검은색의 가죽질 마스크를 쓴 괴한이 화면 중앙에 나타났다. 중간에 전파를 차단하고 나타난 모양이었다. 그 남자는 마치 변조된 듯한 어색한 음성으로 천천히 그러나 위압적으로 말했다.

"이 방송은 현재 모든 세계에서 시청할 수 있을 것이다. 후훗, 멋지지 않나? 난 EOM의 총수 엠펠러다. 이 방송이 나가는 순간에도 전 세계의 자원은 우리의 것이 되고 있다. 아니, 정확히 말해 주인의 손으로 되돌아오고 있다고 해야겠지. 후후훗, 맘에 안 드나? 그렇다면 총을 들고 대항하라. 그것이 신에게 기도하는 것보다 더 효과적일 테니까."

팔짱을 낀 채 TV를 바라보던 바이칼의 짙은 눈썹이 꿈틀대더니 나지막이 중얼거렸다.

"의외로 현실을 잘 아는 인간이군."

"……헛소리라고? 천만에 말씀. 난 신의 뜻을 전하는 것뿐이다. 너희를 전기라는 악마의 힘으로부터 해방해 주기 위해 우린 싸우고 있는 것이다. 석유? 지구의 피다. 석탄? 지구의 살이다. 후후, 우라늄이란 자원이 모두 사라졌지? 신의 뜻이다. 우리의 모체인 지구의 뜻이다! EOM에게 거역하지 마라, 하하하하핫!"

이윽고 화면에는 공중으로 새까맣게 날아가는 괴 전함과 헬기의 공격에 무참히 파괴된 정유기지 시설들의 모습이 나타났다. 리오는 미간을 좁힌 채 중얼거렸다.

"신의 뜻이라고?"

"리오는 처음 보겠군요."

두 사람이 TV에 몰두해 있는 것을 보고 레니가 찬 음료수를 들고 나와 탁자 위에 놓으며 말했다.

"아까 그 가면을 쓴 사람은, 한 달 전, 즉 우라늄이 사라진 직후부터 EOM이라는 괴 군사 조직을 이끌고 나타나 전 세계의 자원 저장 시설을 파괴하고 자원들을 모조리 빼앗아 가고 있죠. 이상하게 각 나라의 정규군이 출동할 수 없을 때만 노려서 그런 만행을 저지른답니다. 그리고 그들은 최신 병기를 갖고 있어서 정유 회사가 고용한 용병들의 구식 무기로는 상대할 수 없죠. 어디서 그 정도의 군사력과 시설, 병기들을 지원받는지는 몰라도 예전에 한창 날뛰던 바이오 버그들보다 더 위협적인 존재가 되었죠. UN이 해체되는 바람에 BSP도 쓸 수 없어서 거의 속수무책으로 당하고 있답니다. 아, 어째서 이런 일들이……."

레니의 한탄 섞인 말을 듣자 리오의 붉은 눈썹이 꿈틀거렸다. 그는 무거운 목소리로 조심스럽게 물었다.

"예전에 한창 날뛰던…… 이라면 지금은 나타나지 않는다는 말씀이십니까?"

두 사람의 대화가 오가는 중에도 바이칼은 무관심한 표정으로 파인애플 음료만 홀짝거리고 있었다. 바이칼의 태도에 아랑곳 않고 레니의 대답이 이어졌다.

"이상하게도 우라늄이 사라진 이후부터 나타나질 않더군요. 바이오 버그에 관한 기사만을 다루던 신문들도 며칠 전부터 아예 폐간되어 버렸을 정도랍니다. 불안한 예감이 들 정도로 나타나지 않고 있죠."

리오는 손으로 턱을 괴고 깊이 생각에 잠겼으나 여전히 알 수 없는 수수께끼였다.

갑자기 나타난 거대 군사조직 EOM, 그리고 또 갑자기 사라진 바이오 버그들.

조용히 음료를 들이켜던 바이칼이 순간 움직임을 멈추었다. 그의 반응에 리오는 육감적으로 무슨 일이 일어났음을 느꼈다. 리오는 재빨리 소파에서 일어나 창가로 갔다. 창문의 방음 시설이 잘되어 있어서 레니의 귀에는 들리지 않았지만 리오와 바이칼의 귀에는 비명 섞인 타격 소리가 간헐적으로 들려왔다.

창밖을 바라보던 리오의 얼굴이 굳어졌다. 밖에서는 갑작스러운 테러가 자행되고 있었다. 여러 명의 괴한이 가족으로 보이는 사람들을 에워싼 채 봉으로 난타를 하고 있었다.

부모로 짐작되는 남자와 여자는 이미 처참한 모습으로 바닥에 쓰러져 있었고, 여자아이는 우악스러운 손에 붙들려 공중에서 발버둥을 치고 있었다. 봉으로 내려치려는 듯 한 손으로는 아이를 거머쥐고 또 한 손으로는 봉을 잡은 거한의 얼굴엔 악랄한 미소가 흘렀다.

리오가 치를 떨며 밖으로 뛰쳐나가려 할 찰나 누군가 먼저 선수를 치는 것이 보였다.

"아이를 내려놔라, 냄새 나는 인간."

언제 나갔는지 바이칼이 왼손에 컵을 든 채 오른손으로 괴한들을 가리키며 소리쳤다. 괴한들은 무슨 헛소리를 하냐는 듯한 어이없는 표정으로 비웃으며 외쳤다.

"흥, 우리가 음료수나 홀짝거리는 어린애 말을 들을 거라고 생각하는 건 아니겠지? 입 닥치고 꺼져! 음료수 대신 네 시뻘건 피를 입에 처넣기 전에! 계집애같이 생긴 게 어디서 깝죽대!"

"……!"

순간 바이칼은 눈을 가늘게 뜨고 괴한을 싸늘한 눈빛으로 노려

236

보더니 남아 있는 음료를 목구멍으로 천천히 넘긴 후 잔을 던지며
말했다.

"너희는 오늘 이 위대한 몸이 주는 자랑스러운 경험을 하게 될
것이다!"

"뭐?"

괴한들은 어이없다는 듯 멍한 얼굴로 바이칼을 바라보았다.

창문으로 그 광경을 지켜보던 리오는 괴한의 참담한 최후를 짐
작했는지 슬며시 고개를 돌렸다.

잠시 후 햇빛으로 지열이 일어나는 길 위에 괴한들의 축 늘어진
몸이 처참하게 널브러졌다. 구타당할 뻔한 여자아이는 바이칼의
품에 고개를 묻고 있었다.

리오는 의외라는 듯 웃음을 지으며 바이칼에게 걸어갔다.

"위대한 사람은 아이들을 좋아하는 법이지. 하하핫."

"닥쳐라."

리오의 장난기 어린 말에 바이칼의 얼굴이 붉게 달아올랐다.

리오는 길바닥에 쓰러진 남녀를 양 어깨에 각각 메고 레니의 집
으로 들어갔다. 다행히 집 안에 구급약과 붕대가 비치되어 있었다.
리오는 급히 응급치료를 하기 시작했다.

자신의 부모가 난타당하는 모습을 직접 목격한 아이는 충격이
심한 듯 바이칼의 옷자락을 잡은 채 벌벌 떨고 있었다. 바이칼은
귀찮다는 표정을 지은 채 다른 쪽을 응시하고 있었지만 실상 그 아
이가 싫지는 않은 듯 뿌리치진 않았다.

"좋아, 여기 있어, 바이칼."

두 남녀의 응급치료를 끝낸 리오는 곧바로 밖으로 나갔다. 그 괴
한들이 어떻게 됐으며 정체가 무엇인지를 확인하기 위해서였다.

그들은 아직도 길바닥에 누워 있었다.

리오는 그중 부상 정도가 약한 괴한을 골라 뺨을 몇 대 때려 정신을 차리게 한 후 물었다.

"이봐, 친구. 왜 저 가족을 구타했는지 좀 알려 주겠나?"

약간 마른 얼굴에 광대뼈가 튀어나온 그 괴한은 입을 열지 않고 고개를 옆으로 돌려 버렸다. 그러자 리오는 눈썹을 꿈틀거리며 괴한의 얼굴 옆의 아스팔트를 손바닥으로 내리쳤다.

콰악.

괴한의 눈이 순간 휘둥그레졌다. 리오의 다섯 손가락이 아스팔트 지면을 뚫고 들어간 것이다. 리오는 다시 손가락을 빼며 무거운 목소리로 말했다.

"자아, 내 인내심을 시험하지 말라고, 친구."

괴한은 새파랗게 질린 표정으로 온몸을 벌벌 떨며 말을 더듬었다.

"저, 저희는 그냥 고용됐을 뿐입니다! 저 가족을 찾아 손 좀 봐주라고 의뢰를 받았을 뿐이에요! 그 외엔 모릅니다!"

리오는 눈을 가늘게 뜨며 다시 물었다.

"누가 고용했나?"

리오의 질문에 괴한은 머뭇거렸다. 그러자 리오는 씩 웃으며 괴한의 얼굴을 한 손으로 잡아 힘을 주었다. 괴한이 순순히 대답했다.

"제너럴 블릭의 사람이에요! 저, 저는 솔직히 말했습니다. 살려 주세요!"

"후훗, 좋아. 친구들이 깨어나면 가도 돼."

리오는 곧 괴한의 얼굴에서 손을 떼고 일어섰다.

그때 길 저편에서 대형 트럭 한 대와 승합차 몇 대가 리오를 향해 질주하는 모습이 보였다. 의아한 표정을 짓는 리오와 달리 그 괴한은 경악을 하며 동료들을 흔들어 깨웠다.

"야, 야! 어서 일어나, 클리너들이다! 젠장, 내가 불은 걸 어떻게 알았지?"

그러나 때는 이미 늦었다.

괴한들이 도망치기도 전에 승합차와 트럭들은 먼지를 일으키며 그 앞에 섰다. 승합차의 차문이 열리더니 검정색 정장 차림에 검정색 선글라스를 쓴 건장한 사내들이 쏟아져 내렸고, 그중 한 남자가 앞으로 나서며 괴한들을 향해 차갑게 말했다.

"감히 입을 나불거리다니, 내가 말했을 텐데? 만에 하나, 입을 잘못 놀리면 대가가 달라진다고 말이야."

리오에게 실토한 그 괴한은 무릎을 꿇으며 그 남자에게 애원하기 시작했다.

"죄, 죄송합니다! 하지만 어쩔 수 없었어요. 저 빨간 머리가……."

픙.

눈 깜짝할 사이 남자가 품에서 권총을 꺼내 괴한의 머리를 가격하자 그는 뇌수가 섞인 시뻘건 피를 뿜어내며 앞으로 고꾸라졌다. 소음제거기가 달린 권총이었기에 주변에 소리가 울리진 않았다. 동료가 사살되는 것을 목격한 괴한들은 있는 힘껏 도망치려 했으나 총탄보다 더 빠를 수는 없었다.

클리너들이 무참히 난사한 탓에 괴한들의 몸은 벌집처럼 구멍이 나 바닥에 전부 쓰러졌다. 심지어 바이칼이 휘두른 주먹에 맞아 의식을 잃고 쓰러져 있는 괴한들의 머리에도 총격을 가해 살아남은 자는 한 명도 없었다. 과연 이름에 걸맞게 생존자가 생기지 않도록 괴한들을 깨끗이 처리하는 클리너들이었다.

괴한들을 다 처리하자 클리너 중 리더로 짐작되는 자가 리오를 바라보며 물었다.

"너는 저 바보들의 말을 어디까지 들었나?"

리오는 여유 있는 얼굴로 어깨를 으쓱하며 대답했다.

"음, 별로."

그러자 그 리더는 굳은 표정으로 잠시 고민하더니 뒤에 있던 부하들에게 철수하자는 손짓을 했다. 그런데 뒤로 돌아서려던 찰나리오가 말을 덧붙였다.

"그런데 자네들 제너럴 블릭이라는 회사와 무슨 관련이 있다며? 좀 알고 싶은데?"

리오의 말에 리더의 어깨가 움찔했다. 그는 씩 웃으며 리오를 향해 총구를 겨눴다.

"너무 많은 것을 알고 있군."

퍽.

순간 붉은 피와 함께 선글라스가 공중으로 튀어 올랐다. 리더가 총을 당기기도 전에 리오의 주먹이 그의 안면을 날린 것이다.

리더가 움찔하는 사이 리오는 주먹을 날렸고 결국 그들은 차례차례 쓰러져 갔다. 쓰러진 클리너들 중 머리뼈가 성한 자는 없는 듯 모두 부러진 채로 바닥에 뒹굴었다.

클리너들을 가볍게 물리친 리오는 널브러져 있는 괴한들의 시체와 기절한 클리너들을 심각한 얼굴로 쳐다보았다. 대가를 바라고 남을 살해하는 것은 문명이 발달된 이 세계나 다른 차원의 세계나다른 것이 없는 듯했다.

"세, 세상에! 녀석은 프로야!"

멀리서 그 광경을 백미러로 보고 있던 트럭 운전사는 새하얗게질린 표정을 지으며 운전석 아래에 '주의'라 쓰여진 붉은 레버를 당겼다.

치이익.

"음?"

순간 가스기 분술는 소리기 나가 리오는 트럭으로 고개를 돌렸다. 자신을 향해 있던 트럭의 컨테이너 문이 서서히 열리디니 무장한 두 대의 2족 보행 로봇이 천천히 걸어 나왔다. 리오는 피식 웃으며 로봇을 보고 중얼거렸다.

"음, 오랜만이군, 강철괴물 BX-03. 하지만 그 세계에서나 여기에서나 네놈의 약점은 같아."

로봇의 아이 렌즈에서 붉은빛이 생성되더니 로봇의 합성기계음이 들려왔다.

"목표 조준 완료."

콰앙.

왼쪽에 있던 강철괴물이 급습한 리오의 돌려차기에 맞아 굉음을 내며 아스팔트 바닥에 나가떨어졌다. 그 광경을 백미러로 지켜본 트럭 운전사는 놀란 나머지 입에 물고 있던 담배를 떨어뜨리고 말았다.

리오는 눈속임으로 감추고 있던 본래의 모습으로 변신하며 중얼거렸다.

"강철괴물은 목표물을 조준하는 데 0.7초 걸리지. 자, 어디 한번 놀아 볼까?"

리오가 파라그레이드를 뽑아 들고 기를 불어넣자 파라그레이드에서 어김없이 우윳빛 날이 퍼져 나왔다. 남은 한 대의 강철괴물은 재조준을 하고 리오에게 사격을 가했다.

"쓸데없어!"

순간 리오의 형체가 흐릿해지더니 로봇의 몸체에 사방으로 검광이 스쳐 지나갔다. 곧이어 폭발음과 함께 로봇은 산산조각이 나며 흔적도 없이 사라졌다.

"히, 히익?"

그 놀라운 광경에 운전사는 비명을 지르며 서둘러 가속페달을 힘껏 밟았다. 리오는 먼지를 일으키며 시야에서 사라져 가는 차의 뒷모습을 보며 고개를 설레설레 저었다. 그는 파라그레이드의 기를 빼고 중얼거렸다.

"흠, 이 세계에서도 할 일이 없어 무료하진 않겠군. 후훗."

해거름이 다 되어서야 부부 중 남자가 먼저 의식을 되찾았다. 그가 깨어나자마자 리오는 그를 안심시키며 자초지종을 물었다.

"제너럴 블릭 같은 회사가 왜 쫓는 거죠? 제가 궁금한 건 그뿐입니다."

남자는 침을 꿀꺽 삼키고 주위를 찬찬히 둘러보더니 경계하는 눈빛으로 고개를 완강히 저었다.

"마, 말할 수 없소! 당신들이 그 회사에 고용된 사람인지 어떻게 알겠소!"

리오는 한숨을 쉬며 머리를 긁적거리다가 그를 향해 손을 내밀었다. 그 남자는 눈을 질끈 감으며 자신에게 가해질 고문에 마음을 굳게 먹었다. 그러나 남자의 예상과는 달리 리오는 그의 어깨를 토닥거리며 안심하라는 마음을 전했다.

남자는 눈을 살며시 뜨며 의아한 표정으로 리오를 바라보았다. 리오는 부드러운 미소를 띠고 있었다.

"걱정 마십시오. 제너럴 블릭의 해결사라면 굳이 이런 것에 대해 알려고 들 까닭이 없지 않소? 만약 자백을 받으려 했다면 자백제라도 먹였을 테죠. 뭐, 꼭 대답하기 싫으시면 안 하셔도 상관없습니다. 아, 따님을 못 보셨죠? 잠깐 기다리십시오."

리오는 의자에서 일어나 여자아이를 부르기 위해 문가로 향했다. 그때 문이 벌컥 열리며 바이칼이 아이를 목말을 태우고 방 안으로 들어섰다.

아이는 활짝 웃으며 그 남자를 향해 손을 흔들었다.

"우아, 아빠!"

"아, 루미!"

남자는 침대에서 몸을 일으키려 했으나 타박상이 풀리지 않은 듯 고통스러운 표정을 지었다. 리오는 그 남자를 부축해 다시 침대에 눕히고는 목말을 타고 있는 아이를 그 남자 곁에 내려 주었다.

리오는 여전히 무뚝뚝한 표정을 짓고 있는 바이칼에게 은근슬쩍 말했다.

"아이를 목말 태우면서 그런 표정은 안 어울려."

"닥쳐라."

바이칼은 얼굴을 붉히며 투덜거리듯 내뱉었다.

바이칼의 어깨를 툭 치며 리오가 방에서 나가려 하자 누워 있던 남자가 조용히 그를 불렀다. 리오는 미리 짐작했다는 표정을 잠시 지은 뒤 돌아섰다. 남자는 깊은 한숨을 내쉬며 리오에게 말했다.

"……앉으십시오. 말씀드릴 것이 많습니다."

그 남자는 한 시간이 넘도록 침통한 표정을 지으며 EOM의 실체와 각국의 정부 개입 등 그가 알고 있는 모든 것을 리오에게 털어놓았다. 그 남자로부터 들은 얘기는 정말 충격적인 것이었다.

그는 입안이 마른 듯 마른침을 한 번 삼키더니 부르튼 입술을 움직이며 다시 말을 이었다.

"저는 원래 프랑스 에르폰 TV 기자였습니다. 제너럴 블릭의 밀착 취재를 두 달 가까이 해 오는 동안 충격적인 사실을 알게 되었죠. 아마 한 달 전쯤이었을 것입니다. 도청 장치를 통해 우연히 제너럴 블릭 간부들의 대화를 엿들었죠. 그들의 말인즉 간부들 중 한 명이 지금 EOM의 총수인 엠펠러라는 것이었습니다."

리오는 미간을 살짝 찡그리며 물었다.

"역시 관계가 있었단 말입니까?"

"예, 그렇습니다. EOM은 현재 각국에 있는 제너럴 블릭의 지사와 제너럴 블릭의 연합 회사, 예를 들어 일본의 기업 연합, '니혼 유나이티드' 등의 지원을 받아 만들어진 지구 역사상 최대의 군사조직이지요. 모든 국가의 최신 무기를 지원받고, 현재 군에서도 함부로 사용 못하는 석유 연료도 무제한 사용 가능하니 그 기동성은 대단합니다. 그리고 많은 이들이 의심쩍어하는 점은 EOM이 공격할 때 정규군은 왜 방어를 하지 않는가 하는 것이죠. 사실 그 EOM이 나타나면 정규군은 절대 투입되지 않습니다. 투입된다 해도 EOM이 정유 시설을 파괴하고 연료를 갈취해 간 후에나 투입되죠. 물론 정규군이 저항하는 국가도 있으나 그런 국가들은 EOM에 가입하지 않은 국가입니다."

리오는 깜짝 놀라며 물었다.

"예? 가입이라니, 그게 무슨……?"

남자는 옆에 놓인 물컵을 들어 목을 축이고 계속 말을 이었다.

"EOM은 간단히 말해 세계적인 비밀 조직이라고 생각하시면 됩니다. 마치 20세기 때 왕성한 활동을 했던 마피아와 같죠. 각 회사와 국가의 총수들은 EOM에 가입하여 그들의 활동을 지원합니다.

군사까지 빌려 주기도 하지요. 미국의 경우 서부는 가입하지 않은 반면 동부는 가입하여 눈에 보이지 않는 전쟁을 하고 있죠. 어쨌든 이제 그 거대한 EOM을 막을 수 있는 존재는 없습니다. 적어도 지구상에는 말이죠."

"……."

듣고 있던 리오와 바이칼의 얼굴이 점차 굳어졌다. 남자의 얘기는 계속됐다.

"저는 그 사실을 TV 뉴스에 내보내려 했으나 그 방송사 사장까지도 EOM에 가입한 실정이었습니다. 그래서 EOM에 대해 취재하던 동료들 모두 EOM의 공격을 받았어요. 결국 저는 그들의 추적을 피해 도망치다 보니 이곳 한국까지 오게 된 것입니다. 아, 그러고 보니 큰일이군요. 저희 동료 기자 중 한 명도 제너럴 블릭의 총수 아들로부터 추격을 당하고 있는데, 지금쯤 어떻게 되었을지……."

"음……."

리오는 길게 한숨을 내쉬었다. 지금 이 세계의 상황은 자신이 날려 오기 전의 세계보다 심각하면 심각했지 더 나을 게 없었다. 비록 자신이 이 세계와 관련이 없다 하더라도 모른 척할 수 없는 상황이었다.

리오는 마음을 굳히고 그 남자에게 물었다.

"……EOM에 가입한 자들의 목적이 무엇입니까?"

남자는 딸을 보듬어 안으며 조용히 대답했다.

"바로 풍부한 연료와 전기입니다. 우라늄이 사라진 지구상에, 이제 얼마 남지 않은 화석연료는 황금보다도 값진 돈이 될 테니까요. EOM은 회원국들과 세계의 갑부들에게 그 화석연료들을 비싼 값에 판매하고 있습니다. 지금은 비축량 덕분에 별 문제 없지만, 대한민국같이 화석연료가 거의 나오지 않는 나라는 점점 상황이 심각해질 것입니다. 아마 1년만 지나면 대혼란이 일어날 것입니다."

"……."

그 말을 끝으로 남자의 긴 얘기는 끝났다.

그날 저녁, 리오는 지크가 사용했던 방 침대에 누워 잠을 청했다. 그러나 머리가 복잡해서 쉽사리 잠이 올 것 같지 않았다. 눈을 뜬 채 곰곰이 생각하던 그는 옆 침대에 누워 있는 바이칼에게 물었다.

"……난 여기 일부터 처리할 생각인데, 넌 어떻게 할 거지?"

바이칼은 묵묵부답이었다. 리오는 곤란한 표정을 짓다가 무언가 머리에 떠오른 듯 의미심장한 미소를 지으며 말했다.

"아까 그 루미라는 아이와 같은 처지가 되어 있을 아이들이 몇 명이나 될까?"

잠시 후 바이칼은 머리까지 이불을 뒤집어쓰며 투덜댔다.

"……망할 녀석."

다음 날 아침, 리오는 바이칼과 함께 집을 나섰다. 그들이 떠난다는 말에 레니는 불안한 얼굴로 리오에게 물었다.

"저, 어제 그 사람들이 또 찾아오면 어쩌죠? 지크도 없는데……."

그러자 리오는 안심하라는 듯 웃으며 말했다.

"걱정 마십시오. 이 나라를 떠나기 전에 적절한 조치를 취해 놓겠습니다. 지크가 돌아오기 전에 그들이 어머니와 저 사람들을 건드리는 일은 없을 것입니다. 아, 그리고 여기 이것을 드리지요. 저 사람들과 같이 생활하시려면 돈이 꽤 들 테니 살림에 보태십시오."

리오는 조그마한 가죽 주머니를 뒤적거려 큼지막한 보석 여섯

개를 꺼내 레니의 손에 꼭 쥐어 주었다. 레니는 깜짝 놀라며 리오를 바라봤다.

"아, 아니, 이렇게 귀한 것을……."

"너무 부담스러워 마십시오. 키크이 월급과 퇴직금이라 생각하시면 됩니다. 그럼, 안녕히 계십시오. 다시 오겠습니다. 가자, 바이칼."

리오와 바이칼은 레니를 향해 가볍게 목례를 한 후 밖으로 나가려고 뒤돌아섰다.

그때 어제 구해 주었던 여자아이가 달려오며 바이칼을 불렀다.

"바이 오빠! 잠깐 이쪽으로 오세요!"

리오는 바이칼을 쳐다보며 놀란 듯 중얼거렸다.

"바이 오빠……?"

리오는 터져 나오는 웃음을 겨우 참으며 바이칼을 바라보았다.

"묻지 마, 아무것도."

바이칼은 얼굴을 붉히며 그 아이에게 다가갔다.

"왜 그러냐, 꼬마."

아이는 발그레하게 홍조를 띠며 바이칼에게 잠깐 몸을 낮춰 보라는 손짓을 했다. 바이칼은 눈썹을 꿈틀거리며 잠시 몸을 숙였다. 그러자 아이는 바이칼의 귀를 잡아당기고는 볼에 살짝 키스를 하는 것이었다. 레니와 리오는 깜짝 놀라며 바이칼과 꼬마를 바라보았다.

"너, 너……?"

바이칼은 기습을 당한 뺨에 손을 댄 채 당황한 얼굴로 아이를 쳐다보았다. 그러자 아이는 손을 흔들며 밝게 말했다.

"다른 사람들도 많이 도와줘야 해요, 오빠."

바이칼은 별다를 바 없는 표정을 짓고 뒤돌아섰다. 도중에 그는 리오를 스쳐 지나가며 위협하듯 말했다.

"나중에라도 나불대면 죽이겠다. 특히 지크 녀석에겐 절대……!"

"훗, 하하하하핫!"

리오는 참다못해 결국 웃음을 터뜨리며 걱정 말라는 듯 바이칼의 어깨를 툭툭 쳤다. 바이칼은 얼굴이 새빨개지더니 황망히 먼저 가 버렸다.

리오는 레니와 아이에게 재차 작별 인사를 한 후 바이칼이 간 쪽을 향해 걸어갔다.

잠시 후, 현관에 배웅 나온 레니와 아이의 눈엔 하늘 높이 날아오르는 거대한 드래곤의 모습이 보였다. 드래곤은 마지막 작별 인사를 하듯 레니의 집 상공을 한 바퀴 돌더니 서울 중심을 향해 빠른 속도로 날아가기 시작했다.

"세상에, 리오 군은 그렇다 쳐도 저 드래곤은?"

레니는 멍한 표정으로 중얼거렸으나 아이는 뭔가 알겠다는 듯 활짝 웃으며 드래곤을 향해 손을 흔들었다.

"잘 갔다 와요! 정의의 용사님들!"

파란 상공을 가르며 날아오르는 드래곤의 힘찬 날갯짓이 시야에서 완전히 사라질 때까지 여자아이는 계속 손을 흔들었다.

리오를 등에 태워 구름 사이를 헤치며 날던 바이칼은 계속 투덜댔다. 리오는 원래 모습으로 변한 바이칼의 목덜미를 툭 치며 물었다.

"이봐, 뭐가 그리 불만이야. 친구끼리 태워 줄 수도 있는 거잖아."

「닥쳐라! 감히 서룡족 제왕의 등에 타는 영광을 누리면서 말이 많군.」

리오는 피식 웃으며 비늘로 덮인 바이칼의 날갯죽지를 툭툭 치며 말했다.

"자, 목표 발견! 저기 높이 솟아 있는 흑색 쌍둥이 빌딩으로 가자!"

「내게 명령조로 말하지 마!」

불만이 가득한 어조로 대꾸한 바이칼 드래곤의 거대한 날개가 펄럭였다.

세상에 있는 어떠한 생물보다 빨리 나는 그 상대한 모습을 우연히 본 사람들은 혹시나 하는 생각을 가졌다. 저 정체불명의 생물이 그들을, 아니 이 지구를 구해 주지 않을까 하고.

아틀란티스란 대륙과 함께 정신과 마법이 사라진 세계, 동화에서밖에 요정을 접하지 못하는 세계, 기계와 돈이 움직이는 세계, 지구에서의 새로운 신화는 그렇게 시작되었다.

서울 중심가에서 제일 높이 솟은 제너럴 블릭사(社)의 한국지사 건물 최상층인 80층에선 어두운 표정을 한 두 사람이 얘기를 나누고 있었다.

"사장님, 운전사 최 씨의 보고에 의하면 그 건달들과 클리너들, 그리고 전투 로봇 BX-03을 쓰러뜨린 자는 인간이긴 하나 인간이 아니라고……."

"닥쳐!"

선글라스를 낀 남자가 긴장된 표정으로 한국지사 사장에게 보고를 올리자 사장이라 불린 사나이가 책상을 쾅 내리치며 소리쳤다. 선글라스를 낀 남자는 흠칫하곤 입을 다물고 말았다. 지사 사장은 거칠게 시가를 입에 물고 불을 붙이면서 도저히 알 수 없다는 표정으로 말했다.

"흥, 인간인데 인간이 아니라니 도대체 그게 무슨 소리야! 20세기 구닥다리 영화에 나온 슈퍼맨이라도 이 마늘 냄새 나는 한국에 돌아다닌단 말인가?"

남자는 입을 다문 채 고개를 떨구고는 아무 대꾸도 하지 못했다. 결국 보고는 끝난 셈이어서 그는 인사도 하는 둥 마는 둥 하며 황급히 사장실을 빠져나갔다.

사장은 연신 투덜거리며 시가의 재를 신경질적으로 털었다.

"흥, 어디서 실수를 유치한 변명으로 막으려 드는 거야. 티타늄 장갑의 로봇을 칼로 자르는 사람? 하, 나보고 그걸 믿으라는 건가? 이 21세기에 누가 칼 따위를 가지고 돌아다녀?"

쿠우웅.

순간 건물이 심하게 진동하더니 사방의 유리창이 박살 나고 서가에 꽂혀 있던 책들과 서류들이 한쪽으로 와르르 쏟아졌다. 사장은 중심을 잡지 못해 휘청거리다가 끝내 쓰러져 바닥 위를 이리저리 뒹굴었다.

잠시 진동이 사그라지자 사장은 떨어진 시가를 주우며 일어섰다.

"쳇, 어디서 가스라도 폭발했나? 짜증 나는군."

옷매무새를 정리한 사장은 이유가 궁금했는지 닫아 두었던 창문의 서티를 올려 사방을 둘러보았다. 남쪽도, 서쪽도 이상이 없었다. 북쪽도 마찬가지였다. 다만 TV 겸용인 동쪽 창문만이 충격 탓인지 화면 정지 상태일 뿐이었다. 사장은 미세한 지진이 한 차례 지나간 것이라 생각하며 다시 의자에 앉았다.

"이상하군. 이건 또 왜 이래?"

사장은 고개를 갸웃거리며 TV 리모컨을 눌렀다. 그러나 동쪽 창문에 나타난 거대한 드래곤의 모습은 사라지지 않았다.

"서, 설마!"

사장의 얼굴은 이내 새파랗게 질렸다. 그 순간 날갯짓을 하며 허공에 떠 있던 드래곤이 머리로 유리창을 들이받아 안으로 머리를 쑥 들이밀었다.

"으, 으아아!"

사장은 소스라지게 놀라서 의자에서 일어나 좁은 책상 밑으로 육중한 몸을 숨겼다. 와들와들 떨고 있는 사장의 귀에 누군가의 목소리가 들려왔다.

"흠, 사장이라면 품위는 지키셔야지. 어이, 일어나 보시겠소?"

그 말이 끝나자마자 사장의 뚱뚱한 몸이 공중으로 붕 들렸다. 사장의 시야에 붉은 장발을 하나로 묶어 내린 청년이 나타났다. 그 청년은 잠시 미소 짓더니 갑자기 사장을 소파에 획 던졌다. 사장은 자신의 양복 주머니 속에 총이 있다는 사실을 떠올렸으면서도 겁에 질린 나머지 섣불리 몸을 움직이지 못했다.

리오는 팔짱을 낀 채 책상 위에 걸터앉으며 사장에게 물었다.

"보고받은 것 없었습니까? 어떤 부부의 뒤를 쫓던 건달들과 검은 정장 차림의 남자들이 정체불명의 사나이에게 당해 임무를 실패했다는 것 말입니다. 아, 완구 두 개가 박살 났다는 보고도 있었겠군요. 물론 믿지 않으셨겠지만. 맞습니까?"

리오가 낭랑히 웃으며 묻자, 사장은 리오를 손가락으로 가리키며 소리치듯 말했다.

"그, 그렇다면 네가, 아니 당신이 그 슈퍼맨?"

어깨를 으쓱한 리오는 감탄하듯 말했다.

"오호, 슈퍼맨이라는 칭호까지 붙었군요. 영광인데요? 그건 그렇고, 부탁이 하나 있습니다, 사장님."

리오는 니켈로 만든 고급 재떨이를 손으로 잡고 힘을 주며 계속 말했다.

"당신들이 추적하고 있는 그 가족 말입니다. 사망 처리를 해 주시면 안 될까요?"

사장은 순간 벌떡 일어서며 소리쳤다.

"그, 그건 안 돼! 아, 아니 안 됩니다! 그러다가 회장님께 발각이 되면!"

리오는 손에 쥐고 있던 니켈 재떨이를 종이 구기듯 간단히 구기며 고개를 설레설레 저었다.

"지사장 정도 되면 충분히 커버할 수 있으리라 생각됩니다만. 내가 당신을 너무 과대평가한 것입니까?"

사장은 바닥에 굴러떨어지는 찌그러진 재떨이를 보고 급히 고개를 끄덕였다.

"아, 아닙니다. 해 보겠습니다!"

리오는 그래도 만족스럽지 못하다는 듯 고개를 갸웃거리며 바이칼의 등에 다시 올라타고 말했다.

"음, 해 보겠습니다라……, 별로 마음에 안 들지만 약속하겠다는 의미로 듣겠습니다. 아, 우리가 간 후 내 뒤로 보이는 유리창에 반사된 이 건물을 좀 봐주십시오. 보고 나면 그 일을 꼭 해야겠다는 마음이 생길 것입니다. 자, 그럼 나중에 불미스러운 일로 다시 볼 기회가 없길 바랍니다. 안녕히 계시길."

드래곤 바이칼은 조용하면서도 빠르게 날갯짓을 하며 어디론가 사라졌다.

사장은 곧 깨진 유리 창으로 몰아치는 바람을 피해 몸을 움츠리며 리오의 말대로 앞 건물 유리창에 반사된 회사 건물을 바라봤다.

"히, 히이익?"

80층짜리 건물의 유리창 위로 거대한 영문이 강렬하고도 커다랗게 새겨져 있었다. 반사된 탓에 글자를 조합하는 데 시간이 약간 걸렸으나 이내 사장은 그 단어의 의미를 파악했다. 그 단어를 본 사장은 급히 몸을 움직여 클리너들이 있는 사무실로 다급하게 구내 전화를 연결했다.

한강대교 근처 편의점.

점심시간이 거의 끝나 손님이 뜸하자 아르바이트생들 중 남자 몇 명은 구석에서 꾸벅꾸벅 졸고 있었다. 얼굴에 여드름 자국이 남아 있는 여학생은 무료한 표정으로 TV 뉴스를 보며 하품을 늘어지게 했다.

"아함, 뭐 신나는 일 없을까? 영 따분해서 원……."

그때 갑자기 뉴스 속보 자막이 나오며 다급한 앵커의 목소리가 흘러나오자 여학생은 눈을 크게 뜨며 귀를 기울였다.

"속보입니다. 제너럴 블릭 한국지사 건물에 테러가 발생했습니다. 범인은…… 음? 아, 죄송합니다."

뉴스 앵커는 이상하다는 표정으로 말을 멈추고 급히 건네받은 서류를 눈으로 훑었다. TV를 시청하던 여학생은 피식 웃으며 중얼거렸다.

"뭐야, 웃기는 일도 다 있네?"

잠시 후 앵커는 곧 정색을 하며 다시 속보를 전했다.

"진행이 매끄럽지 못한 점 사과드립니다. 다시 말씀드리겠습니다. 제너럴 블릭 한국지사 건물에 테러가 발생했습니다. 범인은 검으로 건물 표면에 글자를 커다랗게 새긴 후 어디론가 날아갔다 합니다. 현장을 연결하겠습니다. 박 기자?"

속보를 들은 여학생은 이해가 안 된다는 얼굴로 중얼거렸다.

"누가 유리창에 색연필로 낙서한 것 가지고 테러라고 그러나? 어머?"

그 앵커의 말은 과장되긴 했지만 틀린 것이 아니었다. 80층의 거대한 제너럴 블릭 지사의 건물엔 'KILL'이라는 영문이 커다랗게 새겨져 있었다. 여학생은 모자를 벗고 머리를 긁으며 고개를 갸웃거렸다.

딸랑.

편의점의 수동문이 열리며 은은한 종소리와 함께 손님이 들어왔다. 여학생은 환한 웃음을 지으며 편의점 안으로 들어서는 손님에게 인사했다.

"어서 오십시오! 어머?"

짙은 회색의 두꺼운 망토를 걸치고 있는 손님은 만화에나 등장할 법한 차림새를 하고 있었다. 하지만 중세의 복식 차림에 비해 얼굴은 훤칠한 미남이었기에, 이상한 차림새에는 아랑곳하지 않고 여학생은 홀린 듯한 눈빛으로 손님을 쳐다보았다.

물끄러미 자신을 쳐다보는 여학생을 보며 붉은 장발의 손님은 미소를 지으며 물었다.

"죄송하지만 여기에 세계 전도가 있습니까?"

그 손님의 키는 생각보다 아주 컸다. 기지개를 켜며 천천히 일어선 남학생들도 그 손님의 옷차림과 훤칠한 키를 보고 다들 놀랄 정도였다. 여학생은 약간 두꺼운 책자로 된 관광용 세계 전도를 손님에게 건네주며 물었다.

"여기 있습니다……. 저, 오늘 가장 행렬이 있나요?"

그러자 그 손님은 빙긋 웃으며 살짝 윙크를 던졌다. 여학생은 왠지 남자의 몸짓이 상당히 몸에 배어 있다는 생각을 잠시 했다.

"후훗, 글쎄요, 귀여운 아가씨. 지도는 얼마죠?"

"만 원인데요."

그 손님은 약간 비싸다는 듯한 표정을 지으며 지갑도 아닌 가죽 주머니에서 지폐를 꺼내 주고 말했다.

"이런, 생각보다 비싸군요. 그럼, 수고하십시오, 귀여운 이가씨."

지도를 들고 문밖을 나서는 남자를 계속 주시하던 아르바이트 생들의 얼굴은 순간 굳어 버렸다. 붉은 장발의 남자가 편의점 밖에 웅크리고 있는 드래곤의 등에 올라탄 후 먼지바람을 일으키며 허공으로 날아올랐기 때문이다.

남학생들은 멍한 표정으로 밖을 한참 바라보다가 너나없이 화장 실로 가서 찬물을 얼굴에 끼얹었다.

카운터에 앉아 있던 여학생은 손등으로 두 눈을 잠시 비비고는 고개를 갸웃거리다가 자리에 앉았다. 그러고는 TV에 다시 눈을 돌리며 조용히 중얼거렸다.

"뉴스에 또 나오겠지, 뭐."

16장
드러나는 EOM의 실체

1

쫓기는 티베 프라밍

"정말 보셨나요? 어림잡아 길이가 약 40미터나 되는 큰 공룡을요?"

기자의 질문에 항구 인근에 있는 수산 시장의 여자 상인은 고개를 끄덕였다. 생선 비린내가 기자의 코를 자극했지만 특종을 다루고 있는 중이라 그쯤은 전혀 개의치 않았다.

상인은 놀란 가슴을 진정시키지 못하고 숨을 헐떡이며 말했다.

"보고말고요! 내 두 눈으로 똑똑히 봤어요. 나만 본 게 아니고, 옆에 있는 샘과 수블을 비롯해서 그 현장에 있었던 사람은 죄다 봤다고요. 그리고 아가씨, 다시 한 번 말하겠는데 그건 공룡이 아니고 드래곤이에요, 드래곤! 만화도 안 봤나."

확신에 찬 얼굴로 상인이 대답하자 기자는 어색한 미소를 지으며 고개를 끄덕였다. 두 사람에게 초점을 맞추던 카메라맨은 앵글을 조절하여 다시 기자를 클로즈업했다. 기자는 자세를 고치며 마지막 말을 끝맺었다.

"네, 지금까지 현장에 있었던 주민들의 말을 들어 보았습니다. 과연 진짜 그 공룡, 아니 드래곤은 존재하는 것일까요? 영국 더블린에서 티베 프라밍이었습니다."

카메라의 불이 꺼지자 그녀는 한숨을 쉬며 옆에 있는 벤치에 주저앉았다.

기구를 타고 하루 만에 파리에서 런던으로 와서 취재한, 처음이자 마지막 방송이었기에 성취감보다는 허탈감이 그녀의 가슴을 싸하게 훑고 지나갔다.

피곤한 기색이 역력한 그녀 앞으로 누군가 신선한 우유가 담긴 컵을 불쑥 내밀었다. 컵을 받으며 고개를 들자 좀 전에 인터뷰를 했던 상인이 미소를 띠며 내려다보고 있었다.

"힘들겠수. 프랑스에서 여기까지 힘들게 날아와서 겨우 우리랑 한 짤막한 인터뷰가 끝이라니 말이우. 그거 마시고 힘내요. 짠 지 얼마 안 된 거라우."

기자 티베는 빙긋 웃으며 고개를 끄덕였다. 오랜만에 느껴보는 인정이라 피로가 싹 가시는 기분이었다.

우유를 천천히 마시는 그녀 옆에 앉으며 상인이 조심스레 말을 건넸다.

"음, 사실 카메라 앞엔 처음 서보는 거라 긴장해서 말을 다 못했수. 내가 이런 말을 해도 되는지 모르겠는데……."

불안한 눈빛의 상인과 눈이 마주치자 티베는 안심하라는 듯이 웃어 보였다.

"괜찮아요. 그럼 저만 알고 있죠, 뭐."

상인은 안심한 듯 웃고는 누가 들을까 조바심을 내며 입을 열었다.

"고맙수. 사실 그 드래곤이 나타났을 때 다른 사람들은 드래곤 입에서 뿜어 나오는 파란빛에 정신이 팔려 다른 건 잘 보지 못했을 테지만 난 좀 이상한 걸 봤다우. 그 드래곤의 등에 사람이 타고 있는 것 같았다우. 사람이 아닐 수도 있지만…… 물론 내가 비늘을 착각했을 수도 있지. 아직 그 드래곤이 어떻게 생겼는지 정확히 알고 있는 사람도 없으니까 말이우. 그리 신경 쓰지는 마시우."

말을 마친 상인은 총총히 사라졌다. 컵을 만지작거리며 생각에 잠긴 티베는 이윽고 스태프들과 함께 마차에 올라탔다.

연료 부족으로 자동차 사용이 어렵게 되자 연료 소비를 최대한 줄이기 위해 사람들은 마차를 다시 사용했다. 문명이 퇴보되어 버린 우스꽝스러운 꼴이었다. 물론 그중에는 전기자동차를 타거나 소형차를 몰고 다니는 사람도 있었는데 그들은 어마어마한 부자들이었다.

마차는 말발굽 소리를 내며 공항으로 향했다. 몇 시간이 걸려 공항에—공항이라고 해 봤자 별다른 시설은 없었다. 작은 건물에 대형 비행선 몇 대가 있을 뿐이었다—도착한 스태프와 티베는 전용 비행선 차례가 올 때까지 기다려야 했다.

비행선을 기다리며 티베는 검은 유리에 반사되는 자신의 모습을 보며 머리와 옷매무새를 가다듬었다. 175센티미터의 알맞은 키와 균형 잡힌 그녀의 몸매는 지나가던 사람들의 시선을 끌기에 충분했다. 게다가 이 세상 사람이 아닌 것 같은 순수한 얼굴의 아름다움은 뉴스 시청률이 크게 오를 정도로 매력적이었다.

하지만 그녀 자신은 그런 것을 전혀 모르고 있었다. 너무 무던할 정도로.

"티베, 춥지 않아?"

"아, 선배님."

카메라맨이자 팀장인 베셀은 중년 특유의 털털한 웃음을 지으며 티베에게 따뜻한 차를 건네주었다. 그러자 티베는 살짝 눈웃음을 지어 보이며 차를 한 모금 마셨다.

그녀는 사람들의 제의를 잘 거절하지 않는 성격인지라 동료들 사이에서 꽤 인기가 좋았다. EOM의 공격으로 대학생 딸과 아내를 한꺼번에 잃고 가까스로 살아남은 아들과 단둘이 살고 있는 베셀은 특히 티베를 딸처럼 잘 대해 주었다.

"흠, 우라늄이 사라지기 전보다 좋은 게 딱 하나 있군그래."

티베는 종이컵의 표면으로 전해지는 온기를 손끝으로 느끼며 베셀을 바라봤다.

"뭔데요, 선배님?"

베셀은 작은 헝겊 자루에 담긴 씹는 담배를 입안에 넣으며 말했다.

"낭만이 있지 않나. 하긴 어쩔 수 없이 마차와 비행선, 기구를 타는 것이지만 EOM의 석유 쟁탈전과 무관한 사람들의 얼굴에서 점점 여유가 생기고 있어. 누가 상상이나 했겠나……. 아, 친척이신 힐린 선생은 어떻게 지내시나?"

"계속 똑같죠, 뭐. 그런데 언니도 팀장님과 같은 얘기를 하곤 해요. 전기가 줄어드니 사람들의 정신을 팔게 하고 눈을 속이는 것들이 점차 사라지고 있다고요. 하지만 단 하나, 자원 쟁탈전만은 싫다고 하더군요. 모든 이들이 다 싫어하지만 언니는 특히 더하죠."

티베는 희미한 미소를 지으며 하늘을 올려다보았다. 예전부터 그랬지만 오늘 영국의 하늘은 짙은 안개로 더욱 뿌연 것 같았다.

그때 회색빛 하늘에 검은 점들이 하나둘씩 찍히기 시작했다. 티베는 새 떼일 거라고 생각했으나 갑자기 그것이 공대지 미사일을 발사했다.

공항의 관제탑에 엄청난 충격이 전해졌다. 그로 인해 엉성하게 세워져 있던 공항 건물 벽에 금이 가면서 천장부터 점차 무너지기 시작했다.

"티베, 피해!"

"까아악!"

베셀은 재빨리 몸을 날려 붕괴되는 천장 아래에 있는 티베를 밖으로 밀쳐 냈다. 그러나 자신은 미처 빠져나오지 못해 하반신이 건물 더미에 깔리고 말았다.

"크아아아앗!"

베셀은 밀려오는 통증을 견디다 못해 손가락으로 바닥을 긁으며 빠져나오려 애썼다. 그러나 그가 몸부림을 칠 때마다 엄청난 양의 피가 흘러나와 지면을 적실 뿐이었다.

"서, 선배님!"

티베는 공포에 질려 어찌할 바를 모르고 발만 동동 구르며 주위를 둘러보았다. 하지만 주위에 있는 사람들도 모두 다쳐 다른 사람에게 신경 쓸 겨를이 없었다. 티베는 뭔가를 결심한 듯 양손을 모으고 베셀을 누르고 있는 건물의 잔해를 응시했다.

"텔레키네시스!"

두 손을 모은 그녀의 양손에서 녹색의 빛이 나오더니 꿈쩍도 안하던 거대한 잔해가 공중으로 들렸다. 티베는 부상당한 베셀을 부축하여 안전한 장소로 옮겨다 놓았다.

베셀은 옆구리에 심한 찰과상을 입은 상태였다. 그가 고통에 의식을 잃고 있자 티베는 다시 한 번 손을 모으고 중얼거렸다.

"힐링!"

이번엔 손에서 흰색의 부드러운 빛이 흘러나오기 시작했다. 상처 부위에 그 빛이 닿자 신기하게도 금방 아물기 시작했고 출혈도 멎었다. 고통으로 일그러졌던 베셀의 얼굴이 점차 편안한 표정으로 바뀌자 티베는 안도의 한숨을 내쉬며 바닥에 주저앉았다.

계단 쪽에서 철컥 하는 기계음이 들려왔다. 티베는 흠칫 놀라며 그곳을 바라보았다. 그곳엔 검은 제복 차림의 병사들과 그들의 상관으로 보이는 장교가 웃음을 띠며 서 있었다.

"오, BSP를 제외하고 마법을 쓸 수 있는 인간이 있었다니, 놀라운걸? 좋아, 저 여자를 잡아라!"

"이, 이거 놓으세요! 전 프랑스 시민권을 가지고 있기 때문에 무단으로 체포하는 것은 국제법상…… 아악!"

장교가 더 이상 듣기 싫다는 듯 티베의 뺨을 후려치자 그녀는 외마디 비명도 지르지 못한 채 혼절하고 말았다.

쓰러져 있는 티베를 차가운 눈으로 내려다보던 장교는 손을 비비며 병사들에게 명령했다.

"장갑차로 수송해라! 버릇없는 계집 같으니……. 우리 EOM이 곧 법인데 다른 법을 들먹이다니! 자, 경상이나 몸이 온전한 자는 모두 끌고 가고, 중상 이상의 녀석들은 모두 건물에 처넣어라! 이 건물 안에 있는 모든 연료를 뺀 후 곧 폭파시킨다!"

건물 안을 이 잡듯 뒤져 부상자들을 가려낸 후 병사들과 장교는 아래층으로 내려갔다. 지상엔 어느새 수많은 장갑차들과 전투차량들이 버티고 있었고 거대한 흡유 트럭들 또한 있었다.

공항을 습격하여 사상자를 내고 비행선용 연료를 모두 빼낸 정체불명의 군인들은 건물 지상에 고성능 플라스틱 폭탄을 장치하기 시작했다. 흔적을 깨끗이 지우려는 듯했다.

장갑차에서 망원경으로 주위를 살피던 장교에게 한 병사가 달려왔다.

"대령님, 폭약 장치 완료입니다! 비행선들은 어떻게 할까요!"

장교는 지휘봉으로 병사의 머리를 툭 치며 말했다.

"어쩌긴 뭘 어째. 쏴서 떨어뜨려."

병사는 서둘러 경례를 붙인 후 불만이 가득한 얼굴로 대공포 차량들을 향해 달려갔다. 잠시 후 또 한 명의 병사가 헐레벌떡 달려왔다.

"대령님! 생체 레이더에 고속 물체가 발견되었습니다! 속도로 보아 20초 후 이곳에 도착할 것 같습니다!"

'녀석인가!'

순간 장교는 눈을 움찔하며 스피커폰을 통해 모든 병사들에게 빠르게 지시를 내리기 시작했다.

"모두 들어라! 전 부대는 급히 이동 준비하라. 반복한다. 이동 준비하라! 대공포 부대는 후방 방어를 맡고 미사일 부대는 전방과 옆을 맡아라! 그리고 건물은 어서 폭파시…… 윽!"

대령은 장갑차 안으로 몸을 들이밀었다. 서두르는 바람에 팔꿈치를 부딪쳐 상처가 났지만 다급한 상황에서 그런 것을 따질 겨를이 없었다.

"젠장, 또 저 녀석이!"

낭패스러운 표정으로 장교는 이를 갈며 중얼거렸다.

지금까지 저 괴물의 공격을 받고 살아남은 대공포 부대 대원은 단 두 명뿐이었다. 그러나 사망한 대원은 셀 수 없을 만큼 많았다.

대공포 부대 대원들은 마음속으로 어머니 이름을 외치며 목숨을 건질 수 있기를 간절히 바랐다.

"온다, 갈겨라!"

거대한 물체가 빠른 속도로 대공포 부대 대원들 머리 위를 스치 듯 지나갔다. 그와 동시에 일곱 개의 대공포 중 다섯 개가 두 동강 이 나며 굉음과 함께 폭발했다. 정체불명의 물체는 소부대 중앙 상 공에서 자신의 큰 날개를 펼치며 포효하기 시작했다.

「쿠오오오오오오!」

날개의 전체 길이가 어림잡아 40미터는 넘을 것 같았다. 몸 길이 또한 40미터 안팎의 거구였고 몸을 뒤덮고 있는 장갑질의 거대한 비늘들은 마치 탄탄한 갑옷처럼 강해 보였다.

바로 전설상의 종족 드래곤이었다.

"세, 세상에!"

병사들은 얼굴이 흙빛으로 변하더니 자신들을 감싸는 살벌한 기 운에 몸을 가누지 못했다. 착식 대공 미사일 발사기를 가지고 있는 병사들 역시 미사일 조준기를 작동할 생각조차 하지 못한 채 벌벌 떨었다.

장교 역시 겁에 질린 표정이었으나 억지로 대범한 표정을 지으 며 병사들을 향해 필사적으로 소리쳤다.

"모두 공격! 뭐 하나? 쏴라! 쏘면 살 수 있다!"

난무하는 총성 사이로 들리는 장교의 목소리가 처절했다. 같은 장갑차 안에 있던 티베는 장교의 외침에 정신이 들어 욱신거리는 머리를 매만지며 상공을 올려다보았다.

"드, 드래곤? 이 세계에 저런 것이 진짜로⋯⋯!"

놀라움에 할 말을 잃고 쳐다보고 있던 티베는 드래곤의 등 뒤에 서 무언가 번뜩이는 것을 보았다. 순간 그녀는 이상하다는 생각을 했다. 그러나 그것도 잠깐 그 번뜩임은 다시 나타나지 않았다.

"반사광인가?"

한편 병사들은 겨우 정신을 수습하고 방아쇠와 발사 스위치를 눌렀다. 그들의 대항에 드래곤 역시 입을 벌리며 푸른색 브레스를 뿜기 시작했다. 그 브레스가 한번 지나간 자리에는 현대식 폭탄보다 더한 폭발이 일어났다. 브레스의 열은 장갑차의 합금을 단번에 녹여 버릴 정도로 강렬했다. 브레스 한 방에 소부대 대원의 절반 이상이 사망할 정도였다.

장교는 재빨리 장갑차 운전병에게 후퇴하라고 신호를 보냈다. 그 장갑차를 중심으로 잔류 부대가 후퇴하기 시작했다. 드래곤은 가만히 보고만 있지 않았다. 저공 비행을 하며 빠른 속도로 후퇴하는 장갑차들 위를 스치고 지나갔다. 그러자 장갑차들의 포탑들이 무언가에 잘려 모조리 날아가 버렸다.

"윽, 젠장!"

포탑이 사라져 감지 기능을 대부분 상실한 장갑차는 더 이상 전투 무기가 아니었다. 병사들의 수송 수단에 불과했다.

드래곤은 비행 속도를 늦춰 내부가 드러난 장갑차 안을 하나하나 살펴보기 시작했다. 그러다 장교가 타고 있는 장갑차를 보자 입을 벌리며 그 부근의 장갑차들을 향해 브레스를 뿜었다. 그 브레스를 버텨 낼 수 있는 장갑차는 없었다. 결국 남은 것은 장교가 탄 장갑차와 나머지 한 대의 장갑차뿐이었다.

남은 한 대의 위를 날던 드래곤은 거대한 발가락으로 그 장갑차를 집어 올렸다. 그러고는 엄청난 완력으로 장갑차를 깡통 구기듯 뭉갠 후 휙 던져 버렸다. 내동댕이쳐진 장갑차는 이내 폭발하며 화염에 휩싸였다. 드래곤은 방향을 바꾸어 마지막 남은 장교의 장갑차 위로 날았다.

"이 녀석! 감히 EOM에게 저항하려 들다니, 용서치 않겠다!"

장교는 무모하게도 권총을 쏘며 저항했으나 드래곤의 단단한 비늘을 뚫기엔 역부족이었다. 드래곤은 재빨리 낮게 비행하며 거대한 발가락으로 장교를 집어 밖으로 던졌다. 시속 80킬로미터로 달리던 장갑차에서 떨어진 장교는 그대로 목이 부러져 즉사하고 말았다.

드래곤은 이번엔 티베를 집어 올렸다. 티베는 살려 달라고 소리치며 발버둥을 쳤지만 드래곤은 죽일 마음이 없는 듯했다. 오히려 드래곤은 티베를 날개로 안전하게 감싼 후 마지막 장갑차를 브레스로 소멸해 버렸다.

트럭에 실려 가다 풀려난 베셀과 다른 사람들은 시커멓게 그을린 현장을 놀라운 표정으로 돌아봤다. 드래곤이 내뿜은 브레스 한 방에 현대식 무기들이 모조리 파괴되거나 시커멓게 타 버렸다.

베셀은 카메라가 없는 것을 매우 안타까워했다.

그때였다.

"저, 저길 보시오! 드래곤이 다시 이쪽으로……!"

베셀은 '오 마이 갓'을 외치며 하늘을 올려다보았다. 드래곤이 천천히 지상을 향해 내려오고 있었다. 그런데 발가락 사이로 무언가 매달려 있는 게 보였다. 찬찬히 살펴보던 베셀은 깜짝 놀라며 소리쳤다.

"티베! 티베야, 티베!"

그와 함께 있던 스태프들은 깜짝 놀라며 드래곤이 발로 쥐고 있는 티베를 바라보았다.

허공에 매달려 있는 그녀는 의외로 신난다는 듯 이쪽을 향해 손을 흔들고 있었다.

드래곤은 속도를 줄이며 티베를 지면에 안전하게 내려놓았다. 그런 후 다시 공중으로 솟아오르더니 빠른 속도로 어디론가 날아갔다.

멀찌감치 서 있던 베셀은 즉시 그녀에게 달려가 상태를 물었다.

"티베, 괜찮은 거야? 다친 데 없어?"

"없어요, 괜찮아요, 선배님. 선배님은요? 저 때문에 건물 파편에 깔리신 것 같던데?"

베셀은 자신도 이해가 안 된다는 듯 머리를 긁적이며 대답했다.

"아, 나도 기억이 어렴풋이 나긴 하는데…… 다음은 잘 모르겠어. 정신을 차려 보니 군용 트럭 안이었어. 그런데 저 드래곤이 왜 티베를 살려 줬을까? 이상한데?"

티베도 알 수 없다는 듯 고개를 갸웃거리며 대답했다.

"음, 글쎄요. 책에 보면 드래곤이 인간보다 더 현명하다고 나와 있긴 한데 정말 그래서 저를 구해 준 것일지도 몰라요. 어쨌든 살았으니 정말 다행이죠."

베셀은 안도의 한숨을 쉬며 고개를 끄덕이고는 티베의 어깨를 툭툭 쳐 주었다.

"그래, 그렇게 생각하지, 뭐. 자, 그런데 어쩌지? 오늘 안으로는 프랑스에 돌아가기 힘들 것 같은데. 건물에 폭탄도 아직 있는 것 같고 말이야."

티베와 모든 스태프들은 상부가 무너져 내린 공항 건물을 먼발치에서 바라보며 한숨을 지었다.

2

은인(恩人)

　하루 늦게 프랑스에 간신히 돌아온 티베는 드래곤에게 잡혔다는 이유로 신체검사를 받은 후 일주일간의 가택 요양을 방송사 상부에게 하달받았다.

　집에서 하는 일이라곤 먹고 자는 것 외엔 없는 티베로서는 집에만 있는 게 무료할 수밖에 없었다. 그녀는 집 안을 이리저리 돌아다니다가 자신의 친척—사실 친척이 아닌데 사람들에겐 그렇게 알려졌다—힐린의 방으로 들어갔다.

　방 안에 들어선 티베는 곳곳에 흩어져 있는 프린트 용지를 보고 얼굴을 찡그렸다. 힐린은 컴퓨터 모니터에 얼굴을 박고 티베가 들어온 줄도 모르고 작업에 몰두해 있었다. 올해 서른세 살에 접어드는 그녀의 직업은 작가였다. 그런 힐린의 뒷모습을 보고 티베는 한숨을 쉬며 물었다.

　"마실 것 갖다 드려요, 언니?"

힐린은 그제야 뒤를 돌아보며 삼각형 모양의 안경 렌즈 너머로 티베를 바라보았다. 그녀는 안경을 추켜올리고 대답했다.

"아니, 됐어. 잠깐만 거실에서 기다리고 있을래? 얘기 좀 할 게 있으니까 말이야."

티베는 문을 닫고 나서며 대답했다.

"예, 빨리 와요."

물론 그녀가 빨리 나올 리 없었다. 컴퓨터 앞에 앉아 글을 쓰는 이상 빨리 나와야 두 시간 뒤였다. 티베는 긴 소파에 편안히 누워 요즘 잘나간다는 TV 코미디 프로를 보았다.

"……유치해."

티베는 TV를 보며 가끔씩 웃긴 했으나 별 재미를 느끼지 못했다. 결국 티베는 지루함을 참지 못하고 TV를 끄고 집 밖으로 나갔다. 이땐 벌써 힐린이 조금 후에 보자고 했던 말을 잊고 있었다.

집을 나와 편의점에서 음료수와 식료품을 산 뒤 집으로 돌아오던 티베는 무슨 생각이 들었는지 공원으로 발걸음을 옮겼다.

공원은 많은 사람들로 붐볐다. 그들의 표정에서 전쟁의 공포는 찾아볼 수 없었다.

티베는 며칠 전 영국 공항에서 당한 그 무서운 기억을 다시 떠올렸다. 하지만 이상하게도 그 드래곤만큼은 다시 만나고 싶다는 생각이 들었다.

이런저런 생각을 하며 공원을 걷던 티베는 비둘기에 둘러싸인 한 노인과 마주쳤다. 여행용 모자를 쓰고 수더분한 미소를 지은 채 새들에게 먹이를 주고 있는 모습이 정말 평화로워 보였다.

티베가 노인에게 한 걸음 다가서자 비둘기들이 놀란 듯 푸드득 공중으로 날아올랐다. 비둘기들이 날아가 버리자 노인은 티베를 쳐다보았다. 그녀는 미안함에 고개를 푹 숙였다. 마치 아름다운 수채화를 자신이 찢어 버린 듯한 죄책감이 들었던 것이다. 하지만 노인은 껄껄대며 괜찮다는 듯 손을 저었다.

"허헛, 신경 쓰지 마시오, 아가씨. 비둘기들이야 날아가는 게 정상 아니겠소."

"아, 그러네요."

그의 말에 티베는 참으로 좋은 분이라 생각하며 시간도 보낼 겸 그의 옆에 앉았다. 막상 가까이 앉고 보니 노인의 덩치는 의외로 컸다. 젊었을 적에 꽤나 멋진 몸이었겠구나 하는 생각이 들었다.

"저, 할아버지는 이 공원에 자주 오세요?"

노인은 웃으며 고개를 저었다.

"후훗, 그렇진 않소. 원래 영국에서 살았는데 며칠 전 프랑스로 건너왔다오. 저기 보이는 에펠탑이 머지 않아 폐기 처분된다는 소문을 듣고 마지막으로 볼 겸 왔구려. 아가씨도 여기 출신이 아닌 것 같은데, 맞소?"

티베는 깜짝 놀랐다. 보기보다 눈이 예리한 노인이었다.

사실 그녀는 이곳 프랑스 출신이 아니었다. 그렇다고 미국이나 아시아권 출신도 아니었다. 그녀는 이곳과는 다른 차원에서 온 사람이었다. 그러나 그 사실을 아무에게나 밝힐 수는 없었다. 그녀는 진땀을 빼며 적당히 둘러댔다.

"하하…… 여기 출신은 아니고요. 음, 어디였지? 아, 미국 출신이에요!"

노인은 그녀의 얼굴을 잠시 바라보다가 쿡쿡 웃으며 고개를 끄덕였다.

"음, 그랬구려. 하긴 미국이란 나라는 다인종 국가라 아가씨와 같은 특이한 얼굴형과 머리카락을 가진 사람도 충분히 있을 수 있겠구려. 남자 친구는 있소? 아, 실례가 되었을지 모르겠소. 아직 나이가 어린 것 같은데……."

티베는 약간 그늘진 표정을 지었으나 이내 고개를 저으며 대답했다.

"없어요, 아직. 할아버지 말씀대로 아직 어린걸요."

노인은 고개를 끄덕이다가 문득 자신의 낡은 시계를 바라보았다. 뒤쪽이 검은색이어서 각도를 조절하면 선명한 거울과도 같은 효과를 볼 수 있었다. 하지만 스위치만 누르면 레이저 그래픽으로 진짜 거울이 떠오르는 최신형 시계와 비교할 수는 없었다.

노인은 구식 손목시계를 찬찬히 들여다보고는 웃으며 티베에게 살며시 얘기했다.

"아가씨, 무슨 범죄자요? 왜 뒤에서 검은 선글라스 낀 남자들이 아가씨를 지켜보고 있소? 난 그냥 떠돌이일 뿐이라 걸릴 건 없는데……."

티베는 순간 깜짝 놀라며 뒤를 돌아보았다. 그러자 나무들 뒤에 몸을 숨긴 채 그녀를 미행하던 검은 선글라스의 괴한들이 어쩔 수 없다는 듯 하나둘 모습을 드러냈다. 그들은 천천히 품속에서 총을 꺼내 들었다.

"죄, 죄송해요, 할아버지!"

티베는 다급하게 도망쳤다.

노인은 그녀가 놓고 간 식료품이 담긴 봉지를 들고 알 수 없는 미소를 지었다.

"허허헛, 역시 저 아가씨였군."

티베는 앞만 보고 정신없이 뛰었다. 잡히면 분명 생체 실험실로 끌려갈 것이 뻔했다. 예전에도 가까스로 도망쳤던 기억이 아직도 생생했다.

"시, 싫어! 이런 건 더 이상 싫어!"

탕.

순간 총성이 울려 퍼졌고 티베는 발을 멈췄다. 그러고 나서 자신의 몸을 더듬어 봤다. 아무 이상도 없었다. 총상도 없었고 고통도 없었다. 더구나 뒤따라오던 검은 선글라스의 사나이들도 모습이 보이지 않았다.

뭔가 이상하다고 생각한 티베는 뒤로 보이는 굽은 길을 조심스럽게 되돌아가 봤다.

"어라?"

자신을 추격하던 세 명의 사나이는 비둘기 똥 같은 흰색 액체를 잔뜩 뒤집어쓰고 악취를 풍기며 쓰러져 있었다. 티베는 어찌 된 영문인지 몰라 눈을 휘둥그렇게 뜰 뿐이었다. 그 순간 누군가 티베의 어깨를 툭 쳤다. 티베는 소스라치게 놀라며 고개를 돌렸다.

"누, 누구야! 아, 아니 할아버지?"

노인은 숨을 헐떡거리며 손에 든 봉지를 건네주었다. 그녀가 놓고 간 식료품이었다.

"이건 들고 가야지, 아가씨. 음식을 버리면 못 써요, 허허헛."

티베는 한숨을 쉬며 감사하는 뜻으로 고개를 끄덕였다. 노인은 티베의 어깨 너머로 눈길을 주고는 인상을 찡그리며 중얼거렸다.

"참, 잔인하구려, 아가씨는. 아무리 저 남자들이 맘에 안 들었다고 해도 비둘기 배설물로 범벅을 만들다니."

"아, 아니에요, 저는! 저는 그럴 힘이 없는걸요!"

티베는 아니라고 말하며 손사래를 쳤지만 노인은 못 들은 듯 고개를 끄덕이고는 어디론가 걸어갔다.

"나중에 또 만나면 좋을 것 같소, 아가씨. 허허헛. 그럼 난 이만."

그녀는 참으로 이상한 노인이라고 생각하며 소리쳤다.

"안녕히 가세요, 할아버지!"

티베의 인사를 받은 노인은 고개를 끄덕이며 곧 잣밭로 숨어버리렸다.

"조심하시오, 아가씨. 허헛."

집으로 돌아온 티베는 허탈감이 몰려와 소파에 주저앉고 말았다. 그로부터 반시간 후에야 모습을 드러낸 힐린은 방에서 나오며 티베에게 물었다.

"어머, 많이 기다렸나 보구나? 피곤해 보이네?"

"응? 으응."

티베는 더 이상 할 말이 없었다.

일주일 만에 방송국에 복귀한 티베는 동료들에게 인사를 하고 곧장 비디오 편집실로 향했다. 엄청난 정보가 있다는 베셀의 말을 전화로 들었기 때문이다.

"선배님!"

노크도 없이 편집실 문을 획 열고 들어가자 베셀은 껄껄 웃으며 손짓을 했다. 그는 티베가 앉자마자 방송용 편집 드라이버를 돌리며 곧바로 설명을 했다.

"자, 이건 저번에 우리가 EOM 군대에게 공격당했을 때 부근 야산에 있던 조류 사진 작가가 우연히 찍은 비디오야. 작가라서 그런지 꽤 잘 찍었지. 게다가 비디오 카메라도 상당히 좋은 것이라 화질도 선명해. 구하기 꽤 힘들었다고. 자, 잘 봐."

그러나 화면에는 새 떼들이 날아가는 모습뿐이었다. 그녀는 아름답다는 생각을 하며 의아한 눈으로 베셀을 쳐다보았다. 그 순간 갑자기 화면이 치직거리더니 검은 물체가 고속으로 지나가는 것이 보였다. 티베의 눈이 크게 벌어진 것도 그때였다.

　"아, 잠깐만요!"

　베셀은 그럴 줄 알았다는 표정으로 그 장면을 특수 캡션 드라이버로 돌렸다. 정지 화면을 자세히 들여다본 티베는 놀랍다는 표정을 지으며 소리쳤다.

　"드래곤! 그 드래곤이군요! 우아, 정말 대단해요!"

　베셀은 활짝 웃으며 화면에 나타난 드래곤의 머리와 끝을 샤프로 찍으며 말했다.

　"건축 전공을 했다는 닉에게 이 화면을 주고 분석해 보라고 했지. 이 드래곤의 전신 길이는 약 39미터야. 그리고 또 계속 보라고."

　계속 돌아가던 화면에선 또 한 번 검은 물체가 획 지나갔다. 다시 돌려본 그 장면은 드래곤의 아래 방향에서 찍은 것이었다. 베셀은 드래곤의 양 날개 끝을 찍으며 말했다.

　"날개를 최대한 펼쳤을 때는 약 43미터. 돌연변이 새치고는 정말 크지."

　티베는 놀라움에 입을 다물지 못했다. 베셀은 샤프로 키를 두드리며 계속 말을 이었다.

　"자, 다음엔 더 놀라운 장면이라고. 기대해."

　계속 진행되던 화면에선 대공포의 사격 장면이 시작되었다. 그 순간 또다시 검은 물체가 지나갔고 이번엔 흰색의 빛이 순간적으로 번뜩였다. 베셀은 화면을 정지시킨 후 침을 삼키며 캡션 드라이버를 돌렸다.

"여태까지 아무도 보지 못했던 드래곤의 등판이야. 나도 이걸 보고 소름이 돋을 정도로 정신이 없었다고. 아, 여기군."

티베는 베셀이 가리킨 장면을 본 순간 손에 들고 있던 가방을 바닥에 떨어뜨리고 말았다. 그 드래곤의 등 위에 사람이 올라타고 있었다.

"세, 세상에, 이건?"

베셀은 이마에 흐르는 땀을 닦으며 설명했다.

"지금 이 사나이는 분명 무언가를 휘두르고 있어. 내 생각엔 검 아니면 창 같은데 지금 화면에서 빛으로 보이는 이유는 너무 빨라서야. 초속 약 5킬로미터 정도? 아니, 그 이상이겠지. 그것도 한 번 휘두른 게 아냐. 계속 봐."

베셀은 조심스럽게 캡션 드라이버를 돌렸다. 그러자 사나이의 동작이 검광의 잔상과 함께 갑자기 바뀌어 버렸다. 티베는 믿지 못하겠다는 듯 화면의 일부분을 손가락으로 짚으며 말했다.

"이, 이것은 또 뭐죠?"

"검광의 잔상 곡선으로 봐서 다섯 번 정도 휘두른 것 같아. 캡션 드라이버를 최대한 정밀하게 돌렸는데도 말이지. 정말 인간 이상의 스피드야. 검도를 하는 사람 중에서도 칼을 이 정도로 휘두를 수 있는 사람은 현재 없어. 전 세계의 BSP 중 단 한 명이 이렇게 휘두를 수 있다고는 하지만 그건 잘 모르겠고. 어쨌든 보통 인간 중에선 순간 시속 600킬로미터로 나는 드래곤 위에서 검을 초속 5킬로미터로 휘두를 수 있는 사람은 아무도 없어."

티베는 드래곤 위에 올라타 대공포 탑을 향해 검을 휘두르고 있는 화면 속의 사나이를 긴장된 표정으로 확대해 보았다.

그러나 화면을 몇백 배로 확대하다 보니 얼굴 윤곽이 너무 흐릿해졌다. 게다가 잘 보이는 각도도 아니었다. 하지만 한 가지 확실한 것이 있었다. 바로 그가 붉은 장발을 가졌다는 것이다.

티베는 더 찾아보려고 했으나 그 남자의 모습은 더 이상 화면에 나오지 않았고 드래곤의 모습만 간간이 나올 뿐이었다.

그녀는 한숨을 쉬며 베셀에게 말했다.

"휴, 정말 이상한 일도 다 있군요. 도대체 이 드래곤과 붉은 머리 카락의 남자는 적일까요, 아니면……."

베셀은 씹는담배를 입에 넣으며 중얼거렸다.

"흠, 하여튼 성경에 나오는 메시아는 아닐 거야. 다 때려부수고 다니는데 구원자일 리는 없겠지. 난 드러나지 않은 BSP나 그 비슷한 다른 조직의 일원 아니면 생체 병기, 셋 중에 하나라고 생각해. 자체적으로 꾸며 낸 쇼일 리도 없어. 여태까진 EOM이 연료를 강탈하기 위해 나타났을 때 열 번 중 한 건이 실패하다가 두 건으로 증가했으니까 말이야. 10퍼센트에서 20퍼센트 정도의 손해를 보면서 EOM이 쇼를 할 이유는 없겠지. 그리고 실제로 병사들도 사망했고……. 저 드래곤과 정체불명의 슈퍼맨이 좋은 쪽인 건 확실해……. 자, 일단 회의 시간이 다 됐으니까 어서 가지고. 나중에 더얘기를 해 보자."

티베는 고개를 끄덕이며 베셀과 함께 영상 편집실을 나섰다.

회의실에서는 국제부 부장이 머리를 긁적이며 일주일 전 영국 공항에서 사건을 티베와 베셀로부터 보고받고 있었다. 그들은 열심히 한다고 했지만 부장이 납득할 수 있도록 설명할 수는 없었다. 대부분 기절해 있었거나 트럭 안에 갇힌 상태였기 때문이었다. 부장은 쓴맛을 다시며 물만 벌컥벌컥 들이켤 뿐이다.

다른 안건으로 토론을 하고 있을 무렵, 회의실 내부 전화가 울렸다. 부장은 신경질적으로 수화기를 들고 대답했다.

"국제부요! 음? 뭐라고!"

부장은 놀란 표정을 지으며 옆에 앉아 있던 부하 직원에게 어서 TV를 켜 보라는 손짓을 보냈다. 사원은 미안해하며 TV를 켰다. 화면에 속보가 나오고 있었다. 파리 근교에서 발생한 사건이었다.

베셀은 벌떡 일어서며 소리쳤다.

"저, 저건 로블 정유 공장! EOM 녀석들이 저기까지!"

화면에서는 방송사 동료 기자가 몸을 숙인 채 공포에 질린 얼굴로 뭐라고 얘기를 하고 있었다. 그러나 통신 방해가 일어났는지 소리가 들리지 않았다. 확실한 것은 카메라 뒤로 보이는 검은 제복의 군인들이 EOM이라는 것이었다.

순간 뒤에서 불꽃이 몇 번 번쩍이더니 기자의 어깨에서 선혈이 튀었고 카메라도 중심을 잃고 쓰러졌다. 카메라맨도 저격당한 모양이었다.

"어, 어떡해!"

숨죽이며 뉴스를 지켜보던 사람들은 기겁을 하며 소리쳤고 일부는 입을 벌린 채 경악을 금치 못했다. 카메라는 초점을 잃었으나 용케 돌아가고 있었다.

넘어진 카메라 앵글이 잡고 있는 부분은 미사일 공격을 당하고 있는 정유 공장의 고출력 배리어 부분이었다. 상황으로 봐서 오래 못 갈 것 같았다.

TV에서 소리가 들리지 않아 회의실 안은 침묵에 빠져 있었다. 아니 그 광경을 지켜보고 있는 방송국 전체, 프랑스 전체가 침묵의 도가니였다.

"젠장! 어째서 정규군이 출동하지 않는 거야! 저렇게 빼앗기기
만 하면 어쩌자고!"

베셀이 울분을 토하며 책상을 내리쳤다. 다른 직원들도 침통한 모
습이었다. 티베는 안타까운 눈으로 화면에 모든 신경을 집중했다.

그런데 어느 순간, 티베는 뭔가 달라진 걸 느낄 수 있었다. 배리
어에 가해지던 미사일 공격이 멈추었다.

"잠깐만요, 미사일 공격이 멈췄어요!"

그뿐만 아니었다. 카메라의 음향 전송을 방해하는 것도 사라진
듯했다. 치직거리는 소리가 잦아들더니 스피커로 현장의 폭음과
비명 소리가 들려왔다.

"으, 으윽!"

누군가의 신음 소리와 함께 카메라의 초점이 다시 잡히기 시작
했다. 카메라맨이 정신을 차린 것인지 아니면 어느 누가 부상을 무
릅쓰고 투혼을 발휘하는 것인지 알 길이 없었다.

화면은 회전과 흔들림을 거듭하더니. 이윽고 어느 한곳에 멈췄다.

"저, 저걸 봐! 드래곤이야, 드래곤!"

베셀의 외침대로 예전에 그들을 구해 준 적이 있는 거대한 드래
곤이 빠른 속도로 화면 안을 휘저으며 날아다녔다. 그 날갯짓에
EOM의 미사일 포대가 산산조각이 나고 있었다.

「쿠오오오오오!」

곧 거성과 함께 드래곤의 입에서 푸른색의 빛이 방출되자 지상
에 있던 장갑차 부대와 미사일 부대, 보병 부대가 일순간 잿더미로
변하고 말았다. 엄청난 파괴력이었다.

또다시 공격을 하려던 드래곤은 공중에서 전투헬기 부대가 나타
나자 포효와 함께 공중으로 치솟았다. 카메라 역시 드래곤의 움직

임을 따라 숨 가쁘게 움직였다.

그 순간 드래곤의 등에서 또 하나의 그림자가 솟구치는 것이 화면에 잡혔다.

그 정체불명의 그림자를 따라 카메라의 앵글이 움직였고 회의장 안의 사람들은 다시 한 번 경악했다.

"사, 사람이야! 사람이 드래곤의 등에 타고 있어!"

카메라는 운이 좋게도 사나이의 정면과 측면을 클로즈업할 수 있었다.

짙은 회색 망토, 갈색 토시, 위로 묶어 늘어뜨린 붉은 장발, 그리고 입가를 가린 회색의 복면. 히피나 불순분자로 오인할 수 있겠지만 지금 상황에선 그런 생각을 할 틈이 없었다.

카메라에 잡힌 광경은 어떤 영화의 장면보다도 압권이었다.

사나이는 망토 속에서 천천히 검을 꺼내 들었다. 짙푸른색의 날을 가진 긴 자루의 소검이었다. 카메라는 서서히 왼쪽으로 이동했다. 중전차 몇 대와 경장갑차 몇 대가 그 사나이와 카메라맨을 향해 포신을 돌리고 있었다.

카메라는 다시금 사나이를 향했다. 사나이의 복면이 꿈틀거리며 목소리가 들려왔다.

"훗, 즐겨 볼까."

그 목소리와 함께 소검의 날을 중심으로 우윳빛의 또 다른 넓은 날이 퍼져 나왔다. 그야말로 넓은 대검이었다.

그 광경에 베셀의 입속에 있던 담배가 입 밖으로 떨어지고 말았다. 다른 사람들도 모두 액션 영화나 만화를 보는 것이 아닌지 착각할 정도였다.

사람들의 착각을 흔들어 깨우듯 부장의 현실적인 발언이 튀어나왔다.

"아니, 저런 검으로 어떻게 전차들을 상대한단 말이야! 그것도 박물관에서 끌고 온 구형 전차가 아닌 최신 A-3 클린턴 전차를!"

그러나 부장의 말을 비웃기라도 하듯, 사나이의 모습은 유령처럼 화면에서 사라졌다. 카메라는 급히 전차들이 있는 곳을 비췄다.

전차들 사이에서 흰색의 넓은 잔광들이 번뜩이더니 순간 전차들의 표면에 면도날에 잘린 듯한 균열이 생겨났다. 곧이어 전차들의 폭발과 동시에 사나이의 몸이 공중으로 치솟았고 그는 다시 아까 있던 자리에 가볍게 착지했다.

사나이는 검을 옆으로 비스듬히 들며 또다시 중얼거렸다.

"너희에게 그 장난감은 어울리지 않아."

그 말과 함께 우윳빛의 날은 서서히 사그라졌다. 소검의 모습으로 되돌아온 검은 다시금 사나이의 망토 속으로 사라졌다. 그 붉은 장발의 사나이가 카메라를 정면으로 응시했다. 그리고 천천히 다가오며 물었다.

"괜찮소? 총상을 입은 것 같은데……."

그 순간 카메라가 위아래로 크게 흔들렸다.

다혈질인 부장이 책상을 내리치며 소리쳤다.

"아니, 뭐야! 카메라를 똑바로 잡아야 할 거 아냐!"

치이이이이이.

갑자기 화면에 하늘이 찍히는가 싶더니 이상한 기계음과 함께 전파 수신이 망가져 버렸다. 검게 변한 화면에선 단지 심한 잡음만 나올 뿐이었다.

카메라맨인 베셀은 그 이유를 아는 듯 웃으며 중얼거렸다.

"홋, 결국엔 정신을 잃은 모양이군, 저 친구. 그것도 뒤로 쓰러진 모양이야. 카메라도 박살 내다니……. 어쨌든 저런 귀중한 장면을 혼신의 힘을 다해 찍은 건 칭찬할 만하군. 안 그래요, 부장님?"

베셀은 웃으며 부장을 비롯해 좌중을 돌아보았다. 다들 아직도 뭐가 뭔지 모르겠다는 얼굴이었고, 넋이 나간 표정으로 검게 변한 화면만 주시하고 있었다. 티베 역시 병한 표정이었다.

베셀은 고개를 저으며 가볍게 웃었다.

"허 참, 대단한 스타의 탄생이군그래. 티베까지 넋이 나가다니."

그날 방송국엔 포르노 비디오가 1분간 실수로 방영되어 항의 전화가 빗발친 사건 이래 가장 많은 문의가 왔다.

조작된 영화를 속보랍시고 내보낸 게 아니냐, 컴퓨터 그래픽으로 눈속임한 게 아니면 정체불명의 사나이는 누구냐는 등의 것이었다.

그래서 방송국에서는 오후 뉴스 시간에 특집으로 꾸며 자세한 설명과 함께 재방송을 하기에 이르렀다.

베셀과 티베는 다음 날 조기 퇴근을 한 후 '로블의 영웅'을 찍은 동료 카메라맨을 위문하러 병원으로 갔다. 카메라맨과 함께 취재를 하던 기자 둘도 나란히 병실에 누워 있었다. 둘 다 생명에 지장은 없는 듯했다.

카메라맨이 찍은 수수께끼의 사람은 일순간 영웅이 된 반면 목숨을 걸고 그를 찍은 카메라맨의 병실엔 그의 부인이 놓아 준 꽃 하나만 놓여 있을 뿐이었다. 그러나 정작 그는 별로 마음에 두지 않는 듯했다.

베셀과 티베가 병실로 들어오자 그는 반가운 얼굴로 그들을 맞았다. 옆 침대의 동료 기자는 잠이 들었는지 아무 반응이 없었다.

"어서 오게나, 베셀. 내 꼴이 말이 아니지? 하하핫."

베셀은 웃으며 고개를 끄덕였다.

"후훗, 알긴 아는군. 몸은 어떤가?"

"오랜만에 쉬니 좀이 쑤신다네."

카메라맨은 미소를 지으며 대답하곤 티베와 베셀을 번갈아 보며 다 안다는 듯 물었다.

"자네들, 내가 어제 찍은 그 남자에 대해 알아보려고 온 거지? 하긴 뭐, 티베도 여자니까 당연히 그 미남 슈퍼맨에게 관심이 있겠지. 하하하핫."

"이봐요, 선배님."

티베의 얼굴이 발그레해졌다.

카메라맨은 숨을 깊이 들이쉬고 편한 자세를 취했다.

"음, 그때 카메라가 부서져서 다른 사람들은 모를 거야. 나만 알고 있는 내용이 있긴 하지."

베셀은 감탄하며 말했다.

"오호, 미공개 얘기라는 건가? 좋아, 비밀은 지켜 주지."

티베는 눈을 반짝이며 카메라맨의 다음 얘기를 숨죽이며 기다렸다. 카메라맨은 천천히 그때의 상황을 얘기하기 시작했다.

"으, 으윽!"

카메라가 부서진 모양이었다. 카메라맨은 '젠장, 월급에서 깎겠군'이라는 말이 입속에서만 맴돌았지만 말은 할 수가 없었다. 지독한 통증이 밀려왔다.

그의 앞으로 전차들을 무 자르듯 간단히 깨부순 괴력의 사나이가 다가왔다. 옷차림으로 보면 놀이공원에서나 볼 수 있는 광대처럼 보였다. 하지만 그 사나이의 눈빛은 너무나도 진지했다. 그는 카메라맨의 어깨에 난 관통상을 보며 중얼거렸다.

"동맥은 다치지 않은 듯하니 너무 걱정하지 마십시오. 저 기자분도 비슷한 상처일 뿐입니다. 이 나라의 상부가 아무리 썩었어도 구급차는 곧 올 테니 그대로 누워서 편히 쉬고 계십시오."

'상부가 썩었다……'

사실 그렇게 놀랄 말은 아니었다. 그런 말은 늘 있어 왔으니까. 그러나 괴력을 가진 정체불명의 남자의 입에서 나온 말이었기에 새삼스럽게 들렸다.

카메라맨은 뭔가 묻고 싶었다. 그러나 머릿속에서만 맴돌 뿐 입을 움직일 수가 없었다.

「이렇게 목격자들이 많아도 되는 건가?」

의식이 가물거리는 카메라맨의 귀에 또 다른 사람의 목소리가 들려왔다.

그는 카메라를 들 때처럼 혼신의 힘을 다해 눈을 떴다. 그 정체불명의 사나이 옆으로 그가 타고 있던 거대한 드래곤이 날아와 있었다.

"별 탈은 없겠지. 누가 사인해 달라고 찾아올 리도 없잖아. 자, 쓸데없는 생각 말고 다른 곳으로 가 보자."

정체불명의 사나이가 드래곤의 등에 올라타자 드래곤은 눈살을 찌푸리며 중얼거렸다.

「어쩌다가 이놈과 알게 됐는지. 젠장!」

너무나도 또렷한 음성이었다. 약간 차가운 어감이 감돌긴 했으나 음색은 무척 세련된 느낌이었다. 그러나 카메라맨은 더 이상 음성을 들을 수 없었다. 간신히 붙잡고 있던 의식의 끈을 놓아버린 것이었다.

'죽는 것이 이런 것일까……?'

점점 눈의 초점이 흐려지기 시작하더니 어두운 망각의 세계로 빨려 들어갔다.

"그러고는 의식을 차려 보니 병원에 와 있더군."

"오호, 그랬군. 대단한데."

동료의 무용담을 들은 베셀은 놀랍다는 듯 고개를 크게 끄덕였다. 잠자코 있던 티베는 재빨리 직업적인 질문을 하기 시작했다.

"그 남자를 지척에서 보셨으니 인상착의는 생생히 기억하시겠죠? 설명 좀 해 주시겠어요, 선배님?"

카메라맨은 살며시 미소를 지으며 고개를 끄덕였다.

"음, 입가를 두건으로 가리고 있어서 얼굴은 자세히 보진 못했어. 하지만 타오르는 듯한 붉은 장발은 정말 사람을 압도할 정도였지. 키도 훤칠하더군. 190은 거뜬히 넘어 보였어. 192 내지는 193센티미터 정도 될 것 같아. 꽤 두꺼운 망토를 착용하고 있어서 자세히는 못 보았시만 상당한 근육질의 몸이더군. 구릿빛의 불끈거리는 힘살이 도드라져 보여 처음엔 무슨 밧줄을 감고 있는 줄 알았다니까."

말을 마친 카메라맨은 희미한 웃음을 지었다. 피곤한 기색이 역력한 카메라맨의 얼굴을 본 베셀과 티베는 그의 안정을 위해 병실을 나왔다. 사실 더 이상 질문할 것도 없었다.

티베는 병원 앞에서 베셀과 헤어진 뒤 자전거를 타고 집으로 향했다. 그곳에서 집으로 가는 지름길은 에펠탑을 거쳐 가야 했다.

티베는 에펠탑 앞 광장을 지나다 사람들이 운집하여 '결사반대'

라고 쓴 피켓을 들고 시위하는 모습을 보았다. 티베는 그들의 심정을 충분히 이해할 수 있었다.

수백 년간 프랑스의 명물로 자리잡은 에펠탑이 전력만 잡아먹는 고철 신세로 전락하여 철거 대상 건축물이 된 것이다. 각 언론과 시민단체를 비롯해 외국에서조자 프랑스 정부의 방침에 반발하고 나섰으나 프랑스 대통령은 꿈쩍도 하지 않았다.

티베는 한숨을 쉬며 자전거 페달을 밟았다.

집에 도착한 티베가 피곤한 표정으로 현관문을 열자 힐린이 소파에 앉아 TV를 시청하고 있었다. 힐린이 소설에 손을 댄 뒤부터 거의 볼 수 없는 광경이었기에 티베는 신기한 느낌마저 들었다. 티베는 웃으며 탁자에 가방을 내려놓고 그녀의 뒤로 다가서며 물었다.

"어머, 웬일이세요? 오늘은 TV도 다 보시고. 이상한 일이네요?"

그녀가 묻자 힐린이 고개를 돌렸다. 그 순간 티베는 깜짝 놀랐다. 힐린의 얼굴이 일그러져 거의 울상 짓는 표정이었기 때문이다.

"이상하다 싶으면 나갔어야지!"

"예? 앗!"

오싹 소름이 돋는 싸늘한 목소리가 들리자 티베는 고개를 뒤로 돌렸다. 그 순간 우악스러운 손길이 티베의 양팔을 붙잡아 등 뒤로 돌려 꼼짝 못 하게 결박했다. 소리를 지르던 그녀의 입도 큰 손이 막아 버리고 말았다.

"으으읍!"

티베는 공포스러운 눈으로 주위를 둘러보았다. 검은 정장 차림의 괴한들이 집 안 곳곳에서 걸어 나왔다. 그들 중 파란 정장 차림의 청년이 티베의 코앞으로 얼굴을 들이댔다. 티베는 그 얼굴을 잊을 수 없었다.

"읍! 으으읍!"

입을 틀어막힌 티베가 말을 하지 못하고 신음 소리만 내자 그 청년은 비웃듯 한쪽 입꼬리를 올리더니 흘러내린 긴 앞머리를 쓸어넘기며 말했다.

"잘도 도망쳐 있었군, 티베 프라밍. 왜 몇 년 동안 프랑스를 벗어나지 않았는지 모르겠지만 어쨌든 오늘에야 잡혔군. 양팔이 묶이고 입이 봉쇄되었으니 마법도 못 쓰겠지? 지난번에는 이상한 노인네가 방해하는 바람에 놓쳤지만 오늘은 훼방꾼도 없어서 손쉽게 잡혔군. 후후훗. 자, 끌고 가라."

지시가 떨어지자 검은 복장의 괴한들은 고개를 끄덕이고 밖으로 티베를 끌고 나갔다.

파란 정장 차림의 청년은 담배에 불을 붙이고 한 모금을 깊이 빨아들였다. 그리고 살기 가득한 눈빛으로 소리 없이 웃더니 그 뒤를 따르며 부하 한 명에게 차가운 목소리로 명령했다.

"저 여자는 아래층으로 끌고 가서 실험체로 만들어 버려."

"예!"

부하는 잔인한 웃음을 흘리며 고개를 끄덕였다. 힐린은 아무런 저항도 못한 채 소파에 앉아 있을 뿐이었다.

"읍! 으으읍!"

티베는 온 힘을 다해 필사적으로 몸부림쳤지만 거대한 몸집의 괴한들을 당해 낼 수는 없었다.

아래층으로 끌려오자마자 그녀의 혈관엔 예리한 주삿바늘이 꽂히고 말았다. 약이 투여되었는지 그녀는 자신의 의식이 점차 가물거리는 것을 느낄 수 있었다.

탕탕탕.

그녀의 의식이 잠시나마 되살아난 것은 위층에서 울린 총성을 들은 직후였다. 그녀는 경악을 하며 소리를 지르려 했으나 신음 소리만 나왔다.

"으으읍!"

공포에 의들의들 떨고 있는 그녀 일에 따란 성상 가덥의 젊녀이 다가섰다. 그는 차갑게 웃으며 말했다.

"부하가 실수를 한 모양이야. 후후훗, 미안하군."

티베는 더 이상 소리칠 힘도 의식도 없었다. 초점을 잃고 눈꺼풀이 자꾸만 감기는 그녀의 눈은 더 이상 아무것도 볼 수 없었다. 다행히 아직 소리는 들을 수 있었다.

오랜만에 듣는 자동차 엔진 소리 사이로 아까 그 청년의 목소리가 들려왔다.

"그건 그렇고 프로라는 녀석이 여자 한 명에게 총을 세 방이나 쏘다니 갈아 치워야겠군."

"……."

점점 청각도 마비되는 듯 소리조차 희미해지더니 이윽고 아무 소리도 들리지 않았다.

약 기운이 떨어진 것일까. 온몸의 감각이 되돌아오기 시작하는 듯 뻐근한 통증이 밀려왔다. 티베는 손가락을 움직여 보았다. 자신이 살아 있다는 걸 확인했지만 그녀는 차마 눈을 뜰 수 없었다. 분명 자신이 있는 곳이 실험실 안에 있는 표본 보존실일 것이라고 생각했기 때문이다.

'그렇게 도망쳤는데 어째서! 구해 줘, 케톤, 아슈탈! 아니, 아무라도!'

그녀는 마음속으로 처절하게 울부짖었다. 그러나 역시 아무 응답도 없었다. 여지껏 그녀 혼자 있을 때 마음속으로 간절히 그들의 이름을 불렀던 적이 한두 번이 아니었다. 그러나 그들은 오지 않았다. 가끔씩 꿈에서나 희미하게 나타날 뿐이었다.

그때 누군가의 손이 그녀의 머리카락을 쓰다듬었다. 뇌를 해부하려는 것인가 하는 무서운 생각에 그녀는 머리를 움찔했다. 그러나 이상하게도 그 손길은 너무나 따뜻하고 부드러웠다. 포르말린이나 크레졸 등의 싸한 소독약 냄새가 나는 장갑도 아니었다. 사람의 부드러운 피부였다.

"아, 아니?"

티베는 천천히 눈을 떴다. 맨 먼저 거실 천장에 매달려 있는 샹들리에가 눈에 들어왔다. 천천히 고개를 돌리자 살해당한 줄 알았던 힐린의 걱정하는 얼굴이 보였다.

"히, 힐린 언니! 어떻게, 그리고 여긴……?"

힐린은 그녀를 꼭 안으며 안도의 눈물을 흘렸다.

"다행이야, 정말 다행이야!"

티베는 어떻게 된 일인지 이해가 가지 않았다. 모든 게 꿈이었단 말인가?

"정신을 차렸나요?"

묵직한 남자의 음성이 들려왔다. 처음 듣는 목소리라 티베는 의아해하며 고개를 돌렸다. 소파 뒤의 의자에 앉아 이쪽을 쳐다보고 있는 청년을 본 티베는 기절할 것만 같았다.

"다, 당신은!"

티베가 자신을 바라보며 경악을 하자 청년은 피식 웃으며 고개를 저었다.

"훗, 나중에 말씀드리죠. 어쨌든 방 안의 침대로 모셔다 드리지요. 소파보다는 침대가 훨씬 편할 테니까요."

그 청년은 티베에게 성큼성큼 다가오더니 불안해하는 그녀를 번쩍 안아 올리고는 힐린의 안내를 따라 방으로 향했다.

어쩔 줄 몰라 엉거주춤하던 티베는 자신의 몸을 감싼 남자의 단단히 밀착을 느끼자 기분이 묘했다. 뭔가시 머릿속이 복잡하게 뒤엉키는 것 같았다.

티베를 침대에 편안히 눕힌 후 이불까지 친절하게 덮어 준 그가 방을 나서려 하자 상체를 약간 일으키며 그녀가 물었다.

"아, 잠깐만요! 타고 다니시던 드래곤은……?"

뒤돌아서서 티베를 바라본 청년은 눈부신 붉은 장발을 긁적거리며 난감하다는 표정으로 대답했다.

"음, 먹을 것을 사러 편의점에 간 듯하군요."

티베는 청년의 황당한 대답에 고개를 갸웃거렸다. 그녀가 재차 물었다.

"그, 그러면 당신은 누구시죠? 뭐 하시는 분이길래 순간 속도 600킬로미터의 드래곤을 타고 초속 5킬로미터 이상으로 검을 휘두르며……."

청년은 잠시 어색한 표정을 지은 후 티베의 장황한 말을 끊듯 짤막하게 말했다.

"간단하게 말씀하셔도 괜찮아요. 전 그냥 떠돌이 기사입니다."

티베는 그의 대답에 미간을 좁히며 물었다.

"혹시 힐린 언니 소설의 광적인 애독자이신가요?"

"아, 그분이 소설가셨군요. 나중에 그분께 사과드려야 하겠는데요? 후훗, 하긴 뭐 이 시대에 기사 운운하는 건 바보들이나 하는 짓이겠죠. 하지만 저는 정직하게 말한 것뿐입니다. 당신 역시 이 세계의 사람이 아니니 기사가 어떻다는 것은 잘 아실 텐데요, 티베 프라밍 양."

"예?"

티베의 낯빛이 백지장처럼 하얗게 변하자 청년은 짧게 숨을 내쉬고 작은 의자에 앉으며 말을 이었다.

"음, 이곳으로 언제 오시게 되었는지는 잘 모르겠지만, 당신은 레프리컨트 왕국에서 꽤 명망 있는 귀족 가문의 딸이었죠. 동생이 한 명 있고…… 그의 이름은 케톤 프라밍, 맞습니까?"

티베는 천천히 고개를 끄덕였다.

"마왕 아슈테리카와 싸울 때 마지막 일격을 맞고 다른 차원으로 이동된 후 그 세계에서 당신을 본 사람은 아무도 없었죠. 다행인지 불행인지 당신은 그 차원과 근접해 있는 이곳에 떨어지게 되었죠. 그 후 당신이 왜 여기에 있으며 TV 뉴스 기자가 된 이유는 저도 잘 모르겠군요. 뭐, 차차 알게 되겠지요."

"케, 케톤은…… 아, 아니 그 애를 아신다면…… 잘 있나요?"

울먹거리며 떨리는 목소리로 티베가 물었다. 그녀의 눈가에 눈물이 그렁그렁 맺혔다.

청년은 살짝 웃으며 고개를 끄덕였다.

"저와 한두 달쯤 같이 지냈습니다. 이곳으로 날려 온 뒤는 어떻게 됐는지 잘 모르겠지만…… 어쨌든 그때는 잘 있었습니다. 제가 그곳에 있었을 때 그는 열여덟 살이었습니다."

티베는 입술을 앙다물며 울음을 참았다. 그러고는 억지로 웃어 보이며 물었다.

"다행이군요. 그 애…… 아직도 저를 기억하나요?"

"살아 있을 거라고 굳게 믿고 있었습니다."

청년은 그렇게 위로한 후 휴지 한 장을 뽑아 티베의 손에 쥐어 주었다. 그녀는 눈물을 닦으며 말했다.

"정, 정말로 다행이네요. 하지만 당신이 미워지네요. 이곳에 온 지 1년이 지나자 체념하고 안정을 찾기 시작했는데…… 다시 되돌이가고 싶게 만들었으니까요."

청년은 안타까운 눈으로 티베를 바라봤다. 그녀는 붉게 충혈된 눈으로 청년을 바라보며 물었다.

"그런데…… 성함이 어떻게 되시나요?"

가까스로 웃음을 지어 보이는 그녀의 눈을 말없이 바라보던 청년은 천천히 웃으며 대답했다.

"리오, 리오 스나이퍼라고 합니다."

3

계속되는 EOM의 공격

티베는 늘어지게 기지개를 켜며 잠자리에서 일어났다. 오늘따라 아침 햇살이 따사롭게 느껴졌다. 그녀는 천천히 방 안을 둘러보았다. 어제와 다를 게 없었다. 그녀는 잠시 안도의 숨을 내쉬며 살짝 웃었다.

"하암, 그러면 그렇지, 꿈이었구나. 하긴 어떻게 그 드래곤을 타고 나는 남자가 날 구해 주겠어. 다 꿈이지."

똑똑.

누군가 노크하자 티베는 활짝 웃으며 대답했다.

"네, 들어오세요."

순간 티베의 얼굴은 못 볼 걸 본 사람처럼 굳어졌다.

문이 열리고 방 안으로 들어선 사람은 낯익은 힐린이 아닌 붉은 장발의 그 청년이었던 것이다.

"잘 주무셨나요? 식사 준비가 되었으니 어서 나오세요. 진수성

찬입니다."

말을 마친 청년은 티베에게 살짝 윙크를 하고는 문을 닫고 나갔다.

티베는 그가 나간 후에도 한참을 멍하니 문 쪽을 바라보다 가까스로 정신을 차린 듯 고개를 저으며 중얼거렸다.

"……꿈이 아니었잖아!"

편한 복장으로 갈아입은 티베는 헝클어진 머리카락을 매만지며 식당으로 나갔다. 둥근 식탁에 리오와 힐린, 블루블랙 머리카락의 미청년이 앉아 있었다. 티베가 나오자 힐린은 인사를 하고 한쪽 손으로 귀를 만지며 마주 앉은 미청년을 몰래 턱짓해 보였다. 아마도 그 블루블랙 머리카락 청년의 뾰족하고 큰 귀가 무척이나 신기했던 모양이다. 그러다 그 미청년과 눈이 마주치자 힐린은 어색한 웃음을 지어 보였다.

"웃지 마."

예상 밖의 말이었다. 황당한 표정을 짓는 힐린과 티베를 무시하고 그 청년은 식사를 계속했다. 어색한 분위기에 리오가 티베의 어깨를 톡 치며 말했다.

"식사부터 하세요. 이 친구 소개는 식사 후 정식으로 하죠. 약간 성격이 괴상한 녀석이니 이해해 주시고요."

팅.

순간 철제 숟가락이 부러지는 소리에 다들 놀랐다. 그 청년은 쥐고 있던 부러진 숟가락을 휴지통에 넣으며 덤덤하게 중얼거렸다.

"불량품이 많군."

바이칼을 제외한 세 사람의 얼굴이 순식간에 굳어졌다.

식사가 거의 끝날 무렵, 리오가 정식으로 인사했다.

"제 이름은 어제 들으셨다시피 리오 스나이퍼라 합니다. 티베 양이 있었던 차원에서 사고로 이곳으로 왔죠. 이 친구는 바이칼 레비턴스라고 합니다. 좀 차가운 면이 있지만 본성은 착해요. 그렇지, 바이 오빠?"

리오가 눈웃음을 치며 바이칼을 바라보자 미청년의 눈초리가 사나워졌다. 하지만 리오는 아무렇지도 않은 듯 바이칼의 어깨를 툭툭 쳤다.

"그럼 제 소개를…… 전 힐린 벨로크라고 합니다. 소설을 쓰고 있지요. 티베와는 1년 전부터 알고 지냈습니다."

힐린의 소개가 끝나자 티베는 헛기침을 하고 말을 이었다.

"저는 티베 프라밍, 지금은 TV 기자를 하고 있습니다. 아, 어제는 구해 주셔서 정말 감사드려요, 리오 씨."

"아, 그건 그렇고…… 오늘은 출근 안 하시나요, 티베 양?"

리오의 말에 그녀의 낯빛이 파래지더니 허둥대기 시작했다. 시곗바늘은 오전 11시를 약간 넘고 있었다. 출근 시간이 한 시간가량이나 지난 것이었다.

서둘러 채비를 하느라 분주히 움직이는 티베의 모습을 보던 힐린은 걱정스러운 얼굴로 리오에게 물었다.

"음, 걱정이 되는군요. 어제 일도 그렇고…… 이제 티베는 어떻게 해야 할까요?"

리오는 소리 없이 웃으며 대답했다.

"염려 마십시오. 당분간은 제가 티베 양을 경호할 것입니다. 그리고 집 쪽은 바이칼이 맡을 거고요. 그러니 안전은 걱정하지 않아도 될 겁니다."

"예, 그런데 당분간이라면 언제까지……?"

리오는 팔짱을 끼고 고민스러운 표정으로 대답했다.

"EOM의 처리 방법을 강구할 때까지입니다. 여기에 계속 상주하게 되면 EOM을 제거할 수 없죠. 좀더 생각해 봐야겠습니다."

힐린은 순간 이해가 안 된다는 표정으로 말했다.

"네? 그럼 리오 씨는 EOM은 없애셨다는……? 아, 안 돼요! 아무리 리오 씨가 드래곤을 타고 다니며 무적의 힘을 쓴다 해도 EOM은 실체를 알 수 없는 거대한 조직이에요! 한 국가보다도 강대하다고요!"

그 말을 들은 리오는 고개를 끄덕인 후 말을 이었다.

"물론 그렇긴 합니다. 하지만 실체를 알아내어 핵심을 없앤다면 EOM은 공중분해되고 말 것입니다. 지금까지 수집한 정보에 의하면 미합중국 동부 어딘가에 EOM의 본거지가 있는 것 같습니다. 그곳으로 가는 게 급선무겠지만 전에 있던 차원의 친구와의 신의상 위험한 상황에 처해 있는 티베 양을 모른 척할 수 없어서 이곳으로 온 것입니다."

힐린은 할 말이 없었다. 그녀는 질문의 바꿔서 물었다.

"그러시다면 EOM과는 왜 싸우려고 하시죠?"

리오는 잠시 생각하다가 방 안으로 들어갔던 티베가 나오자 일어서며 대답했다.

"음, 별로 맘에 안 들어서요. 그럼 다녀오겠습니다."

"아, 갔다 올게요, 언니!"

티베는 간단히 인사하고 쏜살같이 뛰어나갔다. 리오는 그녀를 따라나섰다. 현관문이 닫히는 것을 보며 힐린이 한숨을 내쉬자 바이칼이 조용히 말했다.

"저 녀석과 달리 난 정상이야."

티베는 급히 자전거를 묶은 고리를 풀고 올라탔다. 그런데 페달을 밟았는데도 자전거가 나가지 않았다. 그녀는 이상하다고 생각하며 고개를 뒤로 돌렸다. 리오가 자전거를 살짝 들고 있었다.

"아니, 뭐 하시는 거예요! 지각한 거 알면서 왜이러세요!"

"혼자 가시면 위험해요. 제가 동행하겠습니다. 내리세요."

티베는 자전거를 리오에게 넘겨주며 방송국까지 동행하는 모습을 상상해 보았다. 동료들이 수군댈 것을 생각하자 고민되었다.

"아, 안 돼요. 생각해 보니 남들이 오해할 것 같아요!"

리오는 자전거에 올라타며 티베에게 물었다.

"뭐가 이상하죠?"

"어, 어떻게 만난 지 하루밖에 안 된 남자 뒤에 탈 수 있어요! 창피하단 말이에요!"

티베가 얼굴을 붉히며 대답하자 리오는 살짝 미소 지었다. 그는 자전거 뒤를 엄지손가락으로 가리키며 말했다.

"그 괴한들에게 다시 끌려가는 것보다는 낫잖아요? 자, 어서 타요. 안전하게 모셔다 드리지요."

"……알았어요."

티베는 망설이다가 결국 리오의 뒤에 탔다. 그러자 그는 페달을 천천히 밟기 시작했다.

그날따라 프랑스의 하늘은 파란색이 묻어날 정도로 맑았다. 정오가 다 될 쯤이어서 그런지 햇볕도 꽤 따뜻했다. 사람들도 일광욕을 즐기려는 듯 많이 나와 있었다.

막 공원을 지나던 리오는 비행하는 비둘기 떼를 보자 낮게 휘파람을 불었다. 그러자 비둘기 떼가 그들이 타고 있는 자전거 주변에 날아들었다. 티베는 의외라는 듯 리오에게 말했다.

"어머, 비둘기를 잘 다루시는군요. 그 할아버지도 그랬는데. 이곳에서 건장한 체구에 모자를 쓴 할아버지 보신 적 없나요? 그분도 비둘기를 참 좋아하시는것 같던데……."

리오는 빙긋 웃으며 고개를 갸웃거렸다.

"우웃, 글쎄요?"

무사히 티베를 방송국으로 데려다 준 리오는 자전거 위에 걸터앉았다. 티베가 퇴근할 때까지 기다리려는 심산이었다.

시계를 보니 3시를 가리키고 있었다. 그는 부근에서 샌드위치를 사서 자전거 옆에 서서 먹기 시작했다. 거리의 풍경과 행인들을 구경하며 샌드위치를 한입 베어 물었을 때였다. 한 소녀가 방송국 경비와 말다툼을 하고 있는 광경이 시야에 들어왔다. 열다섯 살쯤으로 보이는 소녀는 짙은 눈썹을 실룩거리며 경비에게 소리치고 있었다. 무료했던 리오는 잠시 그들의 대화에 귀를 기울였다.

"참 나, 어째서 막냐고요, 아저씨! 제 신분을 밝혔어요. 무엇 때문에 견학하지 못하게 하는 거죠?"

"아니, 견학한다는 애가 가방 안에 이런 중형 전투 나이프를 두 개나 소지하고 들어간다는 거니? 학용품이라면 모를까, 이 무기들을 본 이상 들여보내 줄 수 없어! 자, 어서 가!"

"쳇! 내가 이쪽 아니면 못 들어갈 줄 알아요? 천만의 말씀!"

소녀는 혀를 낼름 내민 후 경비가 들고 있던 가방을 낚아채고 다른 곳으로 걸어가기 시작했다. 경비는 고개를 설레설레 저으며 경비실 안으로 사라졌다.

소녀는 한참 소리를 질러서 배가 고팠는지 주위를 두리번거리다가 자신을 보고 있는 리오를 향해 다가왔다.

"음?"

리오는 소녀가 성큼성큼 다가오자 의아한 표정으로 계속 바라보았다.

소녀의 키는 약 156센티미터 정도 되는 듯했고 흰색 반바지 차림에 붉은색 자켓을 입고 있어서 불량스러워 보이지는 않았다. 다만 사내아이 같은 스포츠형 머리에 흰색 가죽 장갑과 농구화를 신고 있어 활동적으로 보였다.

리오는 자신도 모르게 피식 웃음이 나왔다. 그 소녀를 보자 다른 차원에서 고생하고 있을 지크가 떠올랐기 때문이다.

어느새 리오 바로 앞까지 다가온 소녀는 대담하게 손바닥을 내밀었다.

"저를 보고 웃으셨죠? 그 벌로 샌드위치 하나예요."

소녀의 당돌한 말에 리오는 실소를 터뜨렸다. 그는 들고 있던 샌드위치를 모두 소녀에게 주며 말했다.

"후훗, 좋아. 벌금보다 더 많이 줬으니 내 질문에 대답해 줄래?"

어느새 샌드위치를 입안 가득 밀어 넣으며 소녀는 고개를 끄덕였다.

"좋아요. 하지만 데이트는 사절이에요."

리오는 고개를 끄덕이며 물었다.

"그래, 왜 방송국에 들어가려고 하지?"

소녀는 샌드위치를 두 개째 베어 물며 대답했다.

"형도 방송 봤죠?"

'형?'

그 말에 리오는 어색한 표정을 지었다. 그의 표정에 아랑곳없이 소녀가 계속 말을 이었다.

"어젠가 그젠가 방송에서 드래곤을 타고 다니는 용기병이 나왔

잖아요. 방송국 사람 중 그 용기병의 출처를 아는 사람이 있을 것
같아서요."

"음, 그래? 내 생각엔 없을 듯한데…… 후훗. 그건 그렇고 그를
왜 찾으려고 하지?"

마시막 다섯 개째 샌드위치를 씹으며 소녀가 세속 밀했다.

"간단해요. 강하잖아요. 그 형과 함께라면 EOM을 무찌를 수 있
을 것 같아서요. 우리 아빠와 엄마를 단숨에 실직자로 만들어 버린
그 녀석들을 용서할 수 없어요. 물론 저희 부모님은 차라리 잘됐다
고 하시지만요."

"오, 그래? 부모님이 뭘 하셨는데?"

리오가 신기한 듯 묻자 소녀는 자랑스럽게 대답했다.

"이 지상에서 최고로 멋진 직업, BSP예요. 그 덕에 저도 BSP 정
식 대원 훈련을 받고 있었지요. 두 분의 출중한 힘을 모두 물려받
았거든요. 동양계 출신인 아빠의 무술과 서양계 출신인 엄마의 풍
수술(風水術)을 다 할 줄 알아요. 아, 이건 비밀인데!"

리오는 생각보다 대단한 소녀라고 생각하며 다시 물었다.

"음, 그랬구나. 갑자기 네 이름이 궁금해지는데? 이름이 뭐니?"

소녀는 대답하려다가 갑자기 고개를 돌리며 중얼댔다,

"음, 샌드위치가 모자라는데?"

리오는 졌다는 듯 머리를 저으며 빙긋 웃었다.

먹성 좋은 소녀에게 먹을 것을 잔뜩 사다 준 리오는 소녀의 옆에
앉았다. 그녀는 허겁지겁 우유로 목을 축이고 말했다.

"제 이름은 넬 에렉트. 미국 서부 샌프란시스코 출신이고 열다섯
살이에요. 부모님은 당연히 샌프란시스코 미국지부 대원이셨고요.
BSP 아카데미 2학년을 수료 중이었는데 BSP가 해체되자 학교도

문을 닫게 되어 부모님 허락으로 여행하고 있죠. 그것뿐이에요. 제 신체 사이즈 빼고는 전부 말한 거예요. 그것도 가르쳐 드려요?"

리오는 미소를 지으며 고개를 저었다.

"훗, 괜찮아. 꼬마 몸매엔 관심 없어. 그건 그렇고…… 넬이라고 했지? 만약 용기병을 만났는데 그가 네 부탁을 들어주지 않는다면 어떻게 할 거니?"

"윽!"

넬은 거기까진 미처 생각 못 했는지 심각한 표정을 지었다. 리오는 그녀의 어깨를 두드리며 웃었다.

"됐어. 나중에 직접 만나면 그때 가서 해결해 봐."

그녀 역시 그러는 게 좋겠다고 생각한 듯 어깨를 으쓱했다. 한참 먹어 대던 넬은 그제야 의문이 생겼는지 리오를 슬쩍 바라보며 물었다.

"음, 형의 이름이 뭐예요?"

"나? 리오 스나이퍼. 그냥 리오라고 불러도 좋아."

그의 이름을 듣자 넬은 무언가 떠올랐는지 고개를 갸웃하며 생각하더니 잠시 후 손바닥을 마주치며 소리쳤다.

"아하! 스나이퍼! 그러면 지크 형 아세요?"

리오는 움찔하며 넬을 쳐다봤다. BSP와 관련 있는 아이라 해서 설마 했는데 지크까지 알 줄은 몰랐던 것이다.

"아, 알긴 알지. 형제니까. 너도 그 녀석을 아니?"

넬은 리오의 굵은 팔을 툭 치며 고개를 끄덕였다.

"당연하죠! 모든 BSP 요원 중 최강이면서 제 영원한 우상인걸요! 우아, 여기서 지크 형의 가족을 만나다니, 이건 정말 행운이야!"

넬이 펄쩍 뛰며 좋아하자 리오는 잘못 걸렸다는 듯 머리를 긁적였다. 갑자기 불안한 예감이 그를 엄습했다.

'젠장, 지크 녀석 차림과 똑같은 걸 보고 눈치챘어야 했는데. 근데 왜 하필 그 녀석이 우상이지?'

그러나 리오의 궁금증은 얼마 안 가 풀렸다. 넬이 순순히 자백했기 때문이다.

"아, 지크 형의 그 멋진 모습, 사실 처음 봤을 때부터 반해 버렸어요! 1년 반 만에 바이오 버그 최고 살수가 되었다는 것 역시 놀랍고요! 음, 하지만 한 달 전에 행방불명이 되어 버려서 정말 안타까워요. 어쨌든 커서 지크 형처럼 강한 BSP가 될 거예요!"

리오는 넬이 BSP라는 직업에 단단히 빠졌다는 것을 알게 되었다.

'성격적으로 약간의 문제가 있는 지크마저 동경의 대상이 되어 있으니…… 심각하군.'

리오는 얼굴을 감싼 채 넬에게 물었다.

"너 혹시 유명 인사가 되고 싶다거나 행복한 가정을 꾸린다거나 하는 평범한 희망은 가져 본 적 없니?"

넬은 씩 웃으며 대답했다.

"당연히 있죠. 저도 여자인데요. 하지만 지크 형이 그런 건 다 쓸데없는 꿈이라고 해서 그 꿈은 버린 지 오래예요, 히힛."

리오는 쓴웃음을 지으며 고개를 설레설레 저었다.

'나중에 만나면 좀 따져야겠군. 도대체 아이에게 무슨 말을 하고 다닌 거야, 이 녀석.'

리오가 사다 준 음식을 다 먹어 치운 넬은 오랜만에 포식했는지 만족한 표정을 지었다. 넬은 옷에 묻은 부스러기를 털며 일어섰다.

"음? 가려고?"

리오가 묻자 넬은 뒤통수를 긁으며 고개를 끄덕였다.

"예, 다시 그 용기병을 찾아 돌아다녀 봐야죠. 언젠간 만날 수 있을 거 아니에요? 오늘 고마웠습니다, 리오 형. 그럼 나중에 다시 봐요!"

"흠, 그래. 조심해서 가거라."

넬이 손을 흔들며 생기발랄하게 뛰어가는 모습을 본 리오는 얼마나 더 티베를 기다려야 하는지 가늠해 보았다. 잠시 눈을 감고 있던 리오는 순간 눈을 번쩍 떴다.

넬이 뛰어간 쪽에서 살기를 감지했기 때문이다.

"저 애 역시 무언가 관련되었나? EOM에게 쫓길 만한 인물은 아닌 것 같은데? 어쨌든……."

리오는 주위를 살펴본 후 다시 가즈 나이트 모습으로 변신하고 넬이 뛰어간 방향으로 달리기 시작했다. 뛰는 도중 품속에서 회색 복면을 꺼내 입을 가리는 것도 잊지 않았다. 혹시 카메라에 잡히면 임무를 수행하는 데 곤란하기 때문이었다.

"하아앗!"

퍽.

넬이 막 돌려차기로 제복을 입은 경찰의 얼굴을 강타하고 있었다. 경찰의 입에서 피가 솟구치더니 사방으로 흩뿌렸다. 더구나 경찰은 공중에서 몇 바퀴 돌고 바닥에 나뒹굴었다. 넬이 세 명을 간단히 처리하자 지켜보던 두 경찰관은 긴장하기 시작했다.

급기야 그들은 허리춤에서 권총을 뽑아 들고 넬을 겨냥했다. 넬은 억울하다는 듯 경찰들에게 외쳤다.

"아니, 왜 제가 수배자예요! 저는 그냥 여행 중일 뿐이라고요!"

그러자 경찰 중 한 명이 큰 소리로 대답했다.

"퇴직한 BSP 대원들이 각 나라에서 쿠데타를 일으키려 한다는 정보가 들어왔다! 등록된 BSP 모두 수배자다! 순순히 항복하고 손을 내밀어!"

그 말에 넬은 깜짝 놀라지 않을 수 없었다. 넬은 부정하듯 완강히 고개를 저으며 소리쳤다.

"ㄱ, 그럴 리가 없어요! 게다가 저는 정식 등록된 BSP도 아니란 말이에요!"

"시끄러워! 어쨌든 너도 수배자 명단에 포함되어 있으니 널 체포하겠다!"

주위를 에워싸고 있던 행인들이 갑자기 수근대기 시작했다. BSP가 설마 그럴 리가 있겠냐는 무리와 역시 그럴 줄 알았다는 무리들이었다. 넬은 정신이 혼미해지며 두려움이 엄습해 오는 걸 느꼈다.

이윽고 날카로운 사이렌 소리가 들리더니 지원 경찰들이 몰려왔다. 그 뒤로 전투 경찰 로봇 BX-02도 세 대나 다가왔다.

넬이 BSP 훈련을 조금 받았다지만 사방을 무장한 사람들에게 포위당한 상황에선 빠져나갈 수 없었다. 시민들은 어린 소녀를 잡는 데 왜 살인 로봇까지 동원하냐며 경찰들에게 항의했지만 경찰들은 아랑곳하지 않았다.

이윽고 BX-02의 스타트 프로그램이 실행되었다. BX-02는 제너럴 블릭사의 최대 판매작이면서 실패작인 구형 경찰 로봇으로 범인이나 용의자가 세 번 이상 반항하면 무조건 사살하도록 입력되어 있었다.

BX-02는 천천히 넬을 향해 다가왔다.

"무기를 버리고 항복해라. 첫 번째 경고."

넬은 움찔하며 자신의 가방을 흘끔 바라봤다. 그 안에 자신의 전용 무기인 티타늄 나이프가 들어 있었기 때문이다. 그녀는 천천히 가방을 내렸다. 아직 총탄을 피할 자신까지는 없었다.

"무기를 버리고 항복해라. 두 번째 경고."

넬은 깜짝 놀라며 손바닥을 로봇에게 펴 보였다.

"무, 무슨 소리야! 난 이제 무기가 없어. 자, 보라고!"

분명 넬에겐 무기가 없었다. 바늘조차 없었다. 그녀의 외침에도 불구하고 로봇의 팔에 장착된 머신 건의 안전장치가 풀리는 소리가 들렸다.

치익.

"아, 안 돼!"

사태가 이상하게 돌아가는 것을 뒤늦게 깨달은 경찰들은 긴급 정지 프로그램을 실행했다. 그러나 리모컨의 디스플레이에 '실행 불가능'이란 메시지만 뜰 뿐이었다.

순간 BX-02에게서 또다시 기계 합성음이 흘러나왔다.

"불법 무기 소지자 발견. 경고. 불법 무기 소지자 발견."

경찰들과 시민들, 그리고 넬도 로봇이 향한 방향으로 일제히 고개를 돌렸다.

넬을 에워싼 긴물의 옆으로 뻗은 얇은 깃대 위에 한 남자가 망토를 펄럭이며 서 있었다. 남자는 팔짱을 낀 채 아래를 내려다보며 중얼거렸다.

"EOM의 확실한 방해자는 현재 BSP 하나뿐이지. 그것을 합법적으로 없애겠다? 멋진 착상이야!"

시민들 중 한 사람이 그를 가리키며 소리쳤다.

"용기병이다! TV에 나왔던 용기병이야!"

"오, 진짜다! 실제로 보게 될 줄이야!"

사람들의 열렬한 반응에도 무표정으로 서 있던 리오는 속으로 중얼거렸다.

'대중매체는 확실히 무섭군. 단숨에 스타가 된 것 같은데?'

리오는 사뿐히 지상에 착지해 넬 앞에 섰다. 그녀는 눈을 동그랗게 뜨고 리오를 바라보았다.

"거기 가만히 있어. 움직이면 재빈 못 산다."

리오는 외침과 동시에 파라그레이드를 뽑아 단숨에 기를 주입하였다. 파라그레이드의 오리하르콘 날에선 우윳빛 반투명한 날이 생성되기 시작했다. 놀라운 광경에 시민들은 탄성을 질렀다. 경찰들 역시 TV를 봤기에 긴장하며 리오에게 소리쳤다.

"이보시오! 그 애는 수배자이니 거기서 물러나시오! 당신이 그 애를 감싼다면 당신 역시……."

파앙.

경찰의 경고를 무시하고 리오는 자신을 겨누고 있는 BX-02의 몸체를 검으로 찔렀다. 엔진이 파괴됐는지 로봇은 즉각 동작을 멈췄다. 리오는 로봇의 몸체에서 검을 뽑아 경찰들을 향해 말했다.

"이 애를 감싸 준다면 나 역시 범죄자가 되겠지. 하지만 아무리 경찰이라도 아직 어린 꼬마에게 이런 살인 로봇을 쓰는 것이 잘하는 행동인가?"

경찰들은 아무 말도 하지 못했다.

그때 리오의 양쪽에 있던 나머지 BX-02 두 대가 갑자기 움직이기 시작했다. 리오는 경찰들을 쳐다봤으나 그들 역시 모르는 일인지 얼굴이 하얗게 질려 있었다. BX-02에 장착된 스피커에서 차가운 기계 합성음이 들려왔다.

"목표 발견. 사살."

푸슛.

리오는 빠르게 BX-02의 몸체를 검으로 찔렀다. 두 대의 BX-02는 소리 없이 주저앉았다. 리오가 간단히 해결했으나 경찰의 명령을 무시하고 로봇들 스스로 작동했다는 것은 무서운 사건이었다.

리오는 어리둥절해 있는 한 경찰의 멱살을 잡고 들어 올리며 물었다.

"정말로 아무 짓 안 한 거요? 로봇들이 스스로 작동한 것이란 말이오?"

경찰은 겁에 질린 얼굴로 고개만 주억거렸다. 경찰의 눈에서 거짓을 찾아볼 수 없었던 리오는 곧바로 그를 내려놓았다. 뜻밖의 상황에 넋이 나간 경찰들에게 리오가 말했다.

"이 애는 내가 보호하겠소. 이 애가 다시 당신들 눈에 띄는 일은 없을 테니 그렇게 아시오."

"어, 그렇게 하면 우린 서장님에게……."

경찰들이 리오를 저지하려 했으나 그는 이미 넬과 함께 어디론가 사라진 후였다.

손쓰기도 전에 당한 경찰들은 서로를 바라보며 곤란한 표정을 지을 뿐이었다. 잠시 후 그들은 동력이 끊겨 고칠 덩이가 되어 버린 BX-2를 보며 처리 문제를 고심했다.

넬을 데리고 재빨리 골목으로 온 리오는 복면을 벗으며 가쁜 숨을 내쉬었다.

"휴, 장난감 처리하는 데 대포를 쓰는 것 같은 느낌이구나."

넬은 리오의 얼굴을 보고 깜짝 놀라며 소리치듯 말했다.

"앗, 리오 형! 설마 했는데 형이 용기병? 그럼 형은……?"

리오는 넬의 머리를 쓰다듬으며 고개를 저었다. 그녀가 뭘 말할지 짐작했기 때문이다.

"당연히 BSP는 아니야. 그건 그렇고 이제 어떻게 할 거니? 넌 이제 어떤 활동도 공식적으로 할 수 없어. 여행도 말이야."

넬은 걱정스런 표정을 지으며 양손으로 머리를 감쌌다.

"알아요……. 하지만 아빠와 엄마가 걱정돼요. 그분들도 수배 대상에 올랐을 텐데."

리오는 팔짱을 끼고 방법을 모색해 보았다. 하지만 뾰족한 방법이 없었다.

"흠, 미안하구나. 달리 방법이 없어. 지금 내가 할 수 있는 것은 네가 안전하게 있을 숙소를 마련해 주는 것밖에 없는 것 같다. 할 수 없지. 그건 그렇고 너 다른 옷 있니? 기다릴 사람이 있어서 변장이라도 해야 할 것 같은데 말이야."

그러자 넬은 씩 웃으며 자신 있게 말했다.

"걱정 말아요. 저도 변장쯤은 할 수 있으니까요. 옷 갈아입을 테니 저쪽으로 가 있어요. 엿볼 생각은 하지 말고요!"

리오는 웃음을 지으며 골목 밖으로 나와 모습을 바꿨다. 잠시 후 나온 넬은 어깨까지 내려뜨린 빨간 단발에 교복 차림이었다.

리오는 감탄하며 넬에게 물었다.

"아니, 머리는 그렇다 치고 옷은 언제 구했니?"

넬은 씩 웃으며 대답했다.

"헷, 아버지께서 가르쳐 주신 원칙 중 하나예요. 다른 나라에 가려면 그 나라 사람들 눈에 띄지 않는 옷 하나쯤은 갖고 다녀야 한다고요. 교복은 특히 눈에 안 띄는 복장이잖아요. 리오 형처럼 소매 없는 갈색 티에 검은색 바지보다 눈에 안 띄죠. 엇, 근데 리오 형이야말로 언제 변장하셨어요? 신기하네?"

리오는 어색한 미소를 지으며 슬쩍 대답했다.

"으, 웅. 그냥 그런 게 있어. 자, 방송국으로 다시 가자."

그들이 방송국으로 향하고 있을 때쯤 티베는 뾰로통한 표정으로 방송국에서 성큼성큼 걸어 나왔다. 그녀는 방송국 정문을 다 나와서는 뒤로 돌아서며 방송국을 향해 소리쳤다.

"아니, 지각 한 번 한 것 가지고 뭐 그리 야단이야! 열 받으면 사표 내는 수가 있다고!"

의외의 모습에 정문 경비원은 어리둥절한 얼굴로 그녀를 바라보았다. 티베는 휙 돌아서며 자전거가 있는 장소로 향했다.

"무슨 일 있었군요. 그렇게 화를 내시는 것 보니……"

티베는 깜짝 놀라며 고개를 돌렸다. 리오가 처음 보는 빨간 머리카락의 소녀와 함께 서 있었다. 티베는 붉어진 얼굴을 멋쩍은 듯 쓰다듬으며 리오에게 말했다.

"아뇨. 지각해서 좀 다퉜을 뿐이에요. 근데 옆에 있는 애는 누구예요? 설마 리오 씨 동생?"

"하핫, 설마……"

리오가 말을 끝마치기도 전에 넬이 말을 가로챘다. 그녀는 당당하게 디베에게 말했다.

"맞아요! 저는 넬 스나이퍼! 리오 형의 동생이에요. 만나서 반갑습니다!"

리오는 멍한 얼굴로 넬을 바라보다가 어깨를 으쓱하며 티베에게 말했다.

"……라고 하는군요, 후훗."

티베는 윙크를 보내는 리오의 표정을 보고 억지로 웃으며 넬에게 인사했다.

"아, 그래요? 안녕, 난 티베 프라밍이라고 해. 잘 부탁한다."

난감한 표정을 짓던 리오는 일행을 돌아보며 말했다.

"자, 소개는 끝났는데…… 문제가 좀 있군요."

"예?"

티베가 깜짝 놀라며 리오를 돌아보자 리오는 진정하라는 듯 웃으며 밀렸다.

"아니, 놀라실 정도로 심각한 문제는 아니에요. 자전거 때문에 그러는데요."

"……?"

리오는 머리를 긁적였다.

"아침에 사이좋게 둘이 타고 온 것까진 좋았는데 이젠 어떻게 셋이 탈지 의문이군요. 음, 어쩌죠?"

티베는 심각한 얼굴로 자전거를 보며 중얼거렸다.

"보통 문제가 아니군요."

그러자 넬이 자신 있게 말했다.

"방법이 있어요. 제가 리오 형 어깨에 올라타면 되잖아요!"

리오는 어색한 웃음을 지은 후 넬의 머리를 쓰다듬으며 말했다.

"좋은 방법이긴 한데…… 유감스럽지만 우리는 곡마단이 아니야, 넬. 어쩔 수 없구나. 네가 내 앞에 타야겠다."

그러자 넬은 깜짝 놀라며 리오에게 소리쳤다.

"그럴 수는! 어떻게 외간 남자 앞에 탈 수 있어요!"

그러자 리오는 슬픈 척 고개를 떨구며 말했다.

"아니, 외간 남자라니…… 동생이 어떻게 그런 말을 할 수 있니?"

"윽!"

넬은 할 말이 없었다. 리오는 빙긋 웃으며 자전거에 올라타고는 두 여성들에게 타라고 턱짓을 했다. 먼저 뒷좌석에 티베가 앉자 넬은 머뭇거리다 어정쩡한 자세로 리오 앞에 올라탔다. 리오가 두 팔로 핸들을 잡자 넬이 인상을 쓰며 말했다.

"이상한 짓 하지 말아요!"

리오는 무슨 뜻인지 모르겠다는 표정으로 넬에게 물었다.

"음? 어떤 짓인데?"

넬이 결국 졌다는 듯 고개를 숙이자 티베와 리오는 소리 없이 웃었다.

"자, 갑시다, 숙녀님들."

"치마 건들지 말아요!"

"이런 이런."

상쾌한 바람이 그들의 뺨을 부드럽게 휘감고 지나갔다.

가까스로 집에 당도한 일행은 웃는 얼굴로 현관문을 열었다. 문을 열자 TV를 시청하고 있는 바이칼의 모습이 보였다.

리오 일행이 갑작스레 들어서자 바이칼은 황급히 채널을 바꿨다. 하지만 일행은 이미 그가 보고 있던 프로가 만화영화라는 것을 본 직후였다. 바이칼은 차가운 표정을 지은 채 리오를 슬쩍 바라보며 말했다.

"어서 와. 일행이 늘었군."

짧게 말을 내뱉고 바이칼은 다시 TV를 향해 눈을 돌렸다. 인상을 찡그리던 넬이 리오에게 살짝 물었다.

"저 사람은 또 누구죠?"

"응, 여자아이를 좋아하는 얼음 덩어리."

뚜뚝.

갑자기 플라스틱 스푼이 부러지는 소리가 들리자 리오는 아차

하며 입을 다물었다. 바이칼은 조각난 스푼을 휴지통에 넣으며 중얼거렸다.

"불량품이 많군."

넬은 심각한 표정으로 리오에게 속삭였다.

"저 사람 심각하군요."

리오는 어깨를 으쓱할 뿐이었다.

어느새 간편한 복장으로 갈아입은 티베가 활짝 웃으며 리오에게 다가왔다.

"자, 리오 씨! 오늘 저녁 식사는…… 만들어 주세요. 미안해요, 오늘만……."

눈웃음을 지으며 샤워실로 향하는 티베를 보며 리오는 한숨을 쉬었다. 그런 후 바이칼의 어깨를 톡톡 쳤다.

"자, 빨리 해."

바이칼은 살벌한 표정으로 리오를 쓱 쳐다봤으나 결국 부엌으로 향하며 혼자 중얼거렸다.

"망할 놈."

앞치마를 두른 바이칼을 쳐다보며 리오는 쿡쿡 웃었다. 그리고 느긋한 표정으로 소파에 몸을 깊이 묻고 리모컨으로 채널을 돌리기 시작했다.

때마침 뉴스가 나오자 넬도 리오 옆에 털석 주저앉아 함께 뉴스를 지켜보았다.

뉴스가 진행됨에 따라 리오의 얼굴에서 점점 미소가 사라졌다. 넬 역시 믿지 못하겠다는 표정을 지었다.

리오는 리모컨으로 볼륨을 높였다.

"……우크라이나 지방을 휩쓸고 있는 정체불명의 괴물 인간들, 항간에서 트롤이라고도 불리는 그들은 원시적인 무기를 가지긴 했지만 무장하지 않은 도시인들에겐 공포의 대상이 아닐 수 없습니다. 다른 유럽 지역에는 아직 나타났다는 소식이 전해지진 않았지만……."

심각한 표정으로 진행하던 앵커가 갑자기 말을 중단했다. 앵커는 황급히 건네받은 서류를 펼쳐 보더니 다급하게 진행하기 시작했다.

"속보입니다. 트롤들이 영국에도 나타났다고 합니다. 시청자 여러분께서는 문단속을 철저히 해주시길 바랍니다. 다음은 해외 뉴스입니다. 중국 북부를 강타하고 있는 걸어다니는 해골들을 물리치는 묘책이 나왔다고 합니다……."

뉴스를 들은 리오는 심각한 표정을 지었다. 옆에 있던 넬이 리오를 흘끔 보며 물었다.

"바이오 버그보다 더 심각한 존재일까요?"

"잘 모르겠어……. 심각한 일일지도……."

뉴스를 진행하던 앵커 앞으로 또 다른 서류가 전해졌다. 불안한 표정으로 서류를 보던 앵커의 얼굴이 갑자기 잿빛으로 변하더니 고개를 떨구며 침통한 목소리로 보도하기 시작했다.

"긴급 해외 속보입니다. 미국 LA가 약 15분 전…… 사라졌습니다."

리오와 넬은 경악했다. 도저히 믿을 수가 없었다. 부엌에 있던 바이칼도 급히 뛰어나와 TV 화면을 보았다. 항상 무표정한 그조차 놀란 얼굴이었다.

"……자세한 것은 위성 촬영 화면을 보시기 바랍니다."

앵커가 말을 마치자 화면은 곧 LA의 전경으로 바뀌었다. 건물들이 높이 치솟아 있는 것 말고는 이상한 점이 없었다. 리오는 긴장된 표정으로 화면을 낱낱이 살폈다. 순간 그의 눈이 놀라움으로 커졌다. 도시 상공에 괴물체가 보라빛 광채를 내며 모습을 드러낸 것이다.

"저, 저 녀석은 고위 악마, 네그!"

화면이 확대되자 상공에 떠 있는 괴물체의 정체가 드러나기 시작했다. 보라색의 고풍스런 양복을 걸치고 등엔 붉은색의 날개가 달려 있었다. 그것은 악마의 날개가 아닌, 천사들의 날개처럼 보였다. 하지만 뭔가 이상했다.

피부색이 붉은색이었고 머리 양쪽에 두 개의 뿔이 뾰족하게 솟아 있었다. 고위 악마 네그, 마왕이라 칭할 정도의 괴력을 가졌으면서 귀족이라 칭하는 겸손한 악마였다.

네그는 양팔을 들며 중얼거리기 시작했다. 그러자 양팔 사이로 붉은색의 구체가 형성되었다. 시간이 지날수록 구체의 크기가 점점 커졌다.

화면을 응시하던 리오는 급기야 주먹을 불끈 쥐었다. 무슨 말을 할 찰나 바이칼이 입을 열었다.

"악마술 1장 고위 마법, '두 번째의 절망'……."

바이칼의 말과 동시에 구체가 낙하하기 시작했다. 하강하던 구체는 드디어 지면에 닿았다.

쿠우우우웅.

떨어진 구체를 중심으로 LA는 폭음과 함께 거대한 마법진으로 덮이기 시작했다. 퍼져 나가는 마법진의 붉은빛과 충돌한 건물들은 이내 산산조각이 났다. 마법진은 모든 것을 휩쓸면서 서서히 완성되어 갔다.

"뭐지?"

넬은 멍한 눈으로 화면을 바라보며 중얼거렸다. 열다섯 살의 소녀에겐 충격적인 초자연현상이 아닐 수 없었다. 리오와 바이칼은 알고 있었다. 마법진을 그리는 것으로 끝나는 게 아니라는 것을…….

마법진은 곧 완성되었다. LA 전체를 뒤덮듯이 그려진 붉은색의 마법진에 의해 도시 전체가 붉은빛을 띠었다. 상공에 떠 있던 네그는 약간 피곤한 표정을 지으며 오른팔을 휘젓더니 어디론가 사라지고 말았다.

그와 동시에 마법진에서 붉은색 빛이 퍼져 나왔다. 마법진 영역 안에 있는 모든 것이 그 빛에 휩싸여 분해되기 시작했다. 눈부신 빛이 한순간 지나가자 LA는 잿빛으로 변했다. 괴괴한 기운이 감도는 죽음의 땅으로 변한 것이다. 남아 있는 건 없었다. 철근 조각조차 보이질 않았다. 앵커의 말대로, LA는 완전히 사라져 버린 것이다.

"리, 리오 형?"

넬은 자신의 눈을 의심했다. 리오는 침을 꿀꺽 삼키며 중얼거렸다.

"고위 악마가 나타나다니…… 어떻게 이런 일이!"

뒤에서 함께 화면을 지켜보던 바이칼도 팔짱을 낀 채 한숨을 쉴 뿐이었다.

저녁 식사 후 리오는 어두운 표정으로 일행을 모아 놓고 상황이 어떻게 돌아가고 있는지 간략히 설명했다. 사고 소식을 뒤늦게 접한 티베와 힐린은 혼란스러운 듯 머리를 감싸 쥐었다. 넬 역시 굳은 표정으로 리오의 말을 경청했다.

"화면에 나온 악마는 악마 중에서도 귀족이라 불리는 고위 악마입니다. 이름은 네그. 아마 티베 양은 들어 보신 적이 있으실 것입니다."

티베는 그 이름을 익히 들어 알고 있었기에 고개를 끄덕였다.

그런데 그 옆에서 힐린이 참견을 했다.

"네그라면…… 악마 대공(大公) 린라우의 긴저이라 불리는 실력자 중 한 명이잖아요? 어떻게 그런 고위 마족이 지구상에 나타난 거죠?"

놀랍게도 힐린도 네그에 대해 잘 알고 있었다. 리오는 안색을 흐리더니 고개를 저으며 말했다.

"그건 저도 알고 싶은 바입니다. 분명 린라우는 2천 년 전 새벽의 여신 이오스가 없앴다는 얘기가 전해지는데 어째서 그의 수하 네그가 갑자기 나타나 도시를 날린 것인지……. 아무래도 차원이 근접하여 나타난 결과가 아닌가 싶습니다. 그러니 힐린 씨의 소설에나 나옴직한 가상의 종족들이 나타나 난동을 부리고, 심지어 고위 마족까지 나타나 도시를 폭파해 버리는 것 아닐까요. 아, 티베 양은 잘 아시겠죠? 고위 악마의 무서움을."

티베는 이곳으로 차원이동을 하기 전의 일을 회상하며 고개를 끄덕였다. 마왕이라 자칭하던 고위 악마 아슈테리카의 일이었다.

"신이 도왔죠…… 그때의 승리는. 그 대가로 제가 이곳으로 날려졌긴 하지만요. 그때 1급 주문 홀리가 통할 것이라고는 상상도 못했어요. 결국 아슈테리카는 쓰러졌지만 그의 최후 발악으로……."

티베의 눈빛이 흔들렸다. 바이칼은 눈썹을 꿈틀거리며 이상하다는 표정을 지었다. 그러나 이내 리오의 다음 말에 귀를 기울였다.

"어쨌든 지금 상황은 심각합니다. 설마 네그가 EOM과 관여되었다고는 생각되진 않지만 요즘 사태가 심상치 않습니다. 전 세계에 나타나는 괴물들도 그렇고……. 아무래도 내일부터는 나와 바이칼이 움직여야 할 것 같습니다. 일이 더 커지기 전에 그들을 제거해야 합니다. 물론 우리 둘로는 약간 무리가 있겠지만 가만히 있는 것보다는 낫겠죠."

그 말에 티베가 놀라며 리오에게 물었다.

"아, 아니, 그러면 떠나시겠다는……?"

리오는 굳은 표정으로 고개를 저었다.

"아, 떠나진 않을 것입니다. 목표를 정하기만 하면 하루 안에 끝낼 수 있으니까요. 물론 유럽 지역이어야 하지만요. 간단히 말해 출퇴근한다고 할까요?"

티베의 얼굴에 순간 안도의 기색이 돌았다. 그때 넬이 좌중의 눈치를 보며 리오의 옆구리를 쿡 찔렀다.

"나도 같이 가면 안 돼요, 리오 형?"

리오는 넬의 작은 어깨를 토닥거린 후 고개를 저었다.

"미안하지만 내가 이제부터 할 일은 너무 위험해. 널 위해서라도 데리고 갈 수는 없을 것 같다."

넬은 시무룩한 얼굴로 고개를 끄덕였다. 무심히 넬을 바라보던 바이칼은 무표정한 얼굴로 시선을 돌렸다.

날이 밝자 건물 옥상에서 리오는 바이칼 옆에서 장비를 점검하기 시작했다. 물론 장비랄 것도 없었다. 그는 손목 보호대의 가죽 끈을 조이고 있을 뿐이었다. 바이칼은 리오에게 나지막이 말했다.

"네그 정도라면 그렇게 어려운 상대는 아니잖아. 그 녀석이 '두 번째의 절망'을 썼을 때 표정은 지쳐 있었어. 솔직히 별 볼일 없었어. 그런데 어제저녁엔 왜 심각한 일이라고 떠들어댔지?"

리오는 망토에 묻은 먼지를 툭툭 털며 말했다.

"네그 정도야 쉽지. 하지만 우리라서 쉬운 것이지, 현재 이 세계에선 네그와 일대일로 겨룰 수 있는 자는 아무도 없어. BSP들이 떼 ㄹ 덤비디면 모를까 우리가 없어지지 않는다면 녀석은 다분히 위협적인 존재지. 게다가 우리는 그 녀석이 니타난 이유구치 모르고 있잖아."

바이칼은 어깨를 살짝 으쓱했다. 리오는 바이칼의 넓은 등을 손바닥으로 툭 치며 말했다.

"자, 다시 몸 좀 풀어 보자고, 친구. 상쾌하게 말이야."

그러자 바이칼은 투덜대며 공중으로 몸을 솟구쳤다.

"이럴 때만 친구지."

공중에 떠오른 바이칼의 몸은 현란한 빛을 내더니 곧 드래곤의 모습으로 변했다. 바이칼이 준비가 다 됐다는 듯 머리를 까딱거리자 리오는 그의 등에 올라타고 말했다.

"자, 일단 영국으로 가보자."

「맘대로.」

바이칼은 천천히 거대한 날개를 펄럭이며 서쪽으로 향했다.

영국을 향해 가던 리오는 귀에 이어폰을 꽂고 허리춤에 찬 플레이어의 스위치를 라디오 모드에 맞췄다. 힘차게 날갯짓하던 바이칼은 리오 쪽으로 고개를 돌리며 물었다.

「돈도 많군. 근데 이어폰에 선이 없는 건가?」

리오는 리듬에 맞춰 몸을 움직이며 말했다.

"음, 비싼 건 다르군."

「…….」

바이칼은 무표정한 얼굴로 다시 앞을 바라보았다.

리오가 라디오를 듣는 이유는 뉴스 속보를 듣기 위해서였다. 정확한 정보에 의해 움직인다면 더욱 빨리 도착할 수 있을 것이라는 판단이었다.

한 시간째 영국 상공을 공회전하던 바이칼은 무료했는지 리오에게 물었다.

「그건 그렇고 리오, 그 여신들에게 당한 후 힘이 얼마만큼 강해졌지? 제2안전주문이 풀린 상태로 당한 탓인지 꽤 좋아진 것 같던데…….」

리오는 잘 모르겠다는 표정을 지으며 대답했다.

"별로…… 강도가 높아진 정도는 다른 때와 같아. 사실 여기서는 공개적으로 돌아다닐 필요가 없으니 힘 조절을 안 해도 되잖아. 그래서 그렇게 느끼는 것일지도 몰라. 가장 최근에 한 전투에서도 거의 80퍼센트에 가까운 힘을 발휘했으니까. 물론 주문이 안 풀린 상태에서 말이…… 엇, 잠깐!"

음악이 중단되고 속보를 알리는 앵커의 목소리가 들리자 말을 멈추고 귀를 기울였다.

"여기는 영국 런던입니다! 런던 상공에 EOM의 헬기 부대가 나타나 도시 전체에 무차별 공습을 가하고 있습니다! 그러나 정규군은 출격하지 않고, 경찰 로봇들도 무슨 이유에서인지 움직이지 않고 있습니다! 상황은 절망적입니다, 누군가, 누군가 도와주…… 치지지직."

방해파를 받은 듯 이어폰에선 잡음만 들릴 뿐이었다. 리오는 이어폰을 빼고 복면을 하면서 바이칼에게 말했다.

"플레어 부스터, 부탁해!"

바이칼은 고개를 끄덕이며 자신의 날개를 접었다. 그러고는 꼬리 부위의 단단한 비늘들을 움직여 마치 전투기의 부스터와 같은 기관을 만들었다. 생체 에너지를 이용한 생체 부스터였다. 세상에서 가장 완벽한 생물, 드래곤만이 가질 수 있는 특권이었다.

「날려 가도 책임 안 져.」

"걱정 마."

콰앙.

리오가 대답하자마자 바이칼의 생체 부스터에서 푸른색의 불꽃이 튀기 시작했다. 초음속의 세계로 진입한 둘은 점차 희미하게 사라져 갔다.

검은색으로 도장된 EOM의 구형 아파치 헬기들은 지상 공격용 메버릭 미사일과 40발 장전의 미사일 랜처를 번갈아 가며 도시의 빌딩에 퍼부었다. 구형이긴 했으나 그 폭발력만큼은 중동과 여러 분쟁 지역에서 증명된 만큼 충분히 위협적이었다.

한 경찰이 경찰용 라이플로 헬기를 쏘며 대항했으나 대전차 공격용으로 설계된 아파치 헬기의 견고한 장갑을 뚫기엔 무리였다.

헬기 조종사들은 회심의 미소를 지으며 미사일 방아쇠를 계속 당겼다. 그들의 공격에 아무런 저항도 못하는 시민과 경찰들은 놀란 개미 떼처럼 흩어지며 쓰러졌다. 견착식 지대공 미사일로 대항하지 않는 한 EOM은 지금 천하무적이었다.

피 냄새를 마시며 살육을 즐기던 한 아파치 헬기의 보조 조종사가 콧노래를 흥얼거리며 레이더스코프의 버튼을 쿡쿡 눌렀다. 그 순간 그는 움찔하며 조종사에게 소리쳤다.

"조종사 님! 뭔가 이쪽을 향해 날아오고 있습니다!"

"아, 그래? 잘됐군. 상대가 없어서 지루했는데 말이야. 그 헬기 기종이 뭔데?"

그러나 보조 조종사는 말이 없었다. 조종사는 인상을 구기며 뒤를 돌아보았다. 보조 조종사는 멍한 표정으로 레이더스코프를 보고 있었다.

"이봐, 왜 그러는 거야!"

"저, 초음속 전투기를 출동시킬 만한 연료를 가진 나라가 어딥니까?"

보조 조종사는 멀뚱한 표정으로 조종사에게 물었다.

그의 말을 듣고 조종사는 눈이 휘둥그레졌다. 그는 급히 레이더스코프에 나타난 붉은 점을 보며 소리쳤다.

"얼마만큼 다가왔지? 어서 말해 봐! 이걸로는 잘 모르겠어!"

쿠우우우우웅.

잠시 후 헬기는 음속을 몇 배나 넘어선 충격파에 밀려나 건물에 충돌하고 말았다. 폭음이 한 차례 울리며 헬기는 작열하는 불꽃이 되어 산산조각 났다. 그 폭파 소리에 주위에서 비행하던 다른 헬기들이 괴물체를 찾기 시작했다.

방공호에 피신했던 시민과 경찰은 헬기의 공습이 잠시 멈추자 슬금슬금 밖으로 나왔다. 한 시민이 사방을 살펴보다가 고개를 들어 하늘을 보고는 얼굴이 환해졌다. 뒤이어 나온 시민들도 하늘을 보며 소리쳤다.

"보, 보시오! 용기병이오. 그 소문의 용기병이오!"

사람들은 방공호에서 나와 환호하기 시작했다.

바이칼은 날개를 펄럭이며 생체 부스터를 다시 접었다.

「네가 처리하면 좋겠군. 난 저런 장난감과 상대하기 싫어.」

"글쎄다."

리오는 팔짱을 낀 채 주위를 휘둘러보았다. 그는 80층의 쌍둥이 건물을 보며 물었다.

"이봐, 저 건물이 제너럴 블릭사의 건물이 맞는 것 같지? 전 세계에 같은 건물들을 수십 개는 지어 놨군. 유치한 취미야. 좋아, 내가 처리할 테니 저 건물에 사람이 얼마나 있는지 확인해 줘."

바이칼은 천천히 두 채의 건물을 살폈다. 건물엔 아무도 없었다. 미리 대피시킨 것이 분명했다.

「없어. 역시 제너럴 블릭과 EOM은 친분이 좋군.」

"흠, 좋아. 그럼 가볼까?"

그 순간 공격하는 헬기들을 돌아본 리오는 눈이 휘둥그레졌다. 수십 대의 아파치 헬기들이 헬파이어 미사일을 동시에 발사하고 있었기 때문이다.

"오, 이런."

쿠쿠쿠쿠쿵.

리오의 말은 폭발음에 가려 들리지 않았다.

시민들은 상공에서 일어난 폭염에 경악하며 마지막 희망이 사라진 것에 울상을 지었다.

"안 돼! 리오 씨!"

티베는 동료들과 함께 회의실에서 속보를 지켜보다 헬파이어 미사일이 리오와 바이칼을 집중 공격하자 소리를 지르며 일어섰다. 숨죽이며 속보를 지켜보던 동료들은 놀라 그녀를 쳐다보았다. 특히 의외의 행동에 놀란 베셀이 물었다.

"리오? 저 용기병 이름이 리오였어?"

티베는 순간 당황하며 다급하게 손사래를 쳤다.

"아, 아, 아니요! 런던에 사는 학교 친구 이름이에요! 호호호홋."

베셀은 석연치 않은 표정으로 무언가를 물으려고 입을 열었다. 그 순간 직원 한 명이 외치는 소리에 다시 화면으로 고개를 돌렸다.

"저것 봐요! 살아 있어요!"

「쿠오오옷!」

괴성과 함께 바이칼은 폭염과 연기를 뚫고 헬기들을 향해 돌진했다. 리오는 양손에 그려진 마법진을 일치시키며 외쳤다.

"라이트 스플래시!"

주문을 외우자 리오 주위로 현란한 광점들이 모여들기 시작했다. 그 빛은 보통의 라이트 스플래시와는 비교가 안 될 만큼 강렬했다. 그 광점이 구체를 이루더니 각기 목표물을 향해 허공을 가르며 질주하기 시작했다. 광탄을 맞은 헬기들은 순식간에 폭발하거나 출력을 잃고 추락했다.

지면에 박히며 폭발하는 헬기들을 내려다보던 리오는 파라그레이드를 뽑아 들고 소리쳤다.

"자, 마무리다!"

바이론이 거대한 날갯짓을 하며 헬기 사이를 휘젓자 거대한 흰색 검광이 순간 번뜩였다. 눈부신 흰빛이 사그라지자 동강 난 헬기 파편들이 후두두 떨어졌다.

순식간에 네 대만 남은 헬기들은 바이칼과 거리가 벌어지자 미사일로 총공격하기 시작했다. 그러나 바이칼 주위를 둘러싼 초공간 결계를 뚫기에는 어림도 없었다.

리오는 제너럴 블릭의 쌍둥이 건물을 파라그레이드로 가리키며 바이칼에게 말했다.

"저 건물 사이로 날 수 있겠어? 헬기들과 적당한 거리를 두면서!"

바이칼은 천천히 날갯짓을 하며 말했다.

「흥, 네가 타이밍을 못 맞출까 걱정될 뿐이다.」

바이칼이 공중에서 날갯짓만 하고 있자, 헬기 조종사들은 눈에 불을 켠 채 바이칼에게 전속력으로 접근하기 시작했다. 그들은 미사일 대신 기의 탄환으로 바이칼과 리오를 향해 쏟아부었지만 역시 타격을 입히진 못했다.

헬기들이 움직이길 기다린 바이칼은 리오가 가리킨 건물 쪽으로 움직였다. 헬기들은 최고 속력을 내며 바이칼을 추격했다.

제너럴 블릭의 쌍둥이 건물에 가까이 접근하자, 리오는 파라그레이드에 기를 더욱 주입했다. 그러자 파라그레이드의 우윳빛 날은 점차 길어지더니 원래 길이의 열 배가 넘게 확장되었다. 리오는 흡족한 표정으로 씩 웃고는 건물을 응시했다.

「건물 사이가 비좁군.」

바이칼은 구시렁대며 날개를 접고 건물 사이로 진입했다. 바이칼이 진입하자마자 리오는 푸른색 광채가 번뜩이는 눈을 치켜뜨며, 길게 확장된 파라그레이드를 힘차게 휘둘렀다.

"타아아앗!"

두 가닥의 섬광이 번쩍인 직후, 건물 사이를 통과한 바이칼은 다시 날개를 펴고 재빨리 치솟아 올랐다. 바이칼을 뒤쫓던 헬기들 역시 건물 사이를 통과하기 위해 접근해 왔다.

그 순간 양쪽 건물의 중앙에 예리한 금이 가더니 동강 난 건물 윗부분이 붕괴되기 시작했다. 건물 사이에 있던 헬기 네 대는 방향을 돌렸으나 허사였다.

"이런, 괴물 같은!"

한 조종사의 처절한 외침은 낙하하는 건물 더미에 그대로 묻혀버렸다. 헬기들은 건물 파편에 맞아 차례로 폭발했다.

리오는 파라그레이드를 정상으로 되돌리며 미소를 지었다.

"역시, 계산대로!"

「흥, 남의 공로를 자기 것으로 가로챌 생각은 하지 마라.」

바이칼은 떨떠름한 표정을 지으며 하늘 높이 솟아올랐다.

위성에서 전송되는 화상을 쭉 지켜본 회의실 안의 국제부 기자들은 입을 다물지 못했다. 가장 먼저 베셀이 턱 밑을 쓰다듬으며 내뱉었다.

"맙소사 건물을 자르다니……. 그것도 저 거대한 건물 두 채를 동시에 말이야. 정말 어처구니없군."

다른 부하 직원이 한마디 거들었다.

"그건 그렇다 쳐도, 저 사람 제너럴 블릭에 감정이 있는 모양인데요? 저 잘린 건물은 제너럴 블릭의 런던 지점 아닙니까?"

"후, 제너럴 블릭에게 감정 있는 사람이 어디 한둘인가?"

"예?"

의아해하는 부하 직원의 얼굴을 보며 베셀은 의미심장한 미소를 지었다.

"제너럴 블릭은 신도 용서 안 할 기업이야. 이런 말도 있었지 않았나. 제너럴 블릭이 초당 벌어들이는 돈만큼 사람들은 매분마다 죽어 간다고 말이야. 아마 저 드래곤도 알고 있겠지."

"……."

갑자기 화면에 흑백의 가루를 뿌려 놓은 것처럼 점이 박히며 치지직거렸다. 위성이 방해를 받은 모양이었다. 부장은 화면의 스위치를 끄며 말했다.

"자, 다시 회의에 집중합시다. 여러분. 현재 우리에게 중요한 건 제너럴 블릭이 아니라 특종이니까."

런던에 출몰한 EOM을 처리하고 우크라이나 지방의 트롤들을
대강처 소탕한 리오 일행은 다시 프랑스로 향했다. 바이칼은 프랑
스 영공에 접어들 때까지 계속 투덜댔다.

「지저분한 트롤들이나 상대하니 영 따분하잖아. 고위 악마 같은
거물들이면 또 모를까. 이 귀한 몸이 널 태우고 돌아다니는 보람이
없는 것 같군.」

리오는 불평하는 바이칼의 날갯죽지를 주먹으로 툭툭 치며 말
했다.

"여기 온 지 얼마나 됐다고 그래. 벌써부터 거물들이 나타나면
너나 나나 괴롭지 않겠어? 그건 그렇고 지도를 보니 미국이라는
나라가 맘에 좀 걸려."

「맘에 걸리다니?」

"흠, 국토가 광활해서 자원도 많고 자연적 조건도 나쁘진 않아.
그런데 그곳은 동부와 서부로 갈려서 대립하고 있다는데, 무슨 일
이 벌어질 것만 같아. 아, 이미 벌어졌다고 해야 하나? 고위 악마가
출몰했으니까. 어쨌든 그 나라에 가면 우리가 이전의 차원으로 되
돌아갈 수 있는 실마리를 찾을지 몰라."

바이칼은 말없이 앞만 바라보다가 물었다.

「그럼 그쪽으로 먼저 가봐야 하는 것 아닌가.」

리오는 슬며시 고개를 저었다.

"그렇긴 하지만, 예전에 이곳에 처음 오면서 오딘 님에게 들은
얘기가 있어. 이쪽 유럽엔 아직 숨겨진 것이 많다고 말이야. 지금
출몰하는 트롤들은 이전 차원에서 날아오는 것이 아니라 원래 이

곳에 있었던 것들이 재출몰한다고 볼 수도 있지 않을까."

「추측일 뿐이잖아.」

"그렇다고 할 수도 없어. 우리가 거쳤던 영국이란 나라에 아서라는 굉장한 분이 있었대. 주신께서 인정하셨던 유일한 인간의 왕이었지. 그의 검이라 전해지는 엑스칼리버 역시 주신께서 만드신 거야. 디바이너를 뛰어넘는 굉장한 검이지. 그런 분도 있었는데 트롤이라고 없을 이유는 없겠지."

「그 아서라는 할아범은 죽었겠지?」

리오는 어깨를 으쓱했다. 바이칼의 날개 아래로 파리 시내의 전경이 빠르게 스쳐 지나갔다.

"장담할 수는 없어. 그분이 어떻게 사망했는지 확실하게 전해지진 않았으니 살아 있지도 모르지. 어쨌든 당분간 여기 있어야 할 것 같아. 티베가 왜 제너럴 블릭으로부터 위협받고 있는지 이유도 알아볼 겸."

멀리 에펠탑이 보이자 바이칼은 거대한 날개를 퍼덕이며 속력을 내기 시작했다. 리오는 그가 서두르는 걸 보고 저녁때가 다 되었다는 걸 알 수 있었다.

먹을 것을 잔뜩 사서 편의점을 나온 바이칼과 리오는 환히 웃으며 현관문을 열었다.

"우리 돌아왔습니다."

그러나 아무도 대답하는 사람이 없었다.

불이 꺼져 있는 거실에 괴괴한 기운이 감돌았다. 바이칼은 안고 있던 큼지막한 봉투를 슬며시 내려놓았다.

기척이 없었다. 살기도 감지되지 않았다.

리오는 지그시 눈을 감았다 다시 떴다. 적외선 시각이 발동된 그의 눈이 붉게 빛났다.

"으아아악! 괴물이다!"

그 순간 어린아이의 목소리가 온 집 안을 뒤흔들었다.

바이칼이 스위치를 올리자 사물의 실체가 명확하게 드러났다. 리오는 다시 원 상태로 눈을 돌렸다.

리오의 앞에 있는 소파에는 바들바들 떨고 있는 넬이 웅크리고 있었다.

허탈감에 리오는 헛웃음을 지으며 물었다.

"이봐, 넬. 불 끄고 뭐 하고 있었어? 깜짝 놀랐잖아."

넬은 경계하는 눈초리로 흘끔 리오를 보며 물었다.

"리, 리오 형? 아까 그 새빨간 눈이 리오 형의 눈이었나요?"

리오는 뜨끔한 표정으로 재빨리 둘러댔다.

"빨간 눈이라니, 창밖의 등불과 혼동한 것이겠지."

"그, 그런가? 하하핫."

넬은 리오의 말을 금세 믿고는 계면쩍은 얼굴로 자세를 고쳐 앉았다. 리오는 안도의 숨을 내쉬며 그녀에게 물었다.

"다른 사람들은?"

"힐린 아줌마는 출판사 아저씨들과 나가셨고, 티베 언니는 아직 안 왔어요. 아 참, 바이칼 형, 저 배고파요."

넬이 칭얼거리자 바이칼의 붉은 눈썹이 꿈틀했다. 성이 난 바이칼을 리오가 만류하자 그는 묵묵히 부엌으로 향했다.

10분 뒤 도착한 티베는 집에 들어서자마자 리오를 향해 화를 내기 시작했다.

"리오 씨! 어떻게 그러실 수가 있어요!"

당황한 리오는 의아한 표정으로 티베에게 물었다.

"예? 그게 무슨……?"

리오 앞에 앉은 티베는 손가락으로 탁자를 두드리며 따졌다.

"자! 만난 지 얼마 안 되는 마당에 실례가 될지 모르지만 사실대로 말씀해 주세요! 당신은 누구며, 어디에서 왔고, 무엇을 하는 사람인지! 정확히 밝히지 않으면 당신을 의심할 수밖에 없어요!"

리오는 잠시 그녀가 케톤의 성격과는 판이하다고 생각하며 별것 아니라는 표정으로 답했다.

"음, 아시다시피 제 이름은 리오 스나이퍼이고, 당신과 같은 차원에서 왔으며 직업은 떠돌이 기사입니다."

티베는 미간을 더욱 좁히며 재차 말했다.

"……끝이에요?"

"예."

그러자 티베는 탁자를 주먹으로 쾅 내리치며 거칠게 물었다.

"아니, 어떻게 떠돌이 기사가 음속으로 날아다니는 드래곤을 타고 무 자르듯 헬기를 동강 내며 그것도 모자라 건물까지 싹둑 잘라요? 이해가 되도록 설명해 주세요! 떠돌이 기사가 그런 묘기를 부릴 수 있는 건지!"

리오는 어쩔 수 없다는 표정을 지으며 한마디로 일축했다.

"흠, 저는 사실 가즈 나이트입니다."

리오가 정체를 밝히자 바이칼도 깜짝 놀라는 것 같았다. 티베의 안색이 굳어지더니 천천히 물었다.

"……그게 뭔데요?"

"후훗, 농담입니다. 부탁이니 저에 대한 일은 그냥 모른 체해 주십시오. 더 이상 알려고 들지 않는 게……."

리오가 어물쩍 넘어가려 하자 불만스런 눈초리로 티베가 따졌다.

"좋아요. 그럼 당신에 대한 의문을 왜 그냥 묻어 두어야 하는지 그 이유를 들어도 될까요? 합당하다면 더 이상 묻지 않을게요."

리오로선 만사휴 제안이었다.

"제가 당신을 구해 드렸으니 제 신상에 대해 묻지 않는 걸으로 그 대가를 치러 주시면 안 될까요."

티베는 아차 했다. 사흘밖에 안 지났는데 리오가 생명의 은인이라는 사실을 깜빡 잊고 있었다. 결국 할 말을 잃은 티베는 가방을 소파에 던지며 방으로 들어가 버렸다.

"이, 이대로 끝나지 않을 거예요, 리오 씨."

"후훗, 그럼 한 번 더 구해 드려야겠군요."

능청스런 리오의 언변에 티베의 얼굴이 더 붉어졌다. 방문을 닫은 티베는 잘못 말한 것을 내심 후회했다. 술수에 걸려들어 더 이상 그의 정체를 알아낼 수 없게 된 것이다.

"1년 사이에 기자가 다 됐네. 나도 참……."

투덜대며 편한 옷차림으로 갈아입던 티베는 등 뒤에서 싸늘한 기운을 느꼈다. 취재차 북극에 갔을 때 느낀 한기보다 더 했다.

혹시 창문이 열렸나 싶어 창가로 가던 티베의 얼굴에 핏기가 싹 가셨다.

머리에는 뿔이, 등에는 날개가 달린 남자가 창밖에서 그녀를 응시하고 있었다. 그의 보라색 망토는 붉은색 피부와 대비되어 더욱 강렬해 보였다. 그녀와 눈이 마주친 남자의 눈이 번뜩이자 창문의 고리가 떨어졌다. 남자는 가볍게 티베의 방 안으로 들어왔다.

그는 마치 무도회에 나온 사람처럼 춤을 신청하는 자세로 티베에게 인사를 했다.

"저는 고위 악마 네그라고 합니다. 저와 계약을 맺은 분의 부탁으로 당신을 모시러 왔습니다. 아, 당신이 아슈테리카를 다른 사람과 함께 물리쳤다는 얘기는 들었습니다. 하지만 전 아슈테리카 같은 얼간이와는 다르죠. 그러니 정신적, 육체적 고통을 맛보기 전에 순순히 응하시죠."

"어, 얼간이요?"

티베의 얼굴이 굳어졌다. 그녀는 아슈테리카를 쓰러뜨린 때부터 지금까지 견뎌 온 고생이 너무 억울했다.

자세를 고치며 네그는 고개를 끄덕였다.

"그렇습니다. 힘도 저보다 못하면서 '마왕'이라는 웃기는 호칭을 제멋대로 사용한 얼간이입니다. 역사상 건방지게 '마왕'이라고 자칭하는 마족이나 악마 중 잘된 존재는 하나도 없죠. 권력에 눈이 멀어 방심한 나머지 당신과 같은 인간들에게 약점을 잡혀 쓰러지니 말입니다. 그러니 얼간이라는 것이지요. 그런데 지금 뭐 하십니까?"

네그가 말하는 동안 티베는 도망치려고 사력을 다해 손잡이를 잡고 있었다. 네그는 보라색 머리카락을 쓸어 넘기며 말했다.

"후훗, 그 문은 결계로 닫혀 있습니다. 아무나 열 수 없지요. 아가씨도 마법을 사용할 줄 아는 듯하니 한번 디스펠 주문을 써 보십시오. 물론 주문을 외우는 동안 제가 당신을 데려가겠지만요."

"윽!"

티베는 겁에 질린 얼굴로 뒷걸음질을 쳤으나 벽으로 막혀 있어 더 이상 물러설 곳이 없었다. 네그는 악마의 눈으로 시뻘건 빛을 뿜으며 서서히 다가왔다.

"티베, 빨리 안 내려오고 뭐 하니?"

그 순간 갑작스레 문이 열렸다. 겁에 질린 티베를 무표정한 얼굴로 힐린이 쳐다봤다. 오히려 네그와 티베가 더 놀랐다.

"어, 언니!"

"응?…… 당신은 고위 악마 네그!"

그제야 힐린은 기겁을 하며 당황했다.

네그는 황당했다. 자신이 저 놓은 결계를 모른 사람이 가볍게 뚫고 들어오다니.

"크윽! 어떻게 된 일인지 모르겠지만, 더 이상 당신을 살려 둘 수 없습니다!"

네그는 급히 티베를 잡으려고 몸을 날렸으나 이미 때는 늦었다. 힐린의 뒤로 리오가 귀찮은 표정으로 나타났기 때문이다.

"음, TV까지 출현했던 악마를 직접 보다니 영광이군. 그건 그렇고 지금은 식사 시간이니 다음에 와줘. 미안하게 됐군, 친구."

"흥!"

네그는 아랑곳하지 않고 티베에게 손을 뻗었다. 그러나 이게 웬일인가? 네그는 더 이상 팔을 움직일 수 없었다. 기가 실린 파라그레이드의 긴 날이 순식간에 그의 팔을 관통했기 때문이다.

"네, 네 녀석……?"

네그는 놀란 눈으로 리오를 쳐다보았다. 리오의 눈에서 연푸른 색의 안광이 발하고 있었다. 그는 소리 없이 웃으며 경고했다.

"내가 농담조로 말할 때 도망가는 게 좋아. 내 본색이 드러나게 하지 말고 빨리 사라지시지."

"그, 그렇군! 네가 바로 리오 스나이퍼! 좋아, 다음에 오라면 다시 와 주지!"

네그는 붉은 날개를 펼치고 창밖으로 사라졌다. 리오는 백지장처럼 하얗게 질린 티베를 바라보았다. 그러나 속옷 차림인 티베는 고맙다는 인사 대신 고함을 지르기 시작했다.

"나가! 이 치한!"

"오, 이런!"

리오는 허겁지겁 방에서 나갔다. 힐린은 티베를 안아 주며 말했다.

"다친 곳은 없니? 무서웠지?"

티베는 눈시울을 적시며 고개를 끄덕였다. 힐린은 그녀의 어깨를 토닥거리며 진정시켰다.

고위 악마에게 납치당할 뻔했던 티베는 음식을 먹는 게 고문처럼 느껴졌다. 사실은 바이칼이 식사 준비에 손을 놓아 버린 탓에 인스턴트 식품으로 저녁을 때워야만 했던 탓도 있었다.

식사가 끝난 후 그들은 거실에 모여 간단히 회의를 하기 시작했다. 두 번이나 집을 습격당했다는 것은 심각한 일이었다. 하지만 그렇다고 거처를 옮길 수도 피해 있을 수도 없는 형편이었다.

리오는 팔짱을 낀 채 일어서서 티베에게 물었다.

"흠, 도대체 왜 제너럴 블릭사가 티베 양을 노리는 것일까요? 혹시 중요한 정보라도 빼내셨나요?"

티베는 습관처럼 얼굴을 찡그리며 퉁명스레 대답했다.

"이봐요, 그랬다면 그 정보를 팔아서 경호원 둔 저택에서 편하게 살지 왜 여기 있겠어요?"

"그렇군요. 음, 추측이지만 그들이 당신을 쫓는 이유는 당신이 사용하는 마법 때문인 것 같다는 느낌이 듭니다. 하지만 마법 이상의 살상 능력을 지닌 무기는 이 세계에도 많은데 무슨 다른 이유가 있는 것인지……. 음, 어쨌든 그들이 티베 양을 언제 어디서고 노리고 있으니 경호를 철저히 해야겠습니다. 좀 불편하시더라도 조금 참아 주십시오."

"알았어요."

하지만 문제는 해결된 게 아니었다. 리오는 턱 밑을 매만지며 넬에게 말했다.

"하시민 지의 바이칼은 저녁때 외엔 당신을 경호해 드릴 수 없습니다. 어쩔 수 없이 넬이 수고를 해줘야 할 것 같군요. 넬, 괜찮겠니?"

넬은 멋쩍은 듯 웃으며 말끝을 흐렸다.

"그, 글쎄요? 솔직히 자신은 없는데…….."

리오는 넬의 어깨를 토닥이며 말했다.

"괜찮아. 티베 양이 널 굶기거나 때리진 않을 테니 걱정마."

그 말에 티베는 리오를 쏘아보았다. 그러나 넬은 용기가 나는 듯 힘차게 고개를 끄덕였다.

"알았어요. 하는 데까지 해볼게요!"

"좋아. 그럼 이제 문제는 밤입니다. 어떤 괴물들이 티베 양을 노리고 습격할지 모르죠. 조금 전처럼 고위 악마들이 나타나면 넬이 아무리 BSP 훈련을 받았다 해도 막기 힘듭니다. 불가피하게 저나 바이칼이 티베 양 곁에 있어야 하는데……."

순간 바이칼은 리오의 옆구리를 쿡 찌르며 나지막이 말했다.

"날 승용차처럼 타고 다니는 영광으로 만족하는 게 좋아. 더 이상 친구 운운하면서 잡무를 맡기면 재미없어."

리오는 어깨를 으쓱하며 말했다.

"……라고 하니 어쩔 수 없군요. 밤엔 제가 티베 양과 함께 지내는 수밖에."

그러자 티베가 노발대발하며 소리쳤다.

"그, 그게 무슨 당치 않은 소리예요! 처음부터 이런 걸 노리고 저에게 호의를 보인 것 아니에요? 맞아! 예전에 공원에서 나를 구해 준 할아버지도 당신이죠! 그때 비둘기를 다룰 때부터 알아봤어야 했어. 이건 당신을 믿게 한 후 나를 어쩌려고 한 계획이야!"

리오는 고개를 저으며 이상하다는 듯 말했다.

"노인으로 변장할 수도 없을뿐더러 할 수 있다 해도 노인 모습으로 티베 양을 만난 적은 없습니다."

티베는 할 말이 없었다. 그녀가 고개를 숙이자 리오는 한숨을 쉬며 말했다.

"뭐, 좋습니다. 솔직히 말이 안 되는 경호 방법이긴 하죠. 제가 사과드리겠습니다. 사실 고위 악마들만 침입한다면 어쩔 수 없이 강행해야 할 방법이지만 그런 녀석들만 온다는 보장도 없으니까요. 그렇다면 넬을 경호로 붙이는 건 허락해 주실 수 있죠?"

방금 전 소리 지른 게 미안해서인지 티베는 군말 없이 고개를 끄덕였다.

"알았어요. 그럼 잘 부탁해, 넬."

넬은 티베와 악수를 하며 씩 웃어 보였다.

"히힛, 걱정 마세요. BSP의 명예를 걸고 언니를 지켜 드릴게요."

그 후 11시경이 되어서야 티베는 잠자리에 들었다. 하지만 뒤척거릴 뿐 잠을 이룰 수가 없었다. 아까 거실에서 한 얘기가 맘이 걸렸던 것이다.

그녀는 리오가 아무 불만 없이 자신의 의견을 수락한 것이 약간 미안하기도 했다. 사실 만난 지 사흘밖에 안 되는 자신을 보호해 주며 전력투구하고 있는 그에게 감사 표시 한 번 한 적이 없었다. 그런데 그가 남자라는 이유 하나만으로 그의 특별 경호를 냉정히 거절했으니 미안한 감이 들었다.

"아냐, 혹시 또 모르잖아……. 하지만 그는 아무 대가 없이 거대

조직 EOM을 상대로 홀로 싸우는 사람인데……. 아, 아냐! 마음이 약해져선 안 돼!"

그녀는 갈피를 잡지 못하고 몸을 뒤척였다. 그러다 새벽녘이 되어서야 겨우 잠들었다.

쾅.

그녀가 막 잠이 들려던 찰나 창문 열리는 소리가 들렸고, 강한 바람이 방 안으로 들이닥쳤다. 순간 등골이 오싹해진 티베는 실눈을 뜨며 주위를 확인했다. 그러나 창문이 열린 것 외엔 별다른 일은 없었다.

"뭐야, 별거 아니잖아."

그녀는 슬그머니 일어나 창문을 닫으려 했다. 그러나 닫을 수가 없었다. 네그가 문고리를 부숴 놓았기 때문이다.

티베는 간담이 서늘해져서 마른침을 삼키며 뒤로 돌아섰다. 차가운 바람에 소름이 돋았다. 바람 소리가 마치 그 고위 악마의 웃음소리처럼 느껴졌다.

한편 소파에 누워 세계 지도를 훑어보던 리오는 티베의 방에서 덜컹거리는 소리가 나자 피식 웃으며 중얼거렸다.

"창문이 열렸군. 깨지 않고 푹 주무셔야 할 텐데. 후홋."

리오는 고개를 저으며 다시 지도를 훑어봤다.

"저기요…….'

그때 문이 삐걱 열리며 티베가 흰색 베개와 분홍색 이불을 들고 거실로 조용히 나왔다. 리오는 의뭉스럽게 딴청을 부리며 그녀를 쳐다보았다.

"다른 곳에서 주무시게요?"

티베는 머쓱한 표정으로 리오가 앉아 있는 소파로 다가와 앉았다. 그리고 분홍색 이불을 두르며 얼굴을 붉혔다.

"오늘은 그냥 거실에서 자는 게 편할 것 같아서요."

"하지만 이곳은 당신 방보다 추울 텐데요."

그런 리오의 말에 정작 티베는 말이 없었다. 리오는 어깨를 으쓱한 후 다시 지도에 눈길을 옮겼다.

잠시 침묵이 흘렀다. 티베가 몸을 뒤척이며 리오에게 시선을 돌렸다. 그녀의 기척에 리오 역시 티베를 흘끔 쳐다보았다. 티베는 무안한 표정으로 헛기침을 몇 번 하더니 말했다.

"아까는 죄송했어요. 사과할게요."

리오는 아무렇지 않은 듯 웃으며 고개를 저었다.

"아닙니다. 제가 먼저 숙녀분께 실례되는 말을 했는걸요."

티베는 희미하게 웃으며 입을 열었다.

"어쨌든 고마워요. 그건 그렇고 정말 이 세계는 사람의 성격을 바꿔 놓나 봐요. 1년 전에도 내가 이랬나 싶을 정도로 말이죠."

리오는 그윽한 눈길로 티베를 바라보았다. 티베는 계속 말을 이었다.

"이 세계에 적응을 하려니 마음이 조급해졌어요. 빠르게 변하는 세계에 맞추려면 그만큼 생각이나 행동도 빨라야 하니까요. 게다가 물질만능의 세계에 젖어들면서 제 자신조차 잃어가는 것 같아요……. 언제부터인가 동생이랑 친구들과 자연을 벗 삼아 왕국 수도의 거리를 뛰놀던 옛일이 유치하다고 느껴졌죠. 그래서 변화 있는 직업을 찾다가 기자가 되었는데 실력보다는 미모가 우선이고, 매일 반복되는 일상에 감정은 점점 삭막해지고 있어요. 결국 그러다 보니 아까 리오 씨에게 실례까지 한 것 같네요. 후훗, 정말 바보 같죠?"

리오는 티베의 얼굴에서 쓸쓸함을 읽었다.

그녀는 홀로 이 험난한 세계에 내동댕이쳐진 것이었다. 리오 자신은 직업상 여러 차원을 떠돌아다니기 때문에 적응 또한 빨랐다. 그러나 그녀는 달랐다. 결국 다른 환경에서 느끼는 불안감이 그녀의 성격을 악산이나마 변질시킬 것이리라.

리오는 한숨을 내쉬며 말했다.

"흠, 그래도 유치하다고 생각한 정도면 다행이군요. 의미 없게 느끼는 것보다는 나은 겁니다. 대부분의 사람들은 어린 시절을 떠올리면 웃어 버리죠. 유치하다고 생각하기 때문일 것입니다. 그 기억이 의미 없다고 생각하고 망각하려는 사람은 사실 드뭅니다. 그건 소중한 추억이니까요. 티베 양도 추억을 잊지는 않은 것 같으니 너무 괴로워 마세요."

티베는 멍하니 리오를 바라보았다. 설마 리오가 그런 온정이 담긴 말을 할 줄은 미처 몰랐다. 그녀는 살며시 웃으며 리오에게 물었다.

"마치 인생을 다 경험하신 분 같으시네요. 그럼 리오 씨는 어린 시절 추억을 소중히 기억하고 있나요?"

"……."

티베의 질문에 리오는 잠시 말이 없었다. 조용히 앞만 응시하던 그의 눈에서 무언가 반짝거렸다. 물기였을까, 아니면 눈의 광채였을까. 그는 결국 쓴웃음을 지을 뿐이었다.

그가 기억하는 어린 시절 추억이란 둥근 우물 입구로 보이는 폭발의 섬광과 타들어 가며 날려진 사람의 잔해뿐이었다.

티베는 리오가 쓸쓸한 눈빛을 띠자 질문을 한 자신을 책망했다.

"죄송해요. 제가 또……."

그러자 리오는 여느 때와 같이 빙긋 웃어넘겼다.

"자, 주무십시오. 늦지 않게 출근하셔야 하잖습니까."

티베는 이번만큼은 군말 없이 소파에 누워 이불을 덮었다. 분명 리오의 말대로 거실은 추웠으나 이상하게도 깊은 잠을 잘 수 있었다. 실로 오랜만에 느껴 보는 단잠이었다.

17장
거대한 음모

1

제너럴 블릭과 와카루의 결탁

미국 동부 뉴욕. 제너럴 블릭 본사.

80층으로 이루어진 빌딩 네 채로 구성된 제너럴 블릭의 본사는 사방이 투명한 유리로 되어 있었다. 투명하게 설계된 건물의 외관은 미려하긴 했지만 본사 지하에 은폐된 엄청난 시설을 감추기 위한 눈속임에 불과했다.

미국 재계의 제왕이라 불리는 제너럴 블릭의 총회장은 회의 시간을 제외하고는 본사 건물 지상에 거의 올라오지 않았다. 그도 그럴 것이 지하 50층 중 20여 층이 그의 집이었기 때문이다. 하지만 지하 10층을 제외한 나머지 40층의 존재는 어느 누구도 몰랐다. 40층의 사용 여부를 밝히려는 기자나 정보 요원은 어김없이 행방불명되곤 했다.

45층에 위치한 자신의 서재에서 제너럴 블릭의 마크 레일로지 회장은 인삼차를 들고 있었다. 조용히 누군가를 기다리고 있는 듯 그는 시계를 얼핏 쳐다보았다. 그의 외모는 미국 서부 농장에서나 볼 수 있는 평범한 노인의 인상과 다를 바 없었다. 그러나 사원들에게 연설을 할 때나 회의를 주재할 때는 여지없이 재계의 제왕으로 변했다.

그의 카리스마는 일본의 기업 연합 '니혼 유나이티드'의 총수를 무릎 꿇릴 정도였다.

그가 무슨 생각을 하고 있는지는 아무도 몰랐다. 그의 아들조차 그의 속마음을 알 수 없었다. 단 한 명, 그의 부인만이 그의 생각을 읽을 수 있었지만 그녀는 지금 이 세상 사람이 아니었다.

똑똑.

노크 소리가 들리자 회장은 조용히 책상 위의 버튼을 눌렀다. 무기 감지 장치에 파란 불이 들어오자 회장은 스피커의 버튼을 눌렀다.

"들어와라."

이윽고 들어온 사람은 흰색 정장 차림의 그의 아들이었다. 아버지만큼 카리스마는 없었지만 경제를 움직이는 능력만큼은 회장의 뒤를 잇기에 모자람이 없었다. 그는 현재 전 세계 경제계 최고의 루키로 평가받고 있었다. 하지만 사생활이 부도덕하여 매스컴에 자주 오르내리곤 했다. 그러나 회장은 아들이 왜 부도덕하게 되었는지 이유를 알기에 좋지 않은 기사가 보도되면 오히려 아들을 감쌌다.

회장의 단 하나뿐인 아들 넥스 레일로지 역시 아버지의 심중을 희미하게나마 읽고 있었다. 그래서 다른 사람이 혀를 내두를 정도로 냉혈한인 그도 아버지 앞에선 최대한 예를 갖추었다. 어릴 때부터 대학을 졸업할 때까지 최고로 존경하는 인물이 누군지 어느 누가 물어도 망설임 없이 아버지 이름을 말한 일화는 유명했다.

찻잔을 내려놓은 회장은 웃음을 지으며 앞에 앉은 젊은 아들에게 물었다.

"그래, 다친 곳은 괜찮으냐?"

넥스는 고개를 끄덕였다.

"네, 병원에 소래 입원할 성드르 심자진 않았습니다."

넥스의 머리엔 붕대가 감겨 있었다. 이 세계에 단 두 명뿐인 마법사를 납치해 오는 도중 훼방꾼의 방해로 생긴 부상이었다.

회장은 고개를 끄덕이며 말했다.

"와카루 박사가 반년 만에 돌아왔다고 하더구나. 행방불명되었다고 했는데 그동안 어디 있었는지, 원. 지금 온다고 했는데 늦는구나. 너도 같이 만나 보지 않으런?"

넥스는 즉시 대답했다.

"예. 일본, 아니 세계 제일가는 생체공학 전문가이신 와카루 박사를 한 번쯤은 만나 봐야겠지요. 하지만 인간적으로 사귀긴 싫습니다."

회장은 빙긋 웃으며 고개를 끄덕였다.

"후훗, 하긴 그렇지. 인간의 목숨을 대상으로 거리낌없이 실험하는 과학자는 그뿐이니 말이야. 뭐, 그렇다고 내가 와카루 박사보다 인간미가 있다는 소리는 아니지만. 하하핫"

똑똑.

다시 노크 소리가 들리자 회장은 책상 위의 버튼을 눌렀다. 파란 불이 들어오자 회장은 스피커 버튼을 눌렀다.

"들어오시오."

문이 열리자 작은 키에 자주색 정장 차림의 대머리 노인이 들어왔다. 짧은 수염을 기른 동양계의 노인은 빙긋 웃으며 회장에게 인사했다.

"오랜만에 뵙습니다. 회장님. 허허헛."

회장은 고개를 끄덕였다.

"그렇소이다. 그런데 반년 동안 어딜 갔다 오셨소? 참으로 뵙기힘들구려. 아, 앉아서 말씀하시오."

박사는 웃으며 소파에 앉아 회장과 마주 보며 얘기했다.

"허헛, 좀 다른 세계에 가 있었죠. 그쪽에 있는 분들의 도움을 받아 제가 완성하고 싶었던 것을 많이 만들었습니다. 아, 숙녀 한 분을 소개해도 괜찮겠습니까, 회장님? 그쪽 세계에서 만난 여자분이시죠."

회장은 흔쾌히 고개를 끄덕였다.

"그러시오. 그런데 그 여자분이 오시려면 오래 걸립니까?"

박사는 고개를 저었다. 그리고 웃으며 말했다.

"허헛, 아닙니다. 여기 계십니다. 자, 나오십시오."

회장과 넥스는 저 노인이 무슨 말을 하는지 몰라 어리둥절했다. 그러나 그 말이 무슨 뜻인지는 금방 알 수 있었다.

와카루 박사의 말과 함께 그의 뒤쪽에 검은색의 구멍이 생기더니 타이트한 검은 가죽 옷차림의 글래머 미인이 나타났다.

와카루 박사는 일어서며 그녀를 소개했다.

"그쪽 세계에서 저를 도와주신 분 중 한 분이십니다. 라기아 님이시죠."

회색 머리카락의 라기아는 요사스러운 미소를 띠며 회장과 넥스를 향해 허리를 굽혔다.

"호호호홋, 라기아라고 합니다. 뵙게 돼서 영광이군요."

인간은 분명 아니었다. 회장과 그의 아들은 라기아라는 여성이 인간과는 다른 존재라는 것을 느꼈다. 하지만 그런 것을 따질 부자가 아니었다.

넥스가 일어서며 먼저 인사를 했다.

"반갑소. 넥스라 하오."

라기아는 살짝 고개만 끄덕였다. 넥스는 속으로 불쾌했지만 수용히 앉았다.

회장은 라기아에게 물었다.

"다른 세계에서 오신 첫 손님이 미인이시라 기분이 참 좋소. 하하핫. 실례지만 직업이 뭐죠?"

라기아는 눈을 반짝이며 대답했다.

"훗, 믿건 안 믿건 회장 당신의 자유입니다. 보통 저와 같은 마족을 서큐버스라 부르지요, 호호호호홋. 저는 별로 얘기할 것이 없습니다. 와카루 박사가 모든 것을 말씀드릴 겁니다. 그리고 당신들이 죽어라 쫓아다니는 두 명뿐이라는 마법사에 대한 일도 말끔히 처리해 줄 것입니다. 저는 와카루 박사를 감시하러 온 것뿐이죠."

"감시?"

회장은 놀란 눈으로 와카루를 바라보았다. 와카루는 어깨를 으쓱한 후 말했다.

"차차 아시게 될 것입니다. 어쨌든 말씀드리지요. 저는 그 세계에서 마법 문명과 고대 문명의 힘을 익혀 이 세계에서 완성하지 못한 생체 병기들을 완성했습니다. 기자재는 이분들이 다 주시더군요. 허허헛. 자, 제가 가져온 노트북에 그 병기들의 데이터가 저장돼 있습니다.

와카루 박사는 흡족한 얼굴로 노트북을 열어 홀로그램 드라이버를 가동시켰다. 그러자 노트북 위에 검은색의 인간형 입체 영상이 떠올랐다. 그 영상을 본 회장은 놀랍다는 듯 중얼거렸다.

"오오! 이것은 당신이 개발하려다 한계에 부딪혀 중도에 포기했던 그 생체 로봇⋯⋯!"

와카루 박사는 고개를 크게 끄덕이며 말했다.

"그렇습니다. 나찰이지요. 그리고 또 하나 있습니다. 나찰의 형제뻘 되는 병기지요."

와카루 박사가 손가락으로 재빨리 키보드를 두드리자 또 다른 영상이 곧 떠올랐다. 이번엔 네 개의 팔이 달린 붉은색 장갑질 로봇이었다.

"수라입니다. 나찰에 비해 기동력과 스피드는 떨어지나 힘과 장갑은 우수합니다. 그쪽 세계에선 머신 건이나 미사일 등의 첨단무기가 없어서 육탄전 위주의 공격만 했습니다. 하지만 이 세계에서 무기 개량을 한다면 거의 완벽한 병기로 태어날 것입니다. 아마 전차나 헬기 등을 더 이상 사실 필요도 없게 되겠죠. 또한 생체 병기이므로 자원의 낭비가 없답니다."

"자원의 낭비가 없다? 무슨 소리요, 그게?"

회장은 궁금한 표정으로 물었다. 넥스 역시 같은 표정이었다. 와카루는 손가락으로 안경을 추켜올리며 답했다.

"이들은 생물처럼 육식과 채식을 하기 때문이죠. 자기 회복 능력이 있기 때문에 부가 노동 인력도 필요 없습니다. 그리고 만약 파괴된다 해도 표면 안쪽에 들어 있는 다량의 세포질이 일정 시간 동안 공격할 수 있기 때문에⋯⋯ 뭐, 더 이상 말씀드릴 필요 없겠지요."

넥스는 와카루 박사의 설명에도 불구하고 두 생체 병기가 미덥지 않은 듯 얼굴을 찡그리며 물었다.

"하지만, 먹을 것이 부족하면 어떻게 합니까. 사료를 줄 수도 없고······."

그러자 와카루는 실눈을 뜨며 이상야릇한 웃음을 흘렸다.

"후후훗, 제가 말씀드렸지요? 이 귀염둥이들은 육식과 채식을 가리지 않고 합니다. 지구라는 좁은 우리에 70억이나 되는 식량이 걸어 다니시 않습니까? 정리할 겸 즐기는 것노 괜찮겠시요. 후후 후후훗."

잔인한 그의 대답에 마크 회장과 넥스, 라기아는 등골이 오싹했다. 끔찍한 일을 거리낌없이 말하는 와카루의 모습은 그야말로 악마의 모습이었다.

와카루 박사는 어깨를 으쓱하며 경악하는 세 사람의 얼굴을 쳐다보았다.

"음? 왜들 그러십니까?"

"아, 아니오. 그럼, 견본을 볼 수 있겠소? 아니면 성능 시험이나······."

회장은 얼른 화제를 바꿨다. 그러자 와카루는 짧은 수염을 어루만지며 회장의 책상 위에 있는 지구의를 가져왔다. 그러고는 지구의를 세게 돌리며 말했다.

"자, 아무 나라나 선택해 주십시오. 아, 넥스 도련님이 해 보시겠습니까?"

넥스는 미심쩍은 눈으로 와카루를 쳐다보았다. 그는 지구의의 한 부분을 검지로 짚어 돌고 있는 지구의를 멈춰 세웠다. 그러고는 작은 도시의 이름을 천천히 읊조렸다.

"······예루살렘."

그러자 와카루는 잘됐다는 듯 손바닥을 마주치며 만족한 미소를 지었다.

그는 노트북의 키보드를 두드리며 말했다.

"좋습니다. 어차피 맘에 안 드는 도시였는데 잘됐군요. 나찰은 20대쯤, 수라는 30대쯤 출동시키겠습니다. 아, 개인 위성 TV는 당연히 있겠죠? 예루살렘을 잡아 주십시오. 오, 이건 미성년자나 노약자, 임산부가 관람할 수 없는 장면이 될 것 같군요. 좀 잔인할지 모르거든요. 후후후훗."

넥스는 고개를 갸웃거리며 위성 TV의 스위치를 눌렀다. 서재의 한쪽 벽이 열리더니 4미터 넓이의 대형 정사각형 스크린이 나타났다. 넥스는 리모컨을 눌러 이스라엘을 클릭한 후 이어서 예루살렘을 클릭했다. 연결 중이라는 메시지와 함께 대기 시간 20분이라는 메시지가 떴다.

그사이 와카루 박사는 작업을 끝낸 듯 손바닥을 비비며 회장에게 물었다.

"음, EOM 프로젝트가 진행 중인 것으로 압니다만…… 어떻습니까?"

회장은 마침 무언가 생각난 듯 고개를 저었다.

"최근까지 엠펠러 장군이 잘해 왔으나 갑자기 유럽 쪽에서 날파리 하나가 나타나 방해하고 있소. 그 덕분에 하루 석유 수입이 10퍼센트 정도 줄었소. 엠펠러와 계약했다는 악마 네그도 그날 날파리와 한 번 마주친 후 그 마법사를 납치하는 일에서 손을 떼겠다고 했을 정도요. 복면을 하고 있어서 누군지는 모르겠소. 그 덕분에 내 아들 넥스도 당하고 말았다오. 약간은 골칫덩이요."

네그라는 이름을 듣자 라기아는 의외라는 표정으로 물었다.

"네그? 고위 악마 네그 님을 말씀하시는 겁니까, 회장?"

회장은 고개를 끄덕였다.

"그렇소. 아, 서큐버스라고 하니 알겠구려. 난 그쪽 일은 잘 모르니 이해해 주시오."

라기아는 고개를 갸웃거리며 중얼거렸다.

"네그 님이 그렇게 자신 없어 할 정도의 실력자가 이 세계에 있 단 말인가? 악마계 444위 안에 드는 강마(强魔)신데……."

그 말을 들은 와카루가 눈을 반짝이며 회상에게 물었다.

"혹시 그 날파리가 회색 망토를 걸친 붉은 장발이었습니까?"

회장은 곰곰이 기억을 더듬다가 고개를 끄덕였다.

"음, 그러고 보니 그런 차림을 한 것 같소. 아는 자요?"

라기아가 입술을 깨물며 와카루 대신 고개를 끄덕이며 말했다.

"알다뿐입니까! 그 괴물 녀석, 가즈 나이트 중 한 명인 리오 스나이 퍼입니다. 하긴 그 정도 녀석이니 네그 님도 어쩔 도리가 없었겠지 요. 이거 여신님들도 영 운이 없군. 그 방해자가 다시 나타나다니!"

넥스는 치를 떠는 라기아를 향해 피식 웃으며 물었다.

"흥, 그 빨간 머리, 꽤 강한가 보죠?"

내내 미소만 짓고 있던 와카루의 얼굴에 미소가 싹 사라졌다. 와 카루는 검버섯이 핀 주름진 손으로 미간을 만지며 대답했다.

"저도 처음엔 대수롭지 않게 생각했죠. 하지만 라기아 님과 다 른 분들에게 전해 들은 바로, 그는 귀찮은 날파리 정도가 아니라 EOM 계획 전체를 바꿀 수 있는 강적입니다. 마음만 먹으면 이 지 구를 박살낼 수 있을 정도의 괴력을 가지고 있지요. 전투력 하나 만 비교해 봐도 나찰과 수라는 그에게 장난감 병정밖에 안 되지 요. EOM 본부에 대한 은폐 시스템을 강화하시는 것이 좋을 듯합 니다. 지금 그 젊은이는 제가 있었던 그쪽 세계로 되돌아가기 위해 혈안이 되어 있을 겁니다. 그러니 저와 라기아 님은 아예 출입을 삼가는 게 좋을 듯하군요."

회장과 넥스는 순간 할 말을 잃었다. 그렇게 자신만만해하던 부자는 그 말을 듣자 완전히 기가 꺾인 것 같았다.

부자의 반응에 와카루는 웃으며 화제를 바꾸었다.

"아, 그런데 마법사가 왜 필요하신 겁니까? 궁금하군요."

넥스가 대신 답변했다.

"박사도 잘 아는 분일 것입니다. 광학병기 분야의 최고봉인 독일의 카라크 박사 말입니다."

"아, 그 알코올중독자! 그런데 그의 이름이 왜 나옵니까?"

넥스는 코웃음을 살짝 치고 계속 대답했다.

"지금까지 광학병기라고는 영향력이 별로 없고 관통력만 있는 노멀 레이저와 고폭 레이저뿐이었습니다. 고폭 레이저의 경우 대형은 원자력발전이 불가능한 현 상황에선 쓸 수 없습니다. 하지만 그가 BSP들의 전투 화면을 보고 정신 에너지를 응용한 새로운 광학병기를 만들었습니다. 그야말로 만화에나 나올 법한 최고의 무기지요."

"오!"

와카루는 자신도 모르게 감탄사를 터뜨렸다. 넥스의 얘기는 계속됐다.

"물론 그 광학병기의 광선은 레이저보다, 심지어 총탄보다 속도가 느리나 화력은 굉장합니다. 하지만 그 에너지가 어떤 것인지 확실히 밝혀내지 못했습니다. BSP가 해체된 후 BSP 소속인 유일한 마법 사용자도 행방불명이 되어 무기의 실용화는 불가능하게 되었습니다. 그런데 우연히 프랑스 TV의 한 여기자가 마법을 사용할 수 있다는 정보를 입수했습니다. 거의 잡았는데 그 마법의 파괴력을 우습게 봐서…… 다시 납치하려고 하는데 당신들의 말을 들어 보니 지금은 그 드래곤과 같이 있어 불가능할지도 모르겠군요."

그러자 라기아가 빙긋 웃으며 와카루 박사를 바라보았다. 웃고 있던 와카루가 말했다.

"흠, 걱정 마십시오. 저쪽 세계에 넘쳐나는 게 마법사들이니까요. 얼마든지 실험 재료는 보내 드리겠습니다. 그러니 금시 아픈 한 명일랑 싹 잊으십시오. 후후훗, 빔포를 단 나찰과 수라라……생각만 해도 몸서리가 쳐지는군요! 하하하하! 아, 벌써 시간이 다 되었군요. 화면이 나갑니다. 후후훗, 자, 시작해 볼까요?"

회장과 그의 아들은 기대하는 표정으로 예루살렘 북쪽이 나오는 화면을 응시했다. 화면에 잡힌 곳은 시장이었다. 예루살렘 시민들은 밝은 얼굴로 시장 안을 바삐 움직이고 있었다.

회장과 넥스는 어떤 일이 일어날지 궁금해하며 더욱 바짝 화면 앞으로 다가갔다. 곧 닥쳐올 공포에 그들의 웃는 얼굴이 어떻게 변할지 기대하며…….

상공을 순회하던 리오는 잠시 어제 티베가 한 말을 되짚어 보았다. 그녀가 자신에게 토로한 것은 바로 이 세계가 너무나 삭막하다는 말이었다. 그 말을 이해할 수 없는 리오는 머리를 긁적이며 바이칼에게 물었다.

"음, 어제 티베 양이 내게 이런 말을 했거든? 이 세계에 사는 동안 점차 자신이 변해 버렸다고 말이야. 그런데 이 세계에서 태어나고 자란 지크는 늘 한결같았어. 별다른 게 없었다고. 두 사람은 무슨 차이일까?"

바이칼은 생각하는 듯싶더니 잠시 후 대답했다.

「지크 녀석은 멍청하잖아.」

"홋, 하긴."

리오는 어이없는 웃음을 지으며 바이칼의 등을 툭 쳤다. 그러나 바이칼의 말은 아직 끝난 게 아니었다.

「지크 녀석은 태어나면서부터 이런 환경을 접했잖아. 하지만 그 여자는 이 세계를 접한 지 1년밖에 안 돼. 갑자기 바뀐 환경에 적응하다 보니 자신이 변한 거라고 생각할 수밖에 없겠지. 지크 녀석과 그 여자를 비유하다니 오늘따라 바보 같군. 너답지 않게.」

리오는 무안한 표정을 지으며 고개를 끄덕였다.

"그래, 그럴지도. 자, 원하는 방향으로 비행하고 있으라고. 난 음악이나 듣고 있을 테니까."

「흥, 내 몸에 에어컨이 없는 게 미안하군.」

"웅? 무슨 소리야?"

「카 오디오도 있는데 에어컨이 없으니 이상하잖아. 자가용 비행기에 말이다.」

"아, 미안. 후훗."

바이칼의 말뜻을 알아들은 리오는 친구의 등을 부드럽게 쓰다듬었다.

리오는 이어폰을 꺼내 귀에 꽂고 스위치를 라디오 모드에 돌렸다. 한창 신나게 음악을 듣고 있는 찰나 음악이 끊기더니 뉴스 속보가 들렸다. 리오는 손가락으로 이어폰을 지그시 누르며 청각을 집중했다.

"뉴스 속보입니다. 이스라엘의 예루살렘에 정체불명의 로봇들이 나타나 주민들을 무참히 학살하고 있다고 합니다. 벌써 천 명에 가까운 이스라엘 국민들이 죽음을 당했다고 전해지고 있습니다. 그쪽을 취재하던 모든 카메라가 이상 자기로 인해 작동이 불가능해 정확한 피해 규모는 아직 알 수 없습니다. 인근 국가들 역시 자기장의 영향으로 지원조차 할 수 없다고 합니다. 이에 이스라엘 정부는…….」

리오는 곧바로 이어폰을 빼서 집어넣고 복면을 하며 말했다.

"그럼 직접 가서 봐 주시. 사, 가사, 마이킬!"

바이칼은 남쪽으로 방향을 튼 후 다시금 날개를 접고 플레어 부스터를 사용했다. 리오를 태운 바이칼의 몸은 곧바로 음속을 넘어선 속도로 이스라엘을 향해 날아가기 시작했다.

잠시 후, 예루살렘에 도착한 리오는 눈앞에 펼쳐진 광경에 입을 다물 수 없었다.

사지가 멀쩡한 사체는 없었다. 남녀노소 할 것 없이 동강 난 육체만 폐허가 된 지면에 뒹굴고 있었다. 마치 야수들이 포식하고 남은 찌꺼기를 보는 듯했다. 리오는 몸을 부르르 떨며 이를 갈았다.

"이, 이게 도대체……!"

바이칼이 침통한 목소리로 중얼거렸다.

「폭약에 당한 모습이 아니군. 마법도 아닌 듯하고……. 이건 괴물의 짓이 분명해. 그것도 굶주린 괴물.」

그때 저편에서 무언가 부서지는 소리가 들렸다. 리오는 눈을 부릅뜨며 바이칼의 힘을 빌리지 않고 자력으로 그곳을 향해 날아갔다. 바이칼 역시 급히 리오를 뒤따랐다.

"쿠오오오오!"

그곳에선 검은색의 로봇 나찰 한 대가 집을 부수며 한 노인을 끌어내고 있었다. 안에 있던 소년은 두려움에 떨며 양손을 모으고 간절히 기도했다. 구세주가 나타나 위험에서 구해 주기를 기다리는 것이리라. 그러나 그 소년의 바람은 여지없이 무너졌다. 소년의 눈에 비친 것은 구세주가 아니라 나찰의 이빨에 갈기갈기 찢기는 할아버지의 모습이었다.

"안 돼! 할아버지!"

소년의 처절한 울부짖음을 들은 나찰은 피 묻은 얼굴로 소년을 쳐다보았다. 그리고 몸통이 반쯤 뜯긴 노인을 집어던지고 그 소년을 향해 팔을 뻗었다. 소년은 겁에 질린 표정으로 다시 소리쳤다.

"싫어! 하나님!"

피잉.

순간 짧은 굉음이 허공을 가르더니 나찰의 움직임이 뚝 멎었다. 이빨을 드러내고 있던 나찰의 머리는 허공으로 튕겨지는가 싶더니 이내 몸에서 떨어져 나갔다. 나찰을 뒤로 넘어가 곧 쓰러졌다.

소년은 멍한 눈으로 몇 초 전까지 나찰이 서 있던 지붕을 바라보았다. 곧 붉은 장발의 남자가 대검을 들고 지붕에 나타났다. 소년은 눈을 크게 뜨며 자세히 보기 위해 미간을 좁혔다.

붉은 장발의 리오는 소년이 있는 방으로 들어와 소년의 앞에 서서 물었다.

"다친 곳은 없니?"

소년은 천천히 고개를 끄덕였다. 리오는 사방에 진동하는 비릿한 피비린내에 인상을 찡그렸다. 소년은 정신이 나간 듯 멍한 상태였다. 그는 안타까운 표정으로 뒤를 돌아보았다.

"바이칼, 잠시 아이를 부탁한다."

인간의 모습으로 다시 변한 바이칼은 말없이 고개를 끄덕였다.

리오는 곧바로 창밖으로 몸을 날렸다. 수십 대의 나찰과 수라들이 아직도 파괴와 살육을 일삼고 있었다. 그의 눈에는 고기 조각처럼 찢겨 나가는 사람들의 참혹한 모습이, 그의 귀엔 처절한 비명

소리가 끝없이 들려왔다.

　분노에 찬 리오의 눈이 붉은빛으로 번뜩였다. 리오는 이를 갈며 그곳을 향해 내달렸다.

　"없애 버리겠다!"

　강력한 생체 에너지를 감지한 나찰과 수라들은 리오를 향해 눈을 돌렸다. 그 순간 전열의 나찰과 몇 대의 수라가 과육이 터지듯 세포질을 뿜으며 터져 버렸다. 도망치던 사람들은 그 광경을 보고 발걸음을 멈췄다.

　"뭐지? 군대인가?"

　리오의 붉은 눈이 껌벅거릴 때마다 나찰과 수라가 연이어 터졌다. 온몸에서 푸른색의 기를 뿜으며 로봇들을 박살내는 리오의 활약에 한 중년 랍비가 성경책을 든 채 중얼거렸다.

　"메시아?"

　순식간에 10여 대만 남은 나찰과 수라들은 알 수 없는 에너지를 방출하더니 허공에 생성된 검은색 구멍으로 몸을 날렸다. 점점 닫히는 검은색 구멍을 향해 리오는 팔을 뻗으며 외쳤다.

　"어딜 도망가나!"

　리오의 팔이 구멍 속에 들어간 순간 스파크가 일었다. 그는 구멍 속으로 집어넣은 손에 무언가 잡히는 걸 느꼈다. 리오는 팔에 힘을 주어 끌어내기 시작했다. 그의 힘에 못 이겨 구멍의 입구가 일그러지기 시작했다. 이윽고 입구가 크게 벌어지더니 수라 한 대가 끌려 나왔다.

　바닥에 수라를 내동댕이친 리오는 다시 고개를 돌렸으나 아쉽게도 구멍은 닫히고 말았다. 리오는 천천히 일어서는 수라를 무서운 눈으로 노려보았다.

"커미트!"

마법진에서 분출된 빛의 기둥이 수라를 덮치자 세포질이 터지기도 전에 증발되어 사라졌다.

미세한 잔광을 바라보며 리오는 기를 낮추었다. 붉은빛을 내던 그의 눈은 원래대로 돌아왔다. 파라그레이드도 거둔 리오는 팔짱을 낀 채 잠시 서 있었다.

바이칼은 아이를 안전한 곳에 두고 재빨리 드래곤의 모습으로 변했다. 리오의 머리 위로 솟구친 바이칼은 천천히 주변을 순회하기 시작했다.

중년의 랍비를 선두로 사람들이 리오에게 천천히 다가왔다. 랍비를 제외하고는 다들 두려운 표정으로 리오를 바라보았다. 사실 수라 한 대를 손쉽게 없애는 광경은 너무 잔인했다.

랍비는 리오에게 감사의 인사를 했다.

"정말 고맙습니다. 누구신지는 모르지만 저희의 목숨을 구해 주셔서 정말 고맙습니다. 저는 랍비인 호르세입니다."

"죄송합니다. 제가 늦게 도착하는 바람에 많은 분들이……. 그런데 그 괴물들이 어디에서 나타났습니까?"

"예, 아까 사라진 그 구멍에서 나오더군요. 너무나 갑작스레 나타나는 바람에 저희는 아무런 대항도 할 수 없었습니다. 그 괴물들은 파괴뿐 아니라 사람들을 살육하여 그 피와 살을 먹었답니다. 아, 어째서 이 세상에 그런 괴물들이 나타나야 하는지 모르겠습니다. 신께서 저희를 버리시려는 건 아닌지……."

리오는 침울한 표정으로 한숨을 쉬며 랍비에게 물었다.

"신의 존재를 믿습니까?"

랍비는 성경을 들며 자신 있게 고개를 끄덕였다.

"예, 당연합니다! 신이 당신도 보내지 않았습니까."

리오는 슬며시 뒤로 돌아 바이칼에게 고도를 낮추라는 신호를 보낸 후 말했다.

"그분이 저를 보낸 것은 아니시만 믿음은 꼭 가지고 계십시오. 당신의 눈앞에 무슨 일이 펼쳐지더라도 말입니다. 신의 도움이 없어도, 믿음을 가진 사람과 가지지 못한 사람은 그 강함에서 큰 차이를 보이기 때문이죠. 그럼 몸조심하십시오."

리오가 바이칼의 등을 향해 몸을 날리자 둘은 곧바로 북서쪽으로 날아갔다.

리오와 바이칼의 모습이 거의 보이지 않게 되자, 랍비는 손을 모으고 공손히 허리를 굽히며 말했다.

"힘을 내주시길……. 신의 전사시여."

와카루 박사는 씁쓸한 웃음을 지으며 회장을 바라보았다. 회장은 경악에 가득찬 눈으로 와카루 박사를 돌아보았다. 넥스도 마찬가지였다. 이윽고 와카루 박사가 무겁게 입을 열었다.

"저 정도의 괴물이지요. 나찰과 수라가 약한 게 아니고, 저 리오 스나이퍼란 자가 너무 강한 것입니다. 어쨌든 제 작품들에 대한 느낌은 어떠셨습니까?"

회장은 가만히 생각하다가 헛기침을 하며 고개를 끄덕였다.

"흠, 아주 멋졌소. 새 무기들을 장착하면 전차나 헬기들보다 확실히 나을 것 같소. 마법 사용자들을 얼마든지 데려올 수 있다고 했소? 그렇다면 당장 카라크 박사를 부르겠소. 지원은 걱정하지 마시오."

와카루 박사는 굽신거리며 회장에게 감사를 표했다.

그사이 라기아는 팔짱을 낀 채 리오에 대해 곰곰히 생각했다.

'이상하군…… . 예전에는 나찰과 수라가 한 방에 당하지는 않았는데? 설마 그렇게 강한 녀석이 더 강해졌다는……?'

그때 와카루 박사가 생각에 잠긴 라기아의 무릎을 톡톡 치며 말했다.

"자, 이제 가 보십시오, 라기아 님. 저를 데려다 주시는 일은 끝난 듯합니다. 그리고 당신은 서방 대륙 쪽을 마무리하셔야 하지 않습니까."

라기아는 고개를 살짝 끄덕이며 자리에서 일어섰다. 보고도 할 겸 서방 대륙의 일도 마무리 지을 겸 가봐야 했다.

라기아가 회장과 넥스에게 인사하고 차원문을 열고 가려 하자, 와카루 박사가 라기아를 흘끔 쳐다보며 말했다.

"가까운 시일 내에 새로운 나찰과 수라를 보내 드리지요. 필요하실 테니까."

그러자 라기아는 웃으며 차원문 안으로 들어갔다. 라기아가 사라지자 와카루 박사는 홀가분한 표정을 지으며 회장에게 말했다.

"흠, 연구실로 가야 할 것 같습니다. 어서 빨리 나찰과 수라를 강화하고 싶거든요."

아무렇지 않게 웃는 와카루 박사를 보며 넥스는 전율을 금치 못했다. 방금 전 수천 명을 먹어치우던 그 괴물 병기를 제작한 사람 치고는 너무나도 선량한 웃음을 짓고 있었기 때문이다.

'위험한 인물이야. 무슨 생각을 하고 있는지 예측할 수 없어. 후에 방해가 될지도…… .'

와카루 박사는 넥스의 그런 생각을 아는지 모르는지, 콧노래를 흥얼거리며 노트북을 켰다. 그러고는 무언가를 열심히 처리하기 시작했다.

몇 군데를 더 돌아보고 오후 늦게야 돌아온 리오는 소파에 털썩 주저앉으며 길게 한숨을 쉬었다. 육체적으로 피곤한 건 둘째치고 처참하게 죽어 가던 사람들 생각에 견디기 힘든 하루였다.

그는 큰 손으로 얼굴을 덮으며 절규했다.

'도대체 얼마나 더 죽어야 끝나는 것일까…….. 내가 부족해서일까? 하나라도 제대로 끝낸 게 없잖아, 빌어먹을!'

고민하고 있는 리오의 손등을 누군가 툭 건드렸다. 그는 천천히 눈을 뜨고 자신의 손가락 사이로 쳐다보았다.

"넬이니?"

"히힛, 오늘은 정시에 퇴근하셨네요?"

넬은 자신의 스포츠 머리를 긁적이며 씩 웃어 보였다. 지크를 떠올리게 하는 활기 넘치는 미소였다. 리오는 힘없이 웃으며 눈을 감고 말했다.

"그래, 오늘은 별일 없었던 모양이구나. 티베 양은 방에 있니?"

묵묵부답이었다. 리오는 눈꺼풀을 천천히 뜨며 넬을 쳐다보았다. 그러자 넬은 주먹으로 리오의 탄탄한 가슴을 치며 말했다.

"뭐예요, 이런 태도는! 며칠 전까지만 해도 활짝 웃고 다녀서 정말 보기 좋았는데……. 오늘은 마치 건전지 나간 장난감 같잖아요! 형이 이런다고 해서 괴물에게 당한 이스라엘 사람들이 하늘에서 좋아할 것 같아요? 안 그렇다고요!"

넬은 겉보기와 달리 생각이 깊었다.

리오는 가만히 넬을 바라보다가 미소 지었다. 넬을 옆에 앉히고 그녀의 머리를 쓰다듬으며 나지막이 말했다.

"그래, 그렇구나. 만약 지크 녀석이 옆에 있었다면 너랑 똑같은 말을 했을 거야. 후훗."

넬은 다시 빙긋 웃으며 리오에게 물었다.

"히힛, 용서를 비는 거예요?"

리오는 고개를 갸우뚱하며 대답했다.

"음, 그럴지도?"

그러자 넬은 자신의 왼쪽 볼을 검지로 가리키며 말했다.

"좋아요. 그럼 용서하는 의미에서 볼에 키스 한 번!"

"뭐?"

리오는 순간 당황했다. 하지만 미국에선 일상적인 행동이었다. 친근감을 표시하는 것이니 나쁠 것은 없다고 리오는 생각했다. 그는 빨리 하고 넘어가자는 심산으로 넬에게 얼굴을 가까이 가져갔다.

그 순간, 티베가 방에서 나오며 소파에 앉아 있는 리오에게 인사했다.

"아, 리오 씨, 오셨…… 어멋?"

리오와 넬이 얼굴을 가까이 하고 있는 모습을 본 티베는 뒤로 주춤거렸다. 이상한 상상을 한 게 틀림없었다. 그녀의 목소리에 리오와 넬은 가까이한 얼굴을 빼며 고개를 돌렸다. 티베의 얼굴에 경악스러움이 가득했다.

리오는 별것 아니라는 듯 웃으며 티베에게 자초지종을 말하려 했다. 그런데 마침 바이칼이 부엌에서 나오며 중얼거리는 바람에 손쓸 수 없는 상황이 되어 버렸다.

"본색을 드러내는군, 바람둥이."

화장실로 향하는 바이칼을 리오는 멍한 표정으로 바라보았다.

바이칼은 여전히 무표정한 얼굴로 말했다.

"불만 있나?"

할 말이 없어진 리오는 티베 쪽으로 고개를 돌렸으나 이미 어디론가 사라지고 없었다. 리오는 할 수 없다는 표정을 지으며 어깨를 으쓱하자 넬이 불만스러운 얼굴로 리오에게 물었다.

"리오 형, 바람둥이였어요?"

넬의 질문에 리오는 TV를 켜며 실없이 웃었다.

"애들은 몰라도 돼."

저녁때 리오는 조금 전 상황을 티베에게 해명하느라 진땀을 빼야만 했다. 그러나 야속하게도 티베는 매몰차게 대답했다.

"괜찮아요. 누구나 단점이 있게 마련이니까요. 부정하려고 너무 노력하지 마세요."

결국 리오는 해명을 포기하고 식사에만 전념했다. 슬쩍 얘기를 듣고 있던 힐린이 넬에게 귓속말로 뭔가 물었다. 그러자 넬 역시 귓속말로 대답했다.

"잘은 모르겠지만, 본색이 드러났다고 바이칼 형이 그러던데요?"

그러자 힐린 역시 깜짝 놀라며 그럴 줄은 몰랐다는 듯 리오를 바라보았다. 리오는 속으로 중얼거렸다.

'이러다 탈 나면 어쩌지?'

밤 10시, 리오는 얇은 모포를 덮고 소파에 누웠다. 3인용 소파였기에 장신인 그로서는 여간 불편한 게 아니었다.

간이 침대이긴 하지만 편안한 잠자리에 누운 바이칼이 은근히 부러웠다. 쓸데없는 생각에 피식 웃으며 리오는 눈을 감았다.

그때 티베의 방문이 열리는 소리가 났다. 리오는 움찔하며 그쪽으로 고개를 돌렸다.

티베가 또다시 모포와 베개를 든 채 문가에 서 있었다.

"아니, 뭐예요. 벌써 불을 끄다니, 섭섭한데요?"

미등을 켠 티베는 리오의 건너편 소파에 누우며 리오에게 말했다.

"후훗, 농담 한번 한 걸 가지고 왜 그러세요? 넬보다 더 순진하신 것 같네."

리오는 빙긋 웃으며 말했다.

"음, 저에게 순진하다고 말한 사람은 티베 양이 처음이군요. 뭐, 이 나이에 그런 말은 칭찬 중에 칭찬이죠. 고마워요."

티베는 미소를 지은 채 자신의 볼을 손가락으로 가리키며 농담 조로 말했다.

"뭐, 괜찮아요. 그 대가로 키스 한 번!"

티베의 행동에 리오가 이마에 손을 대며 쿡쿡 웃자 티베도 덩달 아 웃기 시작했다.

그렇게 한참 동안 웃던 티베는 이내 잠들어 버렸다. 리오는 한숨 을 쉬고는 다시 잠을 청했다.

내일은 제발 큰일이 없기를 바라며…….

리오는 초조했다.

벌써 일주일이 넘게 EOM도, 제너럴 블릭도 네그도 아무런 움직 임이 없었다. 이 기분 나쁜 고요함은 후에 엄청난 일이 발생할 전 조라는 걸 그는 알고 있었다. 수많은 경험을 통해 육감으로 느낄 수 있었다.

티베를 경호할 임무를 지닌 넬 역시 공을 치고 있었다. 티베의 직장이 방송국이라 넬은 심심하진 않았다. 그러나 티베가 방송을 시작하면 복도에서 기다려야 했기 때문에 매시간 붙어 다니는 경호에 충실하기 힘들었다.

하릴없이 복도에 있던 넬은 방송국 사람들과 자주 마주쳤다. 그러다 보니 벌써 더듬고 얘기할 정도가 되었다. 넬은 비록 공을 치긴 했지만 그런 대로 순조로웠다.

그렇게 일주일째 되는 날, 리오는 난관에 부딪히고 말았다. 바이칼이 갑자기 반란을 선언했다.

리오는 심각한 자신과 달리 무표정한 얼굴로 TV를 보고 있는 바이칼에게 계속 애원했다.

"아니, 6일간 별일이 없었다고는 하지만 오늘 무슨 일이 터지면 어쩔 거야. 제발 좀 같이 가자."

바이칼은 말이 없었다.

리오는 한숨을 깊이 내쉬며 재차 바이칼에게 물었다.

"휴, 좋아, 이유나 좀 말해 줘. 그러면 오늘은 쉬게 해 줄게."

그러자 바이칼은 리오를 돌아보며 천천히 말했다.

"난 기계가 아냐. 무슨 뜻인지 알겠지. 더 이상 나를 자가용 비행기 취급하면 재미없어."

싸늘한 바이칼의 말에 리오는 머리를 긁적거리다가 고개를 끄덕였다.

"흠, 그래, 미안하다. 타고 다니면서도 네 생각은 별로 못 했어. 오늘 하루 정도 쉬는 것도 좋겠지. 무슨 일이 일어나지 않길 신에게 기도하는 수밖에. 그럼 난 네 방 좀 쓸게. 오랜만에 잠이나 푹 자야겠어."

리오는 머쓱한 표정을 지으며 바이칼의 방으로 들어갔다.

그가 나간 것을 확인한 바이칼은 슬쩍 리모컨을 눌러 채널을 변경했다. 바뀐 화면에선 애니메이션이 방영되고 있었다.

바이칼은 씁쓸한 표정을 지으며 중얼거렸다.

"녀석 때문에 앞부분을 못 봤잖아. 만화는 재방송을 안 하는데……."

리오는 바이칼이 쓰는 간이 침대에 누워 초조한 마음을 진정시켰다. 그러던 중 문득 자신의 두 번째 검술 스승의 모습이 떠올랐다. 바로 리오의 특기인 마법검을 완벽히 전수해 준 우호적인 고신, 오딘이었다.

우연한 기회에 그의 가르침을 받게 된 리오는 가즈 나이트 중 최고의 기량을 가지고 있던 휀을 단기간에 따라잡을 수 있게 되었다. 지금은 그를 능가할지도 모른다는 평가를 받고 있지만…….

고신에게 전수받기 전에 리오는 주신에게 받은 기본적인 검술과 독자적으로 개발한 미완의 검술을 사용했다.

시간이 지날수록 그의 검술 능력은 이상하게도 점점 떨어져 마지막엔 마법만 난무하는 상황까지 벌어지게 되었다. 그러자 주신은 결국 리오에게 근신 처분을 내렸다. 물론 그 근신 처분을 내린 데에는 리오의 삐뚤어진 성격도 일조했다.

그러나 그를 오랫동안 지켜보던 오딘은 근신 중인 리오를 새로운 세계로 인도해 주었다.

날카롭게 지적하던 오딘의 목소리가 들리는 듯했다.

"몸의 균형은 동료 가즈 나이트인 휀을 능가한다. 하지만 그뿐이다. 제대로 쓰지 못하고 있을 뿐 아니라 무기에 대해서도 모르고 있다. 최고가 될 수 있는 기회를 놓치고 기교만 부리는 마법사로 전향하고 싶으냐!"

리오는 처음엔 그 말뜻을 이해하지 못했다. 그러나 차차 자신의 검 디바이너의 특성을 알게 되면서 그의 검술은 새롭게 전환되기 시작했다.

디바이너의 최고 특성은 검 자체에 마력과 속성이 전혀 깃들여 있지 않다는 것이다. 말 그대로 좀 단단한 검일 뿐이었다. 하지만 그러한 특성이 오히려 갖가지 마법을 불어넣는 마법검의 힘을 최대로 끌어올릴 수 있었다.

결국 리오는 오랜 시간이 걸린 끝에 오딘에게 모든 것을 전수받게 되었다. 오딘만이 사용할 수 있다고 전해지는 최고의 공격검술인 지하드까지 섭렵했다. 지하드는 휀의 레퀴엠을 능가하는 위력을 지닌 유일한 검술이었다.

리오는 지하드를 익히던 역사적인 순간을 떠올렸다. 귓가에 오딘의 목소리가 들려오는 듯했다.

"네가 가지고 있는 디바이너도 이 지하드를 몇 번이나 사용할 수는 없을 것이다. 마구 사용하면 검이 부러지거나 장작처럼 타 버리니 주의하길 바란다. 휀의 플렉시온은 주신이 레퀴엠 전용으로 만든 것이기 때문에 괜찮지만 지하드는 아직까지 전용으로 만들어진 검이 없다. 그리고 지하드의 힘을 너무 믿지 마라. 분명 신들 중에서 지하드의 풀파워를 견딜 만한 신은 주신, 선신, 악신을 제외하곤 거의 없을 것이다. 하지만 신들을 죽일 수 있을 만큼 치명적이지 않다. 이것을 잊는다면 언젠가 큰 화를 당하게 될 것이다."

리오는 씁쓸한 미소를 짓고 말았다.

고신 오딘의 경고를 무시한 채 지하드를 남발했다가 디바이너도 부러지고 탈진 상태가 되었다. 더구나 바이칼과 함께 여기로 떨어지기까지 했다. 물론 이곳에 떨어진 것은 행운이었지만.

"그래, 방송국에나 가보자."

리오가 문을 벌컥 열고 방에서 나오자, 바이칼은 움찔하며 급히 리모컨을 눌렀다. 바뀐 채널에서는 모닝 쇼가 방영되고 있었다.

리오는 고개를 갸웃거리며 바이칼에게 말했다.

"만화 본다고 뭐라 하진 않을 테니 신경 쓰지 마. 내가 티베 양한 테 그 만화 전편 구해 달라고 부탁해 볼게. 그리고 나, 나간다. 티베 양과 같이 들어올 테니 기다리지 마. 집 잘 지켜."

리오가 현관문을 닫고 나가자 바이칼은 다시 채널을 돌리며 중얼거렸다.

"얻어 오지 못하면 다시는 태워 주지 말아야지."

바이칼에게는 상당히 진지한 문제였다.

방송국에 도착한 리오는 경비의 눈을 피해 유유히 안으로 들어 갔다. 리오는 로비에서 티베와 넬을 찾아 한참을 두리번거렸으나 허탕만 쳤다. 마침 TV 뉴스에서 가끔 보던 여자 앵커가 그를 스쳐 지나쳤다. 리오는 그녀를 불렀다.

"저, 말씀 좀 여쭤도 되겠습니까?"

리오를 슬쩍 본 앵커는 환하게 웃으며 고개를 끄덕였다.

"예, 기꺼이……."

"티베 프라밍이라는 여기자를 찾습니다만, 어디 가면 만날 수 있을까요?"

티베의 이름을 듣자 앵커는 고개를 갸웃거리며 물었다.

"예? 음…… 실례지만 티베와 무슨 관계시죠? 설마 남자 친구?"

리오는 어색한 웃음을 지으며 고개를 저었다.

"하핫, 그럴 리가요. 티베의 사촌 오빠입니다."

리오는 마음속으로 티베에게 용서를 빌었다.

앵커는 고개를 끄덕이며 친절히 기자실로 안내해 주었다.

"티베에게 이런 미남 사촌이 있었다니, 정말 의외인걸요?"

"후훗, 저야말로 미녀 앵커에게 직접 안내를 받게 되어 더없는 영광입니다."

"호홋, 말씀도 잘하셔라."

리오를 기가실까지 안내해 준 앵커는 잠시 기다리고 있으면 올 것이라는 말을 남기고 총총히 사라졌다.

리오는 의자에 앉아 주머니에 있는 이어폰을 귀에 꽂고 티베가 오기를 기다렸다.

파리 시장과 인터뷰를 마친 티베는 긴장을 풀며 스튜디오를 나섰다. 시장이 말주변도 없다고 투덜대던 티베는 스튜디오 밖 의자에서 졸고 있는 넬을 보았다.

티베는 조용히 웃으며 넬 옆에 앉았다.

"자, 일어나, 넬. 점심 먹으러 가야지."

"우웅, 알았어요."

넬은 눈을 비비며 일어나 티베의 손을 잡고 천천히 식당으로 향했다.

가는 도중 복도에서 동료 앵커와 마주치자 잠시 잡담을 나누었다.

"오늘은 어때요, 제티? 요즘은 너무 조용해서 뉴스 거리도 없을 것 같던데? 호홋."

"응, 솔직히 그저 그래. 그런데 티베, 왜 나한테 숨기고 있었니?"

동료의 말에 티베는 깜짝 놀란 표정을 지었다. 넬은 두 사람의 대화를 들으며 고개를 갸웃거렸다.

"예? 무슨 소리예요?"

동료 앵커가 씩 웃으며 말했다.

"그렇게 잘생긴 미남 사촌이 있으면서 왜 아무 말도 안 했어. 가족이 없다고 하면서 동생하고 사촌은 어디서 생긴 거야? 어쨌든 나중에 나 좀 소개해 줘. 알았지? 그 사람 기자실 앞에서 기다리고 있으니까 빨리 가 봐. 그럼 나중에 보자."

그녀가 사라지자 티베는 고개를 갸웃거렸다. 팔짱을 낀 넬이 티베에게 말했다.

"흠, 미남 사촌? 뭐 짚이는 것 있어요? 저는 좀 의심이 가는데요."

티베 역시 고개를 끄덕였다. 두 사람은 오늘도 리오가 유럽 상공을 날아다니며 동향을 살피고 있을 것이라 생각하고 있었다.

곰곰이 생각하던 넬은 다시 그녀에게 말했다.

"그럼, 식당에서 기다리고 계세요. 제가 가 보고 올 테니까요. 제 얼굴은 잘 모를 거 아니에요."

"음, 그래. 조심해야 해."

넬은 씩 웃으며 기자실로 향했다.

티베가 의심스러운 표정을 지으며 식당 안으로 들어가려 할 때, 누군가 그녀의 어깨를 툭 건드렸다. 티베는 놀라 흘끔 뒤를 돌아보았다. 그러자 보라색 턱시도를 입은 신사가 빙긋 웃으며 말했다.

"자, 저랑 같이 가주셔야겠습니다."

티베는 어디선가 들어본 목소리라는 생각이 들었다. 순간 움찔한 그녀는 뒷걸음질을 치며 거리를 두려 했으나 몸이 꼼짝도 하지 않았다. 티베는 공포에 휩싸인 채 그 신사를 바라보았다. 신사의 피부가 점점 붉어지더니 결국 악마의 모습을 드러냈다. 고위 악마 네그였다.

"어서 갑시다, 티베 양. 귀찮은 일 만들지 말고."

"아, 안 돼! 누가 좀 도와줘요!"

그러자 근처를 돌던 경비가 달려와 네그를 향해 권총을 겨누었다. 식당에서 식사를 하던 직원들도 그 광경을 보고 웅성댔다.

경비는 용감히 소리쳤다.

"티베 양을 놔줘! 그렇지 않으면 발포하겠다!"

네그는 피식 웃으며 안광을 번뜩였다. 그러자 총을 쥔 경비의 팔이 뒤틀리더니 총구가 경비의 머리를 향했다. 경비는 뒤틀린 판에서 오는 통증과 네그의 눈에서 뿜어지는 마기로 공포에 떨기 시작했다.

"아, 아아악!"

그 광경을 본 직원들은 비명을 지르며 사방으로 흩어졌고 티베는 더더욱 공포에 떨며 눈을 질끈 감았다. 총성이 들린 것은 그 직후였다.

넬은 살며시 기자실 앞 의자를 바라보았다. 확실히 누군가 앉아 있긴 했다. 하지만 자신이 아는 사람이었다.

리오가 음악에 맞춰 몸을 살짝살짝 움직이고 있었다. 넬은 안도하며 리오에게 걸어갔다. 넬이 가까이 다가가자 리오는 움찔하며 이어폰을 빼고 넬을 바라보았다. 넬은 씩 웃으며 리오에게 손을 흔들었다.

"헤이! 미남 사촌이 누군가 했더니 형이었군요. 오늘은 순찰 안 돌아요?"

리오는 빙긋 웃으며 대답했다.

"응, 오늘은 친구가 좀 쉬고 싶다고 해서. 지금은 신나게 만화나 보고 있겠지. 그건 그렇고 별일 없니?"

"음, 아무 일 없어요. 적어도 방금 전까지는요. 지금은 또 모르겠네요. 저 없는 사이에 무슨 일이 생겼을지……."

가볍게 대답하던 넬은 순간 말을 멈췄다. 총성이 들려왔기 때문이다. 리오는 미간을 찌푸린 채 앞으로 달려 나가며 소리쳤다.

"바이칼에게 연락해 줘! 어서 와 달라고!"

"어, 어떻게 해요!"

"전화로 해야지, 뭘 어떻게 해!"

넬은 고개를 끄덕이며 곧바로 기자실 안으로 뛰어들었다. 기자실 안에 있던 사람들은 넬이 갑자기 들이닥치자 모두 놀란 표정을 지었다. 그러나 넬은 설명할 시간 없이 다급하게 수화기를 들었다.

"음, 가 보실까요, 티베 양?"

네그는 악마의 미소를 지으며 티베에게 속삭였다. 네그에게 팔을 붙들린 티베는 눈을 감은 채 고개를 저으며 소리쳤다.

"시, 싫어요! 왜 내가 당신과 같이 가야 해요!"

네그는 싸늘하게 웃으며 대답했다.

"훗, 사실은 이제 당신이 필요 없게 되었소. 하지만 악마들 중 귀족이라 불리는 나의 자존심이 싸워 보지도 못하고 묵사발이 된 건 용납할 수 없죠. 마침 리오 스나이퍼가 없으니 내 자존심을 만회할 수 있겠군요. 후후훗."

티베는 몸부림을 쳤으나 도시 하나를 날릴 만한 괴력을 지닌 고위 악마 네그에겐 무의미했다. 네그는 접혀 있던 붉은 날개를 펴고 날아갈 준비를 했다.

그때였다.

휘이익!

휘파람 소리가 날카롭게 울렸다. 네그는 슬쩍 소리가 들려온 방향으로 고개를 돌렸다. 그 순간 그의 눈앞이 암흑으로 변하고 말왔다.

"헉!"

누군가 네그의 머리를 잡고 건물 벽에 강하게 내동댕이쳤다. 네그는 그 충격에 그만 티베를 놓치고 말았다.

네그를 초인적인 힘으로 벽에 지박은 한 사나이가 티베를 내려다보며 말했다.

"자, 어서 사람들이 있는 곳으로!"

티베는 위에서 들리는 낯익은 음성에 눈을 떴다. 복면에 회색 망토를 두른 붉은 장발의 사나이가 네그를 벽에다 밀어붙인 채 자신을 내려다보고 있었다.

티베는 자신도 모르게 중얼거렸다.

"아, 리…… 아니 드래군!"

"어서 가요!"

리오의 외침에 티베는 정신이 번쩍 들었다. 곧바로 몸을 일으켜 동료들이 있는 식당으로 달려갔다. 그녀가 안전하게 들어가자, 리오는 잡고 있는 네그의 머리를 연거푸 벽에 처박았다.

"강렬한 마사지는 두뇌 회전에도 좋지. 안 그런가, 네그! 자신이 실수하고 있는지, 아닌지 한번 머리를 굴려 알아보는 게 어떤가!"

"크윽!"

수차례의 충돌로 두꺼운 방송국의 외벽엔 금이 가기 시작했다. 리오는 계속 네그를 밀어붙여 방송국 밖으로 던져 버렸다. 땅바닥에 처박힌 네그는 급히 날개를 펴며 몸의 중심을 잡았다.

"으윽! 빌어먹을 녀석! 허억?"

그러나 리오는 틈을 주지 않았다. 기에 둘러싸인 리오의 주먹이 네그의 복부를 강타하자 네그는 뒤로 쭉 밀려 나갔다. 네그가 건물

외벽에 충돌하자마자 리오는 곧바로 파라그레이드를 뽑아 들어 기를 주입했다. 리오는 기를 받아 날이 선 검으로 네그가 충돌한 건물을 향해 몸을 날렸다.

"칼로 마사지하는 기분도 새로울 거다!"

건물에 처박힌 채 충격으로 몸을 가누지 못하고 있던 네그는 리오의 공격을 다시 받았다.

"컥!"

네그의 몸에 파라그레이드를 꽂은 리오는 네그를 매단 채 건물 벽을 타고 올라갔다. 이번엔 네그가 비명을 지를 사이도 없이 공중으로 튕겨 날려 버렸다.

그러나 네그는 리오의 무지막지한 공격에도 불구하고 피 한 방울 흘리지 않았다. 치명상을 입지는 않은 것이었다. 네그의 움직임이 다시 봉해진 순간, 리오는 검을 들지 않은 왼손으로 마법진을 전개하며 외쳤다.

"자, 간다! 마법검, 파이어 크레이브!"

마법진에서 뿜어 나온 폭염은 곧바로 파라그레이드의 표면에 덧씌워졌다. 리오는 네그를 향해 몸을 솟구치며 다시 외쳤다.

"화끈한 걸 좋아하나!"

그와 동시에 네그를 중심에 둔 채 방송국 상공엔 거대한 화염의 곡선들이 생성되며 상승하기 시작했다. 화염이 실린 검술을 받고 몸이 만신창이가 된 네그는 절규를 하며 자신의 오른손을 펼쳤다. 다른 공간으로 도망치려는 것이었다.

"지옥엔 죽어서 가라!"

그 순간 파라그레이드의 일격이 네그의 오른팔에 가해졌고, 네그의 오른팔이 튕겨 나가며 마법검의 영향으로 인해 재로 변했다.

"아아아아악!"

필사적으로 왼팔을 뻗은 네그는 다른 공간으로 겨우 도망칠 수 있었다.

결국 네그를 놓치고 만 리오는 쓴맛을 다시며 마법검을 해제한 후 파라그레이드를 거두었다.

"속전속결로 끝내려 했는데 놓쳤군. 역시 마법검으로 치는 것보다 그냥 치는 것이 더 나을 뻔했군. 괜히 폼만 잡았잖아."

리오는 공중에 뜬 채 팔짱을 끼고 바이칼이 오기를 기다렸다.

한편 방송국 직원들은 망원렌즈로 리오의 모습을 잡기 위해 안간힘을 쓰고 있었다. 리오가 나타나는 것만으로도 이미 특종 중에 특종이었다.

식당 의자에 앉아 있던 티베는 넬이 갖다 준 물을 마시며 마음을 가라앉히고 있었다. 티베가 공격당했다는 소식을 들은 베셀은 황급히 그녀에게 달려와 물었다.

"어이, 티베! 악마에게 잡혔다가 구출되었다고 하던데, 괜찮아?"

티베는 고개를 끄덕였다. 베셀은 안도의 한숨을 쉬며 되물었다.

"다행이군. 그런데 누가 구해 줬지?"

옆에 있던 넬이 끼어들었다.

"지금 방송국 위에 떠 있는 슈퍼맨요. 운이 좋았죠."

베셀은 고개를 갸웃거리며 창가로 다가갔다. 과연 방송국 상공에 누군가 떠 있었다. 그러나 떠 있는 사람이 꽤 많아 누군지 확인할 수 없었다.

"한 사람은 낯이 익은 것 같은데, 다른 슈퍼맨들은 누구지?"

"네?"

넬은 무슨 소리를 하냐는 얼굴로 베셀의 옆 창문으로 가서 공중을 올려다보았다. 리오 이외에 여러 명이 떠 있는 것을 확인한 넬은 바보가 된 기분이었다.

"악마 같은데, 보복하러 온 건가? 그렇다면 빨리도 왔군."

리오는 자신을 에워싼 악마들을 흘끔 바라보며 비아냥거렸다. 갑자기 상공에 출현한 그들은 말없이 리오를 노려보았고, 무리 중 대장으로 보이는 자가 나서며 말했다.

"보복이라…… 뭐, 그럴지도. 우리는 네그 님의 직속 부하인 헬 레인저다. 비겁하게 기습 공격을 하고도 뻔뻔스럽구나!"

리오는 파라그레이드를 다시 뽑은 후 조소를 띠며 자신에게 소리친 악마에게 물었다.

"후, 좋아. 그런데 네그가 뭐라고 충고한 것 없었나?"

헬 레인저 일곱 명은 리오가 검을 빼자 각자 무기를 꺼내 들었다. 대장인 듯한 악마가 콧방귀를 뀌며 리오에게 대꾸했다.

"흥, 네그 님은 목숨만 겨우 건지셔서 말할 상태가 아니었다. 무슨 헛소리를 하는 거냐!"

리오는 불쌍하다는 듯 고개를 설레설레 저었다.

"뭐, 그건 그렇다 치지. 그런데 너희들 머리 한번 나쁘군. 네그 정도의 고위 악마가 그 정도로 만신창이가 되었다면 상대방의 실력을 한 번쯤은 의심해 봐야 하는 거 아닌가? 좋아. 네그를 갑자기 상대하는 바람에 근육통이 생기지 않을까 걱정했는데, 몸도 풀 겸 정리 운동을 할 수 있으니 다행이야."

듣고 있던 헬 레인저들이 리오를 비웃기 시작했다. 리오는 의아한 눈으로 그들을 바라보았다. 헬 레인저의 대장이 이내 소리쳤다.

"크하하핫! 네가 가즈 나이트라도 되는 줄 착각하는 모양이구나! 무슨 비겁한 수를 써서 네그 님을 쓰러뜨렸는지는 모르겠지만, 이제 네 운명은 끝이다!"

"비켜."

리오를 비웃던 악마는 순간 뒤쪽에서 들린 싸늘한 목소리에 흠 칫 놀라며 뒤를 놀아보았다. 기기엔 뾰속한 귀를 가긴 차가운 표정 의 청년이 버티고 서 있었다.

바이칼은 놀라는 헬 레인저들의 어깨를 하나씩 툭툭 건드리며 리오에게 다가갔다.

"어, 변신 안 하면 어떡해?"

리오가 눈을 동그랗게 뜨고 묻자 바이칼은 눈썹을 꿈틀대며 대 답했다.

"오늘은 너 안 태운다고 말했을 텐데. 난 그저 그 여자애가 오라 고 해서 온 것뿐이야."

바이칼은 리오의 등에 자신의 등을 대며 드래곤 슬레이어를 뽑 아 들었다.

리오는 피식 웃으며 물었다.

"오라고 해서 왔다며 싸울 준비는 왜 하는 거지?"

바이칼은 여전히 무표정한 얼굴로 대답했다.

"아까 한 녀석이 내 앞을 가로막았거든. 하얀 낯짝도 맘에 안 들 어. 베어 버릴 거다."

"후훗, 맘대로."

리오는 어깨를 으쓱했다.

둘을 지켜보던 헬 레인저 일곱 명은 조금씩 불안해졌다. 무언가 형용할 수 없는 강한 기운이 두 사람에게서 뿜어져 나왔다.

"그런데 넬이 뭐라고 했기에 군말 없이 달려왔지?"

리오는 왼손으로 자신의 오른팔을 주무르며 물었다.

바이칼은 짧게 대답했다.

"살려 달라고."

"멋지군."

등을 맞댄 채 공격하지 않고 잡담만 하자 헬 레인저의 대장이 인상을 쓰며 소리쳤다.

"이봐! 괜히 어물쩍거리다가 슬쩍 도망칠 생각이냐! 어서 덤벼라!"

바이칼은 가볍게 숨을 내쉬며 리오에게 말했다.

"오늘은 상황을 파악하지 못하는 바보들이 걸렸군. 이 몸이 나서서 없앨 가치도 없는 듯하니 난 이만 가겠다."

드래곤 슬레이어를 다시 집어넣은 바이칼은 멍하니 자신을 쳐다보고 있는 헬 레인저들 사이로 유유히 지나갔다.

한 헬 레인저가 바이칼의 어깨를 우악스럽게 잡으며 외쳤다.

"우리를 무시하는 거냐! 우리는 악마들 중에 최고 강자로 구성된 특수부대 헬 레인저……!"

순간 그는 바이칼의 검지가 자신의 이마 한가운데 닿자 황당한 듯 말을 잊고 말았다. 바이칼은 차가운 표정을 지으며 손가락으로 악마의 머리를 밀며 말했다.

"닥쳐라."

퍽.

악마의 머리가 가볍게 터져 나갔다. 머리가 날아간 악마는 지면에 떨어지더니 서서히 재로 변했다. 그 광경에 헬 레인저들은 입을 다물지 못했고 지상에서 올려다본 시민들과 방송국 직원들은 경악했다.

리오는 어색한 웃음을 지으며 바이칼에게 말했다.

"이봐, 그렇게 끝내면 너무 시시하잖아. 힘 자랑하라고 부른 것도 아닌데 말이야."

"흥, 어쨌든 난 간다. 나머지 여섯은 네가 알아서 해."

바이킬이 멀찌감치 사라지자, 리오는 어쩔 수 없다는 듯 고개를 저으며 헬 레인저들을 향해 말했다.

"어쩔 수 없군. 좋아, 기대하던 시간이다. 제군들, 덤벼."

그러나 헬 레인저들은 덤빌 생각은 않고 가만히 리오를 쳐다보고만 있었다. 리오는 파라그레이드의 칼자루를 쥐고 어깨를 툭툭 치며 재촉했다.

"뭔가? 아까는 덤비지 못해 안달하더니 지금은 내키지 않은가 보군. 뭐, 괜찮아. 특별 서비스로 내가 먼저 공격하면 되지."

헬 레인저들의 눈동자에 리오의 모습이 스쳐 간다 싶더니 두 악마의 몸체가 검광에 휩싸여 공중에서 흩어졌다. 그 악마들이 있던 자리에 모습을 드러낸 리오는 뒤로 돌며 말했다.

"자, 기분 나지? 지금 상황은 싸우지 않으면 죽음이니까 말이야. 덤비든가 도망치든가 둘 중 하나를 택하라. 아, 그리고 도망치게 되면 무속성의 가즈 나이트, 리오 스나이퍼가 어떻게 생겼는지 확실히 기억하도록."

"으, 으으윽!"

결국 남아 있던 헬 레인저 넷은 지옥으로 줄행랑을 쳤다.

리오는 싱겁다는 듯 입맛을 다시더니 파라그레이드를 거두었다. 기다렸다는 듯이 그의 등 뒤에서 카메라 플래시가 터지기 시작했다. 리오는 얼굴에 복면을 쓴 채 어디론가 쏜살같이 사라졌다.

순식간에 리오가 사라지자 방송국 카메라맨들과 기자들은 아쉬워하며 상공을 쳐다보았다. 티베는 일이 잘 마무리되어 안도의 한숨을 내쉬었다. 그러나 그것도 잠시였다. 선배 기자 한 명이 카메라맨과 함께 뛰어와 마이크를 들이댔다.

넬은 슬쩍 그 자리를 나왔고 티베는 어쩔 도리 없이 선배가 요청한 인터뷰에 응해야만 했다. 그 기자는 만면에 웃음을 띠며 티베에게 물었다.

"네! 그 보라색 턱시도를 입은 악마에게 잡혔을 때 기분이 어땠습니까, 티베 프라밍 씨!"

마치 경기에서 승리한 선수에게 묻는 것처럼 기자의 억양은 한껏 격앙되어 있었다.

아직 정신을 차리지 못해 어안이 벙벙한 티베는 짧게 한마디로 일축했다.

"더러웠죠."

그날 티베는 일찍 방송국을 나왔다. 방송국 부장은 티베에게 일주일간 요양을 취하라는 특별 지시를 내렸다. 여유가 생긴 티베는 저녁거리를 사서 넬과 함께 자전거를 타고 집으로 향했다.

집으로 오는 도중 넬이 티베에게 물었다.

"아까 왜 그 선배 기자에게 죄송하다고 그랬어요?"

티베는 고개를 떨구며 흐린 표정으로 대답했다.

"아, 그건 말이야, 인터뷰할 때 너무 솔직하게 대답해 버렸거든. 더구나 상황 설명도 않고 짧게 답해 버렸으니……. 공개 속보라 시청률도 꽤 높았을 텐데 그 선배 난처했을 거야. 음, 어쩔 수 없지. 지나간 일인데, 뭐."

티베의 뒤에 타고 있던 넬은 그녀의 등에 얼굴을 비비며 또 말을 건넸다.

"그건 그렇고 아까 두 사람, 정말 괴물처럼 강하긴 하던데요? 도시를 날려 버린 악마를 가지고 놀질 않나, 손가락 하나로 악마의 머리를 부수지 않나. 정말 지크 선배보다 강할지도 몰라요."

티베는 넬의 입에서 지크란 이름이 나오자 화들짝 놀라며 물었다.

"지크? 설마 대한민국 BSP 지크 스나이퍼?"

넬은 자랑스러운 듯 미소를 지으며 크게 대답했다.

"예! 이 시대가 낳은 지상 최고, 최대, 최강의 BSP! 지크 스나이퍼 선배죠! 제 우상이에요, 히힛."

티베는 넬의 행동에 어색한 미소를 보이며 속으로 중얼거렸다.

'지크라는 그 데몰리션맨이 우상까지 되다니, 말세구나.'

집에 도착한 티베와 넬은 소파에 앉아 심각한 얘기를 나누고 있는 리오와 바이칼, 힐린의 모습을 보았다. 힐린은 진지하게 말하느라 티베와 넬이 들어온지도 몰랐다.

그러자 넬이 투덜거리며 큰 소리로 인사했다.

"다녀왔습니다!"

그제야 힐린은 고개를 돌려 반겨 주었다. 리오는 한숨을 길게 쉬며 상체를 굽혔고, 그사이 바이칼은 이를 갈며 자신의 방으로 휑하니 들어가 버렸다.

의외의 행동에 당황한 티베는 힐린이 다가오자 낮은 목소리로 물었다.

"괜찮아요, 언니. 그런데 방금 두 사람에게 무슨 얘길 하고 있었어요?"

"아, 오늘 일 때문에 그랬어. 그래서…… 아, 리오 씨! 바이칼 씨는 어디 가셨죠?"

힐린은 그제야 바이칼이 사라진 것을 눈치채고 리오에게 물었다. 그는 억지로 웃으며 힐린에게 말했다.

"예…… 그 녀석 몸이 좀 약해서 장황한 말을 들으면 금세 피곤해하거든요. 저도 오늘은 좀 피곤하니 나중에 기회가 있으면 다시 얘기해 주십시오. 좋은 얘기라 생각되는군요."

힐린은 불만스러운 표정으로 고개를 끄덕였다.

"좋아요, 그럼 다음 기회에 계속하죠. 아차, 컴퓨터를 켜 놓고 그냥 나왔네? 이런 정신하고는……."

힐린이 방으로 들어가자 리오가 탁자 위로 엎드리며 긴 한숨을 쉬었다. 더욱 궁금해진 티베가 리오 쪽으로 고개를 돌렸다.

"아니, 언니가 무슨 얘기를 했길래 리오 씨가 기진맥진하세요? 바이칼 씨는 화가 많이 난 것 같고……."

리오는 상체를 일으키며 말했다.

"아, 예. 힐린 씨가 오늘 TV 속보를 봤나 봐요. 저희 행동이 진정한 기사의 행동에서 벗어났다고 실망하시더군요. 그러면서 진정한 기사의 몸가짐에 대해 토로하셨어요. 기사는 정정당당해야 하고, 친절해야 하며, 싸울 때 물러섬이 없어야 하고, 비겁한 행동을 해선 안 되고……."

"아하하."

티베가 힘없이 웃자 넬은 눈썹을 찡그린 채 중얼거렸다.

"이 집엔 이상한 사람들만 모인 것 같아."

제너럴 블릭의 회장은 오랜만에 자신의 오른팔이자 오랜 지우(知友)인 엠펠러와 화상 대화를 하고 있었다. 화면에 얼굴을 드러낸 그는 가면을 쓰고 있지 않았다. 얼굴 한가운데 깊이 팬 흉터는 그가 중년의 나이인 지금까지 파란만장한 세월을 보내 왔음을 단적으로 보여 주고 있었다.

회장은 웃으며 그에게 물었다.

"아니, 자네가 웬일인가? 먼저 연락을 취한 것을 보니 인사차 한 것은 아닌 듯한데……."

"그렇소. 우리를 도와주겠다고 하던 고위 악마 네그 씨가 오늘 그 날파리에게 당해 중상을 입고 밀렸소. 그를 대신할 다른 고위 악마를 소개해 드릴 겸, 그리고 지원을 받을 겸 연락한 것이오. 바쁘실 텐데 사죄드리는 바이오."

회장은 씁쓸한 표정으로 중얼거렸다.

"흠, 또 그 드래군인가? 그런데 네그 씨가 왜 중상을 입었소? 대결할 만한 일이 없었을 텐데?"

"무단으로 티베라는 마법 사용자를 납치하기 위해 프랑스로 갔다가 운이 없게도 그 녀석에게 당했다 하오. 티베는 이제 필요 없는 존재인데, 그놈의 자존심 때문에……."

회장은 고개를 저으며 엠펠러에게 말했다.

"뭐, 어쩔 수 없군. 몸조리 잘 하라고 전하게. 그럼 소개한다는 그 고위 악마부터 만나 보지."

"먼저 인사드리겠소, 제너럴 블릭 회장님."

화면을 주시하던 회장은 옆 소파에서 음성이 들리자 흠칫 놀라며 돌아보았다. 소파엔 붉은색 턱시도를 입은, 칠흑 같은 피부의 악마가 앉아 있었다. 그 악마는 날카로운 송곳니를 드러내며 웃었다.

"아, 안심하시오. 내가 바로 네그를 대신할 고위 악마 크라주라고 하오. 순전히 의리상 인간계로 오긴 했으나 네그가 한 계약은 잘 이행하겠소."

크라주가 자신을 소개하자 회장은 가볍게 목례했다.

"갑자기 나타나서 놀랐지만 이렇게 오시다니 정말 안심입니다.

그런데 네그 씨와는 친분이 두터운 사이인가 보군요?"

크라주는 흙빛 얼굴에 웃음을 띠며 말했다.

"하핫, 그렇지요. 장단점이 판이하게 달라도 신기할 정도로 사이가 가깝죠."

"장단점요?"

회장이 의아한 표정으로 묻자 크라주는 탁자 위에 놓인 담배 상자에서 담배를 하나 꺼내 물며 대답했다.

"예를 들어 네그 녀석은 팔방미인입니다. 자제력도 있고, 악마답지 않은 측은지심도 있죠. 하지만 자존심이 너무 강하다는 단점이 있습니다. 그래서 결국 상대를 잘못 만나 당했지요. 반면에 저는 자제력이 좀 부족하고 불쌍하다고 느끼는 마음조차 없습니다. 또한 자존심 때문에 몸을 망친 적도 물론 없고요. 하하하핫."

크라주가 웃으며 담배를 한 모금 빨아들이자 입에 물린 담배가 순식간에 재로 변했다. 크라주는 난처해하며 회장에게 말했다.

"어허, 이런. 죄송합니다. 인간계의 담배는 빨리 타는군요."

둘의 모습을 보고 있던 엠펠러가 화면상에서 다시 입을 열었다.

"회장, 와카루 박사가 저쪽 세계의 일에 대해 말할 게 있다고 하오."

"음? 와카루가?"

회장과 크라주는 화면으로 고개를 돌렸다. 화면은 와카루 박사가 있는 실험실로 바뀌어 있었다.

와카루 박사는 간사스러운 웃음을 흘리며 회장에게 인사했다.

"하하핫, 안녕하십니까, 회장님. 닷새 만에 뵙습니다."

"그렇구려. 그런데 할 말이라는 것이 뭐요?"

그는 여느 때처럼 싱글싱글 웃으며 대답했다.

"예, 빔 병기가 드디어 완성되었습니다. 허허허헛."

그 말을 들은 회장은 대단히 기뻐하며 와카루 박사에게 큰 소리로 물었다.

"오, 그렇소? 정말 축하하오! 그런데 카라크 박사는 어디에……?"

"공장에 나가셨습니다. 저쪽 세계에서 15일 뒤 발송될 선물을 위해 축포를 날리시겠다며 삭입에 빅자를 기히고 게십니다. 나분 패 성격이 급하시더군요. 실험 재료가 남는다고 4일을 밤샘하실 줄은 몰랐습니다, 허허헛."

광학병기 개발계획을 모르는 크라주는 궁금한 표정으로 와카루 박사에게 물었다.

"실험 재료가 남아돈다고? 얼마나 되기에 남는다는 거요? 내가 알기로는 인간계의 자원은 우라늄이 소멸된 후 남은 것은 화석 연료뿐인 데다 그걸로 겨우 연명할 정도라고 들었는데……."

와카루 박사는 눈웃음을 치며 대답했다.

"아, 예. 한 2천 명 됩니다. 미미한 반항이 있어서 50명가량 놓치긴 했지만 그 후로 입을 틀어막으니 괜찮더군요. 허허헛."

그제야 와카루의 말을 이해한 크라주는 싸늘하게 웃으며 말했다.

"후훗, 당신은 아무래도 나보다 한 수 위의 악마인 것 같소, 하하하핫!"

와카루는 어깨를 으쓱하며 흡족해했다.

"흠, 칭찬으로 듣지요, 허헛. 아, 회장님. 저쪽 세계에서 전갈이 왔습니다. 약 15일 후면 제가 말씀드렸던 멋진 선물이 이쪽 세계로 당도한답니다."

"오호, 그렇소? 기대하겠소. 아, 도망쳤다던 50명은 어떻게 되었소?"

와카루는 약간 떨떠름한 표정을 지으며 대답했다.

"흠, 사실 마력 수준이 AA급이라 죽이긴 아깝지만 어쩔 수 없죠.

귀찮아지기 전에 없애는 게 나을 듯해서 나찰과 수라들을 보냈습니다. 하지만 대격전이 벌어진 듯합니다. 뒤를 쫓던 나찰과 수라의 생체 반응이 사라진 것을 보니 말입니다. 그래도 걱정 마십시오. 설마 50명이 무슨 큰일을 벌이겠습니까?"

와카루의 설명에 회장은 고개를 끄덕였다. 둘 사이에 다시 몇 마디 말이 오고 가더니 이내 화상 통신이 끊겼다. 화면이 꺼지자 크라주는 피식 웃으며 중얼거렸다.

"후훗, 한 명으로도 계획은 변동될 수 있지."

"음?"

회장이 깜짝 놀라며 크라주를 바라보았다. 크라주는 붉은 혀를 낼름거리며 대답했다.

"저희가 모시고 있는 일곱 분의 왕 중 한 분만 이 세계에 나온다면 이곳은 멸망할 것이오. 그러면 당신들의 계획이 아주 치밀해도 끝이지요. 뭐, 그럴 일은 없겠습니다만, 웬만하면 완벽히 처리해 주십시오, 회장님. 당신 능력이라면 그 50여 명을 찾는 게 누워서 떡 먹기 아니겠소? 만약 찾으신다면 저와 제 부하들도 도와드리지요."

"알았소. 위성이라도 동원해서 꼭 그들을 찾아보겠소. 하지만 이상하게도 요즘 위성들이 말을 안 들어서……. 왜 그러는지 아는 바 없소?"

"후훗, 글쎄요."

크라주는 의미심장한 미소를 띠며 어깨만 으쓱할 뿐이었다.

2

現 世界로 온 세이아

리오는 바이칼과 함께 미국 동부를 향해 날아가고 있었다. 그들
은 지금 정찰 중이었다. 한 시간 가량 플레어 부스터를 이용해 날
아가던 바이칼은 잠깐 쉬기 위해 플레어 부스터의 에너지 방출을
끊고 천천히 속도를 줄인 후 날개를 가볍게 퍼덕였다.

"어디까지 왔어?"

리오는 이어폰을 꽂고 음악에 귀 기울이며 바이칼에게 물었다.

바이칼은 리오를 흘끔 바라보며 투덜거렸다.

「요즘 들어 날 자가용 비행기로 착각하는 것 같군.」

바이칼은 구시렁대며 날개를 계속 퍼덕였다.

리오는 망망대해를 내려다보며 숨을 크게 들이마셨다. 짠내 나
는 바다 냄새가 코끝을 간지럽혔다.

그때 전기가 모자라다는 신호음이 플레이어에서 짧게 울렸다.
리오는 얼굴을 찡그리며 라디오 모드로 채널을 변경했다. 공해상

이라 전파가 잡히지 않을 게 분명했지만 리오는 튜너를 계속 눌러보았다.

"쓸데없는 짓인가?"

리오는 피식 웃으며 플레이어를 끄려고 했다. 그 순간 플레이어에서 잡음과 함께 말소리가 흘러나왔다. 리오는 튜너를 수동으로 조절하고 귀를 기울였다.

정확하지는 않았지만 라디오에서 나오는 소리는 분명 말소리였다. 하지만 그 말소리는 인간계의 언어가 아니었다. 그런데도 리오는 그 음성을 이해했다. 그가 차원이동을 하기 전 세계의 언어였기 때문이다.

자세히 들리지는 않았지만 신호를 보내고 있는 자는 절박하게 구조 요청을 하는 듯했다.

리오는 심각한 표정으로 바이칼에게 요청했다.

"고도를 높여 줘. 마침 구름이 없으니 시력을 확대해서 상공에서 보면 찾을 수 있을 지도 몰라."

바이칼은 재빨리 급상승했다. 리오는 불안함을 감추지 못하고 골똘히 생각했다.

'누구지? 어째서 그쪽 차원의 사람이 여기에…….'

바이칼이 점점 고도를 높이자 리오는 시력을 최대한 확대했다. 그러고는 구름 한 점 없는 높은 상공에서 천천히 사방을 응시했다. 썩 좋은 방법은 아니었지만 바이칼에게 생체 레이더가 없는 지금으로서는 이것이 최선의 방법이었다.

「보이나?」

"아니, 아직은 잘…… 음? 저쪽 같다!"

리오는 바이칼의 등을 툭툭 치며 시선이 머무는 쪽으로 바이칼을 재촉했다. 바이칼의 시야에 파란 하늘로 뭉게뭉게 솟아오르는 검은색 연기가 들어왔다.

「배나…… 비행기 같군.」

바이칼이 날개를 크게 피더이며 빠른 속도로 향하자 리오가 당부했다.

"고도를 최대한 낮추고 가 줘. 주위에 뭔가 있는 것 같으니까 말이야. 겉보기엔 배 같은데……."

바이칼은 몸 주위에 쳐 놓은 공간 결계가 수면에 살짝 닿을 정도로 낮게 비행했다.

구조 전파는 검은 연기가 치솟은 직후 끊겨 버렸기 때문에 사람들의 생존 여부도 확인할 길이 없었다. 최선의 방법은 직접 가 보는 것뿐이었다.

얼마 지나지 않아 사건 장소에 도착한 리오와 바이칼은 반쯤 침몰한 배의 모습과 까마귀 떼처럼 그 주위를 돌고 있는 나찰과 수라들의 모습에 분노했다. 나찰과 수라들은 예전과는 달리 무기로 공격을 하고 있었다.

리오는 파라그레이드를 거칠게 뽑으며 바이칼에게 외쳤다.

"배 안에서 미약하게 기 하나가 반응하고 있어! 저 녀석들도 그걸 알고 주위를 맴도는 거야. 그렇다면 이제부터 속전속결이다! 목표는 여덟 대!"

리오는 힘차게 발을 굴러 바이칼의 등을 박차고 치솟아 올랐다. 리오는 자신에게 무수히 쏟아지는 수라의 미사일 사격을 날렵하게 피하거나 받아치며 접근하기 시작했다.

「속전속결은 이런 거야.」

힘차게 용솟음치는 리오를 보며 바이칼이 중얼거렸다. 바이칼은 강력한 브레스로 자기 몫인 수라와 나찰 네 대를 먼저 쓸어버렸다.

리오는 자신을 공격하려는 수라와 나찰들 사이에 서서 검을 빠르게 휘둘렀다. 그러자 그의 주위로 붉은색 검광이 난무하면서 붉은 잔상을 남겼다. 리오를 에워싼 수라와 나찰의 몸체는 붉은색 금이 가면서 난도질되었다. 로봇들은 다른 때와는 달리 이내 폭발해 사라졌다.

리오는 파라그레이드를 거두며 바이칼을 바라보았다.

"바이칼, 배를 끌어 올려 줘!"

「자가용 비행기에서 헬리콥터로 업그레이드 됐군. 망할 녀석!」

바이칼은 투덜대며 침몰하고 있는 배의 끝을 잡고 상승했다.

배는 천천히 바다 위로 모습을 드러내기 시작했고 완전히 떠오르자 바이칼의 힘에 의해 겨우 지탱하였다. 소형 선박이었기에 바이칼은 별 무리 없이 붙들고 있을 수 있었다.

리오는 바이칼의 어깨를 손으로 툭 치며 배로 향했다.

"자, 부탁해 친구."

「아쉬울 때만 친구겠지.」

선박 안으로 들어간 리오는 피를 흘리며 쓰러져 있는 사람들의 모습에 치를 떨었다. 모두가 수라와 나찰들의 머신 건 공격에 당한 것이었다. 리오는 기관실을 지나 물로 가득 찬 선실로 들어갔다. 점점 희미해져 가는 기가 그쪽에서 나오고 있었다.

선실 상황은 더 끔찍했다. 물 위로 시체들이 둥둥 떠다니는 모습은 공포 영화의 한 장면과 다를 바 없었다.

하지만 더한 상황도 수없이 접해 본 리오였기에 눈썹 하나 꿈쩍하지 않았다. 그는 적외선 시각으로 변환한 후 선실을 빠르게 훑어보았다. 빛이 들어오지 않는 안쪽은 아무리 리오의 시각이 좋다 해도 보이지 않을 정도로 어두웠다.

리오의 눈이 적외선 확인 기능으로 바뀌었는데도 그의 시야에는 온통 검푸른색뿐이었다.

생존자를 계속 찾던 리오는 붉은색의 광점들을 보았다. 살아 있는 인간이 방출하는 적외선이었다. 리오는 안도감을 느끼며 그 사람의 몸을 천천히 끌어당겼다. 그는 사방이 어두워서 얼굴을 확인할 수 없었으나 손마디가 가늘고 살결이 부드러운 것으로 보아 여자라 짐작했다. 리오는 생존자를 왼팔로 끌어안은 후 벽에 오른손을 대고 힘을 주었다.

평.

기의 충격으로 선체의 외벽까지 큰 구멍이 뚫렸다. 리오는 그 구멍을 통해 생존자와 함께 밖으로 빠져나왔다. 리오는 붉은빛이 나오는 눈을 원 상태로 바꾼 후 구출해 낸 사람의 얼굴을 들여다보았다.

"어, 이런?"

리오가 여자를 끌어안고 비명을 지르자, 바이칼은 잡고 있던 배를 놓으며 중얼거렸다.

「구해 놓고 보니 추녀였군. 세상엔 미녀만 있는 게 아니란 걸 이제 알겠지.」

리오는 바이칼의 농담에 아랑곳 않고 바이칼의 등에 올라탄 뒤 다급한 목소리로 외쳤다.

"어서 가까운 육지로 향해 줘! 섬이든 뭐든!"

「성형외과 있는 곳으로?」

"농담할 때가 아니라니까!"

리오의 행동에 바이칼은 의아해하며 여자가 다치지 않도록 공간 결계의 수준을 높인 후 플레어 부스터를 꺼냈다.

날개를 접은 바이칼은 곧장 푸른 불꽃을 뿜어내더니 마하 6의 속력으로 유럽 쪽을 향해 날아갔다.

공간 결계의 안쪽은 바깥쪽의 공기 흐름과는 달리 매우 안정적이었다. 리오는 구출한 여성을 바이칼의 등에 눕히고 혈을 눌러 폐에 찬 바닷물을 토하게 했다. 컥 소리를 내며 한꺼번에 물을 토해 낸 여성은 콜록거리더니 숨을 몰아쉬기 시작했다.

「이봐, 물은 다른 곳에 쏟아 내게 해야 하는 것 아닌가.」

바이칼의 투덜거림을 웃음으로 넘긴 리오는 망토로 그녀를 휘감아 하강한 체온에 온기를 불어넣었다.

리오는 경악스러운 표정으로 의식을 잃은 그녀의 은색 머리카락을 손으로 어루만졌다.

"아니, 어째서 당신이 여기에! 이 일과는 무관할 텐데?"

리오의 시야에 대륙의 모습이 천천히 보이기 시작했다. 지형으로 보아 에스파냐나 포르투갈 같았다. 리오는 접근해 가는 대륙을 보며 짧게 한숨을 토해 냈다.

제너럴 블릭 회장은 아들 넥스와 함께 아침 식사를 들며 비서의 보고를 받고 있었다.

불편한 내용이 들어 있어 소화가 안 될 터였지만 회장은 그렇지 않았다. 하루라도 보고를 받지 않으면 더욱 소화가 안 되기 때문이었다.

"마지막 보고 내용입니다. 어제 탈주자들을 처리하기 위해 출동한 수라와 나찰 여덟 대가 버뮤다 근처에서 사라졌습니다. 그러나 파견된 후속 부대가 탈주자들의 사망을 확인한 후 배와 사체들은 기뢰를 이용해 깨끗이 처리했습니다. 이상입니다."

회장은 고개를 끄덕이며 비서에게 나가 보라는 손짓을 했다. 비서는 서류를 들고 조용히 회장 전용 식당을 빠져나갔다.

그때 식사를 하고 있는 회장의 옆 공간이 순간 흐물거리더니 붉은 턱시도 차림에 검은 피부를 가진 악마가 나타났다. 회장은 놀라지 않고, 모습을 드러낸 크라주에게 말했다.

"음, 당신도 들겠소? 오늘은 주방장이 스테이크를 알맞게 구웠다오."

크라주는 웃으며 고개를 저었다.

"사양하오, 회장. 그건 그렇고, 그 로봇 여덟 대가 한순간에 사라졌다고 비서가 보고했지요? 음, 약간 불길한 느낌이 드는군요. 하지만 사체들과 배를 완전히 없앴으니 확인할 길은 딱 하나뿐이오."

식사를 마친 회장은 냅킨으로 입을 닦으며 크라주를 보았다. 무슨 뜻인지 묻는 눈빛이었다. 크라주가 조용히 대답했다.

"뭐, 별거 아니오. 그냥 다가오는 시간을 그대로 받아들이면 끝이지요. 그럼 자연히 알게 될 겁니다. 안 그렇소? 후훗. 자, 그럼 후식이나 주시오. 이 세계에 올 때마다 난 커피를 즐긴답니다. 블랙커피인가요? 그 색이 내 피부색과 같아 마음에 들더군요."

"아, 그러시오? 그러면 넥스, 너는 무엇으로 하겠느냐?"

넥스도 조용히 대답했다.

"저도 커피로 하지요. 오늘은 카푸치노로."

"좋아. 그럼 난 차로 하지."

회장은 고개를 끄덕이며 탁자 위에 놓인 종을 들어 가볍게 흔들었다.

리오는 병실 밖 의자에 앉아 깍지 낀 양손을 턱에 괴고 생각에 골몰해 있었다. 도저히 이해할 수 없었다. 자신이 구출해 온 다른 차원의 여성이 왜 이 세계에 왔는지를.

'그냥 평범한 사람이고, 마력도 갖고 있지 않을 텐데……. 아니, 존재한다 하더라도 잠재되어 있어 미미한 정도일 텐데…….'

고민에 빠져 있는 리오에게 병원 기록용 태블릿을 든 간호사가 다가왔다. 리오가 흘끔 쳐다보자 얼굴에 여드름이 약간 있는 간호사가 빙긋 웃으며 말했다.

"부인은 괜찮으십니다. 너무 걱정하지 마세요."

"……?"

리오가 미간을 좁히며 뚫어지게 자신을 쳐다보자 간호사는 실수를 깨닫고 어색한 미소를 지었다.

"호호홋, 죄송합니다. 그럼 동생…… 아니면 누님?"

리오는 피식 웃은 뒤 조용히 물었다.

"후훗, 용건이 뭐죠?"

얼굴이 붉게 달아오른 간호사가 말했다.

"아, 예…… 환자분이 좀 뵙자고 하시네요."

"그렇습니까? 감사합니다. 계속 수고해 주십시오."

리오는 무표정한 얼굴로 천천히 병실 안으로 들어갔다.

"리, 리오 님?"

리오는 문가에서 음성이 들린 쪽으로 고개를 돌렸다. 문가에 있던 침대 위에는 약간 헝클어진 긴 은발의 아름다운 여인이 누워 있었다. 세이아였다. 평범한 생활을 하고 있어야 할 그녀가 흰 환자복 차림에 놀란 표정으로 리오를 바라보고 있었다.

리오는 침대 옆 의자에 앉고 물었다.

"몸은 어떻습니까? 이제 괜찮습니까?"

세이아는 아직도 믿지 못하겠다는 듯 손을 뻗어 그의 뺨을 만졌다.

"리오 님, 다치신 눈은⋯⋯?"

리오가 그녀의 손을 꼭 잡아 주며 말했다.

"아무것도 묻지 마세요. 어쨌든 안심해요. 이제 괜찮습니다."

"흑, 흐흑!"

세이아는 리오를 끌어안고 울음을 터뜨렸다. 리오는 그녀가 이 세계로 어떻게 넘어왔을까 생각하며 흐느끼는 그녀를 다독거렸다.

리오가 응급처치를 한 탓에 그녀의 상태는 빠르게 호전되어 입원한 지 이틀 만에 퇴원할 수 있었다. 리오는 퇴원하는 세이아를 데리고 집으로 향하면서 자초지종을 물었다. 그러나 이상하게도 그녀는 대답하기를 꺼렸다. 그래서 그녀가 안정을 찾으면 그때 물어봐야겠다고 리오는 생각했다.

자전거에게 내려 계단을 올라서면서도 세이아는 리오에게서 떨어지려 하지 않았다. 그녀의 행동을 보고 리오는 뭔가 충격적인 일이 그녀에게 있었다는 심증을 굳혔다.

"자, 여깁니다, 세이아. 걱정 말고 어서 들어와요."

현관문을 열고 안으로 들어서자 티베를 비롯한 전원이 거실에 모여 있었다. 리오는 의아해하며 옆에 서 있는 세이아를 소개했다.

"소개하지요. 이쪽에 계신 숙녀분은 세이아 드리스라고 합니다. 티베 양과 같은 세계에서 오신 분이시죠. 나이도 거의 동갑일 겁니다. 자, 세이아 양? 인사하세요."

세이아는 머뭇거리다가 고개를 살짝 숙이며 인사했다.

"세이아라고 합니다. 잘 부탁드립니다."

어색한 분위기가 한동안 좌중을 휘감았다. 그러자 침울한 분위기는 딱 질색인 넬이 앞으로 나서며 활기차게 인사했다.

"자! BSP의 귀염둥이, 넬이라고 합니다! 잘 부탁해요, 세이아 언니!"

넬의 활기찬 모습을 본 세이아는 갑자기 고개를 떨구더니 이내 울음을 터뜨리고 말았다.

"세, 세이아 양……?"

예기치 못한 반응에 리오는 난처해하며 바이칼을 바라보았다. 바이칼의 표정은 변함없이 무뚝뚝했으나 눈빛에는 안쓰러움이 묻어 있었다.

결국 티베가 세이아를 부축해 자신의 방으로 데리고 갔다. 여자끼리 위로해 주는 것도 괜찮을 것이라 생각한 리오는 허탈감을 느끼며 소파에 털썩 주저앉았다.

넬은 세이아의 행동에 당황한 듯 멍한 표정으로 서 있었다. 리오가 넬의 짧은 머리를 쓰다듬으면 다정하게 말했다.

"네 탓이 아냐. 무슨 사정이 있는 것 같으니 마음에 두지 마."

리오의 말을 들으면서도 넬의 시선은 세이아가 들어간 방문에 고정되어 있었다. 옆의 힐린이 걱정스러워하며 리오에게 말했다.

"아무래도 충격을 많이 받은 것 같아요. 하긴 티베처럼 많은 전쟁을 체험해서 마음이 강한 사람이라면 모를까, 집에서 빵이나 굽는 평범한 생활을 하던 아가씨라면 충격이 대단할 거예요."

리오도 동의하는 듯 고개를 끄덕였다.

"저 여자는 이제 어떻게 할 생각이지? 짐을 더 늘릴 생각인가?"

무거운 어조로 바이칼이 물었다. 리오는 잠시 생각하더니 떨떠름한 표정으로 바이칼의 귀에 나지막이 속삭였다. 순간 굳어 있던 바이칼의 표정이 얼핏 부드러워졌다.

"위험에 빠진 사람은 도와주는 것이 좋겠지. 그럼 뒷일을 부탁한다."

무뚝뚝하게 한마디를 내뱉고 바이칼은 자기 방으로 총총 사라졌다. 갑자기 달라진 바이칼의 태도에 놀란 힐린이 리오에게 물었다.

"너, 리오 씨? 바이칼 씨가 갑자기 왜……?"

리오는 소리 없이 웃으며 대답했다.

"세이아 양이 있으면 요리 당번에서 영영 벗어날 수 있다고 말해 줬죠. 세이아 양의 요리 솜씨는 최고거든요. 그건 그렇고 아무래도 세이아 양이 이쪽에 온 이유와 왜 사체가 가득한 배를 타고 있었는지 알아내려면 시간이 꽤 걸릴 것 같습니다. 넬은 당분간 세이아 앞에서 조용히 있어 주렴. 널 보고 동생 생각을 하는 것 같으니까 말이야. 불편하지만 이해해라."

"예, 알았어요."

넬은 고개를 끄덕였다.

리오는 가슴이 답답해지는 걸 느끼며 창밖으로 흐릿한 하늘을 올려다보았다. 회색 구름이 빠르게 움직이고 있었다.

"비가 올지도……."

한편 티베는 세이아를 진정시켰다. 그녀가 겨우 울음을 멈추자 티베가 물었다.

"저쪽 세계에 가족이 있죠?"

세이아는 말없이 고개를 끄덕였다. 티베는 쓸쓸한 표정을 지으며 자신의 얘기를 했다.

"저도 저쪽 세계에 가족이 있어요. 동생과 약간 괴짜이신 할아버지, 이렇게 두 사람이죠. 부모님은 일찍 돌아가셨어요. 할아버지께서 홀로 저희를 키워 주셨죠. 시간 차이를 계산하면 약 1년 전인가? 마왕 아슈테리카와 전투 중 그 빌어먹을 녀석이 최후의 발악을 하는 바람에 저 혼자 여기 떨어져 버렸어요. 그때는 저를 지켜 주는 사람도 없었고, 힐린 언니 같은 사람도 없었거든요. 물론 회사 동료들은 더더욱 없는, 정말 견디기 힘든 상황이었어요."

"예……."

세이아는 티베의 얘기를 귀담아 들었다. 티베는 속으로 안도하며 더욱 슬픈 어조로 얘기했다.

"그러다 저는 마법을 사용할 줄 안다는 이유로 어떤 거국적인 기업에게 납치당했어요. 그땐 정말 기적적으로 탈출했는데 동생과 할아버지의 얼굴이 얼마나 보고 싶던지……. 결국 이리저리 방황하다가 우연히 힐린 언니를 만나게 되었죠. 언니의 도움으로 방송국에서 일하게 되었고, 이 세계 사람들과 같은 생활을 하면서 많이 변해 갔답니다. 그쪽 세계에 돌아가는 것을 거의 포기하다시피 하면서요. 아앗! 울면 어떡해요!"

세이아는 또다시 흐르는 눈물을 휴지로 닦으며 미안하다는 듯 미소를 지어 보였다. 티베는 빙긋 웃으며 계속 말했다.

"그러다 최근에 그쪽 세계로 돌아갈 수 있다는 희망을 다시 갖게 되었어요. 아무 이유 없이 저를 지켜 주고 있는 리오 씨와 바이칼 씨, 그리고 이쪽 세계 사람이긴 하지만 밝고 명랑한 넬…… 그 사람들을 만나면서부터요. 이상하게 마음이 안정되더군요."

"맞아요. 리오 님은 좋은 분이세요."

세이아의 갑작스러운 말에 티베는 어이없다는 표정을 지었다.

"……아는 사이예요?"

세이아가 부끄러운 듯 고개를 살짝 끄덕였다. 티베는 피식 웃으며 말을 이었다.

"그래요. 리오 씨는 사람을 끌어당기는 묘한 매력이 있어서 좋은 사람 같고, 바이칼 씨는 말투와 행동은 차갑지만 속은 어린애처럼 순수하죠. 둘 중 한 명만 옆에 있어도 불가능한 일이 가능할 것만 같죠. 그리고……."

그때 문밖에서 시끄러운 소리가 들려왔다.

"진정해, 진정! 악의가 있는 말은 아니삲아! 그렇다고 길을 빼 틀면 어떡해!"

"닥쳐라!"

누군가를 말리는 듯한 리오의 목소리에 티베는 웃으면서 서둘러 말을 마쳤다.

"호홋, 이 얘긴 나중에 계속해야 할 것 같네요. 어쨌든 이 세계에 있는 동안은 마음을 굳게 가지세요. 아무리 몸부림을 쳐고 발버둥을 쳐도 저쪽 세계로 돌아갈 수 없다는 것이 현실이니까요. 아셨죠?"

그녀의 말을 들은 세이아는 기분이 약간 나아진 듯 여린 미소를 띠며 고개를 끄덕였다. 티베는 세이아를 꼭 안아 주며 말했다.

"우리 서로 의지해요. 우리를, 아니 이 세계를 지키려는 저 두 남자처럼 말이에요."

"……예."

세이아는 티베의 품속에서 고개를 끄덕였다.

세이아가 티베와 대화한 후 환한 얼굴로 힐린과 인사하고 저녁을 준비하자 리오는 다행스러워했다. 기분이 좋아진 리오는 자신도 모르게 TV쇼를 보고 있는 넬의 어깨를 두드렸다.

그러자 넬은 눈썹을 찡그리며 리오에게 따졌다.

"무슨 저의로 숙녀의 어깨를 치는 거죠?"

"오, 미안."

"헤헷, 손버릇이 발동하는군요! 참, 리오 형 말대로 오랜만에 비가 내리네요? 40년 전엔 산성비라고 해서 사람들이 비 맞는 것을 꺼려했는데 지금은 그런 비가 내리는 지역이 몇 안 되어 다행이에요. 보슬비여서 새벽엔 그치겠죠? 내일은 정말 하늘이 맑을 것 같아요……. 어라? 자면 어떡해요!"

"……응? 아아, 미안."

피곤함에 지친 리오는 어느새 고개를 뒤로 젖힌 채 자고 있었다. 넬이 흔들어 깨우자 리오는 힘겹게 눈을 뜨며 일어났다. 그 모습을 부엌에서 보고 있던 세이아는 조용히 웃으며 말했다.

"식사 준비 끝났어요. 모두 오세요, 리오 씨."

예전과 같은 얼굴의 세이아를 보자 리오는 빙긋 웃으며 고개를 끄덕였다.

3

전 차원에서 온 괴물들의 출몰

며칠 후.

하늘에는 구름 한 점 없이 맑고 화창한 날이었다. 리오는 하늘이 너무 맑아 눈이 부시자 날아오르는 바이칼의 등에 올라타며 말했다.

"음, 너무 맑으면 지상에서 우리 모습이 보일지 모르겠는데? 무슨 방법 없겠어?"

「자가용 비행기에서 헬리콥터, 이젠 스텔스 전투기인가? 헛소리하지 마.」

바이칼이 쏘아붙이자 미안했는지 리오가 슬그머니 고개를 끄덕였다.

위이이잉.

높이 날아오르던 둘은 파리 시내에서 갑자기 사이렌 소리가 들려오자 잠시 멈추고 주위를 둘러보았다.

"뭐지? 무슨 훈련이라도 하나?"

사이렌 소리가 파리 전역으로 울려 퍼지는 가운데, 에펠탑 꼭대기에서 갑자기 빛이 치솟았다. 그 빛은 곧 사방으로 퍼져 나가며 서서히 중년의 남자 얼굴로 변했다.

리오는 의아한 눈으로 상공에 만들어진 영상을 보며 중얼거렸다.

"저건 홀로그램……? 게다가 저 사람은 프랑스 대통령이잖아? 무슨 일이 일어나려고 하는 거지?"

이윽고 홀로그램 속의 대통령이 입을 움직이자 그 음성이 파리 시내 곳곳에 울려 퍼졌다.

"존경하는 프랑스 국민 여러분, 지금 이 시간 저는 프랑스 대통령으로서 국민 여러분께 사죄의 말씀을 먼저 드리는 바입니다. 지금 이 시간부터 이 나라의 정치, 군사, 치안에 관한 모든 권한은 EOM의 총수 엠펠러 님에게 위임되겠습니다. 저와 정부 각료들은 오랫동안 부족한 자원으로 불편한 생활을 하면서 자원의 진정한 소유주가 누구인지 알게 되었습니다. 이 결정은 우리 나라뿐만 아니라 유럽 대부분의 나라가 모두 동의한 것입니다. 위대한 프랑스 국민 여러분, 다시 한 번 사죄의 말씀을 드립니다."

리오는 믿을 수 없다는 표정으로 사라지는 홀로그램을 보며 외쳤다.

"뭐야, 대체……? 무슨 헛소리야!"

바이칼은 급히 고도를 낮춰 다시 집으로 향했다. 바이칼이 옥상에 착륙하자마자 리오는 안으로 급히 뛰어 들어갔다.

현관문을 열고 들어선 리오는 멍한 표정으로 TV 앞에 앉아 있는 티베와 힐린, 세이아, 그리고 넬을 보며 소리쳤다.

"어떻게 된 일입니까! 대통령이 왜 저런 헛소리를 합니까!"

티베 역시 믿지 못하겠다는 얼굴로 리오를 돌아보며 말했다.

"프랑스뿐이 아니에요. 유럽 전역이……."

"예?"

리오가 급히 TV 앞으로 다가갔다. 뉴스 속보가 신속하게 방송되고 있었다.

방송에선 유럽 각국 지도자들의 정권 포기 및 EOM의 정권 위임에 대한 내용이 상세히 보도되고 있었다. 단 한 나라, 스위스만이 거기에 불참하고 있다는 보도도 덧붙였다.

치직.

화면이 심하게 떨리더니 반갑지 않은 얼굴이 또 나타났다. EOM의 총수 엠펠러였다.

"전 유럽 국민에게 고한다. 지금 이 시간, 우리에게 정권을 위임하지 않은 나라는 스위스 하나뿐이다. 또한 너희 90퍼센트 이상이 반대하고 있겠지. 하지만 그리 오래가지는 않을 것이다. 세계 최대 베스트셀러인 성경에 이런 말이 있다. '두드려라, 그러면 열릴 것이다'라고. 앞으로 4분 후, 내가 스위스를 두드릴 것이다. 그러면 열리는 광경이 특별 생방송으로 나올 것이다. 아, 우리 일을 사사건건 방해하는 드래군 녀석도 이 방송을 보고 있겠군. 어쩌면 지금 쯤 스위스로 날아오고 있을지도 모르지. 뭐, 상관없다. 어차피 너 하나로는 어쩌지 못할 것이다. 하하하하하핫!"

화면은 곧 12개의 작은 화면으로 나뉘더니 스위스 각 지역의 상황을 보여 주었다.

"이런, 빌어먹을!"

리오는 주먹을 불끈 쥐며 이를 갈았다. 그러고는 창밖으로 몸을 날려 밖에서 대기하고 있던 바이칼의 등에 올라탔다. 바이칼은 기다렸다는 듯 재빨리 날아올랐다. 리오가 큰 소리로 바이칼에게 외쳤다.

"남서쪽! 어서 가자 바이칼!"

스위스 국민들은 엠펠러의 선포를 듣자 불안에 떨기 시작했다. 중립국이어서 강력한 병기를 많이 보유하고 있지 않았기 때문에 불안함은 더욱 가중됐다. 하지만 민방위 시설은 수준급이었기에 전투 능력이 있는 남자들을 제외한 부녀자와 아이들, 노인들은 각 가정마다 만들어져 있는 방공호로 피신했다.

간단한 무장을 한 상태로 초조하게 4분을 기다리고 있는 스위스 민방위 대원들은 손목시계를 흘끔흘끔 바라보며 애타는 마음을 담배로 달랬다.

"4분이다."

누군가 조용히 말하자 민방위 대원들은 총의 안전장치를 풀기 시작했다. 긴장을 풀지 않고 사방을 살피던 그들은 무언가 공기를 가르며 날아오는 소리를 들었다. 그들은 고개를 들어 하늘을 올려다보았다.

"미, 미사일?"

수를 헤아릴 수 없을 정도로 많은 미사일들이 하늘을 빽빽히 메우며 날아오는 모습에 대원들은 고개를 땅에 처박으며 울부짖었다. 그 짧은 시간 동안 그들은 지옥보다 더한 공포에 몸을 떨었다.

퉁.

그러나 그들의 귀에 들려온 소리는 폭발음이 아닌 무거운 쇳덩이가 땅에 박히는 소리였다.

살짝 눈을 뜬 대원 한 명이 의아한 눈으로 땅에 박힌 미사일을 보며 주위의 대원들을 향해 소리쳤다.

"어이, 불발탄인 거 같은데? 폭발 안 해."

그것뿐만이 아니었다. 곳곳에 박힌 모든 미사일들이 불발이었다. 고개를 든 대원들은 안도의 한숨을 쉬며 망원경으로 미사일이 날아온 방향을 살펴보았다.

그때 땅에 수직으로 박힌 미사일에서 무언가 휙 하고 튀어나왔다. 대원들은 공중에 떠오른 물체를 멍한 눈으로 바라보았다.

"뭐지, 저건?"

펑.

순간 그 물체가 공중에서 폭발하자 주위에 있던 대원들이 비명을 지르며 바닥에 쓰러졌다. 땅에 박혀 있던 미사일이 하나둘씩 폭발하기 시작했다. 겉보기에는 그리 심한 폭발이 아닌 듯했으나 모든 대원들은 전멸했다.

"으, 으윽!"

가까스로 살아남은 대원은 다리에 심한 통증을 느끼며 눈을 떴다. 군복 바지 한 군데가 크게 뚫려 있었고 거기서 피가 분수처럼 솟아 나왔다. 급하게 바지를 찢어 상처 부위를 확인했다.

"아, 아니?"

작은 침들이 상처 부위에 꽂혀 있었다. 게다가 그 침들은 피부에 깊숙이 박힌 채로 피를 빨아들이고 있었다. 서둘러 침들을 뽑아내고 사방을 둘러보았다.

급소 부위에 침을 맞았거나 다수의 침에 꽂힌 대원들은 한결같이 피를 분수처럼 뿜어내며 점점 말라갔다. 그 광경을 본 대원은 머리를 감싸며 절규했다.

"이럴 수가, 이럴 수가!"

대인병기 중 하나인 클레이모어는 범위 내에 있는 모든 생물을 남김없이 살상하는 위력을 지니고 있다. 폭발과 동시에 내부에 장치된 작은 철구들이 사방으로 튀어나오는데 거기에 피를 빨아들이는 바늘의 모세관 작용이 첨가되어 탄생한 병기가 바로 대인 살상용 전방위 병기인 블러드 네일이었다.

관통력은 두께 40센티미터의 콘크리트 벽을 뚫을 정도로 강력했고, 1차 유효 거리 5센티미터 내에서 직격으로 관통당한 사람은 사망이 확실했다. 또한 2차 유효 거리 200미터 내에서 직격으로 맞으면 날아간 침에 장치된 모세관에 의해 출혈 과다로 죽거나 중상, 또는 마비 상태가 되는 무시무시한 병기였다.

곧이어 그 미사일을 뿌린 장본인들이 서서히 모습을 드러내기 시작했다. 검은색 로봇 나찰, 붉은색 로봇 수라가 그들이었다. 예전 모습과는 달리 어깨와 등, 팔과 다리에 많은 장비들이 부착되어 있었다.

"크르르!"

어깨에 달린 미사일 팩을 제거한 수라는 등에 매달린 개틀링 머신 건을 쥐고 아직도 살아서 꿈틀거리는 민방위 대원들을 남김없이 사살해 나갔다. 나찰들은 다리에서 전용 나이프를 뽑아 들고 대원들을 도륙했다.

분할된 12개의 화면에선 끔찍한 만행이 동시에 자행되고 있었다. 약 10분 후, 스위스의 각 관공서에 백기가 서둘러 올려지자 나찰과 수라들은 즉시 각자 만든 검은 틈 안으로 모습을 감췄다.

그러자 엠펠러가 가면을 쓰고 화면에 등장했다. 엠펠러는 크게 소리 내어 웃으며 말했다.

"후후후, 어떤가? 물론 인정상 스위스 전역을 건들지는 않았지만 한 나라가 10분 안에 무너지는 모습에 감동했겠지. 물론 이런다고 해서 나를 비롯한 EOM의 지지도가 올라간다고는 생각하지 않는다. 하지만 적어도 반항은 없앨 수 있지. 하하핫. 저항군을 조직하고 있는 녀석들에게 미리 경고한다. 만약 저항군이 조직된다면 대인병기로 끝나지 않을 것이다. 자, 이거 보이나?"

엠펠러는 플라스틱과 유리로 섬섬이 밀봉된 원통형의 관을 하나 꺼내 보였다. 그 관 중앙엔 녹색 액체가 들어 있었다.

"여기엔 내 귀염둥이들이 수억 마리 들어 있다. 비구름을 섞어주면 지상에선 멋진 광경이 펼쳐지겠지? 이것은 일명 생물학 병기라고 하는데 말이야. 사실 이름은 아직 못 지었지. 무색무취에 강한 부식 효과를 지니고 있다. 이것을 한 번만 맞으면 저승에 천사가 있는지 악마가 있는지 확인할 수 있게 될 것이다. 다시 한 번 경고한다. 두 번 세 번 봐주지는 않을 것이다. 자, 다른 사람들은 그냥 보통 때처럼 열심히 일하도록. 변한 건 없을 것이다. 물론 당분간은…… 후후훗."

리오는 스위스의 어떤 마을 한가운데 서서 전멸한 대원들의 사체를 망연자실한 얼굴로 쳐다보고 있었다. 나찰과 수라들은 지하 방공호까지 뒤져 안에 있던 아이들과 부녀자들까지 남김없이 살해했다. 생존자는 단 한 사람도 없었다.

"크으윽!"

리오는 분노에 몸을 떨었다. 이전 세계를 떠돌며 경험했던 어떠한 상황보다 더 잔인하고 끔찍한 모습으로 사람들이 죽어 있었다. 몸서리를 치던 리오의 눈이 붉게 빛났다. 그는 살기 어린 눈으로 공중을 바라보며 소리쳤다.

"모두 없애 버리겠다!"

바이칼은 최대 속력으로 리오를 태우고 미국의 대도시 뉴욕으로 향했다. 리오가 분노하면서 제너럴 블릭 본사를 공격하겠다고 막무가내로 우겼기 때문이다. 리오의 두 눈은 여전히 붉게 타오르고 있었다.

"무고한 사람들이 몇 명이나 개죽음을 당한 거야! 이놈들, 절대 용서 못 해!"

　바이칼은 저 멀리 미국의 상징물인 자유의 여신상이 보이자 비행을 멈추고 날개를 펄럭였다. 바이칼이 갑자기 멈추자 리오는 불같이 화를 내며 소리쳤다.

"이봐! 계속 가라고! 저 녀석들을 없애지 않으면 희생자들을 볼 면목이 없어!"

　그러자 바이칼은 리오를 돌아보며 차분한 목소리로 말했다.

「오랜만에 보는군. 네가 분노에 휩싸인 모습 말이야. 넌 그렇게 분노에 차 있을 때는 바이론 이상으로 폭주를 하곤 하지. 내가 만약 너의 뜻대로 움직인다면 넌 아마 뉴욕을 데이브레이크나 플레어 정도로 날려 버렸을걸? 그렇게 된다면 넌 진짜로 악마들과 다를 바가 없게 되는 거야.」

"……!"

「눈에는 눈, 이에는 이라는 단순한 감정에 휩싸이지 않는 게 바로 너, 리오 스나이퍼 아닌가. 바보 같은 짓 하지 말고 오늘은 이만 돌아가자.」

"쳇, 바보 같은 녀석!"

　리오는 들을 필요조차 없다는 듯 바이칼의 등에서 몸을 날려 혼자 뉴욕을 향해 날아갔다. 그러자 바이칼은 인간의 모습으로 재빨리 변신한 후 뒤에서 그를 붙잡아 움직이지 못하게 옭아맸다.

리오는 반항하듯 몸을 거칠게 저항했다.

"이거 놔! 어서 놓으라고!"

그러자 바이칼은 리오를 내던지듯 놓아주었다. 리오는 얼굴을 찌푸리며 바이칼을 노려보았지만 바이칼은 여전히 무표정한 얼굴로 말을 이었다.

"그럼 가라. 저 도시를 날려 버려. 제너럴 블릭의 본사와 함께 말이야. 하지만 그렇게 되면 너 때문에 죽은 사람은 저 뉴욕 시민들로 끝나지 않을걸. 저번에 우리가 구해 준 그 기자의 말을 듣지 못했나? EOM은 제너럴 블릭의 지원만 받는 것이 아냐. 주도적으로 지원하는 것은 제너럴 블릭이지만 다수의 국가와 거대 기업들도 EOM을 암암리에 지원하고 있다. 만약 네가 제너럴 블릭 본사를 없앤다면 EOM은 가만히 당하고만 있을 것 같냐? 후원하는 기업과 지원국의 힘을 빌려 유럽, 아니 세계 어느 나라든 보복을 가할 것이 불을 보듯 뻔해. 네가 미리 알고 막을 거라는 보장이 있냐?"

리오는 아무 말도 못한 채 고개를 떨구었다. 붉게 빛나던 리오의 눈과 기가 다시 원상태로 돌아가자 바이칼은 다시 드래곤의 모습으로 변한 뒤 말했다.

「돌아가서 얘기하자. 이번 일은 생각보다 규모가 큰 것 같으니까.」

리오는 아무 대답 없이 고개만 숙이고 있었다. 바이칼이 재촉하자 리오는 등에 다시 올라타고 고개를 들어 다시 앞을 바라보았다.

"……미안하다, 사과할게. 바이칼, 천천히 돌아가자."

리오는 집에 돌아올 때까지 줄곧 침울한 표정이었다. 그러나 바이칼은 아무 말도 하지 않았다. 보통 땐 불만을 늘어놓으며 말다툼을 했으나 수백 년을 곁에서 지내 온 친구였기에 상대의 마음을 깊이 헤아리고 있었다.

그들의 모습이 시야에서 멀찌감치 사라지자 고위 악마 크라주가 소리 없이 나타났다. 그는 불만한 표정으로 중얼거렸다.

"흠, 네그가 괜히 당한 건 아니군. 가즈 나이트라…… 그나저나 아깝군. 재미있는 광경을 놓친 것 같아. 자, 저 녀석에 대한 대책이나 좀 강구해 볼까? 아직 시간은 많은 것 같으니까."

크라주는 알 수 없는 미소를 지으며 어디론가 사라졌다.

"어서 와요!"

넬이 환하게 웃으며 리오를 반겼다. 그는 엷은 미소를 지으며 넬의 어깨를 토닥였다.

리오가 침울해하자 불만스러운 듯 넬이 또다시 따지려 들었다. 하지만 바이칼이 입술에 손가락을 대며 조용히 하라는 신호를 보내자 넬도 뭔가 심상치 않은 일임을 직감하고 얌전히 소파에 앉았다. 리오는 소파에 풀썩 주저앉아 여느 때와는 달리 눈을 지그시 감은 채 침묵했다. 넬은 답답했지만 이번만큼은 묻지 않기로 마음먹었다.

"TV 좀 켜 줄래? 음악 채널로……."

"예? 아, 알았어요."

눈치를 보던 넬이 황급히 리모컨을 눌렀다. 화면에서 나오는 장면을 보니 엠펠러가 말한 것처럼 변한 것이 없었다. 주말이어서 그런지 쇼와 오락 프로그램들이 여기저기서 방송되고 있었다. 채널을 이리저리 바꾸던 넬은 리오가 부탁한 음악 채널을 찾아냈다.

소리를 높인 후 넬은 슬그머니 부엌으로 사라졌고, 리오는 소파에 깊숙이 몸을 묻고 음악에 젖어 마음을 진정시켰다.

부엌에선 세이아가 열심히 채소를 다듬고 있었다. 부엌 문가에 우두커니 서서 세이아를 보던 넬은 그녀의 솜씨에 마음속으로 감탄했다.

"음? 넬이구나. 서 있지 말고 옆에 와서 앉아. 그런데 리오 님은 오셨니?"

넬은 갑자기 얼굴을 찌푸리며 투덜대듯 말했다.

"오시긴 했는데요, 이상해요. 오자마자 소파에 앉아 아무 말도 않고……."

넬은 의자에 앉아 방금 전 리오가 했던 그대로 흉내를 내며 투덜댔다.

"TV 좀 켜 줄래? 음악 채널로. 그러고는 아무 말 없이 음악만 듣고 계세요. 도대체 왜 그러시지? 재미없게!"

세이아는 리오가 왜 그러는지 어렴풋이나마 이해할 것 같았다. 스위스에서 벌어졌던 참극을 리오는 직접 보았을 것이고, 거기에서 비롯된 심적 고통이 그를 흔들고 있을 것이 분명했다.

하지만 세이아는 내색하지 않고 타이르듯 넬에게 말했다.

"……오늘은 좀 피곤하신가 보지. 너도 리오 님이 무슨 일을 하는지 알잖아. 오늘만은 이해하자, 응?"

"흠…… 예."

세이아는 사용 방법을 몰라 상당히 고심했던 냉장고에서 차가운 음료를 꺼내 넬에게 따라 주고 다시 일을 시작했다. 물론 그녀가 사용하지 못하는 기구는 한둘이 아니었다. 이전 세계에서 쓰던 조리 기구와 사용법이 일치하는 것은 프라이팬 같은 기초적인 기구뿐이었다. 하지만 가스와 전기, 그리고 기름과 장작의 일치성을 단시일 내에 이해한 그녀는 이제 사용 못하는 조리 기구가 없었다.

집에서 쉬고 있던 티베는 늘어지게 한숨 잤는지 헝클어진 머리카락을 손가락으로 가다듬으며 거실로 나왔다. TV에서 흘러나오는 음악 소리가 실내를 진동하고 있었다.

소파에는 진지한 얼굴로 리오가 앉아 있었다. 티베는 인상을 찡그리며 그의 등을 톡톡 두드렸다.

"하아암…… 조용히 좀 들어요. 아니면 이어폰을 끼든가. 잠이 다 달아났잖아요."

티베가 잠에서 덜 깬 얼굴로 투덜대자 리오는 멍하니 그녀를 돌아보았다. 리오가 자신을 뚫어져라 쳐다보자 티베는 얼굴을 더듬으며 그에게 물었다.

"음? 제 얼굴에 뭐 묻었어요?"

그러자 리오는 티베의 뒷머리를 가리키며 말했다.

"후훗, 꼭 사자 갈기 같잖습니까."

티베는 삐친 머리카락을 매만지며 또다시 투덜댔다.

"어때요, 보는 사람도 없는데, 뭐. 하지만 뭐 단정한 머리카락을 원하신다면 기꺼이 감고 나오죠. 그리고 다시 말하는데 TV 소리 좀 줄여요."

리오는 다시 화면으로 눈을 돌리며 고개를 끄덕였다.

"예, 알겠습니다."

티베가 욕실로 들어가자 바이칼이 리오의 곁으로 다가가며 낮은 목소리로 물었다.

"이제 좀 기분이 나아졌나."

리오는 씁쓸한 웃음을 지은 채 고개를 끄덕였다.

"약간. 그건 그렇고 나에게 할 말이 있다고 했잖아. 들어 보고 싶은데?"

바이칼은 리오 앞에 앉으며 말했다.

"……그 전에 TV 소리 좀 줄여."

리오는 어깨를 으쓱하며 TV 전원을 껐다. 바이칼은 팔짱을 낀 채 리오에게 천천히 말했다.

"……이번 일, 아무래도 여신들이 표면에 드러나는 것 같지 않나?"

리오는 움찔하며 바이칼을 바라보았다.

"음? 무슨 소리지?"

"귀족급 고위 악마들은 괜히 인간계에 나타나는 게 아니야. 그 녀석들 대부분이 인간계의 지배 따위엔 관심이 없다는 것 너도 잘 알잖아. 그 녀석들은 단지 인간을 포함한 지적인 생물들이 고통스러워하는 모습을 즐길 뿐이야. 그런데 이번엔 달라. 저쪽 세계에서 보았던 그 두 종류의 로봇들이 이 세계에서도 나타나고 있어. 우리조차 사용할 수 없는 악마와 마족만의 통로, 이빌 게이트를 통해서 말이야."

"하지만 저쪽 세계에선 라기아를 제외하고 고위 악마나 마족과 상대한 적이 없는데?"

바이칼은 한심하다는 표정으로 중얼거렸다.

"흥, 넌 기억력이 빵점이구나. 넌 물론 마주친 적이 없지. 하지만 그쪽 세계에서 고위 마족과 싸운 적이 있는 사람이 있다. 바로 저기."

바이칼이 턱으로 가리키자 리오가 뒤돌아보았다. 욕실에서 머리를 감고 나오던 티베는 불쾌하다는 듯 소리 질렀다.

"어? 뭘 봐요, 징그럽게!"

리오는 수긍이 간다는 듯 티베를 보며 고개를 끄덕였다.

"……과연 그렇군. 하지만 왜 내가 있었을 땐 마족들이 나타나지 않았을까?"

바이칼은 짧게 대답했다.

"몰라."

심각한 얼굴로 대화에 열중하는 그들을 보며 티베는 인상을 찡그린 채 부엌으로 들어갔다. 그녀는 오늘따라 그들이 너무 말이 많은 것 같다고 생각했다.

"아무래도 이상한데, 저 둘……."

티베가 부엌에 들어서자 넬과 세이아가 웃으며 반겼다.

"잘 잤어요, 언니?"

"그런데 표정이 왜 그래요?"

티베는 젖어 있는 머리카락의 물기를 수건으로 털며 말했다.

"거실에 있는 두 슈퍼맨들이 좀 이상해요. 오늘은 둘이서만 속닥거리는군요. 기분 나쁘게 사람을 곁눈질하면서……. 도대체 무슨 꿍꿍이지?"

그 말을 듣자 넬이 의아한 표정으로 물었다.

"예? 지금은 또 얘기를 해요? 하, 참…… 웃기는 형들이네? 리오 형은 방금 전만 해도 죽을상을 하고 음악을 듣고 있었는데?"

"그래? 하여튼 이해할 수 없는 남자들이라니까."

둘의 대화를 듣고 있던 세이아가 엷은 미소를 지으며 고개를 저었다.

"아얏!"

감자를 다듬다가 칼에 손가락을 벤 세이아는 상처 부위를 급히 입으로 가져갔다. 사뭇 심각한 얼굴로 얘기하던 티베와 넬은 놀란 눈으로 세이아를 쳐다보았다.

"괜찮아요, 언니? 그러니까 그런 건 기계로 하라고 말씀드렸잖아요."

"응, 미안……."

414

넬에게 눈웃음을 지어 보이며 세이아는 손가락을 펴서 상처 부위를 확인했다. 그런데 이게 어떻게 된 일인가? 분명 피가 흘렀는데 상처가 없었다.

"……어머?"

세이아는 이상이 없는 자신의 손가락을 보며 고개를 가웃거렸다. 넬은 콧등에 주름을 잡으며 핀잔을 주었다.

"제발 농담 좀 그만해요, 언니. 놀랐잖아요."

세이아는 이상하다고 생각하면서도 넬과 티베에게 웃음을 지어 보였다. 하지만 상처에 대한 의문은 쉽게 사라지지 않았다.

서재에 앉아 모닝 커피를 마시고 있던 제너럴 블릭 회장은 책상에 놓인 개인 전화에 불이 들어오자 버튼을 누르며 말했다.

"누군가."

"예, 와카루입니다."

"와카루 박사? 무슨 일이오?"

"아, 모닝 커피를 드시고 계실 텐데 방해해서 죄송합니다. 예전에 러시아의 비밀 생체 병기 연구소를 비공개로 매입한 일이 있으시죠?"

그 말에 회장은 남은 커피를 마저 들이켜며 대답했다.

"음, 그렇소. 그런데 무슨 일 있소? 아침부터 개인 전화로 말할 정도라면 꽤 큰일이라 생각되는데……."

"허허헛, 당연합니다. 제가 그쪽 컴퓨터 데이터를 정리하다가 아주 재미있는 자료를 발견했습니다. 곧 가겠습니다. 기다려 주십시오."

"음…… 알겠소."

10분 후 와카루 박사는 흡족한 미소를 띠며 회장의 서재로 들어섰다. 와카루의 표정을 보자 회장은 더욱 궁금했다.

"아니, 얼마나 대단한 자료이기에 아침부터 날 보자고 했소?"

와카루는 여유 있게 노트북 컴퓨터와 서재의 대형 화면을 연결하며 말했다.

"회장님께선 북유럽 신화를 읽으신 일이 있으시죠?"

회장은 의아한 눈으로 되물었다.

"북유럽 신화? 대충 알긴 하오만 당신 같은 과학자도 신화를 언급하다니, 의외구려."

와카루는 나이에 걸맞지 않게 윙크를 하며 대답했다.

"당연하죠. 저와 같은 생체 병기 연구자들은 신화를 꼭 읽어 본답니다. 거기에 등장하는 마수들은 효율적인 살상 능력을 가지고 있기 때문이죠. 제작하는 데 도움이 많이 된답니다. 나찰과 수라 역시 동양의 종교에 나오는 살인귀(殺人鬼)와 전투귀(戰鬪鬼)에서 이름을 따왔지요. 특징도 살렸고요. 자, 이걸 보십시오."

와카루는 즉시 노트북 키보드를 두드리기 시작했다. 그러자 대형 화면에 극비 사항이라는 붉은색의 러시아어 자막이 나타났다.

회장은 시가를 천천히 빼어 물며 호기심 어린 눈으로 화면을 응시했다.

와카루의 손가락이 연이어 키보드를 두드리자 화면이 바뀌어 짐승의 골격이 나타났다. 회장은 고개를 갸웃거리며 물었다.

"개요, 아니면 늑대요?"

"허헛, 저도 처음엔 놀랐습니다. 솔직히 처음엔 개라고 생각했습니다. 하지만 다음 화면을 보시면……."

화면에 나타난 골격엔 기계장치가 나타났다. 와카루는 골격의 가슴뼈 속에 들어 있는 장치를 손가락으로 짚으며 설명했다.

"이 장치는 하이드로 하트라 불리는 수소 응용 핵융합 장치입니다. 이 장치의 정체를 알고 저는 굉장히 질투가 났습니다. 이 생체 병기를 만든 과학자는 저를 능가하는 천재였거든요. 지금은 행방불명이 되었지만 어쨌든 수소를 원료로 하는 핵융합 장치를 이렇게 최소화한다는 것은 정말 어려운 일입니다."

"영국의 과학자 멀린을 말하는 것이오?"

"그렇습니다. 다리에 부착된 이 기계는 리니어 모터 시스템입니다. 자기부상 열차와 같이 자력을 이용한 장치이긴 하지만 자기부상 열차가 특정 레일이 있어야 작동되는 것과는 달리 이 장치는 지구 자기장을 이용합니다. 상상할 수 없는 고속의 기동력을 가지게 되지요. 아, 빼먹을 뻔했군요. 이 골격은 바이오 티타늄이라고 해서, 자기재생 능력을 지닌 초합금입니다. 부러진 부위를 맞추기만 하면 일정 시간 후 다시 접골됩니다. 시시한 형상기억 합금과 비교하지 마십시오. 유감스럽게도 이 합금에 대한 자료만은 철저하게 지워진 상태라 다른 곳에 응용할 수 없을 것 같습니다. 근육을 입혀 보면······."

와카루의 손가락이 다시 움직이자 골격 위로 붉은색 근육이 덧씌워졌다. 와카루는 화면에 나타난 근육질을 손가락으로 짚으며 설명했다.

"이 근육조직들은 재생 능력이 뛰어납니다. 근력도 굉장하고 무게도 가볍습니다. 하지만 뭐, 이 정도의 조직들은 제가 만든 것이 더 뛰어납니다. 이제 표면을 입히면······."

근육조직 위로 곧 피부가 입혀졌다. 푸른색 털가죽. 전체적인 외형은 확실히 개와는 차이가 있었다. 늑대에 가깝다고 할 수 있을까?

회장은 화면을 보며 탄성을 연발했다.

"오, 멋지구려. 잠깐, 북유럽 신화라면 설마 저것이……?"

와카루는 안경을 추켜올리며 고개를 끄덕였다.

"예. 이 생체 병기의 이름은 펜릴입니다. 주신 오딘을 먹어 치우고 신들의 황혼을 이룬 신수, 펜릴과 이름이 같습니다. 능력상으로 보면 나찰이나 수라는 장난감에 불과하지요. 아, 활약상을 한번 보시겠습니까?"

"활약상? 완성된 것이오?"

회장의 질문에 와카루는 웃으며 대답했다.

"예! 당연하지요! 러시아 연구소 지하가 아닌, 핀란드의 비밀 격납고에 잠자고 있었습니다. 그리고…… 음, 지금쯤 도착했겠군요. 전 성격이 좀 급한 편이라 바로 프로그램을 고친 후 녀석을 내보냈습니다. 지금쯤 방송에선 난리가 났겠군요. 목표는 독일입니다."

와카루는 노트북을 끈 후 손수 대형 화면을 TV 모드로 전환했다. 와카루의 말대로 TV 화면에는 반쯤 폐허가 된 베를린의 모습이 나타났다.

"이제 곧 정의의 용사가 드래곤을 타고 나타나겠지요. 펜릴이라면 아마 간단히 당하진 않을 것입니다. 제가 생각해도 무시무시한 능력을 지니고 있거든요. 후후후훗."

회장은 시가를 비벼 끄고는 관심 있는 눈으로 화면을 지켜보았다. 마치 공상과학 영화를 보는 것 같아 회장은 묘한 쾌감마저 느끼고 있었다.

"음, 대단하구려. 베를린이 저렇게 파괴되는 데 얼마나 걸렸소?"

회장이 묻자 와카루는 어깨를 으쓱하며 손가락으로 화면을 가리켰다.

"잘 모르겠습니다만 방송국 사람들은 잘 아는 듯합니다. 저걸 보시죠."

와카루의 말대로 TV엔 베를린 시가 5분여 만에 3분의 1이 파괴되었다는 자막이 나타났다. 카메라가 잡고 있는 화면 뒤에서는 계속 섬광이 번쩍였고 그 섬광의 줄기를 따라 화염도 치솟았다. 기자는 머리를 감싼 채 뭐라 다급하게 말을 했으나 이상하게 음성은 들리지 않았다.

"아, 리니어 모터 시스템에서 방출되는 자기장이 생각보다 강한 모양입니다. 마이크가 마비되어 버린 듯하군요."

순간 화면이 잠깐 어두워졌다 밝아졌고 거대한 무엇이 기자의 머리 위 상공을 스쳐 폭발이 일어나고 있는 현장으로 날아가는 모습이 보였다.

조금 따분한 얼굴을 하고 있던 와카루는 눈을 반짝이며 회장에게 말했다.

"아, 왔습니다! 이제 본격적으로 쇼가 시작되겠군요!"

기자의 손짓을 받은 카메라맨이 달리기 시작한 듯 화면은 심하게 흔들리기 시작했다. 아마 그들도 자신들 위를 지나간 존재가 무엇인지 충분히 예상하고 있는 듯했다.

"저건 또 뭐야?"

리오는 자신의 시선과 마주친 거대한 늑대를 보며 누군가에게 묻듯 중얼거렸다. 그러나 바이칼이라고 해서 그것의 정체를 알 리 없었다.

그 거대한 늑대의 어깨 높이는 어림잡아 15미터는 됨직했다. 게다가 몸체는 리오가 상대해 본 어떠한 거대 야수보다 빠르고 유연해 보였다.

"만만치 않을 것 같은데?"

순간 늑대의 눈에 섬광이 번쩍였다. 바이칼은 재빨리 자신의 몸 주위에 둘러친 공간 결계의 강도를 강화했다. 그와 동시에 늑대의 벌린 입에서 거대한 황색 빛이 뿜어져 나왔다. 그 빛은 바이칼과 리오를 휘감더니 곧 거대한 폭발이 일어났다.

거대한 늑대 펜릴은 조용히 리오와 바이칼이 화염에 싸이는 것을 지켜보았다. 폭발로 인한 열기와 빛 때문에 보통 사람들의 시야엔 보이지 않던 리오와 바이칼의 모습이 서서히 드러났다.

바이칼은 공간 결계의 강도를 다시 낮춘 후 중얼거렸다.

「이 세계에서 경험한 무기들 중 가장 강하군. 이 세계에 있는 적 치고는 꽤 강한데.」

"맞아."

리오도 동감한다는 듯 고개를 끄덕이며 바이칼의 등에서 몸을 날렸다.

바이칼은 리오를 바라보며 한심하다는 듯 중얼거렸다.

「성질 급한 놈.」

바이칼은 근처에 있던 건물의 잔해 위에 올라앉아 리오와 펜릴의 대결을 지켜보았다.

리오는 파라그레이드를 뽑아 들고는 펜릴을 향해 웃어 보였다.

"긴말 않겠다. 덤벼."

리오가 손가락을 까딱이며 조롱하자 펜릴은 눈을 번뜩이며 에너지 포를 다시 한 번 입으로 쏘았다. 리오는 날렵하게 공중으로 솟아 공격을 피했고, 지면에 내리꽂힌 에너지 포는 50미터 정도의 긴 폭염을 만들어 냈다.

"멋진걸!"

리오는 비아냥거리며 짧게 감탄했다. 이윽고 그는 다시 공중에 떠올라 검을 상공에 던지고는 양손으로 마법진을 전개한 후 하나로 합치며 외쳤다.

"커미트!"

합쳐진 마법진에서 거대한 빛 기둥이 펜릴을 향해 뻗어나갔다. 펜릴이 있던 자리엔 곧 엄청난 폭발이 일었고, 그 여파로 주위가 흔들렸다. 자욱한 먼지와 빛이 사그라진 폭발 지점엔 어느새 크레이터가 형성되어 있었다. 공중에서 밑을 내려다보던 리오는 씁쓸히 웃으며 허공에서 떨어지는 파라그레이드를 잡은 후 돌아섰다. 어느새 펜릴이 그의 등 뒤에 와 있었다.

"커미트의 직격을 그 거리에서 피하다니, 꽤 빠른데?"

슈욱.

순간 리오는 까만 물체가 휙 지나가는 것을 느꼈다. 펜릴이 어느새 자신의 머리 위까지 뛰어올라 있었다. 펜릴은 날카로운 앞 발톱으로 리오를 후려쳤으나 그는 빠른 속도로 움직여 일격을 피했다.

거대한 체구와 달리 날렵하게 지면에 착지한 펜릴은 리오를 향해 빠르게 에너지 포를 쏘았다.

'반응 속도가 상당히 빠르군!'

지면으로 내려온 리오는 기를 방출하며 펜릴을 향해 빠르게 진격했다.

"핫!"

펜릴의 안쪽으로 깊숙이 파고든 리오는 공중으로 뛰어올라 펜릴의 두상에 일격을 날릴 자세를 취했다. 2초도 채 안 걸린 상당히 빠른 공격이었다.

슈욱.

"응?"

순간 다시 한 번 기분 나쁜 소리가 들려오더니 리오의 시야에서 펜릴이 사라졌다. 이윽고 리오는 이를 악물며 파라그레이드로 머리 위를 재빨리 막아 냈다.

"쿠오오오오!"

펜릴의 괴성과 동시에 리오는 펜릴의 앞발을 받아쳤다. 그러자 마치 농구공처럼 공중에서 블로킹을 당해 지면에 떨어지고 말았다.

"크읏!"

땅과 충돌한 후 뒤로 밀려 나가던 리오는 자세를 잡으며 움직임을 멈췄다. 리오는 입가에 흐르는 피를 토시로 닦으며 엷은 미소를 지었다.

"우습게 본 탓인가? 녀석이 너무 빠른 것 같아. 지크처럼."

리오가 당하는 모습을 멀리서 지켜보던 바이칼은 한심하다는 듯 중얼거렸다.

「멍청이, TV에 생중계된다고 너무 까불고 있군.」

리오는 멀리서 비웃고 있는 바이칼을 흘끔 바라본 후 망토를 벗어 던졌다. 거추장스러운 모양이었다.

"좋아. 오랜만에 상대다운 상대를 만나는군. 정식으로 해 주지!"

부웅.

또다시 이상한 소리가 들리더니 펜릴이 리오의 코앞에 모습을 내밀었다. 리오는 기다렸다는 듯 몸을 좌우로 빠르게 움직이며 앞발의 일격을 간단히 피했다.

바이칼도 그럴 줄 알았다는 표정을 하며 중얼거렸다.

「헬즈 타임을 쓰는 것이 얼마 만이냐, 리오. 하긴 아직 그걸 사용할 적당한 상대가 나타나지 않았지. 너무 강했거나 너무 약한 상대들뿐이었으니까.」

　부웅.

　펜릴은 리오의 모습이 보이지 않자 이상한 소리를 내며 이동하려 했다. 사실 리오는 펜릴의 몸 주위에서 재빠르게 움직이고 있었다. 순간 거대한 검광이 번쩍하더니 펜릴의 서슴에 깊은 상처가 났고 붉은색 체액이 함께 터져 나왔다. 치명적인 건 아니었으나 음속을 넘은 검의 속도로 생긴 압력 차이로 인해 다량의 체액이 상처에서 터져 나왔다. 이윽고 펜릴의 몸체가 일순간 현란한 검광에 휩싸이더니 체액이 분수처럼 솟구쳐 오르기 시작했다.

　붉은색 체액을 내뿜는 펜릴의 모습은 점차 붉은빛이 강렬해져서 사방으로 검을 휘두르고 있는 리오의 모습이 점차 보이지 않았다. 리오는 펜릴을 난도질하고 있었다.

　"쿠오오오!"

　수초 동안 무수한 공격을 받은 펜릴은 결국 괴성을 지르며 바다에 쓰러졌다. 그러자 칼을 들고 있는 리오의 모습도 선명히 드러났다. 몸이 펜릴의 체액으로 뒤범벅된 리오는 다시 자세를 고쳐 잡으며 심호흡을 했다.

　펜릴은 아직 숨이 끊긴 상태가 아니었다. 게다가 상처도 빠르게 재생되고 있었다. 숨을 헐떡이던 펜릴은 잠시 후 몸을 반쯤 일으키며 리오를 노려보았다. 리오가 여유 있게 자신을 응시하고 있자 펜릴은 낮게 울음소리를 내며 몸을 완전히 일으켰다.

　"크르르……!"

　펜릴의 살기를 느낀 리오는 씩 웃으며 중얼거렸다.

　"흠, 너도 장난은 끝이다 이거군. 좋아. 흥미 만점이야!"

　"쿠오오오오!"

펜릴은 긴 울음소리로 하늘을 뒤흔들며 미끄러지듯 땅으로 내달렸다. 그러자 리오는 공중으로 재빨리 몸을 솟구쳐 왼손으로 마법진을 전개했다. 원 안에 별이 거꾸로 그려져 있는 진홍색 마법진이었다.

"인페르노!"

마법진에서 붉은색 광선들이 빠르게 퍼져 나와 먹이를 노리는 뱀 떼처럼 펜릴을 휘감았다. 펜릴은 입에서 에너지 포를 뿜어내며 대항했다. 마법의 광선과 핵융합 에너지 광선이 충돌하자 태양의 밝기를 넘어서는 엄청난 빛이 하늘로 솟구쳤다.

리오는 마법이 실패하자 씁쓸한 표정을 지으며 양손으로 파라그레이드를 거머쥐었다.

"쳇, 플레어처럼 뭐든 다 밀어 버리는군! 어쩔 수 없지. 몸으로 상대해 주마!"

리오는 파라그레이드를 강하게 휘두르며 외쳤다.

철그렁.

쇠가 충돌하는 소리와 함께 원추형의 거대한 쇳덩어리가 공중으로 치솟았다. 바이오 티타늄으로 제작된 펜릴의 발톱이었다. 펜릴은 발톱 하나가 잘려 나간 것에 아랑곳하지 않고 리오의 등 뒤로 나타나 에너지 포를 뿜어냈다.

"으읏!"

가까스로 공격을 피한 리오는 급히 왼손에 작은 마법진을 전개해 불을 일으켜 파라그레이드에 불어넣었다.

"없애 버리겠다!"

그와 동시에 리오의 몸이 사라지더니 펜릴의 몸 주위로 거대한 화염이 난무하기 시작했다. 또다시 리오의 공격을 받은 펜릴은 부

상과 동시에 몸체에 불이 붙기 시작하자 견딜 수 없는 듯 괴성을
지르며 눈을 부릅떴다.

"우오오오오오!"

그러자 공중에서 공격하던 리오의 몸이 순간 펜릴로부터 멀리
튕겨져 땅에 곤두박질쳤다. 리오는 기를 시ㅂ째 새삐ㄹ쳐 ㅊ격을 최
소화했다. 그러고는 펜릴을 쳐다보며 이해가 안 간다는 표정을 지
었다.

"……뭐지?"

펜릴의 몸에서 타오르던 불꽃이 점점 사그라들었다. 상처가 재
생되긴 했지만 펜릴은 지친 듯 거친 숨을 몰아쉬었다. 리오는 토시
로 이마의 땀을 훔친 후 불꽃이 활활 타오르는 파라그레이드를 치
켜들며 펜릴을 향해 돌진했다.

"잔재주를 부리는 건 이것으로 끝이다!"

그러나 펜릴에게 접근하는 순간 리오는 마치 술 취한 사람처럼
비틀거리며 다른 방향으로 비켜나 버렸다. 펜릴은 기다렸다는 듯
앞발을 치켜세우며 날카로운 일격을 리오에게 날렸다.

"크앗!"

펜릴의 급습에 리오는 저만치 튕겨 나갔다. 무너진 건물 벽에 충
돌해 구멍이 뚫리면서 건물 안에 처박히고 말았다. 펜릴은 침을 흘
리며 리오가 있는 곳으로 에너지 포를 날렸다.

쿠와와와왕.

에너지 파장은 거대한 폭음을 일으키며 건물 일대를 한꺼번에
날려 버렸다.

바이칼은 한심하다는 듯 혀를 끌끌 차며 중얼거렸다.

「저런…… 무턱대고 덤비니 그렇지. 무중력 상태에선 아무리 너

라도 세반고리관이 마비되기 때문에 중심을 못 잡아. 어쩔 수 없군. 이 몸이 나서는 수밖에.」

바이칼은 접은 날개를 천천히 펴기 시작했다. 이번엔 자신이 상대하기 위해서였다. 펜릴이 눈치챘는지 숨을 헐떡이면서도 바이칼을 주의 깊게 보고 있었다.

'강적인걸. 내 공간 결계보다 성능이 좋은 무중력 결계를 만들 수 있다니. 저건 어지간한 자력 방출로는 어림도 없는데. 뚫기도 힘들고. 음?'

순간 사위가 어두워졌다. 바이칼은 생각을 접고 위를 올려다보았다. 그러자 전투 장면을 열심히 촬영하던 방송국 직원들과 펜릴도 덩달아 고개를 들었다. 놀랍게도 하늘에서 내리쬐는 태양 광선이 어느 한 지점으로 몰리고 있었다.

「저 미친 녀석!」

그것이 무엇을 뜻하는지 바이칼은 알 수 있었다. 그는 침을 꿀꺽 삼키며 기자들을 향해 몸을 날렸다. 세 명의 방송국 직원들을 팔다리로 잡은 바이칼은 빠르게 그 지역을 벗어났다. 그는 빛이 몰려드는 지점을 다시 한 번 내려다보며 비통하게 중얼거렸다.

「데이브레이크라니, 그런 멍청한!」

모여든 빛은 구체를 형성했고 점차 회색빛으로 변해 갔다. 그리고 그 구체는 지면을 향해 빠르게 낙하했다. 펜릴은 위에서 떨어지는 구체를 멍하니 바라볼 뿐이었다. 리오는 일정 지점에서 몸을 멈췄다. 그러나 데이브레이크의 에너지 덩어리는 관성으로 인해 가속도가 붙어 떨어졌다.

"위력은 최소지만 무중력 결계를 밀어내기엔 충분할 거다! 꺼져라!"

리오의 말처럼 펜릴도 자신을 향해 낙하하는 그 구체의 위력을 감지했는지 급히 그 지역에서 벗어나려고 바둥거렸다. 그러나 무중력 결계를 만드느라 다리에 부착된 리니어 모터 시스템이 무리를 일으켜 움직임은 상당히 느렸다. 결국 구체는 펜릴의 근처에 떨어지고 말았다. 곧 거대한 폭발이 펜릴은 물론이고 반경 약 500m 안에 있는 지역을 순식간에 집어삼켰다.

"우, 우오오오오오옷!"

데이브레이크의 가공할 만한 열기에 휩싸인 펜릴은 처절하게 울부짖었으나 굉음에 파묻혀 들리지 않았다.

폭발이 잦아들자 인근 지역에 폭발의 여파로 생긴 폭풍이 잠깐 몰아쳤다. 소규모 데이브레이크가 휘몰아친 지역엔 반반한 크레이터가 생성되었다. 하지만 펜릴의 거대한 모습은 어디에서도 찾아볼 수 없었다.

리오는 피곤한 얼굴로 밑을 내려다보며 중얼거렸다.

"휴, 끝인가? 데이브레이크까지 쓰게 되다니……. 하긴 지하드를 쓰는 것보다는 나은 일이었지만."

공중에 떠 있는 리오 곁으로 망토를 입에 문 바이칼이 날아왔다. 리오는 건네받은 망토를 어깨에 두르며 바이칼의 등에 쓰러지듯 올라타며 중얼거렸다.

"집으로 돌아가자, 바이칼. 피곤한걸."

「흥, 멍청이.」

바이칼은 천천히 날개를 퍼덕이며 남서쪽으로 날아갔다.

"찍어, 찍어!"

바이칼 덕분에 데이브레이크의 피해를 받지 않은 방송국 직원들은 필사적으로 그들의 모습을 마지막까지 담으려 했다.

와카루는 뚱한 표정으로 앉아 있는 회장을 흘끗 바라보며 어깨를 으쓱했다.

"흠…… 어쨌든 저 녀석을 지치게 만든 건 펜릴이 처음이군요. 죄송합니다, 실망하게 해서……."

그러자 회장은 고개를 저으며 말했다.

"아, 그렇진 않소, 박사. 꽤 재미있었소. 게다가 리오 스나이퍼라는 자를 지치게 만들었다면 나중엔 없앨 수도 있을 것 아니오. 희망이 보이는 전투여서 난 만족하오."

와카루는 여전히 황송한 듯 굽신거린 후 자리에서 일어서며 말했다.

"감사합니다. 그럼 전 가 보지요. 오늘 전투의 데이터를 기초로 새로운 전략을 짜 봐야 할 것 같습니다."

회장은 고개를 끄덕였다. 와카루가 나가자 그는 다시 의자에 앉으며 책을 펼쳐 들었다.

리오가 비틀거리며 집 안에 들어서자 세이아가 근심 어린 얼굴로 물었다.

"괜찮으세요? 뭐더라…… 아, TV로 보니까 리오 님도 상당히 다치신 듯한데……."

그러자 리오는 빙긋 웃으며 고개를 저었다.

"아, 보셨군요. 하지만 괜찮습니다. 좀 피곤한 것뿐이죠."

미처 변신을 하지 못한 리오는 망토를 벗으며 말했다. 리오의 등 뒤에 서 있던 세이아가 갑자기 기겁을 하며 소리쳤다.

"아, 리오 님! 옷에 피가!"

펜릴의 일격을 받고 찰과상을 입었던 리오는 상처 부위를 재생시키긴 했으나 혈흔은 미처 지우지 못한 것이었다. 붉은 머리카락 사이로 보이는 두 가닥의 큰 핏자국을 보자 세이아는 미간을 찡그렸다.

"열심히 하는 건 좋지만 제발 몸 좀 아끼세요! 지금 리오 님께 희망을 걸고 있는 사람들이 얼마나 많은데……!"

그러자 리오는 검지손가락을 세이아의 입술에 살짝 대며 윙크했다.

"미안해요. 그럼 좀 쉬겠습니다. 제 저녁은 준비하지 마십시오."

리오가 비틀거리며 넬의 방으로 들어가자 세이아는 손을 모으고 걱정스러운 얼굴로 고개를 저었다.

베를린 근교.

수업을 마치고 나오는 학생들은 어제 TV에서 방영되었던 사건에 대해 이야기꽃을 피우느라 정신이 없었다. 친구들과 헤어지고 집으로 발걸음을 옮기던 마리 역시 TV에서 보았던 장면들을 계속 생각하고 있었다. 붉은 장발에 두건을 쓴 초인간 드래군은 정말 동화에나 나오는 멋진 기사와 같다는 생각을 하며 콧노래를 흥얼거렸다.

집에 당도하자 마리는 노란 플라스틱 물뿌리개를 들고 정원에 나왔다.

부스럭.

"응?"

학교에서 배운 동요를 흥얼거리며 화초에 물을 주던 마리는 뒤에서 무슨 소리가 나는 것을 들었다. 순간 하얗게 질린 얼굴로 소리가 나는 풀숲을 쳐다보았다. 겁이 나긴 했지만 그래도 궁금했던 마리는 살금살금 걸어가 풀을 헤쳤다.

"어머?"

풀더미 속에는 검푸른 털로 뒤덮인 동물이 상처를 입은 채 몸을 떨고 있었다. 개와 비슷하게 생긴 동물에게 손을 뻗자 동물은 으르렁대며 마리를 쏘아보았다.

마리는 흠칫 놀라며 손을 거뒀지만, 곧 빙긋 웃으며 양팔을 벌렸다.

"이리 와. 다친 것 같으니 치료해 줄게."

"크르르……!"

그러나 그 동물은 으르렁대며 경계를 늦추지 않았다. 안되겠다고 생각한 마리는 주머니를 뒤적거려 과자를 꺼내 동물의 코앞으로 던져 주었다. 하지만 반응은 똑같았다. 마리는 나머지 과자를 입에 넣어 먹어 보인 후 다시 과자를 내밀었다.

"안심해. 우리 엄마가 직접 만든 과자야. 아주 맛있어."

그러자 그 동물은 몸을 살짝 움직여 아이의 손에 있는 과자를 물고 조금씩 씹어 먹기 시작했다. 마리는 다시 팔을 벌리며 말했다.

"자자, 이리 와, 멍멍아. 아빠가 치료해 주실 거야."

"크웅."

동물은 잠시 마리를 쳐다보다가 어슬렁거리며 기어가더니 마리의 품에 안겼다. 마리는 동물의 얼굴에 자신의 볼을 비비며 환한 목소리로 말했다.

"우아, 털이 부드럽구나? 여기 잠깐 있어 봐. 엄마! 엄마! 여기 다친 개가 있어요! 빨리 나와 보세요!"

마리가 소리치며 집 안으로 들어가자 그 동물은 불안한 눈으로 잠시 주위를 둘러보았다. 붉은색 꽃이 시야에 들어오자 그 동물은 야수처럼 으르렁대며 머리를 흔들었다. 붉은색에 대한 끔찍한 기억이라도 있는 듯 처절한 몸부림이었다.

18장
떠오르는 아탄티스 대륙

1

근접하는 차원계

"나가요, 나가! 어디 숙녀 침대에서 다 큰 남자가 잠을 자요!"

넬의 찢어지는 목소리에 리오는 잠에서 깨어났다. 어울리지 않게 꽃무늬가 수놓인 모포를 덮고 있던 리오는 머리를 긁적이며 일어났다.

"음, 오늘은 좀 피곤해서 그러니 이해해 주렴, 넬. 그리고 열다섯 살이나 된 숙녀가 남자가 자고 있는 방에 이렇게 막 들어오면 어떡하니……."

그러자 넬은 허리에 손을 짚고 따져 물었다.

"헹, 노크를 몇 번이나 했다고요! 하긴 피곤해 보이긴 하네요. 펄펄 솟던 기운은 어디 가고 오늘은 이렇게 빌빌대는지……. 이봐요! 또 자면 어떡해요!"

넬이 다시 쓰러지며 잠에 빠져드는 리오를 억지로 깨워 일으키자 리오는 산발한 채 묵묵히 욕실로 들어가 씻기 시작했다. 몸 곳곳에 남아 있는 혈흔을 지우고 맑은 정신으로 기분 전환을 하기 위해서였다.

욕조의 뜨거운 물에 몸을 담근 리오는 머리를 뒤로 젖히며 깊게 심호흡을 했다. 위력에 비해 기의 소모가 적은 데이브레이크였지만 안전주문이 풀리지 않은 상황에선 발휘하기 힘든 기술이었다.

리오는 피곤이 풀리자 욕조에서 나와 차가운 물을 몸에 끼얹은 후 수건으로 닦고 욕실에서 나왔다. 언제 모였는지 넬, 세이아, 티베 세 여자들이 식탁에 둘러앉아 빵을 먹고 있었다.

"자, 이거 드세요, 리오 님."

세이아가 리오 앞으로 빵이 든 접시를 밀었다. 먹음직스럽게 보이는 빵 한 조각을 들어 한입 베어 물었다. 그녀가 건네준 특제 빵을 천천히 씹던 리오는 흡족한 표정을 지었다. 빵 속에 박힌 작은 고기 입자들이 리오의 입맛을 돌게 했다. 리오는 감탄하며 세이아에게 말했다.

"와, 대단하신데요? 요리 솜씨가 예전보다 더 좋아진 것 같군요."

세이아가 얼굴을 붉히며 말했다.

"어머, 별말씀을. 아, 넬이 만든 것도 있는데 맛보시겠어요?"

"아, 그렇습니까? 기대되는군요."

리오가 흔쾌히 응하자 세이아는 빵과 쿠키가 한 무더기 쌓인 접시를 내밀었다. 옆에 앉은 넬은 사뭇 기대되는 표정으로 리오를 바라보며 채근했다.

"자자, 빨리 드셔 보세요! 이 어여쁜 소녀가 손수 만든 특제 쿠키와 빵을!"

"아아……."

하나같이 모양이 이상했지만 리오는 그중 제일 좋아 보이는 쿠키를 하나 집어 입에 넣었다.

과자를 씹고 있는 리오를 보며 넬은 마른침을 삼켰다.

"음, 수고했다, 넬. 괜찮은데?"

"역시!"

리오 평가를 늘 넬은 손가락을 튀기며 기뻐했다. 그때 바이칼이 천천히 들어오더니 리오의 옆에 앉아 넬이 만든 쿠키를 집으며 조용히 물었다.

"이 탄수화물 덩어리는 뭐지?"

그러자, 넬은 울상을 지었다. 바이칼은 아랑곳하지 않고 쿠키를 입에 넣고 오물거리더니 한마디 내뱉었다.

"이런! 소금과 설탕을 구분 못 했군. 소금을 넣다니, 어리석은……"

"쳇! 너무해요!"

화가 난 넬이 부엌에서 뛰쳐나갔다. 리오는 어색한 미소를 지으며 바이칼에게 말했다.

"너무 그러지 마. 처음 만든 건데."

"내 맘이야."

바이칼은 무표정한 얼굴로 수저를 들었다.

우우웅.

티베의 주머니에서 작은 진동음이 새어 나왔다. 그녀는 주머니에서 호출기를 꺼내 번호를 확인했다.

"응? 베셀 선배님? 무슨 일이지?"

티베는 서둘러 방송국 직원실로 급히 전화를 걸었다.

"여보세요, 베셀 선배님? 무슨 일이세요?"

"아, 티베? 큰일이야, 큰일! 어서 TV를 켜 봐! 대서양에 큰일이 발생했어!"

베셸이 다짜고짜 큰일이라며 호들갑스럽게 소리치자 티베의 얼굴이 어두워졌다.

그녀는 거실에 있는 넬에게 큰 소리로 말했다.

"넬, TV 좀 틀어 줄래? 급한 일이 생겼나 봐."

넬은 말없이 전원 스위치를 눌렀다. 화면에선 또다시 뉴스 속보가 진행되고 있었다.

"다시 한 번 전해 드립니다. 대서양 중앙에 정체불명의 대륙이 떠올랐습니다. 면적은 호주 대륙보다 훨씬 크며……."

리오의 얼굴에 낭패감이 짙게 드리웠다. 그는 황급히 거실로 달려갔다.

"젠장, 왜 벌써……?"

리오가 중얼거리자 바이칼은 한숨을 내쉬며 티베와 세이아에게 말했다.

"당신들, 저쪽 세계로 되돌아갈 고민은 안 해도 될 거야."

그러자 두 사람은 놀란 눈으로 바이칼을 바라보며 다급하게 물었다.

"예? 무슨 뜻이죠?"

"리오에게 물어봐. 난 그것밖에 몰라."

바이칼이 싸늘한 표정으로 짧게 대답하자 세이아와 티베는 거실로 향했다. 넬은 심각한 표정을 짓고 있는 리오를 올려다보았다.

"어떻게 된 거예요, 리오 형?"

"좀 심각한 일이란다……. 어쨌든 아직 하나만 떠오른 건가? 그럼 희망은 있군."

리오가 입술을 깨물며 나지막이 중얼거렸다. 더 이상 못 참겠다는 듯 넬이 재차 물었다.

"도대체 무슨 소리예요! 대서양에 떠오른 대륙이란 게 뭐고 바이칼 씨나 형이 말하는 건 또 무슨 말이에요! 설명해 줘야 알 거 아니에요!"

리오는 소파에 살짝 기대고 말했다.

"이 세계에선 고대에 사라졌다고 알려져 있는 대륙입니다. 이쪽 세계에서 부르는 이름은 아틀란티스, 저쪽 세계에선 아탄티스죠. 즉, 티베 양과 세이아 양, 두 분의 고향입니다."

리오의 말에 좌중은 물을 끼얹은 듯 조용해졌다. 어느 누구도 한마디 말이 없자 리오가 다시 입을 열었다.

"모두 자리에 앉으세요. 얘기가 꽤 깁니다."

모두 파리한 얼굴로 각자 소파에 앉자 리오는 천천히 얘기하기 시작했다.

"세이아 양이나 티베 양은 알고 계실 것입니다. 이쪽 세계의 시간으로 치면 1천 년 전, 세계를 둘로 나눈 여신 네 명이 신벌을 받아 육체와 정신이 분리되어 봉해진 전설을 말입니다. 티베 양과 세이아 양 모르시겠지만 그 여신들이 신벌에서 풀려났답니다. 결국 그들을 상대로 대결하였으나 패배하여 저와 바이칼이 이 세계로 오게 된 것입니다. 그녀들의 첫째 목적은 세계를 하나로 합하는 것인데 서방(西方), 즉 아탄티스 대륙이 이 세계로 돌아왔으니 반쯤은 뜻을 이룬 셈이지요. 동방 대륙마저 돌아온다면 우리의 일은 더욱 어려워지죠. 흠, 전개가 너무 빠른데……. 지크나 슈렌 중 아무나 한 명만 더 있으면 좋으련만."

리오는 무엇인가를 골똘히 생각하느라 미동도 하지 않았다. 평소에 늘 짓던 웃음기마저 거둔 채 심각한 빛을 띠고 있었다. 리오가 고민하는 동안 바이칼이 현관문을 열고 나서며 한마디 내뱉었다.

"리오, 내일 아침에 돌아오마."

"뭐? 너 설마 저곳에? 그럼 같이 가는 게 어때?"

리오가 묻자 바이칼은 고개를 완강히 저으며 말했다.

"피곤에 찌들어 있는 넌 방해만 될 뿐이야. 짐이 되고 싶지 않으면 얌전히 여기 있어."

"음."

바이칼이 휭 하니 나가 버리자 리오는 씁쓸한 미소를 지으며 중얼거렸다.

"홋, 저 표정만 고치면 완전히 천사인데."

갑자기 창문이 덜컹거리는 소리가 들리더니 드래곤으로 변한 바이칼이 남서쪽을 향해 빠르게 날아올랐다. 아탄티스 대륙의 상공을 선회하며 정찰하던 바이칼은 마지막으로 레프리컨트 왕국을 향해 날갯짓을 시작했다. 동이 터오는 동녘에서 쏟아지는 햇빛은 사물의 모습을 하나씩 벗겨 내고 있었다.

레프리컨트 왕국을 비롯한 아탄티스 국민들은 대륙이 차원이동을 한 것을 까맣게 모르고 있었다. 단지 어제보다 숨 쉬기가 곤란할 정도로 공기가 탁하다는 생각만 하고 있었다.

바이칼은 그들을 내려다보며 차라리 모르는 편이 더 나을지도 모른다고 생각했다. 레프리컨트 왕국 국민들의 얼굴은 하나같이 어두워 보였다. 나라를 강탈당한 것뿐만 아니라 뭔가 또 다른 좋지 않은 일을 당한 듯했다.

그들은 모두 풀이 죽어 있어서 강력한 기도, 강대한 마력도 너무 미미해져 감지되지 않았다. 바이칼은 계속 날개를 퍼덕이며 수도로 향했다. 퓨리가 할퀴고 간 수도 한가운데의 모습은 너무나 처참했다.

바이칼의 가슴은 찢어질 듯했다. 이렇게 무참히 당했다는 사실에 자존심이 찢기는 듯했다. 이렇게 처참히, 그리고 쉽게 당한 것은 처음이었다.

「흡!」

수도의 상공을 비행하던 바이칼은 순간 퓨리가 발농했넌 근원지에 거대한 흑색 기둥이 솟아 있는 것을 발견했다.

"궁금한가? 유감스럽게도 저건 신의 기둥이다."

바이칼은 움찔하며 고개를 옆으로 돌렸다. 검은 피부에 붉은 턱시도를 입고 있는 고위 악마 크라주였다. 바이칼은 즉시 인간으로 모습을 바꾼 후 팔짱을 끼며 물었다.

"넌 또 뭐냐? 보아하니 고위 악마 같군."

그러자 크라주가 실소를 터뜨리며 비아냥거렸다.

"흥, 드래곤 따위가 겁도 없이……. 오늘은 주인을 안 태우고 나왔군. 주인이 없으니 버릇도 없는 건가? 후후훗. 이 몸의 이름은 크라주다. 어쩌다. 운이 없어 나와 마주치게 되었는지는 모르겠지만 죽어 줘야겠어 참고로 말해 줄까? 용제의 직속 부대라는 전룡단의 단장 정도 되는 초(超)전투 드래곤 정도는 되어야 나를 이길 수 있다. 물론 쉽지 않겠지만 말이야."

바이칼은 떨떠름한 표정을 지으며 크라주에게 물었다.

"용제를 아는가 보군. 만난 적이 있나?"

크라주는 어깨를 으쓱하더니 고개를 저었다.

"전혀. 생물 중에선 신을 능가하는 유일한 존재인데 상대해서 괜히 피 볼 이유가 없지. 자, 이제 천천히 죽여 볼까? 드래곤을 사냥하는 건 참 오랜만인데……."

그러자 바이칼은 비웃음을 살짝 흘리며 말했다.

"나도 고위 악마를 사냥하는 게 오랜만이군. 하지만 너무 시시해서 재미없겠는데? 내 부하들보다 못한 녀석들이니."

"뭐?"

순간 크라주의 검은 얼굴이 납덩이처럼 굳어졌다. 바이칼은 손바닥을 마주 대었다가 천천히 벌렸다. 그러자 손바닥 사이에서 긴 광선이 생겨나더니 손바닥 사이를 최대한 벌리자 그 빛이 형체를 갖추기 시작했다.

용의 하얀 뼈로 만들어졌다는 자루와 용과 대결할 때 괴력을 발휘한다는 날, 그 두 가지가 환상적으로 결합된 검 드래곤 슬레이어가 모습을 드러냈다.

바이칼은 입가의 미소를 지우며 크라주에게 말했다.

"누군가 말하지 않던가? 용제는 드래곤 슬레이어를 하릴없이 들고 다닌다고 말이야. 운이 없는 건 바로 너 같군."

크라주는 할 말을 잃고 식은땀을 줄줄 흘리며 애원했다.

"자, 잠깐! 그럼 당신이 바로 용제……군요! 당신과 같은 고귀한 분이 어째서 가즈 나이트를 등에 태우고 다니시는 겁니까!"

크라주의 말에 바이칼의 얼굴이 묘하게 일그러졌다.

"태우고 다니는 게 아니라 친구 사이를 들먹거리며 애원하는 통에 잠시 태워 준 것뿐이다. 자, 유언은 이것으로 끝인가?"

크라주는 급히 고개를 저으며 말했다.

"자, 잠깐만 기다려 주십시오! 한 가지만, 한 가지만 더 여쭤 보면 안 될까요? 죽은 소원도 들어준다는데!"

크라주의 말이 끝나기도 전에 그의 몸 한가운데로 하얀 검광이 번뜩였다. 이윽고 크라주의 몸은 양분되었고 그를 향해 바이칼이 냉소적으로 한마디 내뱉었다.

"귀찮아."

두 개로 나뉘어진 크라주의 몸이 빠르게 재로 변했다. 바이칼은 드래곤 슬레이어를 집어넣으며 중얼거렸다.

"고위 악마는 많이 상대해 봐서 잘 알지, 도마뱀은 꼬리가 잘리면 다시 또 생겨나지. 지금의 네가 몸체는 버리고 팔뚝에 지신이 모든 것을 응집해 탈출하는 것처럼."

그의 말대로, 크라주의 몸은 재로 변했으나 왼쪽 팔뚝만이 손상 없이 공중에 떠 있었다. 바이칼은 외면하듯 돌아서며 말했다.

"꺼져라. 마음 변하기 전에."

그러자 왼쪽 팔뚝은 틈이 벌어진 검은 공간으로 재빨리 들어가 이내 사라졌다.

바이칼은 다시 드래곤으로 변하여 다른 곳으로 방향을 돌렸다.

「저런 녀석이 몇 명째더라…….3백 명을 넘어선 후로는 세어 보지 않아서 잘 모르겠네.」

2

레프리컨트 왕국의 운명

포르투갈의 리스본 항.

하룻밤 사이에 항구 저 멀리 대륙 하나가 떠오르자 이곳 사람들도 유쾌한 표정이 아니었다. 유럽을 장악한 EOM 때문에 선박들도 제대로 항해하지 못하는 실정이었다. 게다가 정체불명의 대륙이 생겨나 그만큼 어장이 좁아졌기 때문에 어민들은 당황해하고 있었다. 민심은 점차 흉흉해졌다.

점차 삭막해져 가는 거리 한복판에서 갑자기 시민들의 드높은 함성이 들려왔다. 예전엔 단속의 대상이었던 스트리트 파이팅이 벌어지고 있었던 것이다. 단속을 해야 할 경찰들도 시민들과 합류하여 구경하고 있었다.

그 불법 경기의 규칙은 단 하나뿐이었다. 상대를 때려눕히는 자가 승리한다는 것이다. 물론 실수로 살해하는 것도 용납했다.

"으허억!"

권투용 붕대를 손에 감은 한 사내가 상대방의 킥에 맞아 멀찌감치 나가떨어졌다. 입과 코에서 피가 흘러나오긴 했지만 치명상은 아니었다. 결국 전투 불능으로 판정 났고, 돈을 건 구경꾼들 사이에선 희비가 엇갈렸다.

"아니, 저 괴물은 도대체 어디서 굴러 온 거야? 스트레이트로 일곱 명을 일격에 눕히다니. 누구 저 녀석 아는 사람 있어?"

"헤헷, 상금이나 빨리빨리 바치라고, 친구! 난 지금 무지무지 신나니까! 어쨌거나 다음 상대는 누구냐? 어서 나와!"

일곱 명을 일격에 때려눕힌 금발의 청년은 신이 나는 듯 구경꾼들을 향해 소리쳤다. 그러나 더 이상 상대가 나오지 않았다. 주먹과 발의 움직임이 보이지 않을 정도로 저렇게 날쌘 자에게 덤빌 만한 용기를 지닌 사람은 없는 듯했다.

그때 웅성거리는 사람들 사이를 헤치며 거한 한 명이 소리를 질렀다.

"헤이, 신인! 날 이기면 1만 달러를 주겠다!"

군복 바지에 조끼를 걸친 거한은 가슴에 난 흉터를 자랑스레 드러내 보이며 웃어 댔다. 그 강렬한 인상의 거한을 보자 관중들은 일제히 흥분하기 시작했다.

"오, 챔프다! 한 달 동안 150명을 물리친 전설의 챔프!"

"이야, 저 건방진 녀석도 이젠 끝이겠군! 이봐! 챔프에게 20달러!"

관중들 사이에서 터져 나오는 야유와 환호성에 금발의 청년은 한쪽 눈을 치켜뜨며 웃었다.

"헤, 챔프라? 좋아! 어디서 굴러 온 녀석인지는 모르지만 화끈하게 상대해 주지!"

청년은 주먹을 마주치고 손가락을 까딱였다. 챔프라는 사나이는 어이없는 표정을 지으며 중얼댔다.

"훗, 꽤 자신감 있는데 그래? 미안하지만 난 전직 BSP였다. 지금은 아니지만 말야. BSP가 뭔지는 너도 잘 알겠지. 어린애 같은 격투로는 날 이길 수 없다."

그러자 그 청년은 양팔을 벌리며 더욱 자신만만한 표정을 지어보였다.

"헤헷, 그럼 이겨 보시지. 이 지크 스나이퍼 님을 뛰어넘어 보란 말이다!"

청년의 이름을 듣자 챔프의 눈초리가 위로 올라갔다. 그도 그럴 것이 지크라는 이름은 전 세계 BSP들 사이에서 감히 대적하지 못할 전설의 이름이었기 때문이다.

"지크? 오호, 이거 잘됐군. BSP 최강이란 자의 실력이 어느 정도인지 궁금했던 참인데 말이야!"

빈정거리던 거한은 거대한 발로 청년의 얼굴을 급습했다. 그리고 눈에 보이지 않을 정도로 재빨리 연타를 날렸다. 하지만 청년은 꿈쩍도 하지 않았다. 피할 필요가 없다는 듯 그 역시 발차기를 하며 챔프의 공격을 맞받아쳤다.

"자신의 발이 너무 느리다고 생각한 적 없나, 아저씨!"

"있지. 약속 시간에 늦었을 때 정도? 하앗!"

몇 초 동안 발차기의 난전이 벌어지자 관중들은 숨을 죽이고 지켜보았다. TV는 물론이고 영화에서도 볼 수 없었던 진기들이 펼쳐지고 있었다.

"이걸 받아라, 최강의 BSP!"

챔프가 발차기를 멈추고 손날로 일격을 가하자, 청년이 서 있던 발밑엔 칼로 자른 듯한 예리한 홈이 생겼다. 기로 만들어진 날카로운 충격파였다. 하지만 그 정도의 실력에 최강이란 이름이 붙지는 않는다. 몸을 돌려 쉽게 일격을 피한 청년은 챔프가 빈틈을 보이자 일갈을 터뜨리며 재차 공격을 가했다.

"이것으로 1막 달러나!"

청년의 주먹이 잔상을 일으키며 챔프의 복부를 가격했다. 구경 꾼들의 눈엔 단 한 번의 일격으로 보였지만 챔프는 수십 번에 가까운 가격을 당하곤 경악할 사이도 없이 쓰러져 버렸다.

대결은 끝났다. 초죽음이 된 챔프는 잠시 후 정신이 들자 사람들의 부축을 받고 겨우 일어났다. 그는 아직도 정신을 차리지 못한 듯 휘청거렸다. 챔프를 단 한 번의 공격으로 쓰러뜨린 금발의 청년은 흡족한 표정으로 열심히 돈을 세고 있었다.

챔프는 씁쓸히 웃으며 힘없이 말했다.

"후, 최강이란 말이 헛소리는 아니었군. 내가 졌네, 지크 스나이퍼."

"응? 헛, 너무 슬퍼할 필요는 없어, 친구. 자, 난 용돈이 마련됐으니 이만 가겠네. 그럼 수고하게!"

호주머니에 두 손을 찌르고 콧노래를 흥얼거리던 청년은 멀리 보이는 공중전화로 발걸음을 옮겼다.

그의 모습을 보고 챔프는 헛웃음을 지으며 중얼거렸다.

"후, 들었던 것보다 훨씬 괴짜군. 최강의 BSP 나리."

오랜만에 전화를 써 보는 지크는 잠시 전화 부스 앞에서 서성거렸다. 잠시 머뭇거리며 망설이던 그는 IC 카드 전화기를 뚫어져라 쳐다보더니 안으로 들어갔다.

"IC 카드용인가? 어디 보자…… 있군!"

재킷 주머니를 뒤적이던 지크는 IC 카드를 꺼내 투입구로 밀어

넣었다. 몇 차례 전자음이 울리더니 연결음이 들렸다. 전화 연결음이 멜로디처럼 들려 지크는 잠시 웃음을 지었다.

얼마 후 수화기 드는 소리와 함께 여성의 목소리가 들려왔다.

"여보세요?"

양어머니 레니였다. 지크는 괜스레 코끝이 찡했다. 그러나 장난기 많은 지크는 짓궂은 웃음을 지으며 손으로 코를 쥐고 말했다.

"예, 지크 스나이퍼 씨 댁입니까?"

수화기 너머의 여성은 잠시 동안 말이 없었다. 이윽고 깊은 한숨을 내쉬며 그녀가 대답했다.

"죄송합니다만 그 애는 지금 집에 없거든요. 나중에 다시……."

그러자 지크는 킥킥 웃으며 자신의 목소리로 말했다.

"헤헷, 잘 계셨어요, 어머니? 저 지크예요."

잠시 응답이 없었다. 연락도 없이 사라진 자신 때문에 애를 태우던 어머니는 분명 화를 내고 계시리라. 지크는 죄책감에 머리를 긁적이며 말을 이었다.

"죄송해요, 어머니. 일이 좀 복잡해져서 늦었어요. 근데 여기 분위기가 안 좋네요? 검은색 옷을 입은 얼간이들도 돌아다니고……."

"지크! 너 지금 거기가 어디니! 내가 아무리 양어머니라고는 하지만 이렇게 걱정하게 해도 되는 거니! 그것도 한 달이나!"

수화기에서 날카로운 소리가 들려오자 지크는 움찔하며 귀를 뗐다. 수화기를 바라보고 있는 지크의 얼굴에 놀라움이 묻어났다. 전화선을 타고 울음이 섞인 여성의 목소리가 들려왔다. 장거리 해외전화라서 그런지 잡음도 상당했다.

"UN이 없어져 BSP도 강제 해체되고, BSP 대원들은 무슨 일인지는 몰라도 모두……."

순간 지크는 다급한 목소리로 양어머니 레니에게 소리쳤다.

"끊어요, 어머니! 다시 전화할게요!"

지크는 수화기를 서둘러 내려놓았다. 그는 공중전화 액정 화면에 나타난 통화 시간을 보며 이를 갈았다.

"2초만 늦었어도 큰일 날 뻔했군. 어? 어떻게 된 거지?"

지크는 공중전화 부스 안에서 재빨리 사방을 살폈다. 멀리서 경찰차 사이렌 소리가 들려왔고, 순찰을 돌던 군복 차림의 군인들이 자신에게 다가오고 있었다.

낭패였다. 지크는 매고 있던 가방에서 무명도를 꺼내 허리춤에 장비했다. 공중전화 부스를 중심으로 높이 약 4미터 정도 되는 검은색 장갑의 2족 보행 로봇 다섯 대가 늘어섰다. BX-03이었다.

그 뒤로는 수십여 명의 군인들이 저격용 라이플을 들고 사방에서 조준하고 있었다. 순식간에 포위된 것이다.

지크는 쓴웃음을 지으며 중얼댔다.

"하긴, 이 정도는 돼야 이 지크 스나이퍼 님의 옷깃이라도 건들 수 있겠지."

"이봐, 거기 전화 부스 안의 BSP는 들어라!"

마이크를 든 장교 옷차림의 군인이 장갑차 위에 올라서서 소리쳤다. 지크의 눈꼬리가 올라갔다

"전화 위치 추적 장치의 성능이 좋아진 걸 몰랐나 보군. 위치를 확인하는 데 걸리는 시간이 20초밖에 안 된다는 것을 말이야. 네가 BSP의 누군지는 몰라도 순순히 나와라! 안 그러면 사망자 명단에 네 이름이 올라갈 것이다!"

지크는 멋쩍은 듯 머리를 긁적이며 말했다.

"쳇, 10초나 줄다니, 기술도 좋아졌군. 어쨌든 내 대답은 이거다.

헤헷."

그는 망원경으로 자신을 보고 있는 장교를 향해 가운뎃손가락을
까딱거렸다. 그것을 보자 모욕감을 느낀 장교는 핏대를 올리며 즉
각 명령을 내렸다.

"저, 저 자식! 쏴 버려! 시체도 남기지 말고 박살 내 버려라! 로봇
의 행동 모드를 적색에 맞춰!"

장갑차 근처에 있던 오퍼레이터들은 즉시 각 로봇의 모드를 조
정했다. 그러자 BX-03들의 팔과 몸체에서 내장된 미사일 포트가
나오더니 공중전화 부스를 향해 무차별 사격을 가했다. 공중전화
부스는 미사일을 당해 낼 힘이 없었다. 전화 부스는 화염에 휩싸여
형체도 알아볼 수 없게 뭉개졌다. 그것을 본 장교는 회심의 미소를
지으며 무전기를 들었다.

"후훗, 작전 완료. 모두 철수하겠…… 엉?"

그 순간 장교는 불길이 치솟고 있는 공중전화 부스 안에서 무언
가 솟아오르는 것을 보았다. 이윽고 그것은 지면에 착지하자마자
장교가 서 있는 장갑차를 향해 돌진했다.

"뭐, 뭐야! 막아라!"

엄청난 스피드로 질주하자 그것을 감싼 불은 모두 사라져 버렸
다. 맹렬히 파고드는 지크의 모습을 보자 장교는 들고 있던 무전기
를 떨어뜨리고는 장갑차 안으로 숨어 버렸다.

지크는 오른쪽 어깨에 기를 집중한 채 더욱 빨리 질주하며 고성
을 질렀다.

"으랴아앗!"

지크는 장갑차 정면을 어깨로 들이받았다. 굉음과 함께 정면이
함몰된 장갑차는 뒤로 죽 미끄러지더니 선착장을 지나 바다에 추

락하고 말았다.

"사, 살려 줘!"

바다에 빠져 허우적대는 장교의 모습을 보고 지크는 씩 웃으며 손을 털냈다. 그때 멀리 있던 보행 로봇들이 팔에 장착된 머신건을 난사하기 시작했다.

"어딜!"

지크는 종횡무진 몸을 움직이며 총탄을 간단히 피해 냈다. 빗나간 총탄은 수면에 떨어질 뿐이었다.

"통하지 않지? 간닷!"

지크는 양 주머니에 손을 넣었다가 뺀 후 다시 질주하기 시작했다. 이동 물체의 적외선 조준 유예 시간인 0.7초 안에 지크가 이동하자 보행 로봇들은 사격을 멈췄다. 지크는 보행 로봇들과의 거리가 좁혀지자 그들 머리 위로 몸을 솟구치며 손에 쥐고 있던 무언가를 빠르게 던졌다.

"헤헷, 돈벼락이다!"

동전이 보행 로봇들의 장갑에 불꽃을 튀기며 파고들었다. 이윽고 로봇들의 구멍 난 장갑에서 검은 연기가 뭉게뭉게 솟아오르더니 이내 정지해 버렸다. 이 광경을 지켜보던 군인들은 놀라움에 입을 다물지 못했다.

지크는 낮은 자세를 취한 채 주위를 둘러보았다.

그때 거센 돌풍이 그들을 향해 불어왔다. 지크와 군인들은 손으로 바람을 막으며 상공을 쳐다보았다. 거대한 물체가 공중에서 날개를 펄럭이며 이쪽을 응시하고 있었다.

"아, 바이칼!"

갑자기 지크는 어린애처럼 활짝 웃으며 손을 흔들었다. 군인들은 새파랗게 질린 얼굴로 거대한 물체를 보다가 뒷걸음질쳤다.

"드, 드래곤이다! 이놈보다 더한 괴물이 나타났다!"

"도망쳐, 도망쳐라!"

지크는 군인들이 줄행랑치는 모습을 보자 한심하다는 듯 중얼거렸다.

"젠장, 더 멋있는 말을 하려고 그랬는데……. 그건 그렇고 잘도 살아 있었군, 바이칼 양? 헤헤헤헷."

어느새 인간의 모습으로 변한 바이칼이 지크의 옆으로 다가왔다. 그답지 않게 어두워 보였다.

"왜 너 같은 인간까지 여기에 나타난 거지? 나와 리오만으로도 충분한데."

그러자 지크는 어깨를 들썩이더니 바이칼의 어깨를 툭 쳤다.

"많으면 많을수록 좋다! 다다익선! 모르나, 친구? 한 달 정도 되었으니 숙소는 잡혀 있겠지? 나 좀 데려가 줘, 바이칼."

바이칼은 인상을 찡그리며 말했다.

"흥, 난 쓰레기는 태우지 않아. 리오 하나만으로 충분해."

그러자 지크는 바이칼의 어깨에 팔을 두르며 측은한 표정을 지었다.

"허어, 어디서 또 애완동물 취급을 받은 모양이구나. 뭐, 정 그렇다면 안 태워 줘도 괜찮아. 나중에라도 리오 만나면 내가 알고 있는 네 비밀을 얘기할…… 읍!"

바이칼이 지크의 입을 손으로 막았다. 지크는 회심의 미소를 지었다. 바이칼은 힘겹게 고개를 끄덕이며 말했다.

"타라."

바이칼이 다시 드래곤으로 변하자, 지크는 아이처럼 박수를 치며 기뻐했다.

"헤헤, 역시 남의 비밀 하나쯤은 알고 있어야 한다니까."

지크는 매우 비익같은 거대한 날개를 움직였다. 광활한 대륙과 대양을 지나자 저 멀리 에펠탑이 보였다.

바이칼의 등에 탄 장난기 많은 지크는 평소와 달리 얼굴에서 웃음기를 찾아볼 수 없었다. 그의 얼굴에는 그늘이 드리워 있었다. 앞으로 다가올 악몽을 막아 내기엔 너무나 시간이 촉박했다. 바이칼은 천천히 날갯짓을 하며 하강했다.

"쿠욱!"

검은 구멍에서 빠져나온 크라주의 팔은 기이한 음성과 함께 점점 커지기 시작했다. 거대한 세포질의 인간의 형상이 되었다가 원래의 모습을 드러냈다. 다시 살아난 크라주는 옷을 걸치지 않은 채 오른팔로 자신의 머리를 쓰다듬으며 쓰디쓴 웃음을 지었다.

"꼴 사납군. 그래도 그나마 운이 좋은 것이지. 용제를 만나 살아남은 악마는 거의 없을 테니까. 어쨌든 확실한 건 나 혼자서는 용제는커녕 가즈 나이트조차 쓰러뜨릴 수 없어. 동료들을 모아 봐야 하겠군. 음, 그 전에 힘을 좀 보충해 볼까?"

크라주는 뒤를 돌아 뉴욕의 마천루를 바라보며 음흉한 미소를 지었다. 그러고는 손에서 불을 일으키며 중얼거렸다.

"이 세계의 사람들은 건물 하나쯤 소각된다고 해서 눈 하나 깜짝 안 하니 정말 편해. 그 무관심 속에 타 죽어 가는 사람들의 비명과 저주받은 영혼들……. 후후훗, 입맛이 도는군."

오랜만에 휴식을 취한 리오는 그간의 피로가 말끔히 풀렸다. 그러나 바이칼이 정오가 넘어서도 오지 않자 불안한 마음에 중얼거렸다.

"무슨 일이 생겼나? 이렇게 늦을 리가 없는데?"

　쿵쿵.

　그때 문을 두드리는 소리가 둔중하게 들려왔다. 집에 혼자 있던 리오는 누구인지 궁금해하며 문가로 갔다.

"누구시죠?"

　문 가까이 다가간 리오는 대답 대신 구시렁대며 다투는 소리가 들리자 잠시 귀를 기울였다.

"이봐, 초인종이 있는데 애꿎은 문은 왜 두드려, 아가씨. 문명의 혜택을 그렇게도 못 받고 살았나?"

"한 번만 더 아가씨라고 부르면 없애 버리겠다."

"지크?"

　리오는 믿을 수 없었다. 설마 이렇게 빨리 형제와 만나게 될 줄은 예상하지 못했기 때문이다.

"지크! 너 어떻게……?"

　문을 벌컥 열고 리오가 소리치자 바이칼과 함께 밖에 서 있던 지크가 웃으며 손을 흔들었다.

"헤헷, 좀 편하게 왔지. 안 그래, 미소년?"

　바이칼은 말없이 눈을 감았다. 그의 미간이 찌푸려지자 리오는 웃으며 고개를 끄덕였다.

"훗, 알 것 같군. 좋아, 잘 왔어, 지크! 이제 내가 좀 편해지겠군."

　그러자 지크는 이상하다는 얼굴로 리오에게 물었다.

"펴, 편해지다니? 여기 주인이 빨래라도 시켜?"

어이없다는 얼굴로 지크를 바라보던 리오는 다시 미소를 띠며 말했다.

"후훗, 피곤한 모양이구나. 어서 들어가자."

"사람 말을 무시하는군."

지크는 쩝 소리를 내며 집 안으로 들어섰다.

두 시간에 걸쳐 지크에게 자초지종을 들은 리오는 깊은 한숨을 내쉬었다. 바이칼은 아무 말도, 아무런 표정도 없이 조용히 차만 마실 뿐이었다.

"음, 그럼 너만 서방 대륙에 남아 있다가 세계가 합쳐져서 이곳으로 온 것이고, 나머지 사람들은 모두 동방 대륙으로 건너갔다, 이거야?"

"그래."

지크는 고개를 끄덕였다. 그러고는 그답지 않게 심각한 얼굴로 덧붙였다.

"그리고 이오스 님이 우리 때문에 희생당하셨어."

"뭐라고?"

리오는 믿을 수 없다는 얼굴로 지크를 바라보았다. 찻잔을 내려놓던 바이칼의 팔도 멈췄다.

지크는 계속 말을 이었다.

"신이 다른 신을 강제로 봉쇄할 때 쓰는 대마법 말이야. 아프이 엘인가? 하여튼 세 여신이 동시에 그 마법을 쓰니까 이오스 님도 버티지 못하고 말았지. 여신들이 마법을 사용한 뒤 휴식을 취하는 틈을 타서 우리는 도망친 거야."

리오는 상황이 심각하다는 것을 깨달으며 한숨을 길게 내쉬었다.

"최악이군. 주신께 연락을 취할 수도 없고, 마지막 희망인 이오스 님까지 그렇게 당하셨으니……."

지크는 머리를 긁적이며 계속 말했다.

"맞아. 이오스 님이 마지막에 그러시더라고. 자세히 듣지는 못했는데 '새벽의 아이인 여명을 찾는다면 희망은 다시 생겨난다'고 하셨나? 그럴 거야, 아마. 하지만 아들인지 딸인지 사람인지 아니면 무기나 다른 종족일지 모르는데 무슨 수로 찾겠어. 난 찾아본답시고 남은 거긴 하지만……. 어쨌든 동방으로 건너간 일행이 잘하긴 하나 봐. 아직까지 동방 대륙이 떠오르지 않는 걸 보면 말이야. 하긴 가즈 나이트가 네 명이나 있으니 당연하지. 자, 내가 알고 있는 것은 여기까지야."

"그래. 수고했다, 지크."

리오는 웃으며 형제의 어깨를 다독거렸다. 지크는 미소를 띤 채 다시 말했다.

"헤헷, 너희야말로 운이 좋구나. 내가 마법진을 흐려 놓는다면서 워닐이라는 녀석의 머리에 돌을 던지긴 했지만 설마 여기에 떨어질 줄은 몰랐어. 아 참, 중요한 거 하나 더 있어, 리오."

"응?"

리오는 긴장하며 그를 바라보았다. 지크는 머리를 긁적이며 말했다.

"며칠 동안 못 먹었거든. 먹을 것 좀 줘."

그러자 리오는 어이없다는 듯 한숨을 내쉰 후 TV를 켜며 말했다.

"곧 세이아 양이 장 보고 돌아올 테니 조금만 참아. 천하의 지크 스나이퍼가 며칠 동안 못 먹고 버텼다니 기적이구나."

"헤헷. 아 참, 세이아라고 했지? 린스, 아니 리카…… 그냥 린스라고 하자. 그 애가 하는 말을 얼핏 들었는데, 세이아라는 여자가

식모 주제에 너를 단단히 꼬셨다나 뭐라나. 일이 제대로 되는 날엔 당장 감옥에 가둘 거라고 벼르더라고."

그 말을 들은 리오는 피식 웃으며 말했다.

"훗, 그 정도면 공주님 안부를 물을 필요는 없겠군."

"헤헷, 그렇다고 볼 수 있지. 어이, 미소년, 왜 재미없게 치만 마시고 있어? 말 좀 해 봐."

그러자 바이칼은 지크를 흘끔 바라보며 낮게 중얼거렸다.

"너 때문에 오늘 중요한 일을 하지 못했다. 더 이상 속 긁지 마."

"중요한 일?"

지크가 고개를 갸웃거리며 리오를 바라보자 리오는 정신감응으로 사정을 설명했다.

「아침에 하는 정규 방송 만화를 못 봤거든.」

「아아······.」

그때 현관문이 열리자 리오는 문 쪽으로 고개를 돌렸다.

"다녀왔습니다."

음식 재료가 가득 든 봉투를 안은 세이아가 힘든지 지친 얼굴로 서 있었다.

리오는 얼른 그녀의 짐을 받아 들며 물었다.

"세이아 양, 힘들지 않았습니까?"

"약간요. 그런데 저분은 누구시죠?"

그녀는 지크의 뒷모습을 보고 의아한 얼굴로 물었다. 리오는 웃으며 답했다.

"예. 이쪽은 제 형제인 지크입니다. 지크, 세이아 양이시다."

"오, 식모! 어서 와요!"

지크는 쾌활한 얼굴로 손을 흔들었다. 그러나 그 얼굴은 이내 일그러지고 말았다. 세이아의 얼굴을 본 직후였다.

'어, 어째서 리오 녀석에게만 저런 여자가 따라오는 거지! 이건 너무 불공평하잖아!'

지크는 정말 울고 싶은 심정이었다.

저녁때가 되어 다들 모이자 리오는 모두에게 지크를 소개했다. 하지만 넬을 제외한 다른 사람들은 그리 반갑지 않은 표정이었다. 그렇지 않아도 상주하는 사람들이 많아져 집 안이 복잡한데 거기다가 지크까지 가세했기 때문이다.

사실 리오와 바이칼도 이 세계를 구한다는 명목으로 머물러 있으나 엄밀히 그들도 식객이었다.

좌중의 생각을 읽었는지 지크가 한마디 했다.

"그럼 오늘은 신세를 좀 지겠습니다. 잠잘 장소는 걱정하지 마세요. 저는 방바닥이라도 잘 자니까요. 헤헷."

그 말을 들은 티베는 속으로 쾌재를 불렀지만 겉으로는 섭섭한 표정을 지었다.

"앗, 그 유명한 BSP 지크 씨를 뵌 지 얼마 되지도 않았는데 내일이면 가신다고요? 섭섭하네요."

'응? 나간다고는 안 했는데?'

지크는 씁쓸한 표정을 지으며 고개를 끄덕였다.

"뭐, 내일 나가라면 나가야죠. 원래 며칠 있다가 가려고 했는데……"

티베는 뜨끔했는지 딴청을 피웠다. 그녀의 행동에 지크는 소리 없이 웃으며 넬에게 고개를 돌렸다.

"헤이, 후배. 이거 미안해서 어쩌지? 오랜만에 만났는데 금방 가게 돼서 너무 미안하다. 하지만 너희 부모님을 포함한 전 세계의 BSP를 위해서 그러는 거니까 이해해 줘. 알았지?"

넬은 고개를 살짝 끄덕이다가 힘차게 말했다.

"히힛, 괜찮아요, 지크 선배. 나중에 아이스크림은 꼭 사 줘야 해요! 이건 오늘의 벌칙!"

"에헤, 좋아."

지크는 피식 웃으며 넬의 머리를 쓰다듬었다.

한밤중. 지크와 리오는 거실에 있는 소파에 누워 있었다. 눈을 감고 있던 리오가 천장을 바라보고 있는 지크를 흘끔 쳐다보았다.

갑자기 무엇인가 생각났는지 지크에게 슬쩍 말을 건넸다.

"너, 여기 남지 않을래?"

"음? 자다 말고 무슨 소리야? 남다니?"

리오가 일어나 앉으며 입을 열었다.

"아무래도 미국이란 나라에 가 봐야 할 것 같아. 그곳에 제너럴 블릭 본사와 EOM의 본거지가 있는 것 같거든. 그곳에 가서 여신 일당들과 제너럴 블릭과의 연결 고리를 알아내야겠어. EOM이 이전 차원의 로봇들까지 끌어들이고 있으니까 분명 연결 고리가 있을 거야. 그래서 며칠 동안만 이곳을 맡아 줬으면 하는데."

지크는 아무 말 없이 천장만 바라보다가 흔쾌히 고개를 끄덕였다.

"좋아, 남아 주지. 하지만 너 나쁘다."

"응? 뭐가 나빠?"

"아까 내가 모두에게 오래 머무르지 않고 곧 갈 거라고 말했는데, 거짓말쟁이가 돼 버렸잖아. 젠장, 그건 그렇고 내가 간다니까 그 티베란 여자는 왜 그렇게 좋아하는 거야?"

그러자 리오는 피식 웃으며 대답했다.

"후, 글쎄다. 넌 여자한테 인기가 없나 보지, 뭐."

"자, 잔인한 녀석!"

허를 찔린 듯 지크는 금방이라도 울 것 같은 표정을 지으며 고개를 획 돌렸다. 이유를 모르는 리오는 당황한 표정으로 지크에게 물었다.

"어, 왜 그래, 지크?"

"관둬! 넌 남자의 가슴에 못을 박았단 말이다!"

리오는 지크의 말을 도저히 이해할 수 없었다.

다음 날, 리오는 모두의 배웅을 받으며 다시 바이칼과 함께 하늘로 날아올랐다. 그러나 왠지 등골이 짜릿해지는 듯한 이상한 기분을 떨칠 수가 없었다.

유럽을 벗어나 대서양 위로 떠오른 아탄티스 대륙 위를 지나가던 리오는 바이칼의 등을 두드리며 말했다.

"바이칼, 고도를 좀 높여 볼래? 아주 높이……."

「싫어. 귀찮아.」

바이칼의 통명스러운 대답에 리오는 잠시 고민에 빠졌다. 그러다 뭔가 생각난 듯 다시 말했다.

"미국이란 나라는 아이스크림하고 사탕이 큼지막하다던데……."

바이칼은 말없이 고도를 높이며 중얼거렸다.

「흥, 내가 그런 것에 넘어갈 거라고 생각했나.」

"아, 물론 아니겠지. 천하의 바이칼 님이 설마 군것질거리에 넘어가려고."

위로 올라갈수록 공기가 희박했다. 하지만 생각이 정리된 리오의 표정은 점점 밝아졌다. 그는 알고 있었다. 이 세계의 시간으로는 수천 년, 저 세계의 시간으로는 천 년이라는 시간이 나눠진 채 흘렀고, 그동안 신체 조건과 자연적인 것 모두 완전히 변했다는 것을.

"정신적인 세계와 물질적인 세계…… 원래는 융합되는 것이 옳겠지만 현실은 아냐. 서로를 위해서라도 다시 갈라져야 해."

바이칼은 묵묵히 리오의 말을 들었다. 리오는 밑으로 내려다보이는 대류과 멀리 희미하게 보이는 아메리카 대륙을 번갈아 보며 말했다.

"반드시 예전처럼 나누겠어. 여신들의 전설에 대한 진실을 위해서라도!"

바이칼은 다시금 하강하기 시작했다. 그들이 가는 방향은 북아메리카 대륙 쪽이었다.

〈계속〉

외전 6
빛이 된 사나이

"해님이 어떤 분인지 알고 있니, 휀?"

이제 막 두 살이 된 동생을 껴안은 소녀가 하늘을 올려다보며 물었다. 물론 동생의 대답을 바라고 물은 것은 아니었다. 하지만 소녀는 이상하게도 자신이 아버지에게 들은, 태양이란 존재에 관한 얘기를 하고 싶었다.

소녀는 말을 이었다.

"해님은 고마운 분이셔. 우리에게 따뜻한 빛을 주시고 또 해로운 균들도 태워 주시지. 그런데 아빠가 그러는데 해님은 외로운 분이시래. 그분은 주위를 돌고 있는 별들을 위해 홀로 외롭게 자신을 불사르는 분이라고 하셨어."

소녀는 동생을 바라보며 빙긋 웃었다.

"누나는 말이야, 네가 해님과 같은 사람이 됐음 좋겠어. 우리 휀이 많은 사람들을 위해 살아가면 정말 좋을 것 같다."

소녀의 어린 동생은 그 말을 알아들었는지 방긋 웃어 보였다. 소녀는 동생의 토실토실한 볼에 자신의 볼을 비비며 즐거워했다.

그로부터 10여 년 후.

성동설(星動說)이란 말도 안 되는 이론을 그 소녀의 아버지가 주장했다는 이유만으로 그녀가 살던 집은 병사들에 의해 깨끗이 불태워졌다.

소녀의 아버지는 그 자리에서 끌려갔다. 소녀는 어린 동생을 꼭 안은 채 울음을 참았다. 자신의 어머니가 울지 않는 이유를 소녀는 알고 있었기 때문이다.

어머니와 동생, 그리고 소녀는 그 후로 다시는 아버지를 볼 수 없었다.

소녀의 이름은 스카이. 태양을 연구하는 그녀의 아버지가 지어준 이름이었다.

"……누님은 당시 열여덟 살이었다."

휀은 거기서 잠시 말을 멈추고 술잔을 입으로 가져갔다. 옆에 앉아 경청하던 회색의 거한 바이론도 목이 탔는지 술통째 벌컥벌컥 들이마셨다.

멀리 카운터에 앉아 있는 드래고니스 술집 주인은 영업이 끝났다는 말을 무시한 채 계속 마셔 대는 두 남자를 잠에 취한 눈으로 바라보았다.

술값은 이미 지불된 상태였기에 그가 기다릴 것은 휀과 바이론이 나가는 것뿐이었다. 하지만 수마(睡魔)처럼 덮쳐 오는 잠을 억제할 수 없었는지 주인은 결국 카운터에 엎드리고 말았다.

"나갈 때 깨워 주십시오, 손님들."

그 말을 들었는지 못 들었는지 휀은 술잔을 내려놓으며 다시 말을 이었다.

"졸지에 거리에 나앉게 된 우리는 막노동이라도 해서 열심히 살아 보려 했다. 하지만 한 번도 그런 일을 해 본 적 없는 우리 가족은 어떻게 해야 할지 막막하기만 했다. 게다가 반역자의 가족이라고 주위의 시선도 곱지 않았지……. 그러던 중 우리가 살던 도시의 최고 부잣집 아들이 누님에게 접근해 왔다. 마치 기다렸다는 듯, 그 돼지 녀석은 어머니께 말했지. 딸을 자신에게 달라, 그러면 우리의 모든 것을 책임지겠다고 말이다. 어머니는 반대하셨다. 곰보에 머리에 든 것은 비계밖에 없는 녀석에게 누님을 줄 순 없다고 말이야. 하지만 누님은 녀석과 결혼하겠다고 했고, 우리는 결국 녀석의 집에 들어가게 됐다."

그러자 바이론은 술통을 조심스레 내려놓으며 물었다.

"누님이 가족을 위해 희생하신 거로군."

"……."

아무 대답도 없던 휀은 담배 한 개비를 입에 물었다. 길게 연기를 내뿜는 그의 표정은 여느 때와 마찬가지로 아무 변함이 없었다.

"밥은 그냥 나오는 줄 아나! 어서 땔감을 해 와, 이 버러지 같은 녀석아!"

스카이의 배우자 돌턴은 어린 휀을 걷어차며 소리쳤다. 휀은 겁에 질린 얼굴로 돌턴을 올려다보며 고개를 끄덕였다.

"아, 알았어요, 매형. 게으름 피워서 죄송해요."

휀은 집 밖에 도끼가 놓인 곳을 향해 뛰어갔다. 집에서 공부만 해 온 그에게 산에 올라가 땔감을 구하는 일은 너무나 힘든 일이었지만 그는 벌써 그 일을 1년 동안 해 오고 있었다.

훤이 하루에 해 오는 땔감은 등짐 하나 정도였다. 그건 돌턴의 시종들이 시장에서 사 오는 땔감의 10분의 1밖에 안 되는 양이었다. 그리고 사실 꼭 필요하지도 않은데 돌턴은 처남만 보면 땔감을 해 오라고 성화였다.

노동을 하는 것은 훤뿐만이 아니었다. 그의 어머니 역시 돌턴의 간식을 만들기 위해 뼈와 살을 깎아 내는 고통을 감내해야 했다. 언제나 다른, 게다가 그 덩치만큼이나 풍족한 음식을 원하는 사위의 비위를 맞추는 것은 죽는 것보다 어려웠다.

하루는 스카이가 돌턴에게 그만하라고 애원하자 광분하며 장작 하나를 들고는 인정사정없이 스카이에게 휘둘렀다.

마침 땔감을 마당에 부리던 훤은 이 광경을 보고도 손쓸 수가 없었다.

너무하는 것 아니냐는 말을 했다가 매형의 커다란 주먹이 자신의 턱을 날리는 건 아닐까 겁이 났던 것이다.

너무 착한 나머지 세상 물정에 어두웠던 훤은 자라면서 이런 생각을 하게 되었다. 자신의 누이는 돌턴이란 돼지의 노리갯감일 뿐이지 않을까. 사랑하는 부인과 가족을 이토록 심하게 다룰 수 있을까.

그가 열여덟 살이 되던 해. 그 해는 훤에게 있어서 절대 잊지 못할 악몽을 가져다준 해였다.

"이, 이게 무슨 짓인가! 아무리 내가 자네에게 밥을 얻어먹는 신세라 하지만 이건 신이 용서치 않을 걸세! 이거 놓게!"

"히힛, 장모, 당신 딸은 이제 질렸다고. 수년간 가지고 놀았더니 신물이 나. 히히힛…… 장모 오랜만에 회춘시켜 줄 테니 이리 오라고…… 히히힛."

"아, 안 돼! 가까이 오지 말게, 악!"

부엌에서 들려오는 외침 소리에 순간 훼인의 눈에 핏발이 섰다. 도대체 무슨 일이 벌어지려는 것인가. 그는 벽에 걸린 검을 빼어 들고 부엌문을 박차고 들어갔다.

"그, 그만해! 무슨 짓을 하려는 거야!"

훼인은 침통하게 말하며 술잔을 비웠다. 얼음만 남은 그의 술잔에 바이론은 즉시 술을 채우고 잔뜩 일그러진 훼인의 얼굴을 살피며 물었다.

"그래서 어떻게 됐지?"

훼인은 바이론을 흘끔 바라보며 말했다.

"당시의 나에게 검이란 생전 처음 잡아 보는 물건이었다. 녀석에게 당할 수밖에 없었지. 녀석은 쓰러진 나를 보며 말했다. 내 눈앞에서 어머니를 범하겠다고 말이야. 당당히 말하더군. 하지만 어머니는 녀석에게 당하지 않았다."

"어떻게?"

"혀를 깨물고 자결하셨다."

훼인은 다 타 버린 담배를 바닥에 비벼 끄며 말을 이었다.

"녀석은 시체라도 범하겠다며 광기를 부렸다. 그러나 그 말은 녀석의 유언이 됐다."

훼인은 등에 단검이 박힌 채 쓰러진 돌턴을 보며 숨을 몰아쉬었다. 생전 처음 시체를 보는 그였다. 그는 속이 울렁거리는 것을 가까스로 참으며 앞을 바라보았다.

"누, 누나?"

손과 옷이 돌턴의 피로 얼룩진 스카이. 그녀는 애써 웃음을 지으며 말했다.

"미안하구나, 휀. 나 때문에 엄마가……."

스카이의 창백한 볼에 눈물이 흘러내렸다. 하지만 그녀는 여전히 미소를 띤 채 휀을 바라보고 있었다.

"이제 누나는 너에게 아무것도 해 줄 수가 없구나. 우리 가족이 행복하길 바랐건만……. 결국 이렇게 되고 말았구나……. 이제 어디라도 가렴, 휀. 이걸 팔면 약간이나마 도움이 될 거야."

스카이는 목에 걸고 있던 수정 목걸이를 풀어 휀에게 건네주었다. 결혼식 때 받은 유일한 예물이었다.

"사랑한다, 휀. 부디 행복하렴."

"안 돼, 싫어. 누나랑 어머니를 두고 가기 싫어."

그러나 스카이는 단호하게 고개를 저을 뿐이었다.

"어서 떠나. 여기는 누나에게 맡기고……. 곧 병사들이 올 거야. 두 사람은 평소에 사이가 안 좋은 걸로 소문나 있어서 오해받을 게 틀림없어."

동생의 볼에 짧은 키스를 한 스카이는 떠밀다시피 동생을 문밖으로 밀어냈다.

휀은 어떻게 해야 할지 몰라 주춤거리다 일단 몸을 피하기 위해 달렸다.

부엌에 혼자 남은 스카이는 잠시 후, 천천히 화롯가로 갔다. 거기에서 불붙은 장작을 하나 집은 그녀는 옆에 있던 기름 가마에 던졌다. 가마에서 일순간 불이 확 일더니 부엌 천장을 타고 삽시간에 번졌다.

잠시 후 대문을 빠져나가던 휀의 눈에도 거세게 솟아오른 불길은 보였다. 그는 깜짝 놀라 다시 부엌 쪽으로 뛰었다. 그러나 그는 거실에서부터 큰 나무 기둥에 가로막히고 말았고, 곧이어 천장에서 떨어지는 불꽃 덩어리에 꼼짝할 수가 없었다.

휀은 연기 때문에 손으로 입을 가린 채 뒷걸음질을 치기 시작했다. 더 이상 들어갈 수 없었다. 그는 뒤로 돌아서 다시 밖을 향해 뛰기 시작했다. 이미 누나를 구하겠다는 생각은 잊은 지 오래였다.

스카이는 타오르는 불길 속에서 눈을 감지 못하고 죽은 어머니의 곁에 앉았다.

손으로 어머니의 눈을 감겨 주려 했지만 어머니의 눈은 결코 감기지 않았다.

"죄송해요, 어머니……."

모녀의 몸에 불덩어리가 떨어진 것은 그 직후였다.

집을 빠져나온 휀은 달리고 또 달렸다. 잘못하면 자신이 살인범으로 몰릴지도 몰랐다. 어머니와 누나까지 죽이고 집까지 불태운 패륜아로 몰릴 수 있다는 생각이 그를 사로잡았다. 도망치는 수밖엔 방법이 없었다.

"허억, 허억!"

한계에 다다른 휀은 어딘지 모를 숲 속에 쓰러졌다.

이 정도면 아무도 자신을 찾지 못하겠지, 하고 약간의 안도감을 느끼면서 거친 숨을 몰아쉬었다.

그는 손에 들린 수정 목걸이를 바라보며, 분명히 비싼 값에 팔수 있을 거라고 생각했다.

"……아, 아니!"

그러나 그 생각은 이내 지워졌다. 목걸이에 미세하게 금이 가 있었다. 수정으로 만들어진 물건이 아닌, 유리 세공품이었다.

누나는 평생 속고 살았던 것이다.

"우, 우욱!"

심한 구토가 일었다. 아무것도 보이지 않았다. 느껴지지 않았다. 모든 것을 잃은 상실감에 빠진 그는 구토 외엔 아무것도 할 수가 없었다.

한참 동안 괴로워하던 그는 자신이 뱉어 낸 토사물 위로 쓰러졌다.

서쪽으로 붉게 노을이 물들어 가는 하늘이 보였다. 붉은 하늘을 보던 휀은 어릴 적 아버지에게 들었던 말을 떠올렸다.

스카이란 이름은 하늘에서, 휀이란 이름은 태양에서 따왔다는 말이었다.

"어머니, 누나……."

휀은 울고 또 울었다. 이제 자신이 무엇을 할 수 있단 말인가. 유리 목걸이와 남루한 옷차림이 전부인 자신이 누나의 당부대로 행복해질 수 있을까. 아니, 행복할 자격이 있단 말인가.

휀은 나약한 자신을 한없이 질책했다.

탁자 위의 술도 거의 동나 가고 있었다. 그 사실을 아는 듯, 휀은 술을 조금씩 마시며 말했다.

"그런 나에게 하이볼크 님이 오셨다. 그분은 나를 신계로 인도하셨고, 난 최초의 가즈 나이트가 되었다. 하지만 난 여전히 약했다. 생명을 죽이는 일이라고는 나무를 베는 것 외엔 해 본 일이 없는 나에게 수천의 악마와 수만의 마족을 상대하라는 임무는 너무나도 힘겨웠다. 난 죽고, 또 죽었다. 검을 뽑지도 못하고 죽음을 당한 적도 많았다."

그러자 바이론은 낮게 웃음을 터뜨렸다.

"크큭, 천하의 휀 라디언트가 그런 얼간이었다니, 정말 우습군. 크크큭."

"그래. 당시 나 자신도 내가 왜 가즈 나이트리는 중책을 맡게 되었는지 이해할 수 없었다. 누님이 불에 휩싸여 죽어 가는데도 나만 살겠다고 도망친 나약한 자에게 빛의 의지를 받들라는 것은 우스운 일이었다. 난 결국 주신께 왜 나를 가즈 나이트로 만들었는지 물었다. 주신께서 뭐라고 하셨을 것 같나?"

바이론은 아무 말도 하지 않았다.

휀은 다시 술잔을 들며 말했다.

"주신께서 말씀하셨다. 그런 상황에서 불 속으로 몸을 던질 용감한 자는 분명 많다. 하지만 도망칠 사람은 더 많다. 나를 가즈 나이트로 만든 이유는 그만큼이나 비겁했기에 나를 행복하지 않게 하기 위함이라 하시더군."

"행복하지 않게?"

바이론이 되묻자 휀은 고개를 끄덕였다.

"그리고 주신께선 누나가 나에게 했던 말을 덧붙이셨다."

"행복하라는 말인가?"

휀은 가볍게 고개를 저었다.

"태양과 같은 사람이 되라는 말이었다."

"흑!"

휀은 무릎을 꿇은 채 눈물을 펑펑 쏟았다. 해님과 같은 모습이 되라는 어린 누나의 목소리가 그의 귓가에 저주처럼 맴돌았다.

스카이와 휀의 어린 시절 영상을 끈 주신 하이볼크는 다시금 앞에 놓인 거대한 책을 펼쳐 들며 말했다.

"태양은 행복하지 않지. 남을 위해 대가 없이 자신의 몸을 불태우는 존재가 행복할 이유는 없을 게야. 외롭기까지 하니 더하겠지. 하지만 기억해 두게, 휀. 태양은 결코 불행하지도 않아."

"……!"

휀은 고개를 번쩍 들었다. 주신은 눈물범벅이 된 휀을 보며 가볍게 웃었다.

"태양의 불꽃이 꺼졌다고 생각해 보게. 파란 하늘도 없어지고, 세상에 있는 모든 생물들은 어둠 속에서 차츰 죽어 갈 것일세. 태양으로선 자신의 몸을 불태우지 않아 편하겠지만 괴로워하는 생물들의 아우성 때문에 마음은 더 불행해질 걸세. 적어도 한 사람, 자신의 모든 것을 버리고 남을 위해 싸우는 사람이 있으면 어떨까? 나약한 자네라도 말이야."

순간 휀은 이를 악물고 몸을 일으켰다. 바짝 마른 그의 팔에 얼마간 힘이 들어갔는지 근육이 약간이나마 불끈댔다. 주신은 그의 그런 모습을 보며 물었다.

"자, 어떻게 할 텐가? 자네 누이의 마지막 말대로 행복한 사람이 될 텐가, 아니면 어릴 때 누이의 말대로 해님과 같은 사람이 될 텐가?"

휀은 모든 것을 털어 버리려는 듯, 눈을 질끈 감은 채 외쳤다.

"태양과 같은 사람이 되겠습니다!"

주신은 부드럽게 물었다.

"어째서?"

"태양이 되라고 했을 때, 그때 누님은 저 때문에 불행하지 않으셨습니다! 시간을 되돌리진 못하겠지만, 더 이상 누님의 불행한 모습을 떠올리긴 싫습니다! 저를 강하게 만들어 주십시오, 주신이시여!"

휀의 목소리를 들은 주신은 고개를 끄덕이며 손을 뻗었다. 순간 강렬한 빛이 휀의 발 앞에 꽂혔고 그 빛은 이내 검의 형상을 갖추었다.

"빛의 검 플렉시온이네. 내가 엑스칼리버 이 9̶ㅛ̶ 사̶길̶ 씌̶겼̶ 써̶서̶ 만든 검이기도 하지."

"플렉시온?"

"그렇다, 가즈 나이트 휀 라디언트여! 그 검을 잡고 진정한 빛의 가즈 나이트로 다시 태어나거라! 그리고 빛의 의지를 지닌 남자로서 운명을 스스로 개척해 나가거라!"

휀은 주저 없이 플렉시온을 거머쥐었다. 그와 동시에 깡마른 그의 몸이 순식간에 변했다.

"오호, 그렇게 해서 지금의 휀 라디언트가 태어난 것인가?"

바이론의 물음에, 휀은 고개를 저었다.

"마지막으로 날 강하게 만든 사람은 현재 실종되었다고 전해지는 대천사장 미카엘이다. 그는 나에게 냉정함을 가르쳐 주었지. 진정한 힘을 얻은 후 그때까지 난 강하기만 했을 뿐, 마음은 여전히 나약했다. 그런 나를 일깨워 준 두 번째 사람이라고 할 수 있지."

"크큭, 그랬군. 하지만 지나치게 냉정한 나머지 잔인하게 된 건 뭐라고 설명해야 하지? 크크큭."

바이론은 웃으며 마지막 술을 들이켰다. 휀 역시 잔을 비우며 대답했다.

"내가 알 바 아니지."

휀과 바이론은 잔과 술통을 내려놓고 술집을 나섰다.

수백 년이란 시간 동안 휀이 깨달은 것은 몇 가지 더 있었다. 그 중 하나가 바로 다수를 위한 소수의 희생은 불가피하다는 잔인한 진실이었다. 물론 거기에 따른 복수심은 휀 자신이 모두 뒤집어쓰게 되고, 그것으로 일은 깔끔하게 끝난다. 휀은 수백 년간 그렇게 일을 처리해 왔다.

그가 또 한 가지 느낀 것은 아무리 태양이라 하더라도 혼자가 아니란 사실이다.

어둠이 없으면 빛도 없고, 빛이 없으면 어둠도 없는 법. 휀은 자신과 대등하다 일컬어지는 남자, 바이론을 자신 다음으로 믿었고 바이론 역시 그를 믿었다. 물론 그 이유는 자신들도 몰랐다.

밖은 어느덧 새벽이 되어 있었다.

"아, 휀 님, 바이론 님. 이렇게 일찍 어딜 가시나요?"

두 사람은 거리에서 우연히 은발의 여인과 마주쳤다. 휀은 여느 때와 마찬가지로 차가운 목소리로 대답했다.

"오늘까지 처리해야 할 서류들이 있어 궁전으로 돌아가는 중입니다."

"어머, 조금이라도 쉬실 틈이 없군요. 아, 이거 드세요. 리오 님께 드릴 도시락인데 마침 여분이 하나 남았거든요. 샌드위치니 바이론 님도 같이 드세요."

빙긋 웃으며 휀에게 도시락을 건네준 여인은 다급히 두 사람에게 인사했다.

"어머, 리오 님께 늦을 것 같네요, 휀 님! 그럼 먼저 가보겠습니다!"

"……."

휀은 멀어져 가는 그녀의 뒷모습을 묵묵히 바라보았다.

옆에 서 있던 바이론은 킥킥 웃으며 말했다.

"크큭, 저 여자, 너와 잘 어울릴 것 같은데 왜 포기했나?"

휀은 조용히 궁전 쪽으로 돌아서며 대답했다.

"그녀에겐 나보다 더 어울리는 녀석이 따로 있다고 판단했기 때문이다. 그만 가지."

"크큭, 멍청한 녀석."

바이론과 함께 걷는 휀의 어깨가 그날따라 약간 처져 보였다.

〈외전 6 끝〉

외전 7
프시케의 비밀

정신 에너지를 이용해 주위에 퍼진 모든 원소, 즉 지(地), 수(水), 화(火), 풍(風), 광(光), 암(巖) 등의 원소를 움직이는 것이 마법의 최고 기본 원칙이다.

주문이라 불리는 원소 가속법은 특정한 소리와 언어를 이용하여 정신 에너지, 즉 마력을 집중시키는 역할을 한다. 가장 저급 마법인 8급의 경우 원소 가속법만 익힌다면 어느 누구라도 사용 가능하다. 하지만 7급부터는 간단하지 않다. 일명 마법진이라 불리는 도형과 문자를 이용해 그 원소들을 조합할 수 있는 능력을 구비하고 있어야 7급 이상의 마법을 전개할 수 있는 것이다.

그런데 이렇게 각 단계가 있는 마법의 기본적인 개념에 대해 알지 못하는 유일한 차원이 있었다. 다른 차원의 인간들이 마법을 사용할 수 있다는 사실을 염두에 둔다면 마법을 사용하지 못하는 그 차원의 사람들이 불공평하다고 여겨질 수도 있을 것이다. 하지만

신은 공평하다.

마법 대신 신이 그 차원에 안겨 준 것은 용족 다음의 과학 문명이었다. 파괴 에너지, 즉 사물을 파괴하거나 불태울 때만 나오는 에너지를 바탕으로 만들어진 문명이다. 결국 그 차원의 과학문명이란 것은 인간의 파괴 본능에 전적으로 기인하고 있다고 할 수 있었다.

인간에게 주어진 창조 능력은 점차 칼날이 달린 부메랑으로 탈바꿈하여 파괴 에너지에 의해 움직이는 차원으로 전락하고 있었다. 신의 영역인 생명 창조의 특권을 자신들의 과학 문명을 통해 얻으려 한 대가였다.

그러나 신은 그들에게 다시 한 번 기회를 주었다. 판도라의 상자에서 나온 마지막 단어가 희망인 것처럼.

즐거운 휴가를 다 써 버린 지크는 그날따라 굳은 얼굴로 의자에 앉아 있었다. 그의 동료 BSP들은 눈치를 슬슬 살피며 의아한 표정으로 그를 바라보았다. 평소 지각하는 게 예사인 지크가 오늘은 무려 10분이나 일찍 출근한 것이었다.

"이봐, 지크. 오늘은 무슨 바람이 불어서 일찍 온 거야?"

최(最)고참인 그렌 헤이그가 좌중의 궁금함을 풀어 주려는 듯 지크에게 물었다. 묵묵히 생각에 빠져 있던 지크는 이내 머리를 긁적이며 입을 열었다.

"집안 문제로 잠을 못 잤거든요. 할 일이 없어서 일찍 출근한 것뿐이에요."

그럼 그렇지, 하며 헤이그의 얼굴에 실망하는 기색이 잠시 스쳐 갔다. 그는 허탈한 미소를 지으며 신문을 펼쳐 들었다.

"흠, 일주일 전에 일어났던 괴현상을 분석한 결과가 나왔군. 명동에 나타난 D++급 바이오 버그 열 대를 화염으로 날려 버린 괴인의 기술은 절대 초능력이 아니다……. 근데 이게 무슨 소리지?"

"받으내므네."

그때 우람한 풍채의 처크 부장이 루이와 함께 회의실로 늘어섰다. 지크를 포함한 모든 BSP 대원들은 일제히 일어나 거수 경례를 했다. 처크 부장이 자리에 앉기가 무섭게 헤이그가 질문했다.

"초능력이 아니라면 신형 병기란 말씀이십니까?"

처크는 검은 선글라스를 고쳐 쓰며 침통한 어조로 대답했다.

"신형 병기라면 차라리 낫겠네. 기술부 팀장의 말을 빌리면 이 지구상의 기술로는 공기 중의 원소를 가속시켜 불을 만들 수 있는 병기를 제작할 수 없다네. 만든다 하더라도 그 크기는 여의도의 몇 배는 될 걸세. 내 생각도 같네."

처크의 단호한 말에 헤이그는 고개를 설레설레 저었다. 아무 생각 없이 코를 후비던 지크는 장난기가 발동했는지 한마디 했다.

"하이고, 그럼 마법이라도 쓴단 말이네요."

"맞았어."

"……?"

예상하지 못한 처크의 대답에 지크를 포함한 모두의 얼굴이 경직되었다. 옆에 있던 루이가 자세히 설명하려는 듯 자신의 노트북을 회의실 대형 화면에 연결했다.

"지금 보여 드리는 것은 그 사건을 촬영한 캠코더 화면입니다. 영상부에서 컴퓨터로 화질을 수정하긴 했지만 원본을 보시는 게 좋을 듯합니다."

곧이어 중형 바이오 버그 열 대의 모습이 화면에 나타났다. 원거리 촬영이어서 실제보다 작아 보이긴 했지만 쓰러져 있는 시체들과 비교해 본다면 어림잡아 중형차 정도의 크기였다.

그들이 한참 살육을 하고 있을 때 화면 구석에서 뭔가 꿈틀거렸다. 사람이었다. 머리 길이와 체형으로 보아 여성이 확실했다. 바이오 버그들에게 겁도 없이 다가가는 그녀의 모습에 지크는 실소를 터뜨리며 중얼댔다.

"어허, 저 아가씨, 바이오 버그가 무슨 팬더인 줄 착각하는 거 아니에요?"

"잔말 말고 팬더를 어떻게 길들이는지 잘 봐."

처크에게 핀잔을 들은 지크는 입을 비죽 내밀며 화면으로 시선을 돌렸다. 순간 BSP들의 눈앞에 엄청난 광경이 펼쳐진다. 그 여성이 손을 뻗자 붉은색의 거대한 도형이 손 위에 나타나기 시작한 것이었다.

'아, 아니, 저것은?'

공상과학 영화에서나 봄직한 광경이 실제로 벌어졌다. 물론 사이킥 파워에 의한 장면이 아니었기에 그들의 충격은 더욱 컸다.

화면 속에서는 그 여성이 만든 붉은 도형이 화염을 길게 뿜어내고 있었다. 그 화염에 휩싸인 바이오 버그들은 저항도 못하고 바닥에 널브러졌다. 그들은 공격은커녕 처음 보는 괴이한 공격 기술에 놀란 듯 도망치다가 결국 화염에 휩싸여 재로 변했다.

사이키커인 리진은 화면 속 여성이 사용한 힘이 초능력이 아닌 또 다른 힘이라는 것을 누구보다도 잘 알 수 있었다. 하지만 정확히 그 힘의 실체가 무엇인지 모르는 그녀는 아무 말 없이 화면만 응시했다.

자료 검토가 끝난 직후 처크 부장은 여느 때보다 훨씬 굳은 얼굴로 대원들에게 지시를 내렸다.

"제군들도 봤다시피 저 수수께끼의 여성이 사용한 것은 초능력이 아니다. 그렇다고 해서 신형 화염방사기는 더더욱 아니다. 일단 우리는 보호 지원에서 저 여성의 신변을 확보해야 한다. 모든 대원들은 그 여성을 발견 즉시 보호 작업을 개시하노록. 그 외에 특별한 지시 사항은 없다. 이만 해산."

"옛!"

대원들은 머릿속으로 그 여성의 인상착의와 체형 등을 떠올리며 하나둘 회의실을 빠져나갔다. 마지막까지 남아 있던 지크가 구시 렁거리며 자리에서 일어서자 처크 부장은 그늘진 얼굴로 지크를 붙잡았다.

"지크는 남도록."

"예? 오늘 지각 안 했어요, 할아버지!"

"알았으니, 남아."

처크 부장의 표정으로 보아 농담할 분위기가 아니었다. 뭔가 심상치 않다고 생각한 지크는 정색을 하며 자리에 앉았다. 처크는 선글라스를 벗어 놓으며 옆에 앉은 루이에게 말했다.

"루이, 너도 나가 보렴. 지크와 단둘이 할 이야기가 있다."

"알겠습니다."

루이 역시 처크의 의도를 모르고 있는지 고개를 갸웃거리며 회의실을 나갔다.

모두 나간 것을 확인한 처크는 신중을 기하기 위해 소형 장치를 꺼내더니 버튼을 눌렀다. 그것은 모든 도청 장치를 무력화하는 특수 전자파 충격 장치였다.

지크는 처크의 행동에 괜스레 긴장되었다. 한편으로는 저렇게까지 하면서 자신에게 은밀히 말할 게 무엇인지 더욱 궁금했다.

처크 부장은 곧 입을 열었다.

"잘 들어라, 지크. 사실 우리가 봤던 자료 화면은 아까 내가 신변을 확보하라고 지시한 여성이 직접 내게 보낸 것이다."

"예? 정말이에요? 그, 그런데 그 말씀을 왜 저에게만……."

지크는 눈을 동그랗게 뜨며 처크 부장을 바라보았다.

"자료 화면이 든 디스크는 네 이름으로 본부에 배달된 것이다. 친절하게도 자신이 있는 곳과 접선 장소 그리고 시간까지 가르쳐 줬지. 물론 그녀가 만나고 싶어 하는 사람은 지크, 너다. 다른 사람이 오면 만나지 않겠다고 하니 어쩔 수 없이 네가 나서야 해."

지크는 이해할 수 없었다. 마법을 사용할 줄 아는 사람이 갑작스레 왜 자신을 만나고 싶어 하는지 도무지 알 수 없었다. 게다가 그는 화면에서 본 여성을 한 번도 만난 적이 없다. 낯선 얼굴이었다.

"제 숨겨진 팬일까요?"

지크의 엉뚱한 말에 처크는 텁수룩한 수염을 매만지며 여유 있게 받아쳤다.

"그랬으면 오죽이나 좋을까. 하여튼 마법을 사용할 줄 아는 팬이니 찾아가 봐. 널 왜 만나고 싶어하는지 나 역시 알고 싶으니까. 오늘 정오, 명동이다. 다른 사람들에겐 비밀이다. 어서 움직여."

"네."

비밀스럽게 좌담을 마친 두 사람은 서로를 바라보며 미소 지었다. 물론 처크의 웃음엔 상당한 억지가 숨겨져 있었다.

'배고파…….'

아침부터 공복감을 느낀 지크는 본부를 나선 지금까지 끝없이 밀려오는 허기를 최대한 억누르며 구시렁댔다. 그는 한쪽에 서서 그녀가 나타나기를 기다렸다.

그는 그녀를 만나면 식사부터 하겠다고 별렀으나 20분이 지나도 모습을 드러내지 않았다. 지크는 밀려오는 짜증과 허기를 견디기 위해 최대한 노력했다. 그러나 그의 급한 성격 앞에 인내란 단어는 허무하게 무너져 갔다.

"젠장, 코리안 타임은 21세기에도 여전하군. 그렇다 해도 숙녀가 약속 시간을 20분이나 어기는 건 또 뭐야? 환장할 노릇이네, 이거."

지크는 옆에 세워 둔 오토바이 시트를 주먹으로 치며 투덜댔다.

"지크 씨? 오래 기다리셨죠?"

그때 여자의 음성이 들려왔다. 지크는 외나무다리에서 원수를 만난 사람처럼 일그러진 표정으로 고개를 돌렸다.

"오호라, 자고로 원수는 명동에서 만난다고 했거늘, 40분이나 일찍 오는 건 또 뭐요, 아가씨. 이거 황송해서 어쩌나? 어디 면상이나 한번 봅…… 웅?"

비아냥대는 지크의 눈앞에 아까 회의실의 화면으로 봤던 여자가 서 있었다. 긴 갈색 머리카락에 단아한 얼굴. 편의점 아르바이트생 차림의 그녀는 지크를 향해 가볍게 목례했다. 분명 처음 만난 여자였지만 뭔가 이상했다. 그녀를 어디선가 만난 적 있는 것 같았다. 그것도 스치듯 만난 게 아니라 적지 않은 시간을 그녀와 보낸 듯한 느낌이었다.

그녀는 미안한 듯 슬며시 웃었다.

"죄송해요, 지크 씨. 사과드릴게요."

"아, 아뇨. 저야말로 초면에 실례를…… 그런데 우리 어디서 만난 적 있나요?"

지크가 멍한 표정으로 묻자 그녀는 고개를 살짝 끄덕였다. 지크는 다시 한 번 과거를 떠올리며 기억해 내려고 했으나 도무지 기억나지 않았다.

지크는 어색한 미소를 지으며 그녀에게 물었다.

"지금 저를 놀리는 거죠?"

그녀는 말없이 고개를 저었다. 지크는 더욱 고민에 빠지고 말았다.

착각이라고 말하고 싶었지만 자신을 보면서 무척 기뻐하는 여자에게 차마 그런 말을 할 수가 없었다. 게다가 이상하게도 지크 자신도 불편한 느낌이 들지 않았다. 결국 지크는 자기 방식대로 문제를 무마했다.

"헤헷, 아무려면 어때요. 만나서 좋고 편하면 된 거죠, 하하핫."

"네, 맞아요."

그때 그들의 주위로 검은 양복 차림에 선글라스를 낀 남자들이 모여들기 시작했다. 심상치 않은 분위기에 행인들 역시 하나둘 몸을 피했다. 결국 지크와 그 여자는 괴한들에게 포위되고 말았다. 물론 그들이 위험한 존재라는 것을 육감적으로 느끼고 있었지만 지크는 여유 있게 웃으며 갈색 머리카락의 여성에게 물었다.

"주위에 있는 녀석들 말이에요, 당신 때문에 온 사람들이에요?"

심각한 상황이었지만 그녀는 웃으며 답했다.

"예, 나를 잡으러 온 제너럴 블릭 사람들이에요. 프시케의 마법을 얻기 위해 저러는 것 같아요. 그래서 프시케가 지크 씨의 도움을 받으려고 하는 거죠."

어디선가 많이 듣던 말투지만 지크는 더 이상 신경 쓰지 않았다. 아니, 신경 쓸 상황이 아니었다.

"아하, 제너럴 블릭! 하긴 마법이란 엄청난 돈벌이가 되니 저들이 놓칠 리가 없죠. 알았어요. 아, 이름이 뭐예요?"

"사이…… 아, 프시케 맥도걸이에요. 프시케라고 불러 주세요."

"좋아요, 프시케. 그럼 여기 가만히 있어요. 마법 쓰지 말고요."

"네."

프시케의 명랑한 대답을 뒤로한 채 지크는 주먹과 몸을 풀며 괴한들을 향해 천천히 다가갔다.

"어이, 내가 보기에 프로 클리너 같은데 도대체 왜 저 아가씨를 귀찮게 하는 거지?"

귀밑으로 구레나룻을 기른 클리너 한 명이 앞으로 나섰다.

"저 아가씨가 마법을 사용한다기에 제너럴 블릭에서 스카우트하기로 했다. BSP가 나설 자리가 아니다. 저 아가씨는 우리가 먼저 발견했다."

지크는 씩 웃으며 대꾸했다.

"흥, 마법? 나도 마법을 할 줄 알아. 모자 속에 비둘기를 숨겼다가 날려 보내는 것도 할 줄 알고, 거울로 코끼리를 숨길 줄도 알지. 그리고……."

"크악!"

순간 지크의 오른손이 안 보이는가 싶더니 구레나룻을 기른 클리너가 코피를 뿌리며 뒤로 날아가 버렸다.

지크는 씩 웃으며 말을 이었다.

"이렇게 온전한 사람을 다치게 하는 마법도 할 줄 안다고. 자, 다음 마법을 보고 싶은 사람은 누구냐? 어서 나와. 어물거리는 녀석은 더 혼난다!"

그 직후 벌어진 난투극에 구경꾼들과 상인들은 인상을 찡그렸다. 일방적으로 당하는 클리너들의 피가 진열해 둔 옷에 마구 튀자 상인들은 더욱 얼굴을 붉혔다. 하지만 그 와중에도 미소를 잃지 않은 사람이 있었다. 바로 프시케였다.

"하나도 변한 게 없군요, 지크 씨. 정말 다행이에요. 기뻐요."

프시케는 입고 있던 편의점 유니폼 앞치마를 천천히 벗었다. 이젠 더 이상 입고 있을 필요가 없다고 생각했기 때문이다.

그로부터 며칠이 지났다.

"안녕하세요, 신입 대원 프시케 맥도걸입니다. 잘 부탁드립니다."

바삐 움직이는 BSP 사무실에 한 신입 대원이 큰 소리로 대원들을 향해 꾸벅 인사를 했다. 행동을 멈추고 고개를 돌리던 대원들은 하나같이 아연실색하고 말았다. 자신들이 며칠 동안 찾아 헤맨 수수께끼의 여성이 나타나 신입 대원이라고 인사하며 천연덕스럽게 웃고 있었기 때문이다.

사실 프시케라는 존재는 이 세상에 없었다. 대한민국을 포함한 세계 어디에도 프시케는 존재하지 않았다. 하지만 처크 부장은 무슨 이유에서인지 루이에게 해킹까지 부탁해 그녀를 정식 BSP로 채용했다.

제너럴 블릭이라는 악덕 대기업으로부터 한 여성을 지키기 위해서였을까, 아니면 BSP의 전력 증강을 위해서였을까. 그 해답은 처크와 프시케만이 알고 있었다.

프시케의 소개가 끝나자 케빈이 의아한 얼굴로 그녀에게 물었다.

"저, 프시케. 사이키라는 이름이 더 예쁘지 않습니까? 스펠링이 'Psyke'라면 사이키로도 부를 수 있을 텐데……."

프시케는 웃으며 고개를 저었다.

"저는 프시케라는 이름이 더 맘에 들어요."

"음......."

케빈은 프시케의 대답에 동조하며 버릇처럼 지크의 책상으로 고개를 돌렸다. 신입 대원이 들어오는 날도 지크는 어김없이 지각이었다.

"아, 좋은 아침!"

호랑이도 제 말 하면 온다고 했던가. 지크는 여느 때처럼 손을 흔들며 회의실로 들어왔다. 하지만 밝았던 표정이 이내 굳어졌다.

"프시케? 여긴 웬일이에요?"

프시케는 웃으며 자신의 오른쪽 어깨를 손가락으로 가리켰다. 그곳엔 BSP 소위 견장이 당당히 붙어 있었다.

놀란 지크는 옆에 있는 리진에게 물었다.

"요, 요즘은 견학하러 온 사람에게도 BSP 딱지를 기념으로 주나 보지?"

뚱한 표정으로 있던 리진은 자신도 모른다는 듯 입을 삐죽거렸다.

"견학만 하러 온 사람이라면 좋게?"

사실 리진뿐만 아니라 다른 BSP 대원들도 프시케가 BSP 같은 험한 직업을 잘 견딜 수 있을지 회의적이었다.

동료들의 생각을 읽은 듯 프시케가 양손을 곱게 모으며 말했다.

"제가 선물로 신기한 거 보여 드릴게요."

"신기한 거?"

헤이그가 의아한 표정을 지었다.

'신기한 것이면 불이나 번개가 나가는 마법을 말하는 것일까?'

이윽고 프시케의 손에서 빛이 발하기 시작했다. 회의실 안의 모든 사람들은 놀란 얼굴로 그녀의 손에 시선을 집중했다.

빛이 사라지자 프시케는 웃으며 손을 활짝 폈다.

"자, 얘들아, 나오너라."

놀랍게도 그 빛에서 다양한 색상의 옷을 입은 작은 생물들이 끝없이 튀어나왔다. 그들은 팬시 상품점에서 볼 수 있는 마스코트와 외형이 흡사했다. 그들은 멍한 표정을 짓고 있는 대원들 사이에서 춤추기도 하고 재주를 부리는 등 신나게 움직였다.

겁에 질린 리진은 그 생물 중 하나를 집으며 프시케에게 물었다.

"이, 이, 이게 뭐죠? 너무 신기한데……?"

프시케는 친절히 설명해 주었다.

"예, 이 방에 사는 정령들을 마법으로 실체화한 거예요. 여러분은 평소에도 이렇게 수많은 정령들에 둘러싸여 있답니다. 검은 옷을 입은 아이는 철의 정령, 빨간 옷을 입은 아이는 불의 정령, 파란 옷을 입은 아이는……."

프시케의 장황한 설명이 계속되는 동안 리진은 자신의 몸에 달라붙어 얼굴을 비비며 행복해하는 정령들을 바라보았다.

리진은 프시케에게 물었다.

"그 말은 평소에도 프라이버시 침해를 받는다는 소리인가?"

어쨌거나 그 일을 계기로 대부분의 BSP 대원들은 또 다른 정신 능력인 마법을 믿게 되었다.

다른 대원들이 순찰을 나간 사이 프시케는 부장실에서 처크와 심각한 얼굴로 얘기를 나누고 있었다. 은밀한 얘기인지 그들의 목소리가 무척 낮았다.

프시케의 장황한 얘기를 들은 직후 처크 부장은 어두운 얼굴로 시가를 물었다. 불을 붙이고 길게 연기를 내뿜으며 프시케에게 물었다.

"가까운 시일 내에 UN이 해체되고, 제너럴 블릭이 만든 거대 조직이 세계를 위협하면 우리는 어떡하면 좋겠소?"

"그것은 부장님의 판단과 앞으로 닥쳐 올 시간에 맡길 수밖에 없습니다. 다만 한 가지 알아 두실 것은 지금의 이 모든 재앙은 예전부터 예견된 일이었다는 것이죠."

언제나 밝게 웃던 프시케의 얼굴도 지금만큼은 심각한 표정으로 변했다.

"신께서는 분노하시지도, 또 여러분에게 벌을 내리시지도 않을 것입니다. 게다가 여러분에게 다시 한 번 희망을 주셨습니다. 그리고 저는 그 희망을 다시 만나기 위해 내려왔고요."

"……음."

처크는 한숨을 쉬며 벗었던 선글라스를 다시 썼다. 희망이 있다는 말에 처크는 한결 마음이 놓였다.

이윽고 그가 허탈한 미소를 지으며 말했다.

"훗, 어쨌거나 가망성이 있다는 얘기니 기쁘구려. 아, 그런데 지크는 언제 처음 만났소? 상당히 아는 것 같은데……. 프시케 양은 신계에서 내려왔다고 하지 않았소?"

프시케는 특유의 미소를 지으며 답했다.

"오래전에요. 제 이름이 사이키였을 때죠."

아주 간단한 대답이었다. 하지만 처크는 웃을 뿐 더 이상 많은 것을 알려고 들지 않았다.

말을 마친 프시케는 자리에서 일어나며 마지막으로 당부했다.

"아, 그리고 이제부터는 저를 그냥 프시케라고 불러 주세요. 부장님보다 나이도 어리고…… 그리고 이젠 직원이잖아요."

처크는 웃으며 고개를 끄덕였다.

"음, 그렇지, 프시케."

프시케가 나간 후 처크는 강화 유리 밖으로 보이는 시내 전경으로 시선을 돌렸다. 그는 길게 담배 연기를 뿜으며 중얼댔다.

"희망이라…… 하긴 나도 지크 녀석을 처음 봤을 때 그런 느낌을 받긴 했지. 물론 괴짜 근성이 다분한 희망이지만. 하하핫."

처크는 마치 지금까지 쌓아 둔 마음의 응어리를 없애려는 듯이, 다 태운 담배를 재떨이에 천천히 비벼 껐다.

〈외전 7 끝〉

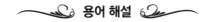 용어 해설

악마술

말 그대로, 악마들이 주로 사용하는 마법. 저주와 파괴의 마법이 주종을 이룬다. 파괴력은 보통 마법과는 비교할 수 없을 정도로 강력하다.

헬 레인저

선신계에 디바인 크루세이더가 있다면 악마계에는 헬 레인저가 있다. 중 위급 악마 이상으로 구성된 고급 특수부대를 칭한다.

펜릴

북유럽 신화에 등장하는 펜릴에게서 힌트를 얻어 제작된 생체병기로서 제작자는 현재 미상. 나찰, 수라와는 달리 상당한 수준의 기술력과 인공지 능을 지니고 있다. 자세한 특성에 대해서는 과학자 와카루도 알지 못한다.

풍수술(風水術)

자연의 힘을 이용한 초능력의 일종. 물이나 흙, 바람 등을 이용해 상대를 공격하거나 공격으로부터 자신을 방어하는 데 쓰이는 초능력이다. 주로 방어 위주의 기술로 알려져 있다.

고폭 레이저

인공위성 병기로서 핵폭탄이나 수소폭탄 같은 미사일 병기의 단점을 없 앨 목적으로 만들어진 무기. 보통의 레이저와는 원리 자체가 다르다. 상당 한 에너지를 압축하고 있으며, 이 레이저에 닿은 물체는 레이저 속에 압축 된 에너지의 활성화로 인해 폭발을 일으킨다. 충전 시간과 상당량의 에너지만 갖춰진다면 상대방의 나라를 방어할 틈도 주지 않고 날릴 수 있기에 UN에서 2028년 사용 금지를 제창했다. 그 후 제작 자체가 국제법으로 금지되었지만 뒷거래를 통해 소형 고폭 레이저 장치는 꾸준히 제작, 유통되고 있다.

나찰(羅刹)
다른 세계에서 온 과학자 와카루가 만든 생체기계 병기. 엄청난 힘과 속도를 자랑하지만 강철 껍질 속에 든 것은 특수하게 만들어진 세포질이다. 현재는 초기 단계. 생물을 잡아먹음으로써 에너지 보충을 한다.

수라(修羅)
와카루가 만든 생체기계 병기. 네 개의 팔을 가지고 있으며, 기동성이 떨어지는 대신 장갑이 두껍다. 나찰과 마찬가지로 다른 생명체를 에너지원으로 삼는다.

동방 대륙
아탄티스 대륙 서쪽에 위치한 대륙. 마우이 대륙이라 불리기도 한다. 아탄티스 대륙과는 전혀 다른 문화와 언어를 사용하지만 양 대륙의 교류는 시간이 갈수록 점점 활발해지고 있다.

드래군(Dragoon)
드래곤 기병. 드래곤을 다루는 사람.

고출력 배리어
플라스마(plasma)를 이용한 고출력 에너지 방어 장치를 일컫는다.

텔레포트 시스템
물체나 생물을 강제적으로 다른 장소에 이동시키는 기계. 도착 장소는 특정한 좌표에 의해 설정된다.

플레어 부스터

드래곤의 생체 에너지를 이용한 추진기관. 보통 드래곤에게는 없는 기관
이며, 드래곤 로드, 드래곤 듀크, 카이저 드래곤 등 고급 종(種)만이 가지
고 있다.

가즈 나이트 오리진 4

© 이경영, 2016

초판 1쇄 인쇄일   2016년 3월 31일
초판 1쇄 발행일   2016년 4월 7일

지은이   이경영
펴낸이   정은영
편집국장   사태희
책임편집   이지웅

펴낸곳   (주)자음과모음
출판등록   2001년 11월 28일 제2001-000259호
주소   (04083) 서울시 마포구 성지길 54
전화   편집부 (02)324-2347, 경영지원부 (02)325-6047
팩스   편집부 (02)324-2348, 경영지원부 (02)2648-1311
이메일   neofiction@jamobook.com

ISBN 978-89-544-3565-9 (04810)
      978-89-544-3561-1 (set)